中公文庫

Ｒ　ｅ　ｄ

島本理生

中央公論新社

目次

Red

真夏の熟した日差しが降り注ぐ中、三段重ねのウェディングケーキに音もなくナイフが沈み込み、招待客が歓喜の声をあげた瞬間、私はその視線に気付いて息を呑《の》んだ。

新郎新婦にカメラを向ける招待客の中に、まるで関心がないかのように佇《たたず》んでいる彼がいた。黒いスーツに、光沢を帯びたブルーグレーのネクタイを締めている。

昔は眉にかかっていた前髪を、今は短く切って額を見せていた。スーツの上からでも、いくぶんか痩《や》せたのが見て取れた。

変わっていないという意味で印象的だったのは、その目だった。

——君は、聞いていた印象と、俺が受けた印象がずいぶん違いますね。

私にそう告げた十年前と、彼の視線はなにも変わっていなかった。瞳の奥に、穏やかさは感じられない。とはいえ、それが余裕のなさにはつながらず、傍《はた》からはむしろ場慣れして生活にも困っていない印象を受ける。実際、大きく踏み外していなかったら、彼はそういう人だった。

ケーキがいったん引っ込んで、歓談の時間が訪れた。彼がようやく視線を外したので、私は思わず息を吐いた。

時間が動き出したように、蟬《せみ》の鳴き声が鼓膜に流れ込んできた。

矢沢茉希《やざわまき》がやって来て、私の手元を覗《のぞ》き込《こ》んだ。

「塔子《とうこ》、写真、上手《うま》く撮れた？　私の位置からだと日差しが強すぎてさ」

「あ、私も、撮れなかった」

違うことに気を取られていたのが後ろめたくて、嘘《うそ》をついた。

「そっか、そっか。そろそろお色直しみたいだから、今のうちに私たちも、ゆきりんとの写真撮ってもらおうぜ」

私は頷《うなず》いて、人だかりの中の新郎新婦へと近付いていった。

撮影待ちの招待客の列ができていたが、意外と順番はすんなり回って来た。

「おめでとう！　すごい、ゆきりん、ドレスもメイクも本当に可愛いよ。最高」

矢沢はそう言って、手を叩《たた》いた。おおげさなくらいの絶賛が、華やかな場ではちょうどいい。さすが友達の多い彼女だと思った。

「矢沢ちゃん、ありがとう。塔子ちゃんも、まだ翠《みどり》ちゃんが小さいのに、今日は来てくれてありがとうね」

「こちらこそ、招待してくれてありがとう。矢沢ってば、入場のときに感激して泣いてたんだよ」

一見毅然《きぜん》とした美人なのに、口を開けば気さくな男の子みたいな喋《しゃべ》り方をする矢沢茉希は、女子高時代にまわりから、矢沢ちゃん、とか、矢沢、と呼ばれていた。

「だって、うちらの妹同然だったゆきりんが嫁にいくとか、ほんと言葉が出ないよ」

矢沢がしみじみと呟《つぶや》くと、ゆきりんはちょっと涙ぐみながら微笑《ほほえ》んだ。

新郎新婦を挟んで写真を撮ろうとしていたら、見覚えのある男性たちが飛び込んできて
「僕らも一緒に撮っていいですか?」

と訊《き》かれた。

先日、仲間内での結婚祝いの飲み会に来ていたメンバーだったので、どうぞ、と愛想良く答えたところに、彼が近付いてきた。

私はとっさに目を伏せた。

ゆきりんはにっこり笑うと、私が大学生のときにバイトしてた会社の社長さん、と紹介

した。男性たちは恐縮したように、はじめまして、と挨拶《あいさつ》をした。その間、私は気付かないふりをして身を固くしていた。

彼は笑顔で短く挨拶を返すと、私から一番離れたところに並んだ。

またたく間にシャッターが切られたかと思うと、違うカメラに変わって、異なるシャッター音が響いた。何度も笑顔を作り直しているうちに記念撮影は終わり、お礼を言い合って、ちりぢりになった。

たっぷり時間を置いてから、おそるおそる振り返ると、彼はもう強い日差しの向こうへと消えていた。

私は安堵《あんど》と落胆の入り混じった気持ちで、目をそらした。


昼食の後片付けをしている最中に、携帯電話が鳴った。

カウンターキッチン越しにソファーを確かめると、姑《しゅうとめ》の麻子《あさこ》さんに抱きかかえられた翠はおとなしく幼児番組を見ていた。

私はタオルで手を拭《ぬぐ》い、廊下に出て携帯電話を耳に当てた。

「もしもし。お母さん、どうしたの？」

「塔子、明日の食事のことなんだけど」

母が潜めた口調で切り出したので、職場からかけていることが分かった。

「私、悪いけど行けなくなったから」

「え？」

私は眉をひそめた。舅《しゅうと》の六十歳の誕生日を、皆で祝う予定になっていたのだ。

「そんな、だってフランス料理のお店だって、もう個室を予約して」

「でも、まだ前日なんだから、キャンセルできるでしょう。昨日から胃の調子が悪いのよ。そもそもフランス料理っていうのが、私、最初から気がすすまなかったの。小さい子がいるんだから、お店にだって気を遣うでしょう。おまけに、いい歳《とし》して、そんなこってりしたもの。値段だって無駄に高いし」

私は玄関まで移動してから、声を小さくして反論した。

「それは、あちらのお母さんが、好きだって言うから。それに翠のことは、お店の人に相談して、ちゃんとＯＫしてもらったし。今さら、そんなこと言われても」

「こっちだって、あなたがお世話になっていると思って、口を出さなかったのよ。そんなことも分からないの？」

「私のせいなの？」

そう問いただすと、母は少しだけ焦ったように
「そんなこと言ってないじゃない。とにかく胃はどうにもならないんだから。私がいなくても、べつに困らないでしょう。そちらだって、ご家族だけのほうが気楽よ」

と言い切った。

「胃って、たしかGWの旅行もそう言って、キャンセルしたけど。結局、病院には行ったの？」

「そんな暇ないのよ。お金だって。私は、一人きりで働いてるんだから。あなたとは違うの」

結婚した娘に、あなたとは違う、と言い切る母に対して、続けられる言葉はなかった。母は、私が小学校に上がる前に離婚している。

携帯電話を切ってリビングに戻ると、あいかわらず翠は麻子さんの膝《ひざ》にちょこんと座って、卵ボーロを食べていた。

ベージュ色の花柄のカーテン越しに、夏草が伸びた庭が見える。そろそろ抜かなくちゃ、と思いながら

「すみません。実家の母から電話で、じつは、明日の会食に急病で来られなくなったって」

と切り出すと

「え⁉　急病って、なに、どっか悪いの？」

麻子さんはびっくりしたように訊いた。

「たぶん、ただの胃炎だと思うんですけど。昔から、母は胃が弱くて」

「そっかー。じゃあ、仕方ないね。でも、うちだけで食事するなら、わざわざフレンチじゃなくてもいいかもね」

「そうですよね。すみません」

「あ、私、焼き肉食べたい。翠ちゃんもお肉好きだもんね。新大久保《しんおおくぼ》にかっこいい韓国人店長のいる店があるんだって。この前、コーラスの仲間に教えてもらったんだけど」

「いいですね。楽しそう」

私はほっとして、教えられたお店の番号を検索した。

結婚したらすぐに夫の両親と同居なんだ、と告げたとき、たいていの女友達は驚いたように、えー、と叫んだ。ほとんど、げー、に近い言い方で。

「それ、塔子に拒否権はないの？」

とまっすぐに訊いてくる女友達もいた。

私は、お義父《とう》さんは出張で月の半分はいないみたいだし、お義母《かあ》さんも優しいから、と説明した。実際さほど嫌ではなかったのだ。

初めてこの家に遊びに来たとき、麻子さんとはすぐに打ち解けた。好きな芸能人やテレビドラマの話題で盛り上がり、やっぱり男だけじゃなくて家に女の子がいると楽しい、と言ってくれた。女友達のような母親に憧れていた私には理想通りの姑だった。

そんな麻子さんは、今はすっかり翠に夢中だ。ちょっと気まぐれなところはあるけれど、帰りの遅い夫に代わって、保育園に入れなかった翠の面倒を見てくれるのは本当にありがたい。

女性誌をぱらぱらと捲《めく》っていた麻子さんがふいに
「塔子ちゃん、こういう髪型って興味ないの？　ほら、長さとか、ちょうどいいし」

と指を差した先には、長い髪を染めてふわっとパーマをかけた女性が微笑んでいた。

「うーん。こういうお洒落《しゃれ》な髪型って、可愛いけど、手入れが大変そうで」

「ああ、そうねー。翠ちゃんもまだ小さいし、染め直しとか、面倒よね」

と相槌《あいづち》を打った麻子さんは流行《はや》りのボブヘアで、五十代とは思えないほど少女っぽくて可愛らしい顔をしている。

ふと見た窓ガラスに、黒髪の地味な姿が映り込んだ。

質素で倹約家だった母の影響で、お洒落も派手な遊びも苦手だった私は、可愛かったり垢抜《あかぬ》けている女の子にずっとコンプレックスを抱いていた。

女子高に進学してからは、比較してくる男子がいなくなって楽になれると思っていた。けれど男子高生との合コンや街でのナンパで、自分以外の女友達がちやほやされていると、途端に引け目を感じて自信をなくした。

いつしか私は外見的な努力へ向かうよりも、彼女たちとは違う部分を磨くことに熱中するようになっていった。女友達の中で結婚が一番早かったのは、そのせいもある。誰よりも先にしがらみから抜け出したかったのだ。

突然、翠が立ち上がって
「おしまい」

と私たちが見ていた雑誌を閉じてしまった。

そして私のスカートの中に頭だけを突っ込み、いないいない、とお尻を振ったので、思わず笑みがこぼれた。麻子さんは手を叩いて笑っている。

元気な娘がいて、友達のように気さくな姑と同居していて、夫はそれなりに収入があって。

それだけで私は十分に恵まれていて幸せなのだと思いながらも、感謝する相手を思い浮かべようとしたら、一瞬だけ視界が霞《かす》んだ。

暗闇の中で、かぶっていたタオルケットが蒸し暑くて、私は仕方なく這《は》い出《だ》した。

「よく、見せてよ」

夫が頭をもたげて、言った。

私は目の中に流れてくる汗を拭ってから、夫の下半身の先端に唇を押し付けた。

夫は、濡《ぬ》らせば濡らすほど興奮するから、口の中の水分をありったけ使わなくてはいけない。

頬の内側から集めて、唇をうっすら開いて垂らすと、気持ちよさそうにうめいたので、手のひらで撫《な》でつけてから、握ってゆっくり上下させた。

いきなり髪を摑《つか》まれて、後頭部を押された。当たりそうになった前歯を、注意深く唇で覆い隠す。何度されても慣れなくて、ほんの少し背中が寒くなる。

目を閉じる。

突然、夕食の胡瓜《きゅうり》の味が思い出されて動きを止めた。

「どうしたの？」

夫が怪訝《けげん》な顔をした。

私は首を振った。

「じゃあ、続けて」

私はなにも言わずに、舌を這わせた。

麻子さんおすすめの焼き肉屋は美味《おい》しかったのに、辛い胡瓜だけがなぜか薄めた石鹸水《せっけんすい》のような味がした。皆が箸《はし》を付けるのをやめたので、私が無理に食べたものの、舌にはまだ人工的な不快感が残っていた。

夫の呼吸が荒くなって腰を突き上げたので、反射的に噎《む》せた。

着ているパジャマが汗でぐっしょり湿っていく。子供の頃、汗をかいたまま放っておくとよけいに冷えるのよ、と母に教えられたことを思い出す。たしかに汗をかけばかくほど、心身が冷えていくようだった。

夫は間もなく口の中で達した。一週間ぶりだったので、喉《のど》に強い苦みが絡んで、わずかに咳込《せきこ》んだ。

ティッシュで口を拭っている間に、彼はベッドにあおむけになると、ほがらかに言った。

「あー、気持ちよかった。ありがとうな」

私はぎこちなく笑って、どういたしまして、と返した。

「翠、起きちゃったか?」

「ううん、大丈夫」

と私は翠の顔を覗き込んで答えた。まだ二歳のわりに長いまつげは微動だにせず、小さな唇から寝息が漏れている。

私が横になると、夫が他人事《ひとごと》のように
「結局、今日もしなかったなあ。俺ばかり気持ちよくなっちゃってさ」

と呟いた。

「でも塔子って淡白なわりに上手だよなあ。だからつい、してもらってばっかりになっちゃうんだよ」

夫が嬉《うれ》しそうに続けた。誉《ほ》めているのだろうけど、その内容にかすかな違和感を覚えていたら

「まあ、翠がもうちょっと大きくなったら、夫婦で旅行でもしようよ。一泊くらいはおふくろに預けて」

という優しい一言に、私は笑って
「うん。ありがとう」

と頷いた。

布団に潜《もぐ》り込《こ》むと、手や首がだるく疲れているのを実感した。夫は解消されてすっきりしたせいか、すぐに背を向けて、寝息を立て始めた。

翠が、ううん、とうめいたので、腕に抱きかかえて、息を潜めた。

どうしてだろう。こんなにも安定していて、平穏なのに。

毎晩同じベッドで眠る夫を、時折、赤の他人よりも遠く感じてしまうのは。


日曜日のファミリーレストランは駅から遠いというのに、ほぼ満席だった。

店員がやって来ると、矢沢はメニューを指差しながら
「えっと、和風御膳と冷やし中華、あとお子様うどん。それにドリンクバー三つで」

てきぱきと注文してから、素早くメニューを閉じて、店員に戻した。

「ありがとうね。うちの近くまで来てもらって」

と矢沢に告げると、彼女は気遣いを感じさせない笑顔を見せた。

「いいの、いいの。翠ちゃんの誕生日プレゼントも、遅れちゃったけど、渡したかったし」

「ありがとう。スニーカー、すごく可愛い。どこで買ったの？」

私は赤いチェックのスニーカーを手に取りながら言った。翠はほどいたリボンで遊んでいる。

「吉祥寺の子供服屋。サイズとか全然分かんないから、ちょっと大きめにしちゃったけど」

「うん、でも秋頃にはジャストサイズになると思う。今はサンダルの時期だから、ちょうどいい」

矢沢は、よかった、と笑って水を飲んでから、一呼吸置いて
「そうだ。この前の結婚式のときにアドレス交換した人が、今度飲みに行こうって言ってて」

と話題を変えた。

「え、それって、新郎の学生時代の友達？」

と私は尋ねた。どうやら今日のメインはこの話になりそうだな、と思いながら。

「ママ、ジュース飲む」

翠が訴えたので、私たちはいったん話を中断して、席を立った。

私と翠がコップにカルピスを注いでいる間に、矢沢はカップに紅茶のティーバッグを入れながら口を開いた。

「なんか、ゆきりんが、大学生の頃にバイトしてた会社をやってた人。途中で一緒に写真撮った、うちらよりもけっこう年上で地味なわりにはお金持ちっぽい人、覚えてない？」

矢沢の指が、お湯のボタンを押した。

自分の胸に注がれたような、激しい痛みを瞬間的に覚えた。

「……もしかして、あの、髪が短くて、あんまり喋らなかった」

「そうそう、その人。無口そうに見えたけど、私は途中からわりと喋ったんだよね。式の最中にかかってたＢＧＭがね、私どれも好きなテイストで。あ、あれって、ほとんど新郎が選んだらしいね。ゆきりん、昔から音楽とか聴かなかったしさ。それでね、その話で、その人と盛り上がって」

矢沢は喋り続けながら、なみなみと注がれたカップを手にして、席へと戻った。

私も半ば上の空のまま、翠と並んで座った。胃のあたりに、混乱と動揺と、かすかな苛《いら》立《だ》ちが込み上げていた。

「その人、今も、ゆきりんがバイトしてた会社やってるの？」

と私は訊いた。

「ううん。今は共同経営者に任せて、来月くらいから知り合いの会社を手伝うとか言ってたかなあ。一年半前に離婚してから、好きなことを自由にやりたくて、自分の会社を離れたんだって。毎日、仕事できないわりに自己主張だけは激しい派遣の子たちを叱って嫌われて、上には指導が悪いって丸投げされて、満身創痍《まんしんそうい》の私とは完璧《かんぺき》世界が違うよ」

「派遣を派遣する会社っていうのも大変だね」

「いや、もう信じらんないよ。中にはちゃんとしている子もいるけど。大部分は平気で無断欠勤するし、遅刻の理由が、犬が逃げたから、とかさ。そんな馬鹿犬、放っておけっつーの」

矢沢の投げやりすぎる言い方に、なんだか笑ってしまった。

それから、さりげなく話を引き戻して
「でも、世界が違うとは思いつつも、会うんだね」

と私は言った。

「そうそう。私がワイン好きだって言ったら、最近いいお店見つけたから行きましょうって話になってさ。一人だとボトル空けられないからって。だから塔子も行こうよ」

「へっ？」

本気で驚いて、反射的に肩をふるわせてしまった。

「お酒に強い友達とぜひ一緒にって言われてさ。私の女友達で、塔子よりもお酒強い子なんていないから」

「でも翠を産んでからは、私もそんなに飲まなくなって、だいぶ弱くなってると思うし……行きたいけど、この前も結婚式に出たばかりだから。子供を置いていけるかな」

「土曜か日曜にして、お義母さんか旦那に見てもらえばいいじゃん。同居なんて、そういうときこそ活用しないと。あ、もし私に気を遣ってるなら大丈夫。飲み仲間が欲しいだけだから。恋愛とか、今は全然する暇ないしさ」

私は、考えてみる、とだけ答えた。

心臓が激しく鳴って、行けるはずがないのに、なにを着ようか、当日までに少しは痩せられるだろうか、と考えてしまう自分が情けなかった。

彼とその友人が共同経営していた会社で、二十歳《はたち》の頃、私はアルバイトとして働いていた。

先にバイトをしていたゆきりんが辞めることになり、代わりに紹介されて面接を受けに行ったのだ。

大学の前期試験が終わったばかりの蒸した夏の午後、履歴書の封筒を手にして、空調のきいていないエレベーターに乗った。慣れない化粧が崩れるのを気にして、ハンカチで何度も頬を押さえた。

三階のフロアに立つと、すぐにドアが開いて、出迎えたのが彼だった。

彼は笑って、暑い中をごくろうさまです、と言った。柔らかな対応だったのに、無意識に背中が強張《こわば》った。人当たりが穏やかなわりには、どことなく一枚隔てた印象を受けたのだ。シニカル、とか、冷静、よりも、もう一段、深い冷ややかさ。本質的になにかを切り捨てている人だと思った。

矢沢の話に相槌を打ちながら、私は心の中で、十年、と呟いた。

あれから十年。

もう、過去のことだ。

そう頭の中でくり返すほど、結婚式の日差しの中でこちらを見据えていた目が近くに感じられて、息苦しかった。

「土曜日の夜？　いいわよー。なに食べに行くの」

麻子さんがあまりにあっさりと了解してくれたので、私は拍子抜けして、後ろめたい気持ちを抱いていたことが恥ずかしくなったくらいだった。

「矢沢さんっていう高校時代の友達と、昔バイトしていた頃の知り合いと。イタリアンだったと思います。すみません、遅くならないようにするので」

「あー、でも、どうせ翠ちゃんって九時過ぎには寝るよね。そういうのって、だいたい七時からとかでしょう？　寝かせちゃうから、ゆっくりしてきてもいいわよ」

「ありがとうございます。たぶん、そんなに長くはならないと思うんですけど」

「とか言って、塔子は意外と、飲むと適当になるからなあ」

お風呂上がりの夫が冷蔵庫から麦茶を取り出しながら、茶化した。

私よりも先に麻子さんが立ち上がり、コップを出しながら反論した。

「たまには適当にしたっていいじゃないの。あんた、その食器だってなんだって、塔子ちゃんがピカピカにしてくれるんだから。今日の夕飯だってねえ」

「いや、だから、行くなとは言ってないだろう。ただ、この前の結婚式は昼間だからよかったけど、万が一、夜に翠が寝なかったら、俺もおふくろも困るから。連絡だけはちゃんと取れるようにしておいてほしいだけで。お店、地下じゃないよな?」

「まだ詳しいことは訊いてないけど。なんなら、矢沢の連絡先も伝えておこうか」

自分でも、過剰すぎる気遣いだな、と思ったのに、夫は当然のように、じゃあそうしてよ、と返したので、びっくりした。翠が寝なかったら、本当に矢沢の携帯にまで電話してくるつもりだろうか。

そのとき、インターホンが鳴って、麻子さんが玄関へ駆けていった。

「ちょっと、塔子ちゃん、見てこれ。すごい新鮮」

と麻子さんに呼ばれて、私は翠の手を引いて、玄関へと出た。

由里子《ゆりこ》さんは派手な幾何学柄のワンピースを着て、エコバッグに詰まった野菜を見せな

がら
「今からイタリア語教室の女友達と飲みに行くから、その前にちょっと寄ったの。これ、今日、うちの娘が送ってくれた野菜。おすそわけ」

と微笑んだ。

由里子さんは麻子さんの姉だ。昨年、駅前にできたばかりのマンションを購入して、今は旦那さんと二人暮らしだ。娘が北海道に嫁いだため、よほど退屈なのだろう。頻繁に訪ねてくる。

「このトウモロコシ、生でもいい香りがしますね。すごく綺麗」

「でしょう。あら、翠ちゃん、こんばんは！　また大きくなってー」

「おかげさまで。二歳半を過ぎてから、少しずつ手がかからなくなってきました」

由里子さんは視線を翠から、私に移した。

「じゃあ、そろそろ二人目とか考えてる？」

一瞬、自分の顔が軽く引《ひ》き攣《つ》った気がした。私は笑って目を伏せた。

「そうですね。今はちょっと、翠のことだけで手いっぱいで」

「そう思うでしょうー。でもね、あっという間なんだから」

「いいじゃないの、姉さん。塔子ちゃんはまだ若いんだから」

「そう言ってて、三十五歳過ぎたら、いきなりがくっと体力落ちるじゃない。物理的に産めたって、その後、育てなきゃいけないんだから」

「まあねえ。もし次が男の子だったりしたら、よけいに体力いるしね」

私は相槌を打ちながら、いつの間にか、翠を強く抱き寄せていたらしく
「ママ、痛い、痛いよー」

と訴える声で、我に返った。

その夜、寝室で夫と軽く喋っていたら
「そういえば、バイト時代の知り合いって、誰？」

といきなり訊かれて、どきっとした。

「あの、私とゆきりんがバイトしてた会社の人で」

「会社の人って、正社員？」

「ううん。会社経営のほう」

「へえ。でも会社って言っても、小さかったんだろ」

私は内心、苦笑する。

夫が不自然な間に気付いたように、こちらを見たので
「大きくはなかったかな。その人自身は稼いでたみたいだけど」

と答えると、夫は白けたように
「なんで今さら？」

とだけ尋ねた。

「矢沢が意気投合したとかで。私は、もう十年近く会ってなかったけど」

「ふん。まあ、矢沢さん、スタイルいいし美人だし。そのわりにまだ独身だもんなあ。早く結婚して子供も欲しいところだよな」

夫が適度に染めた前髪を掻《か》き上《あ》げながら、なんの疑いもなく呟いたので、私は黙った。

結婚前に友人を集めた飲み会の席で、まわりの男友達から、結婚を決めた理由を訊かれた夫は無邪気に答えた。

「料理が美味《うま》くて綺麗好きで優しいから」

それまでは働く女性に理解を示していたはずの男友達が、一斉に納得したような顔をした。

そのことに矢沢は今でも腹を立てていて
「結局さあ、時代が変わっても、男が女に求めるものって変わらないんだよ。未《いま》だに合コンで看護師と保母さんが人気あるのって、子供と自分の面倒を見てくれる女がいいってことでしょう。しかも今の時代、働きながら女がそれをやらなきゃならないんだよ。塔子には悪いけど、私には結婚とか、本当に無理」

とぼやいていた。

夫が、急にこちらを向いて

「もしかして矢沢さんのことを誉めたから、怒った？」

と尋ねたので、私はあっけに取られながらも
「あ、うん」

と適当な相槌を打った。

「そんなつもりじゃなかったんだって。俺の男友達だって言ってたよ。結婚するなら、塔子みたいな子がいいって」

「え、誰が？」

「室井《むろい》とか、田辺《たなべ》とか。母性を感じるって。俺は知らなかったけど、最近って離乳食もレトルトなんだって？　全部手作りとか珍しいって会社の先輩も誉めてたよ。いくら美人でも前に出すぎるタイプより、塔子みたいなほうが絶対にいいよ」

最後の台詞《せりふ》に、私は苦笑した。

夫に悪気はないのだ。ただ、ずっと一緒に生活していれば、もともと無自覚に無邪気な人だから、正直な評価をぽろっと口に出してしまうことは多い。

「そういえば室井のところ、また息子《むすこ》らしいよ」

と言われて、私は驚いた。

「うそ。じゃあ、三兄弟になるんだ。大変だね」

「だよな。室井に、おまえも二人目は息子が欲しいんじゃないのかって訊かれたけど、正

直、俺、二人目も娘でいいな。最近、パパ、パパって追いかけてくるのとか、可愛すぎて鼻血出そう」

夫は愛《いと》おしそうに、翠の顔を覗き込んだ。今は閉じているけれど、くりっとした二重の目に、品良く整った唇。夫似の可愛い娘は、私にとっても自慢だ。

心の内に現れた、かすかな引っかかりを無視して、枕に頭を預ける。

最近、まわりからあの質問をされるたびに、気持ちがひりひりするのを感じていた。


——二人目って考えてるの？


夫の寝息が聞こえてきて、私も無理やり目を閉じた。

赤の他人が言うなら、まだ仕方ない。でも、どうして夫がその台詞を簡単に口にできるのだろう。

二人目って。

子供って。

セックスしないと、できないんじゃなかったっけ。

ダイエットをする暇はなかった。

家を出る直前まで、私は鏡の前でぐずぐずと迷っていた。床に散らばったストッキングやアクセサリーを、翠が上機嫌でいじっている。

「ママ、じゃらじゃらしたい」

「はいはい。ちょっと待ってね」

「ママ、じゃらじゃらしたいー」

私は焦りながらも、翠の首に、淡水パールのネックレスを掛けてあげた。ストッキングを穿《は》いている間、翠はきゃっきゃと声をあげて、鏡の前でポーズを作っていた。

さらっとして光沢のある白シャツに、紺色のタイトスカートを穿いて、左耳に大事な一粒ダイヤのピアスを付ける。

香水は付けかけて、鏡台に戻した。意識していると思われたら嫌だし、ワインの香りをジャマしても困る。

細い革の腕時計を巻き、ハンドバッグ片手に翠を連れて居間へ飛び込み
「すみません、翠をよろしくお願いします」

と頭を下げると、麻子さんは、はいはい、と笑って、翠を抱き上げた。

「ばあば、しょくぱんまん、見たい」

「いいよー。翠ちゃんの王子様だもんね。翠ちゃん、おばあちゃんの王子様は、誰だ？」

履いた。

「外れー。ヨン様でした」

はしゃぐ声を背中に受けながら、玄関で三年半ぶりにプラダのベージュ色のパンプスを履いた。

ゲレンデのように滑らかなラインを描いたパンプスは、勤めていた頃、ボーナスで買った物だった。もっとも、そのときももったいなくてほとんど履くことはなく、妊娠して以降は一切出番がなかったのだった。

外へ出ると、日が暮れかけたガレージで片付けをしていた夫が振り返った。

「なんか、今日、いつもよりも気合い入ってない？」

「矢沢、いつもお洒落な格好しているから。私だけ適当だと恥ずかしいし」

とっさにそうごまかして、細い踵《かかと》で地面を鳴らして駅へと急いだ。

恵比寿《えびす》駅から少し歩いた路地裏に、イタリア料理店はあった。歩道に店の明かりが漏れて、外まで喋り声が聞こえている。

緊張してドアのそばに立っていたら、すっと開いて
「ご予約のお客様ですか？」

と若い男性店員に訊かれた。仕方なく、はい、と頷いた。

奥まった個室に通された瞬間、足がすくんだ。

彼はこちらに背を向けて座っていた。紺色のジャケットを羽織っているものの、二の腕のところが軽く余っていて、やっぱり体形が変わったんだ、とあらためて実感した。

向かい側の席には、すでに矢沢がいた。

「あ、塔子。おつかれ。家は大丈夫だった？」

矢沢はざっくりした黒いサマーニットを着て、手首にはゴールドとシルバーのブレスレットを重ねている。クールな美人顔なので、シンプルな格好でも十分に女らしく映えて、お洒落に見えた。

「うん。矢沢、今日も素敵だね」

「ありがと。てかさ、塔子こそ、結婚してから人妻の色気が出てるよね。清楚そうなのが、かえってさ」

私は噴き出しかけたけど、彼がこちらを見たので、軽く目を伏せた。

「てか、ごめん。私、うっかりしててさ。たしか名前もまだだったよね。こちら、鞍田秋彦《くらたあきひこ》さん」

私は、矢沢のとなりに腰掛けながら、ゆっくりと顔を上げた。

「鞍田です。というよりも、おひさしぶりです、かな」

彼の一言と、矢沢が、え、という顔でこちらを見たのはほぼ同時だった。

「どうも、おひさしぶりです」

「え、なに？　二人とも知り合いだったの。どういうこと？」

動揺している矢沢に、彼はすぐにフォローするように
「いや、俺も結婚式でちらっと見かけただけだから、確信が持てなかったんだけど。昔、ゆきさんと交代で俺の会社でバイトしてもらったことがあって。とは言っても、数ヵ月だけ」

と説明した。

「そう、だったんですね。てか、塔子、先に言ってよー。びっくりするじゃん」

「だって、矢沢から名前も聞いてなかったし、十年前のことだったから、微妙に忘れてたっていうか……あ、すみません、鞍田さん。忘れてたなんて」

「いや、無理ないよ。十年って言っても、俺は三十代から四十代になっただけだけど、君は若かったしな」

と彼は当たり前のように目を細めて笑うと、食事のメニューを開いた。

シャンパンが運ばれてきて、冷たく甘い液体を二、三口飲むと、ようやくちょっと緊張がゆるんだ。

前菜の盛り合わせを突っつきながら、主に矢沢が喋って、そこに乗っかるように私が話をして、鞍田さんはほとんど聞き役にまわっていた。

「すみません、ワインリストを」

すぐに白ワインのボトルが空いて、彼が赤を追加した。

「塔子、全然、イケるじゃん。ちょっと心配だったんだよね。本当に弱くなってるんじゃないかって」

「お酒はひさしぶり？」

と彼が訊いたとき、矢沢が席を立って、ちょっと化粧室に、と言い残して出た。

矢沢がいなくなると同時に、私に向かって
「君は来ないんじゃないかと思ってた」

と鞍田さんが言ったので、私は内心動揺しながらも
「それ、どういう意味ですか？」

と訊いた。

「あの結婚式の日に声をかけて、飲みに誘ったら、君は受けてくれましたか？」

「それは、なかったと思います」

と私はすぐに答えた。

「じゃあ俺は正しかったかな」

計画的だったのだと知った途端、圧倒的な焦りが込み上げてきた。私たちの過去を見抜かれたら、こうして会っていることを知られたらと思うと手のひらに嫌な汗が滲《にじ》んだ。

「むしろ俺は、君がうちで働いてたことを、矢沢さんは当然知ってるんだと思ってたけ

ど」

　と彼がちょっと意外そうに呟いたので
「矢沢は、大学生のときにイギリスに語学留学してたんです。だからその頃に、お互いがなにをしていたかは知らなくて」

　と説明していたら、彼の視線が、テーブルの上に置かれた私の右手に注がれていたので、思わず隠した。

「……もう、そういう関係じゃないんだから。矢沢にも」

　鞍田さんは目だけで笑うと
「君は、変わってないな。よけいなことなんて言わないから、安心していいよ」

　と宥《なだ》めるように言った。

　ひどく喉が渇いてワインを多めに口に含むと、飲み込んだ直後、ぐらっと脳が揺れた。

「大丈夫？」

　彼が片手を伸ばしかけたので、見ないふりをして、首を振った。

「やっぱり弱くなってる。子供が生まれてから、ほとんど飲むことがなかったから」

「子供？」

　彼が驚いたので、私はようやく笑って
「今、二歳です。もう、あなたの知ってる私じゃないですね」

とはっきり告げた。

「そうか。結婚したことだけは、さっき聞いたけど。そういえば今は、名前は」

私はちょっとだけ間を置いてから
「緒方《おがた》塔子から、村主《むらぬし》塔子になりました」

と答えた。

「むらぬしってどういう字？」

「村に、家主の、主。夫の家のことを言うのは申し訳ないけど、あからさまに地主っぽい名字で、自分に似合ってなくて、ちょっと恥ずかしいです」

と苦笑すると、彼も笑った。

「そうか。子供まで。でも、この前の結婚式のときは、たしか一人で」

「大人しくしていられる年齢じゃないし。夫とお義母さんに見てもらってました」

「そうか、子供か」

と彼はもう一度呟くと、急に親しみを滲ませて尋ねた。

「君に、似てる？」

私はちょっと戸惑《とまど》いながらも答えた。

「夫に似てる、かな。でも表情によっては。寝顔とか、笑った顔とか。目をつむった顔も似てるって言われます」

「そうか。見てみたいよ」

彼はグラスを傾けながら、当たり前のように言った。

私はグラスを口に付けながら、もしかしたらこの人は今淋しいのだろうか、と考えた。だから馴染《なじ》んだ昔の女に会って喋りたくなったのかもしれない。そう思ったら、あんまり頭から拒絶するのも自意識過剰だという気がしてきた。

矢沢が戻って来ると、最近、参加して大失敗だったという合コン話で場を沸かせてから
「塔子の旦那みたいな人って、なかなかいないよね。ああいう人を合コンで見つけて結婚するとか、どんだけ女子力隠し持ってたんだよ」

いつもの調子で持ち上げ始めたので、私は笑って首を横に振った。

「彼の会社と私のアパートが近かったから、なんとなく居着いちゃっただけだって」

鞍田さんが、ふいに口を開いて
「結婚した相手は、どんな人？」

と訊いた。私が迷っていたら、矢沢が代わりにきっぱりと
「イケメンですね」

その言い方に、彼が軽く噴き出した。

「矢沢ってば」

「いや、誰が見てもイケメンだって。おまけに勤め先も有名企業だし、休日の趣味はドラ

イブでしょう。なんていうか、健全」

「それは、そうだけど。矢沢、前はもうちょっと悪く言ってたくせに」

「あー、あのときは酔ってたから」

「悪く？」

と彼がからかうように尋ねたら、矢沢は一呼吸置いてから、言った。

「……色んな意味で、坊っちゃん？」

「それは当たってる」

「挫折とかトラウマとか、まったくなさそう」

「うん、一切ないね。そういう人の気持ちとか分かんないと思う」

私が思わず真顔で断言すると、鞍田さんは笑わずに、そうか、と言いながらグラスに手を伸ばした。

結局、三人で四本近いボトルを空けて、食後のデザートとチーズまで食べ終えた。

矢沢は上機嫌で

「ごちそうさまです。どれも最高に美味しかった。いいお店ですね！」

と告げて、最初に店の外へと出た。

私が続いて出ようとしたら、鞍田さんがいきなり腕を摑んだ。薄い生地越しにも、熱い体温が伝わってきて、体が強張った。

「三十分後に、となりのビルの三階のバーで待ってる」

振り返ると同時に、彼は手を離して、そっと私の背中を押した。

店を出てすぐに
「そう言えば、よかったら連絡先を」

と言われて、矢沢の手前、突っぱねることもできずにアドレスを伝えると
「ありがとう。またタイミングが合えば。じゃあ、俺はタクシーのほうが近いから」

そう言って、彼は通りに出ると、先に別れを告げた。

矢沢はぱっと駅のほうへ歩き出すと
「あー、楽しかった。話も聞いてくれるし、奢《おご》ってくれたし、いい人じゃん」

と感想を述べた。

「そうだね。私も、ひさしぶりに優雅な時間が過ごせて、楽しかった」

と相槌を打ちながら、心の中で、どうしよう、と呟いた。どうしよう。どうしよう。

腕時計を見ると、まだ九時をちょっと過ぎたところだった。夫にメールを送ると、すぐに携帯電話が光って
『翠はおふくろが上手く寝かせた。魔法みたいだった！』

という返信に、とりあえずほっとした。

このまま帰るべきなのは分かっていた。

ただ、もう翠も夜泣きをしなくなったし、今すぐに帰っても夫が酔っている私をからかうだけで先に眠ってしまうのは目に見えていた。

結婚してからの四年間、一度も男の人と一対一で飲んでいない。

今夜だけ、ほんの一時間くらい酔っても罰《ばち》は当たらないんじゃないだろうか。なにより鞍田さんがどういうつもりで今夜の会をセッティングしたのか、内心はすごく気になっていた。

矢沢が駅の改札を抜けた瞬間、私はさり気なく、あ、と声をあげた。

「さっきのお店に、カードケース忘れた」

「え？　マジで。付き合おうか」

「ううん、矢沢のほうが家遠いでしょう。私、取りに行ってくるから」

彼女はあっさりと、分かった、と手を振った。

店まで戻る間、不自然なくらいに足早になって、最後は駆け足になった。頼むからお店に着かないで、と思いながらも、なにかに急《せ》かされているみたいにビルの三階までエスカレーターで上がる。

薄暗いフロアにバーの店名だけが光っていた。私はそっと重たい扉を押した。

バーテンダーが潜めた小声で、いらっしゃいませ、と言って会釈した。

鞍田さんは、カウンターの一番奥の席に座っていた。

私がとなりの椅子を引くと、来ることが分かり切っていたように
「おつかれさま」

と言った。

「ちょっと、帰り際が不自然だったかも」

「まあ、お互い大人だから」

「そういうの女同士には通じないんです」

「そっか、ごめん。でも、ひさしぶりに会えて嬉しかったよ」

軽く受け流すこともできたのに、ワインの後に走ったせいか、かなり酔いが回っていて
「あのとき離婚してくれなかったのに、今さら、そんなこと言われても」

と思わず本音をこぼしてしまった。

彼が黙ったので、私は笑って首を振った。

「ごめんなさい。責めたかったわけじゃなくて、もう昔のことだから。懐かしい思い出の一つとして語りたくなっただけです。すみません、ジントニックください」

「昔?」

私は頷いて、笑った。

「ついこの前まで自分は大学生だと思ってたら、もう三十一歳ですよ。子供を産んで家の中だけで生活してたら、すっかり所帯染みちゃいました」

　彼はまったく意に介さない口調で、そんなことないよ、と言いながら、メニューを開いた。

「俺は正直、君があんまり変わっていないから、驚いたくらいで」

「あいかわらずですね。鞍田さんは、昔も、そうやって」

と言いかけて、思わず口をつぐんだ。

「ん？」

　彼がメニューから、こちらへと視線を向けた。私は、なんでもない、と答えた。

「そういうところも、変わってないな。すみません。サイドカーを」

「それ、あなた、好きでしたよね」

　鞍田さんが目を細めて、微笑んだ。

　肩のあたりにシャツ越しの体温を感じると、懐かしさとほのかな色気が溶けあってアルコールで滲んだ視界がいっそうぼやけた。

「最近も、旅に出たりしてるんですか？」

　彼の趣味が一人旅だったことを思い出して尋ねた。

「うん。先月は小笠原諸島まで行ってきた」

「小笠原諸島って、たしか、すごく行くのに時間がかかるんじゃないですか？」

「そうだな、船で丸一日かかるから」

一日、と聞いて、私は気が遠くなった。育児も家事もまったくせずに、それだけの自由な時間が今の自分にあったなら。

好きなだけ眠って、マッサージに行って、ぼうっと映画を見て……きりがないくらいに浮かんできた。

「仕事は、今は忙しくないんですか？」

「来月から知り合いの会社の立て直しを手伝うことになってるから、それまでは。一時期みたいに、派手な付き合いして、乱暴に美味いものを食べて。そういうのはやっぱり精神的に限界が来るし、虚《むな》しくなってくるから。前の会社はすっかり菅《すが》に任せて、しばらくのんびりしてたよ」

「そっか。ちょっとうらやましい」

「君は、仕事は？」

「一年産休取って、夫の両親と同居してるからって理由で、保育園に入れなくて、半年延長して、それでもダメで。無認可も探したけど、どこも数十人待ちとかで、結局、退職しました。仕事、好きだったんだけど」

あのときのことを思い出すと、最後まで親身になって対応してくれた区役所の若い女性職員と、私に向かって意見をまくしたてた夫の顔が交互に浮かんできて、かすかに胃が締め付けられた。

——そんなの、いくら同居だからって、おふくろが週五日も朝から晩まで一人で面倒見るなんて無理に決まってるじゃないか。もういい歳なんだし。

——復職前提じゃないと保育園の申し込みができないのに、保育園の枠が少ないから入園できるかどうかは分からないなんて、むちゃくちゃだよ。向こうも、よく平気でそんなこと言えるよな。

どうせ仕事ができたってできなくたって給料変わらないしクビにならないんだから、仕方ないけどさ。

たしかに正論だった。私だって、矛盾した話だとは思っていた。

でも、最後の一言で。

——まあ、ただ、うちは家賃もないし、無理に共働きじゃなくても生活していけるんだから、よそに比べたら、たしかに塔子は困ってないよな。

「大丈夫か、考え事？」

鞍田さんに声をかけられて、私は記憶を打ち切った。

「ちょっとだけ。嫌なことを思い出しちゃって」

「じゃあ、今だけ忘れたらいいよ。帰りは送っていくから、心配しないで」

私は恐縮しながらも、ありがとう、と答えた。

お酒の力もあって十年ぶりとは思えないくらいにリラックスしていた。年齢差のわりには波長の合う人だったことを思い出した。

たまに数人でお酒を飲むくらいなら楽しいかもしれない、と私はゆるんだ頭で考えた。夫はどちらかといえばワガママを言いたいほうで、私の話を聞いてくれたり、甘えさせてはくれないから。

夫の言う通り、私はお酒を飲むと頭のネジがゆるむタイプだった。普段の抑圧が強い分、反動かもしれない。明日になれば元に戻ってしまうことは分かっていても、今だけは自由な思考を楽しんでいたかった。

笑っていると、目が合った。すぐにごまかすように伏せた。

ちょっと飲み過ぎたと反省しながら、私は立ち上がった。

「すみません、化粧室は」

とバーテンに小声で尋ねると、同じくらいに潜めた声で
「すみません。店内にはないので、裏口から出ていただいて、階段を下りた右手になりま

す」

と言われた。

私は薄暗いバーの床を慎重に転ばないように歩いて、裏口から出た。

いきなり目の前が明るくなって、雑然とした非常階段の踊り場に出た。壁はところどころ黒ずんでいる。乱雑に段ボールが積まれ、夢から覚めた気分になった。

ふらつく足で慎重に階段を下りて、女子トイレのプレートが貼られたドアを開けた。

黄色い花柄の壁紙が目に入り、手前に鏡と洗面台があった。予想よりも真新しい洋式トイレがこちらを向いていた。

次の瞬間、強い力に、背中を押された。

や、と逃げるよりも先に、背後で鍵を掛ける音がした。怯《おび》えて振り返ると、鞍田さんが立っていた。

いきなり節の太い指先が、私の顎《あご》を摑んだ。嚙《か》みつくようにキスされて目を閉じる余裕もなかった。舌が絡むとブランデーとレモンが香って、その生々しい感触に思わず目をつむった。

彼の手が左胸を包んだ瞬間、膝が崩れそうになった。酔った頭でも、おそろしいことに巻き込まれかけているのが分かって
「やめて」

と私は力を込めて告げた。

彼は無視して左脚を私の膝の間に押し込んだ。

スカートの捲れた太腿《ふともも》を撫でられながら、その靴、と言われて、私は視線を向けた。

「似合ってる。また、昔みたいにしたくなった」

高熱のようなふるえが背骨を伝った。

まだ私の体は覚えているのか。ほんの短期間、この人にだけは溺《おぼ》れたことを。

「やめて。そんなんじゃない」

鳥肌の立った脚に、ゆっくりと指が添っていく。

それでも、さすがにそれ以上するわけない、と思っていた。

彼がズボンのベルトに片手を掛けて引き抜いた。腰を抱きかかえられて、スカートを捲られストッキングを引き下ろされそうになり、ようやく本気だと悟った。

「本当に、やだ」

首を振ると、素早く後ろに腕をひねられて、私はバランスを崩した。

とっさに洗面台に片手をつく。彼が電気を消した。

完璧な暗闇が訪れて、下着が太腿を滑り落ちると、背後からゆっくりと腰を寄せられた。

熱い鉛が押し入ってきたみたいで、あまりの窮屈さにうめくと、彼は私の足を開かせて探るように角度を変えた。

突然、ずるっと滑り込んできた。かすかな痛みと熱が、膿《う》んだように下腹部を覆った。

「ひど、い」

吐き出すように言うと
「そう、だな。ひどいかもな」

「もう、帰る」

と訴えると、彼がいきなり深めに突いた。腰骨とお尻がぶつかって弾《はじ》けるように鳴り、抑制がきかずに声が漏れた。まだ快感よりも、火傷《やけど》のような痛みが強い。

甘く見ていた。この人が壊れていたことを忘れていた。

右手が前にまわってきて、指の腹で潤んだ周辺を擦《こす》られると、刺すような快感に泣きそうになった。ふくらはぎが攣《つ》りそうになる。洗面台にしがみ付きながら
「やだ、やだ馬鹿、最低」

とくり返していたら、腰が離れかけた。

「……そんなに嫌なら、やめるか」

しばらく黙っていたけれど、とうとうあきらめて、違う、と呟いた。

「なにが。言わないと分からないよ」

私はそっと洗面台に額をつけて言った。

「……気持ちいいから、やめないで」

鞍田さんが黙り込んだ。目をつむって息をのんだ。

けれど彼は、今日は持ってないからな、と言って引き抜いてしまった。

わけが分からないまま壁に寄りかかる。解放されたばかりの太腿の奥にはまだなにか残っているような気さえした。

彼が明かりをつけると、私は急いでしゃがみ、足首に引っかかっていた下着とストッキングを引き上げた。ふらつきながら衣服を整えていたら、耳元で囁《ささや》かれた。

「もし来週の土日のどちらかが空いていれば、二人で、どこかに行きたい」

鏡に向かって、よじれたシャツの襟を直しながら即答した。

「無理です。第一、子供がいるのに、しょっちゅう出られるわけない」

「来週が無理だったら、再来週でも」

「あなたには、もう二度と会いません」

「じゃあ、偶然、たまたま君の家の近くを車で通りかかるかもしれないけど、忙しいようなら無視してください」

「冗談やめて」

と私は絞り出すように言った。

帰ります、と突っぱねるように告げて、一人で化粧室を飛び出した。

非常階段を駆け下りる。冷静に考えたら、すごくひどいことをされたのに、自分の膝が完全にゆるんでいることが悔しかった。

あんなのは同意じゃない、と私は呟いた。だから浮気じゃない。今夜のことは、今ならまだなかったことにできる。悪い夢を見たと思って忘れる。

二十歳じゃないんだから。

二十歳の頃とは違うんだから。

いつしか、私は頭の中で、必死にその台詞だけを繰り返した。


駅から鞍田さんの会社までの道は一切遮るものがなかった。道路からの照り返しと排気ガスを浴びて、何度も汗を拭ったことを思い出す。

大学が夏休みの間、私は毎日のようにその会社に通った。

主な仕事は書類整理やパソコンの入力作業だった。慣れてからは来客にお茶を出したり電話の応対も任せられていた。

たしかに夫の言う通り大きい会社ではなかったが、鞍田さんがぎりぎりまで無駄を削っていたため、中途半端にしがらみの多い中小企業よりも利益は出ていたらしい。

鞍田さんと菅さんは大学の同期で、数年だけ一般企業に勤めた後ですぐに起業した。私には想像もつかないことだが、当時流行りのベンチャー系というのはそういうものだったらしい。

鞍田さんは日中ほとんど外出していて、顔を合わせることはまれだった。でも時々、気まぐれに美味しいお酒を買ってきて、就業後のオフィスで酒盛りになることがあった。

他の社員も若い人ばかりで、飲むとサークルのようなノリがあった。そういうときだけ鞍田さんは年齢相応に見えた。

普段は自由な時間の使い方をしているせいか、すごく若く見えるときもあれば、どきっとするほど老成しているように映ることもあった。

鞍田さんが酔っぱらったときに、一度だけ奥さんが車で自宅から迎えに来た。

神経が細くて人見知りだと聞いていたが、飾り気のないフラットシューズを履いた足でずんずん入ってきて、うんざりしたように鞍田さんを飲み過ぎだと叱る姿からは、そんな印象は受けなかった。たおやかな女性を想像していたので、かなり意外に感じた。

もしあの奥さんが、私と似たタイプの女性だったなら、きっと彼が私と親密になることはなかったと思う。

私自身も若く、結婚のことなんてなにも分からなかったけれど、それでも無意識のうちに彼の中の不足を感じ取っていたのかもしれない。

まるで今の私のように。

麻子さんがコーラスの稽古《けいこ》でいない夜、私は翠をお風呂に入れながら、先週末と十年前の記憶を重ね合わせていた。

翠の髪を洗い、シャワーをかけたら
「ママ、熱いよ」

さほど熱くもないのに、翠はにやにやしながら身をよじった。

「嘘、そんなに熱くないでしょう」

「嘘はママっ。あーんぱんち！」

いきなり胸の間を拳《こぶし》で叩かれて、かすかに噎せた。痛いでしょっ、と叱ってから
「さっさと洗っちゃうよ」

と言って、浴槽のお湯をすくってかけた。

翠は声をあげて笑いながらも、今度は素直に従った。つやつやとした、たいらな胸が熱を帯びて赤らんでいく。

翠を抱きかかえて湯船に浸《つ》かると、体の芯《しん》をひりっとした感覚が貫いた。その刺激で先日の夜が呼び起こされそうになり、振り払う。

翠がアヒルのおもちゃ片手にお湯を叩いた。顔にかかるので、やめて、と言っても、まったく聞かずに、ばしゃばしゃっ、と大声でくり返している。

無理やり押し込まれたために痛みが残ったことに気付いたのは、翌日の早朝だった。

一人でこっそりシャワーを浴びながら途方に暮れた。さすがに病院に行くのははばから

れて、そのうちに治まるだろうと思って、我慢した。

翠が立ち上がろうとしたので腰の位置をずらしたら、また、かすかに痛んだ。情けなさに思わず苦笑してしまう。

そう、痛いはずだ。

なぜなら男の人とセックスするのは三年ぶりだったのだから。

夫は、私が妊娠してすぐの頃に
「当分するのはやめるから」

と言い出した。

寝室のベッドに腰掛けて、まだふくらむ前のお腹を撫でながら、生まれてくる子供のことを楽しく話していたときに。

「塔子と子供が心配で集中できないし、やり方もよく分かんないからさ」

と夫は説明した。

私自身、セックスがそれほど好きなわけではないから特に問題ない。夫なりの思いやりなのだと考えようとした。

でも、だめだった。妊娠中で気が昂《たか》ぶっていたせいもあり、いつになく夫の言葉が癇《かん》に障《さわ》った。

あらゆることに敏感になっていた時期だった。

つわりの予兆と、それでも男性の多い職場で仕事をしなくてはならないプレッシャー。これから体形が変わって、夫に女性として見られなくなるのではないかという不安。母親になることに対する自信のなさ。色んな想いが押し寄せてきて、私は掛けていた毛布をぎゅっと握った。

「真君《しん》って、そういう欲求が薄いほうなの？」

その瞬間、ぞっとするほど冷たい声がした。

「誰と比べてんの？」

私は驚いて、一瞬、言葉に詰まった。

「……べつに、誰かと比べたわけじゃなくて。一般的に、妻が妊娠中は男の人のほうが欲求不満になりやすいって言うから」

フォローのつもりだったけれど、夫がいっそう苛立った口調で

「一般ってなんだよ？　俺は、俺だろう」

と言い切ったので、私は仕方なく、ごめんなさい、と謝った。

「だいたい、そういうのってどこまで真実なんだろうな。雑誌とかネットとか、いかにも世間の大部分みたいに言うけどさ。実際は日本人の男なんて、中高生はともかく三十歳過ぎても性欲を持て余してるほうが少数派じゃないの」

「そう、かも。私も詳しくは知らないけど」

「てかさ、前から思ってたんだけど、うちのおふくろって女性向けの週刊誌とか、よく買ってくるけど、ああいうの、あんまり読まないほうがいいよ。男から見たら、あんなの読んで鵜呑《うの》みにしてるの、すごい頭悪そうに見えるから」

自分でもびっくりするほど神経が逆立って、かえって言葉が出なくなった。

「そういうことを女の人から言い出すこと自体、あの手の雑誌の悪影響っていう気がするんだよなあ。こっちだって、もうちょっと恥じらってもらったら、受け取り方も違って……」

「私に恥じらいがないって言うの？」

尋問口調で訊いたら、夫は失言に気付いたのか、ちょっと平静に戻って言った。

「そんなこと言ってないけどさ。塔子は、十分、女性らしいと思うよ。だからよけいにびっくりしたんだよ」

私はあまりの居たたまれなさに反論した。

「べつに、私も本気で言ったわけじゃないから。黙ってたけど、本当は私、男の人に触られたりとか、ちょっと苦手だし」

「え、そうなの？」

と訊き返した夫の声が奇妙に明るかったことに、面食らった。

「なんだ、そうか。ごめん。今まで俺、全然気がつかなくてさ」

思いがけず優しい言葉をかけられたので、私も尖《とが》った声を出すことができなくなり
「ううん。私も言わなかったから。苦手っていうか、未だに慣れなくて。変に気を遣っちゃって、あんまり自分からはどうしてほしいっていうのも分からないし」

夫は、そっか、そっか、と頷いた。あまりきちんと理解しているようにも思えなかったけれど
「まあ、いいよ。この話はもうおしまいにして。明日も朝早いし、体に悪いから寝よう」

と夫のほうから話題を打ち切った。

数ヵ月経《た》っても、本当に夫から積極的に性的関係を持とうとする気配はなかった。私のほうが浮気されるんじゃないかと不安になってオーラルセックスをするようになったら、それはあっさりと受け入れられた。

その習慣だけが、産後も残った。

たしかに夫の言うとおり、雑誌に書いてあることは信用ならない、とつくづく思った。最近はどこにでも、夫婦の性の問題は話し合うべき、と臆面もなく書いてある。でも流行りの風潮はあくまで作られたもので、大半の男の人は、女から堂々と性の問題なんて言い出されたら萎《な》えてしまうのだと思う。それはもう理屈じゃないのだろう。

あれ以来、夫にそういう話題を持ち出すことを、私はすっかりやめてしまった。それからずっと、ほんの少しの愛撫すらないままに、この体は硬く閉じていたのだ。

それなのに、なぜ、あの人は今さら。

――偶然、たまたま君の家の近くを車で通りかかるかもしれない。

思い返せば、昔から酔うと強引にでも抱きたがる人だった。だから、すべてはお酒の勢いに違いなかった。

案外、矢沢は手ごたえがなさそうだから、私に乗り換えたのかもしれない。十年も経って、ずっと会いたかったなんて、さすがにバレバレすぎる嘘だ。

だいたい離婚して自由になった今、リスクばかり高くて時間のない子持ち女に執着しなくても、ほかにいくらだって相手はいるはずだ。

だから、なにも心配することはないのだ。私が無理に都合をつけたりしないかぎり。

「ママー。あつい……」

翠に言われて、はっと見た。のぼせたのか、ぼんやりとお湯に浮かんだアヒルを見ていた。

「ごめんね。もう出ようね」

あわてて言うと、翠は小さく、うん、と頷いた。

翠を寝かしつけてから、私はふと心配になって、鏡台のライトを点《つ》けた。

パジャマのボタンをそっと外して、床に落とした。白い上半身が鏡の中に映る。腰にぴったりとしたズボンのゴムが張り付き、かすかに緊張したようにお腹が強張る。授乳が終わっても、胸は意外とサイズが落ちることなく大きさを保っている。張りの代わりに柔らかさを得つつある。

気になったのは二の腕だった。引き締まった部分と、中途半端に水を詰めた風船のようなゆるさが混在して、妙にいやらしい印象を受けた。幼い頃、母親が珍しくノースリーブのワンピースを着ていたときに、はっとしたことを思い出す。棒のような自分の腕とはまったく違っていたからだ。あれは、お母さん、という名の二の腕だったのだと今になってしみじみと実感した。

腰も目立つほど肉が付いているわけではないが、以前はぐっとくびれていた部分が曖昧《あいまい》になりかけている。

子供を産む前は、体に変化を感じたことがなかった。崩れる、という言葉の意味を知ったのは産後だ。気付いたときには、ぐずぐずと少しずつラインが下がっていた。もっとも夫ですら、私が脱いだところをめったに見ないのだから、今まですっかり放っていたのだ。

あの人は、今のこの体形を見てがっかりしなかっただろうか。

二十歳の頃に言い寄られたから、てっきり若い娘が好きなのだと思っていた。だから年齢を重ねた私に対しても、彼が強い性欲を見せたことにはびっくりしたけれど、途中でやめてしまったことでまた自信をなくしかけていた。

すべて脱いでも同じように反応してくれるのだろうか。

そこまで思い詰めたら、すっと馬鹿馬鹿しくなって、私はパジャマを拾い上げて羽織った。ボタンを留めながら考え直す。

こうやって空想しているだけなら、なんの罪も犯していないし、手放すものもない。この前の夜のことは、客観的に見れば同意の上とは言えない。私は不倫という過去の弱みがあるから騒ぎたてなかった、ということにしてしまえばいい。

でも、もう一度会うとなれば話はべつだ。そのことを考えただけで罪悪感で息が苦しくなってきた。

近所に悪い噂《うわさ》を立てられて、優しい義理の両親や夫を傷つけて。なによりも、悪い母親の烙印《らくいん》を押されるのが怖かった。

私は、普通でいたかった。少しでも世間から逸脱したくなかった。そのために今まで努力してきたのだから。

鞍田さんのことは忘れよう、と誓って掛け布団を捲り、翠に寄り添った。

夫は二杯目のビールグラスを空《から》にすると、満足そうに窓の外の夜景へと視線を向けた。

「あー、やっぱり奮発してよかったな。肉もビールもすげえ美味くない？」

私は笑って頷きながら、鍋の中で煮えている牛肉を、夫のお皿に取り分けた。

「お、さんきゅ。この生卵、濃いよなあ。黄色を通り越してオレンジ色」

「そうね。お肉も、脂がすごい。柔らかい」

「ここ、一度だけ接待で来たんだよ。ホテルの中のすき焼き屋なんて、仕事か記念日でもないとめったに来ないからさ」

私はまわりを見渡した。夕食時でも四割くらいしか席が埋まっていない店内は、静かで優雅な雰囲気に包まれていた。

「ありがとう、結婚記念日に美味しいものを食べさせてくれて。平日なのに早く退社して来てくれたし」

夫は、和服姿の店員にビールと生卵を追加してから、私の顔をまじまじと見て
「塔子、最近、なんかいいことでもあったの？」

といきなり訊いた。

「べつ、に。なにもないけど」

「そっか。なんか、ぼうっとしてることが多いから。むしろ最近、俺の帰りが遅かったから、淋しくて怒ってるとか？」

私は曖昧に笑って、そうかもね、と答えながら、膝をそっと揃《そろ》え直した。

シンプルな紺色とはいえ、ひさしぶりにミニのワンピースを着たのは、鞍田さんと会った夜よりも、ちゃんと気合いを入れようと思ったからだった。

「ごめん、ごめん。二人で食事とかひさしぶりだもんなあ。翠がいると全然、落ち着いて食えないし。たまにはこういう時間ってないとダメだと思ったよ」

夫がそう言ってくれて、すごく嬉しいのに、罪悪感から上手く微笑むことができなかった。

淋しくて怒っているどころか、昔の不倫相手に化粧室で強引に犯されたなどと、どうして言えるだろう。

私はしいたけをそっと口に運んだ。ぶつっと噛むと、甘いだし汁が口の中に溢れて、かすかに人肌に歯を立てたような錯覚を起こした。

ふと気になって尋ねた。

「真君が大学の頃に付き合ってた彼女とは、よく食事や飲みに出かけたりした？」

途端に、夫は曖昧な笑みを浮かべて訊き返した。

「どうしたんだよ。いきなり。そんな昔のこと」

「なんとなく、気になったから。真君って、あんまり昔の話をしなくて、そういうところ品が良いなって思ってるけど。たまには、ちょっとくらい知りたいかな、て」

「そんなもん？　俺は正直、塔子の過去もあんまり知りたくないし、俺の過去だって結婚した奥さんに話すようなことじゃないと思ってるけど」

はっきりと、あんまり知りたくない、と言い切った夫に清々《すがすが》しささえ覚えた。

この人は、すごく子供っぽいところもあるし迂闊《うかつ》だけど、その分、誠実だ。だから安心できるし結婚した。鞍田さんとは、なにもかも正反対。

私は、じゃあ聞かなくていい、と笑って告げた。そして今度家族で旅行するならどこがいいかという話をした。

夫はビールだけですっかり酔っぱらって、上機嫌で店を出た。

一階のフロントの前を通るとき、私は知らず知らずのうちにチェックインする宿泊客を見ていた。夫は当たり前のように玄関口へと向かっていく。

夫がホテルの予約をしているなんて端《はな》から考えてもいなかったので動揺はなかった。鞍田さんに誉められた靴はさすがに手に取ることができなくて、バランスが悪いとは思いつつも、フラットな茶色いサンダルを履いていた。

駅までの道を二人で歩いていると、じょじょに視界に過剰な色彩が溢れてきて、ラブホテルの看板が目立つようになった。若い男女から、どう見ても不倫の熟年カップルまで、一様に寄り添って足早に過ぎ去っていく。

夫が真新しいラブホテルの出入口へ向かっていった。

私はびっくりして、遠慮がちに広い背中を追いかけた。夏物の麻のジャケットがよく似合っている、長身ですっとした後ろ姿。

考えていないようでやっぱり考えてくれていたのだと気付くと、気恥ずかしさもあったけれど、嬉しさが込み上げた。

やっぱり鞍田さんの誘いになんて乗るんじゃなかった、と激しい後悔が押し寄せてきた。私はひどい妻だ。二人きりで飲んで、しかも隙《すき》だらけだったのだから、やっぱりあれは不貞行為でしかない。

自分を責める気持ちと、夫への愛情が同時に湧き上がって、ほとんど泣きそうになっていたとき、夫が財布を取り出しながら、自販機の前で立ち止まった。

あれ、と首を傾《かし》げていると、夫は小銭を入れて、ボタンを押していた。がらん、と場違いに重い音が響いて、夫が中に手を突っ込んだ。

取り出されたのは、コーラのロング缶だった。

「すき焼きって喉渇くよなぁ。あんだけビール飲んだのに、ひさしぶりにコーラ飲みたくなっちゃったよ」

もしかしてラブホテルに持ち込むのかと思った矢先、夫はぱっとプルタブを引いて、その場でコーラを飲み出した。

私は呆然《ぼうぜん》と一連の動作を見つめていた。

「ロング缶なんて買ったの、学生のとき以来だよ」

「え……あ、うん」

「女の人はもともとあんまり飲まないか。そういえば、なんで男って炭酸好きなんだろうな。三十歳過ぎてロング缶はさすがにちょっと量が多いけど。あー、でもひさしぶりに飲むと美味いよ」

炭酸？

ロング缶がなに？

私は半ば混乱しながら、心の中で問いかけた。

それから、自分のこういうところがいけないのかもしれない、と思い直した。また恥じらいがないと言われるのが怖くて遠慮していたけれど、鈍感な夫には口に出さなければ伝わらないこともある。

私は勇気を出して、切り出した。

「さっき、びっくりしちゃった。いきなり建物に向かっていくから」

「あ、ああ。そっか。ホテルか」

夫は初めてその存在に気付いたようにラブホテルを見上げた。

「もしかして、寄りたいの？」

夫がからかうように尋ねた。私はためらいながらも頷いてみせた。

「う、ん」

「えっ？　本気で言ってんの？」

突然、夫が酔いから覚めたように訊いた。

「こんなところ高いわりに、ちゃんと清掃してるかも分かんないじゃん。塔子ってそういうこと気にしないの？」

いきなり通り魔に刺されたようなショックと痛みが、お腹の底から突き上げてきた。

「べつに、冗談で答えただけ」

「だよなあ」

夫は駅のほうへと歩き出しながら訊いた。

「なんか酔いが覚めたら、翠の顔が見たくなっちゃったよ。今ならまだ、おふくろが寝かしつけるのに間に合うよな？」

私は仕方なく、小さく、うん、と相槌を打った。死んでしまいたい、と思った。

私たちが帰ると、翠のびっくりしたような声が、居間から聞こえてきた。

「ママ、パパー？」

そう言いながら、駆け寄ってきた翠を、夫はさっと抱き上げた。

「パパー。おかえりなしゃい」

嬉しそうに抱きつく翠を見上げながら、私はまだ途方に暮れていた。ジャケット越しに筋肉の浮かび上がった夫の腕が、作り物のように感じられた。

土曜日の朝、目が覚めると、やけにばたばたと騒がしい音が聞こえてきた。

夫と翠はぐっすり寝入っていた。私はTシャツとジーンズに着替えて、あわてて階段を下りた。

居間の扉を開けたら、麻子さんがなにやら出かける支度をしていたので

「どうしたんですか？」

と尋ねたら、麻子さんがぱっとこちらを向いた。

「おはよう。真を起こしてきてもらっていい？　うちの母親の具合が悪いみたいで」

「え、大丈夫ですか？」

「うん。まあ、七十歳過ぎて腎臓も悪くしてたからちょっと、ね。とりあえず草加《そうか》の病院まで様子見に行ってくるわ。お父さんはどうしても接待で行けないっていうから、真に車出してもらおうと思って。あ、それから、翠ちゃんも連れて行こうと思うんだけど。うちの母親、今年のお正月も入院してたでしょう。ずっと翠ちゃんに会いたいって言ってたのよね」

「あ、はい。じゃあ私も」

「それがね、十時から一階の洗面台の排水溝、修理の人が来ることになってて。申し訳ないんだけど、塔子ちゃん、家に残って対応してくれない？」

「分かりました。じゃあ夕飯は」

「夕飯までには帰ってくるから。塔子ちゃんもたまにはゆっくりしてて。ちょっと真ー、いいかげん起きて来なさいよ」

私はすぐに夫と翠を起こして、支度を手伝いながら
「私、本当に行かなくていいのかな？」

と訊いたら、夫はあっさりと返した。

「いいんじゃないの。祖母《ばあ》ちゃんとは、塔子は二回くらいしか会ってないんだし」

簡単な朝食を用意して翠と夫に食べさせてから、三人を送り出した。

翠は途中でお菓子を買ってもらえると聞いて、ごきげんで麻子さんに手を引かれていった。

家に残された私は、久々にソファーに足を伸ばして横たわった。

「ひろいー」

と思わず声が漏れる。あまりの解放感に全身の力が抜けた。

自分の朝食を済ませて、家中の掃除や洗濯をしているうちに、排水溝修理の作業員がやって来た。

熊に似た大柄な作業員は、流しの下に窮屈そうに潜り込むと
「洗面台って管が細いから、簡単に詰まるんですよねえ。このあたりからごそっと取り替

えることになりますけど、いいですか？」

と説明して料金を告げた。それで大丈夫だと私は答えた。

青い作業服の後ろ姿を見守っていると、二階で携帯電話が鳴っていることに気付いた。

階段を上がって寝室に飛び込み、夫かと思って画面を見た瞬間、言葉をなくす。おそるおそる携帯電話を耳に当てると、鼓膜に低くて柔らかな声が響いた。

「今から近くまで行こうかと思うんだけど、よかったら、軽く昼飯だけでも」

その声を聞いただけで、膝から力が抜けそうになった。

流されそうになる心身を必死で制して
「鞍田さん。困ります」

と私は強めの口調で告げた。

「この前は悪かったよ。君が嫌なら、もうなにもしない」

「信用できないです。あなたには、もう二度と会わないって」

そのとき一階から、終わりましたよー、という呼びかけが聞こえた。

「ごめんなさい、今、排水溝の修理の人が来てるから。もう切ります」

「分かった。五分後にかけ直す」

とあっさり告げて、電話は切れた。

なんなの、と私は混乱して半ば泣きそうになりながら階段を下りた。本気で私の家庭を壊すつもりか。私のほうが彼に復讐するならまだしも、十年経って、なんでこんな目に。

料金を払い、お礼を言って、ドアの鍵を掛けると、また携帯電話が鳴った。

「……はい」

「君は、今、一人なんだな」

と言い当てられて、心臓が止まりかけた。

「違います」

「自宅で、堂々とこんな電話してるのに？　排水溝の修理だって、電話中の君が対応するってことは」

「分かりました。たしかに今は一人です。でも会えません」

「ちょっと車で出かけて、ドライブしてお昼でも食べて。そんなに深く考えることじゃないし、第一、俺は運転するから酒は飲めないよ。紳士的に接する。約束する」

「鞍田さん」

「それに、君の忘れ物も届けないと」

忘れ物、とにわかに思考が止まった。

「いらないなら、こちらで処分しておくけど」

考えても思い出せなかった。嘘かもしれない、と疑う。だけど酔っていたので確信が持てない。

「ごめんなさい、なにを忘れたのか、ちょっと思い出せなくて……もし郵送してもらえたら」

「俺はいいけど、君が困る物だとは思います」

この人を説得しようとしても無駄だ、と思った。あんまり拒絶していたら、なにをされるか分かったものじゃない。

いっそ、どんなに口説《くど》かれても、私がなびくことなく平然としていたら、さすがにあきらめるんじゃないだろうか。

だんだん考えるのが億劫《おっくう》になってきて、そんなことを思った。

「……化粧もまだだから、三十分はかかるけど」

「大丈夫。今から向かうと、こっちもそれくらいになるから」

彼はそう言って、電話を切った。

ああは言ったもののまだ思いきりがつかなくて、ぐじぐじと迷いながらも鏡台のスツールに腰掛けて引き出しを開けた。

二十代の頃に憧れて買ったものの、結局ほとんど使っていないディオールの赤い口紅が手招きするように光っていた。


日差しの強い大通りに出ると、私は街路樹の木陰に隠れて、鞍田さんの車を探した。

歩道橋の下に、艶のある黒いセダンが一台停まっていた。運転席に彼の姿を見つけ、私はまわりを何度も見まわしてから、助手席に乗り込んだ。

「タイミングが合って、よかったよ」

と当たり前のように微笑んだ彼を、私は睨《にら》みつけようとした。

でも、無理だった。あの夜の感触が蘇《よみがえ》ってきて、視線を向けることすらできなかった。

車が走り出すと、私は汗で浮いた化粧をハンカチでそっと押さえた。

「誘っておいて申し訳ないけど、君の最近の好みが分からないから。なにが食いたいですか？」

と訊かれて、返答に困る。どんなお店に行くか分からないのでジーンズは穿けなかった。半袖のブラウスに、持っている中では一番長めのフレアスカートを選んだけど、膝下が出ているだけで少し心細かった。

「普段は自分の作るご飯ばかりだから、正直、外食ならなんでも嬉しいです」

彼は、そっか、とようやく気楽な感じで笑うと
「そういえば昔、会社の花見のときに君が唐揚げや炊き込みご飯を作ってきたな。美味かった」

と思い出したように言った。

「あのときは、まだ全然下手《へた》だったから。思い出されると恥ずかしいけど」

「そんなことはないよ。じゃあ、あんまり家で食べられないようなものがいいか。豆腐懐石とかは？　おっさん趣味で申し訳ないけど」

「あ、ううん。嬉しいです。場所は、どのあたり？」

「埼玉のほうだけど」

と言われて、一気に血が冷えた。草加に行っている夫たちのことを思い出した。

「ごめんなさい。埼玉は、ちょっと」

彼はちらっとこちらを見ると、すぐに
「じゃあ、千葉の海まで行こう。一度、行ってみたかった天ぷら屋があったんだ」

「海？」

とあせって聞き返すと、片道一時間もかからないよ、という答えだけが返ってきた。

しばらく、会話が途切れた。

どんなに過去に濃密な恋愛関係を築いた相手でも、離れて時間が経ってしまえば、よく似た双子くらいには遠くなる。ましてやお酒も入っていない状態では、なにを話せばいいのか分からなかった。

私はちらっと鞍田さんの横顔を見た。

そもそも、こんな顔だっただろうか。

体形や髪型の違いは見て取れたものの、いつだってなにかを含んだような目や細い鼻孔には、さほど年齢の負荷がかかっていないせいか、曖昧なまま過去と今が混ざり合っていた。

目元の陰りも若干の皺《しわ》の感じも、昔もあったようにも思えるし、大学生の頃の私にはそもそも大人の男はすべて同じように映っていた。

「なに？」

ふいに訊かれて、唐突にすごく恥ずかしくなった。

「べつに」

そう答えると、彼がいきなり声をあげて笑った。

「どうしたの？」

「いや、君の口癖が変わってないから。昔もよく俺が答えづらいことを訊くと、そう言ってたな、と思って」

「答えづらいって分かってるなら訊かないでください」

と反論しながらも懐かしさが蘇り、ようやく緊張が少し解けた。

「そういえば忘れ物って」

とさりげなく尋ねると、鞍田さんはちらっとこちらを見て
「本当に覚えてないんだな」

と苦笑しながら、ポケットからダイヤのピアスを取り出した。私は絶句した。

「途中で、留める金具がなくなった、て言って外して、それがバーのカウンターに置き去りになってたんだよ」

「本当に忘れてました。酔っ払いですみません……」

と私は心底恥ずかしくなって言った。

彼は低く笑っていた。意外といい人なのかもしれない、と思い直した。

都内は混んでいて渋滞気味だったものの、高速に乗ると青空だけが視界に広がった。日常から離れて車の速度に身を任せるのがこんなに心地よいなんて、と私は思った。

なんだかんだで疲れているのだ。

大量の家事に、朝から晩までノンストップの育児。仕事を辞めてずっと家にいることのフラストレーション。いくら仲が良いとはいえ義理の両親にも気を遣って。

いや、本当は違う。

私が一番気を遣って、言いたいことを溜め込んでいる相手は。

コーラ、と呟いたら、彼がさっとこちらを見た。

「どうした？」

「いえ、なんでもないです」

と私が首を振ると、彼が優しい口調になって
「眠かったら、遠慮なく寝ていいから。ちょっと疲れてるみたいだしな」

と言われて、にわかに虚勢が崩れかけた。

私はかろうじて平静を保ちながら、小声で、ありがとうございます、とだけ告げた。

天ぷら屋に着いて、お座敷で向かい合ったら、緊張と罪悪感がふたたび湧き上がってきた。

私は耐えきれなくなって、ビールを注文した。軽く酔ってくると、息苦しさがじょじょに消えて、気分が明るくなってきた。色んなことを考え過ぎる前にお酒に逃げよう、と思った。

店内のどこかで風鈴の鳴る音がしている。テーブルの下で軽く足を崩す。ひんやりとした畳の感触。

ひさしぶりに食べた天ぷらは、美味しかった。衣がふわっと軽くて、ちょっと甘いタレによく合った。生姜《しょうが》も大根おろしも瑞々《みずみず》しくて、口がさっぱりする。

海老や白身魚の天ぷらをさくさく食べて、最後にお蕎麦《そば》でしめた。

鞍田さんは口数こそ少なかったものの、満足したように頷いて、お茶を啜《すす》った。

「すごく美味しかったです」

と息をつくと、彼も笑って、美味かった、と答えた。

冷房がきいていて、ちょっと肌寒いくらいだった。冷えた二の腕をさすっていると

「もしよかったら、この後、ちょっと浜辺でも散歩しようか？」

と言われて、私は壁の時計を見上げた。

もう午後二時を過ぎている。たぶん五時には夫たちが戻ってくるから、それより前に帰って夕飯の支度をしなきゃいけない。

私が黙り込んでいると、彼が察したように言った。

「やっぱり、車で海岸沿いを走りながらぼちぼち戻ろうか」

ほっとして、はい、と頷いた。

鞍田さんが、お土産物の並んだレジでお会計を済ませていたときに、携帯電話にメールが届いた。矢沢茉希、という表示に、そういえばこの前会って以来、音沙汰《おとさた》がなかったことに気付いた。

メールを開こうとしたら、彼がレシートを受け取ったので、ひとまず中断して
「これ、私の分です」

と二千円を出したら、彼は笑って断った。

「今日はこっちが強引に誘ったから。また次の機会にでも」

また次があっては困るのだと言いたかったけど、さすがに失礼かと思って飲み込んだ。

「ありがとうございます。今日は、ごちそうさまでした」

「こちらこそ。楽しかった」

店を出ると潮風が強く吹いた。彼のシャツの裾《すそ》がはためく。私はスカートを押さえた。駐車場のすぐ向こうには水平線が広がっていた。海面が光って眩しかった。

助手席に乗り込みながら、やっぱり砂浜を散歩したいって言えばよかったな、と思った。次にゆっくり海を眺めることができるのは何年後だろう。

車が走り出して、本当に東京方面へと向かい始めると、ほっとすると同時に、少しだけがっかりした。そうさせたのは私だけど、あっさりあきらめられる程度だったのかと思った。

気が抜けたせいもあって、安定したスピードで揺られているうちに、うとうとしかけた。

ふと膝のあたりに、かすかな違和感を覚えた。自分が寝惚《ねぼ》けているのかと思い、目を閉じかけたら、今度はくっきりとスカート越しになにかが当たっているのを感じた。

おそるおそる目を開けると、彼の左手がシフトレバーではなく、私の右膝に触れているのが見えた。

私は素早くうつむいて、動揺を隠すように寝たふりをした。

彼の手は、それ以上、進むことも戻ることもせずに、そこに留まっていた。ごくわずかな皮膚が痛いほど敏感になっていく。まずい、と思った。こんなの彼のやり方に協調しているようなものだ。怒らなきゃ。せめて足の位置をずらすとか。そもそもマニュアル車で百キロ超えて走っている最中にすることじゃない。

車が海岸沿いの国道に出ると、海面からの照り返しが強烈に左頰に差した。

眩しいけれど鞍田さんのほうを向けず、視線を落とすと、すでにスカートは大きく捲れ上がっていた。あまりの無防備な格好に背筋がびくっとする。指が白い太腿に触れては、すぐに引いてしまう。

荒くなる呼吸をこらえることができず、目をつむった。でも失敗だった。鮮烈な光景がまぶたの裏に映った。化粧室に押し入ってきたときの強引な動作。闇の中で、強く腰を打ち付ける感触。だからあんな強引なことをしたのか、とはっとする。私の五感を無理にでも開くために。

私は堪《こら》え切《き》れずに薄目を開けた。

ハンドルを握る手も、内腿《うちもも》に触れている手も、どちらにも彼自身の感情が伝わっているとは思えないほど冷静で支配的だった。

私はとうとう、どこか、と呟いた。

「ん?」

と彼はなにも起きていないかのように訊き返した。

「なんでもない」

「どこで、どうしたい?」

指がスカートの奥まで入り込んできた。熱くて、くすぐったい。とっさに期待してしまった。それなのに太腿の付け根の皮膚の薄いところで円を描いてとどまっている。

「もっと、触ってほしいって？」

私は小さく頷いた。彼は無言のまま、数百メートル先のインターで高速道路を降りた。


私はベッドに腰掛けたまま、窓のない室内をそっと見渡した。

最近の流行りなのか、内装はほとんどシティホテルと変わらない。照明が明るいこともあって、さほど閉塞感はなかった。

それでも鞍田さんがとなりに腰を下ろすと、急激に空気が薄くなった気がした。スプリングが沈んで弛緩《しかん》しかけた神経が張り詰める。ぴんと張ったピンク色のベッドカバーの感触にもまだ慣れない。

「どうした？」

と鞍田さんが訊いた。

「あんまり普通のホテルと変わらないな、と思って」

彼は、ああ、と納得したように頷くと
「風営法が新しくなって特別な造りにすると風俗扱いになるっていうのを、なにかで読んだな。そうすると限られた場所にしか建てられなくなるから、最近は実質シティホテルと変わらなくなってるんだろう」

と説明した。

「そう。だから」

と言いかけたとき、手が伸びてきて、鎖骨を撫でられた。

シャツのボタンが一つ、二つと外されていく。

その指を、私は強く摑んだ。

「ごめんなさい。やっぱり……無理です」

「家のことが気になる？」

それもあるけど、と私は言葉を濁してから
「体形、が」

と呟いた。

「え？」

「体形が変わったから恥ずかしい」

いきなり手を振りほどかれた。素早く残りのボタンを外された。いや、と身をよじる間もなく、シャツを剝《は》ぎ取《と》られた。

黒いレースのブラジャーに覆われただけの胸を見られた途端、膝がふるえ出した。

肩を抱かれて、ほとんど泣きそうになっていたら、耳元で彼の声がした。

「変わってないよ」

彼の指が、ふくらみの上側をなぞった。抱きよせられた腕の中でうつむいて耐えていると、ゆっくりと指が下がってきた。それなのに、すぐにまた来た道を戻ってしまう。乱れた吐息を強調するように上下する胸が恥ずかしかった。

慎重に息を吸うと、香水に紛れているけれど夫とはあきらかに違う体臭をかすかに嗅《か》ぎ取《と》った。不快なものではなく、秋の終わりにほとりと地面に落ちた葉を思い出した。会社にいた頃、擦《す》れ違《ちが》う上司から同じ種類の匂いがしたことも。年齢を重ねた男性特有の気配は、ほとんど父親の記憶がない私には新鮮に感じられた。

「たしかに少しだけ変わったかもな」

と鞍田さんが言ったので

「やっぱり」

と呟くと

「でも、個人的にはこれくらいのほうがいいよ」

と返されたので、私は

「嘘。細いほうが好きだったくせに」

と小声で反論した。鞍田さんはちょっと笑って

「今でも十分細いよ。それに年齢で多少、嗜好《しこう》も変わる」

と説明しながら背中のホックを外そうとした。

私はすっと離れて、脱いだばかりのシャツを摑んで胸元を隠した。

「あなたは誰でもよかったんでしょう？」

彼は眉根を寄せると、不思議そうに言った。

「君は本当に変わってないんだな」

私は、え、と訊き返した。

「自分は地味で目立たなくて全然綺麗でもないのに、どうしてあなたが近付いてきたのか分からない。きっと誰でもよかったんだと思う。昔からよくそう口にしてたから」

「そう、ですね。言ったと思います」

「結婚して子供もできて。しかも君の女友達曰《いわ》く、旦那は申し分ない相手なのに、どうしてまったく自己評価が更新されていないんですか？」

二人とも敬語になりながら、それをよそよそしく感じるわけではなく、むしろ油断してしまうくらいの懐かしさが滲んだ。お互いに内面を見せるのが苦手だからか、昔からデリケートな話題のときには自然と敬語になったものだった。

「分からない。でも自信がないんです。自分に似ていないものばかり眩しく見えるから」

「君は十分に可愛いよ。それだけじゃなくてどんなに乱れても、不思議と清潔な感じがするし」

「色っぽくないってこと？」

夫とのコーラの夜が思い出されて、胸が刺されたように痛んだ。

鞍田さんは苦笑すると、言った。

「出会ったときから君は本当に一貫してるな。自信がないって言うわりには妙なところで鷹揚《おうよう》で、いつも緊張しているわりには変に隙があって」

「それは昔の私です」

とはっきり告げた。

「分かってる。だから結婚式で君を見かけたとき、俺自身も声をかけようかすごく迷って結局かけなかったんだよ。この前の夜も正直来てくれるとは思ってなかった。おまけにいくらこっちが強引にしたこととはいえ」

「その話はだめ」

途端に心拍数が上がる。腰の周辺が熱を帯びてくる。

一瞬の沈黙を突くように、背中に手が伸びてきて、ホックが弾けるように外れた。

びっくりしている間もなく、ベッドに押し倒された。

「やだっ。しないって、言ったのに」

払いのけようとする私の両手首を、鞍田さんは押さえつけると
「言ってないよ。君が言っただけだ。俺が約束したわけじゃない」

と冷たく言った。

なにも言えずにいたら、胸に残っていたブラジャーを取り払われた。横たわったせいで柔らかく崩れた胸に、強い視線が向けられている。そのことを感じるだけで腹部が緊張して強張った。肌が火傷のようにひりつく。

熱い両手が、私の両胸を包み込んだ。あ、と思わず声を漏らすと、反射的にうっすらと唇が開いた。重い体がのしかかってきて舌が割り込んでくる。無遠慮な歯医者にいきなり器具を押し込まれたような違和感を覚えた。昔からキスは苦手で、こればかりは誰にされても馴染めない。されるがままになりながらも私からは舌を絡めることなく、唇を離した。

優しく胸を揉まれながら、濡れたばかりの唇で首筋をなぞられると、冷えたはずの血がまた少しずつ煮立ってきた。海を見ていたときに汗をかいたことを思い出す。腋《わき》や腰回りや尾てい骨の奥深くのほうまで……べたつきを感じ取られたらと思うと、どく、と心臓が高く鳴った。廊下で流れる有線放送がかすかに聴こえてくる。

それでも頭の中の扉には、鍵が掛かっていた。重厚な南京錠がぶら下がったように強固に塞がれていた。

鞍田さんを見上げる。痩せた首筋にそっと腕をまわしかけて、やめた。できない。

私の体は、やっぱりどこか閉じている。

そのとき、床に置いたハンドバッグの中で携帯電話が鳴った。私はぱっと寝がえりを打って、彼に背を向けた。じっと息を殺した。

ようやく鳴り止むと、彼が短く息をついて
と言ったので、私は起き上がって衣服を引き寄せた。なにをしているんだろう、と半ば混乱した頭で思った。私はこんな場所でいったいなにをしているんだ。

「分かった。ごめん」

「君は、もしかしたら家庭が上手くいってないんじゃないか」

私はシャツに顔を埋めながら、くぐもった声で、そんなことはないです、と答えた。

「こうなるのが分かっててあなたに会ったのは、たしかにちょっと家庭に疲れて特別な時間を求めてたから。でも私を誘うのは最後にして」

「どうして？」

「どうしてって当たり前じゃないですか。そういうのは割り切れる相手とやってください。私はもう二度とあんな」

「あんな混乱に巻き込まれることは、俺だって望んでないよ。俺は君から離れるためだけに、自宅と会社をごっそり横浜に移したんだから」

「知ってますよ」

と私はようやく言った。

「それで新婚の菅さんを怒らせて、半年間口をきいてもらえなかったんでしょう。事情を知らないゆきりんが不思議がってました。一度遊びに行ったけど、あまりに険悪な雰囲気だったからすぐ帰って来たって」

「菅は生真面目《きまじめ》だし、昔から女性絡みのことでは説教されてたからな。俺が悪かったんだから仕方ないけど」

「そうね。でもあのときは私も分かった上で関係を持ったんだから、あなたを責めるつもりはないです。あなたはもう自由なんだから、いくらでも魅力的な女性と付き合えばいいと思う。私はもう、恋愛やセックスを楽しむつもりはないです」

「君はあいかわらず、解放されてないんだな」

私はちょっと間を置いてから

「そうかもしれないですね」

とだけ答えた。そして気持ちが変わらないうちに彼に背を向けて服を身に着けた。

「ずっと、そうだった？　俺に気を遣う必要はないよ」

「あなたとの行為は、例外でした。ほかの男の人とは、気を遣ったり疲れたりするだけだったから」

「今も？」

私はそれには答えなかった。彼に夫との性生活を語る気はなかった。理解してほしい気持ちもなくはなかったけれど、それを口にするのは綺麗なことじゃない、と思った。

「君の望みは？」

「え？」

「俺には、君が現状に満足しているようには見えないから」

私はちょっと考えてから、仕事、と呟いた。

「ごめんなさい。あなたにこんなこと言っても仕方ないけど、やっぱり会社で働いていたときが一番充実していたと思います」

「仕方ないことはないよ。そういえば君がなんの仕事をしていたか訊いてなかったな」

「最初の部署はマーケティング部でした。ただ、異動の多い会社だったので、実際はもっと色々。何週間も本社と地方の工場を行き来するときもあれば、システムの不具合の苦情電話を受け続けるだけのときもありました。あとはグループ長がすごく俺様だったので、地方に出張になるときには、ほとんど彼の秘書というかお守《も》り役《やく》でした」

彼は声を出して笑うと、一息ついてから
「俺も知ってる会社だったらさらに面白いんだけどな。それで給料は？」

と尋ねた。私が会社名と月給を告げると、彼の表情が変わった。

「君、ハセガワにいたのか？　あそこは社内の連携が悪くて仕事がキツいって聞いたことがあるよ」

「はい。その通りです」

と私は苦笑した。

「そこでやってたなら、鍛えられただろうな。君の年齢でそれだけもらってるのは大した物だよ。普通はその待遇だったら、どれほどの激務かにもよるけど、あんまり辞めたりはしないだろうけど」

「そうですね。少なくとも私は続けたかったです」

と言うと、彼は、そうか、と考え込むように呟いた。

「君を家の中に閉じ込めておくのは、もったいない気がしてきた」

「ありがとうございます。そう言ってもらえるだけで気持ちが少し」

「いや、本気で言ってるんだ。そうか、分かった」

と彼が立ち上がった。そして首を傾げている私に告げた。

「君が子供の預け先を見つけ次第、俺が今手伝いに行ってる会社を紹介しよう」

私はびっくりしすぎて、言葉を失った。

「いきなり正社員として雇うのは難しいけど、契約社員だったら」

「あのでも、ちょっと待ってください。子供の預け先なんてすぐには見つからないと思うし、あなたにそこまでしてもらうのは」

「君のためというよりは、今いる契約社員の二人があまりに使えないから辞めさせたいと思ってたんだ。俺はもともと経営の立て直しのために呼ばれたから。その二人分の仕事が君一人でこなせれば、確実に人件費も浮くし」

「でも、私もそこまで期待に応えられるかどうかは」

「さっきの話を聞くかぎり、基本的な仕事は十分にこなせると思うよ。君はもともと真面目で細やかだし、人当たりも良いから。そうだな、本当に意外と名案かもしれないな」

私はすっかり弱り切って黙った。けれど鞍田さんの次の一言で、あっけにとられた。

「君が働き始めたら、外見の変化も期待できるだろうし」

彼は立て続けに言った。

「君は、結婚して子供ができたからか、よけいに髪型も化粧も服装も悪目立ちしないことだけを考えて選んでるみたいだから」

あまりに図星だったので、ぐうの音《ね》も出なかった。

かろうじて、だって、と反論した。

「私の好きなものはたいてい私に似合わないから」

「じゃあ好きで似合うものを見つけるんだな。はっきり言って三十代にもなって似合うものが分からないなんていうのは、ただの怠惰だよ。今の君が会社に来ても、近所の主婦が迷い込んできたように見えるよ」

「……やっぱりあなたのこと嫌いです」

そう呟くと、彼がなぜか肩を抱いたので、反射的に息が詰まった。

「ちょ、やめてくださいっ。なんでそんなに元気なんですか」

私はあわてて鞍田さんの胸を押し返した。彼は笑いながら、途中でやめさせられたからに決まってるだろう、と言い返した。

「だけど真面目な話、簡単に辞められたら俺だって困るわけだから、君を雇うことになったら、そういうことはしないよ」

反論の言葉が見当たらなくなって、私は押し黙った。

「……一つだけ質問してもいい？」

「どうぞ」

「なんで、私にまた会おうと思ったんですか？　遊びだったら、もっといくらでも楽な相手がいるはずなのに」

彼はちょっとだけ黙った。

そして、まるでひとりごとのように、言った。

「自分でもはっきりとは分からないけど、そうだな。一人になった状態で君と出会い直してみたかったのかもしれない」

私はなにも言えなかった。どう受け取ればいいのかも分からなかった。

「とにかく、急ぎではないから考えてみて」

彼は打ち切るようにそう告げると、ベッドから立ち上がって浴室へと消えた。

家に帰り着いて、夕飯の準備を終えた頃に、夫たちは帰ってきた。

「ごめんねー。渋滞しちゃって」

麻子さんはそう言うと、台所をちらっと見て、申し訳なさそうに続けた。

「翠ちゃんもすっかり疲れちゃって、帰りのサービスエリアで食べちゃったのよ」

それなら連絡が欲しかったと思いつつも、そんな不満を抱く資格がないことをしたので
「じゃあ、私だけ食べちゃいますね」

と目を合わせずに言った。

翠を見ると、十代の女の子が穿くようなふりふりのショートパンツ姿だったので
「あれ、この服、どうしたんですか？」

としゃがみ込んで尋ねると、翠がにこにこしながら、あたらちいパンツなの、と言った。

「ああ、それ。翠ちゃん、お茶こぼしちゃったから病院の近くのスーパーで買ってあげたの。可愛いでしょうー」

「そうだったんですか。翠、よかったね」

「でもちょっと不思議な感じよね。小さいときの真が女の子の格好してるみたいで」

「おふくろ、俺がいつも女の子に間違えられてたって言ってたじゃん」

夫がどことなく誇らしげに言った。

私はふと、翠が私に似ていたら彼らはこんなに可愛がったのだろうか、と思った。

実家でアルバムを開くと、幼い私はいつも灰色や紺色のスカートばかり穿いている。私がその理由を尋ねるよりも先に、母がなんのためらいもなく、あなたは赤やピンク色の服が全然似合わなかったから、と言っていた。

「お祖母さん、どうだった？」

と尋ねると、夫は案外、明るい口調で答えた。

「昨夜は朦朧《もうろう》としてたみたいだけど、俺たちが行ったときには意識もあって元気そうだったよ。翠のことも分かって、笑ってたし」

「そうそう。まあ、お母さん、昔からすごく丈夫な人だったしね」

「じょうぶな人ー。ねえ、ママ、だっこちて」

はいはい、と笑いながら抱き上げる。首にしがみ付いてくる翠は体温が高くて柔らかくて、ほっとした。

子供を抱いているときだけは安心できる。それ以外はどこにいても所在ない。子供を産んだら元に戻るだけだと思っていたのに、実際は体が三分の二になってしまったような心もとなさを覚える。

母親になったら、もっと強くなれると思っていた。それとも、これが本当の母親の感覚なのだろうか。

「そっちはなにも変わりなかった？」

と夫から訊かれて、私は思わず、えっ、と素《す》っ頓狂《とんきょう》な声をあげてしまった。

「塔子、もしかして排水溝の修理、忘れてた？」

「あ、ううん。それは大丈夫」

「じゃ、どうしたの？」

「えっと。ちょっと昔の知り合いから働かないかって電話がかかってきて、相談しようと思ってたの」

仕事の話なんて絶対にしないつもりだったのに、とっさにほかの話題が思いつかなかった。

「ふうん。俺もちょっと相談があって」

「なに？」

「田辺がこの前買ったマンションに引っ越しただろ。そこでホームパーティやるとかで。来週の日曜日に家族で来てほしいって」

「それ、ほかに誰が来るの？」

「うちの会社の同期とか。あとは田辺の友達まわりとか。上司は来ないから、安心していいよ。仲良いやつらだけの集まりみたいだから」

まだ動揺していたので、ほとんど話も飲み込めていないまま、分かった、と相槌を打った。

「それで電話の件だけど。具体的にどんな内容なんだっけ？」

鞍田さんのことは伏せようと思ったけれど、やっぱり後からバレたらよけいに疑われると思って、おそるおそる名前を出して説明した。

「契約社員⁉　バイトとかじゃなくて？」

夫のリアクションが予想よりも大きかったので、私は平静を装って、戸棚からお皿を出しながら答えた。

「この前の矢沢との飲み会で、私が前の会社での仕事を説明したら、それなら来てほしいって言われて」

「へえ。すごいわね、塔子ちゃん。契約社員ならいいんじゃないの。そこまで大変そうでもないし」

麻子さんの一言に、夫はあきれたように返した。

「おふくろはそうやってすぐに楽観的に考えるから。契約社員だって、今は普通に残業もあるし、むしろ安い給料のわりにこき使われる可能性だってあるだろう。もっと慎重になるべきだよ」

私は黙り込んだ。男の人と言い合うのは昔から苦手だった。それは多少偏見があったり感情的になっていたとしても、女の主張よりは圧倒的に正論だからだ。

「お給料の件は、あとで確認してみる」

「いや、確認とかじゃなくてさ。そもそもやるなんてこと」

「べつに今すぐにじゃなくて、翠の預け先が決まったらでいいって言ってくれてるから」

と説明すると、麻子さんが感心したように頷いた。

「それはいい話よね。いいんじゃない、翠ちゃんも二歳過ぎて体力もついてきたし。ずっと家にいるよりも、保育園に通って友達と遊べたほうがいいかもね」

夫は怪訝そうに首を傾げると
「なんでそいつ、そこまで塔子を優遇するんだ。気でもあるんじゃないのか」

と言い出したので、私が反応するよりも先に、麻子さんがびっくりしたように言った。

「なによ、真ってば。いきなり藪《やぶ》から棒に」

「だってさあ、おかしいじゃん。いくら昔の知り合いだからって親切すぎるって」

あの人は、と言ってしまってから、やけに親密に響かなかっただろうかと後悔するものの、そこで言葉を止めるわけにもいかず
「昔から、ちょっと気難しいところがあったから。知り合いのほうが使いやすいんじゃない？」

と言ってみたけれど、夫は即座に反論した。

「そんなこと言ってたら経営なんてできないだろう。普通、長年会社やってたような男だ

ったらもっとシビアな判断するよ。塔子はたしかに若く見えるけどさ、それでも実年齢は上が扱いやすいほど若いわけじゃないし、仕事だって離れてから何年も経つんだから、すぐに使えるか分からないわけじゃん。べつに俺がそう思ってるとかじゃなくて、なんか不自然なんだよなあ。困って声をかけてるって感じじゃなくて、先に塔子の状況ありきで決めてる感じがしてさあ」

私は首を傾げつつも、内心圧倒されていた。夫は鈍感な分、なんの抵抗もなく単純に物事を見て決めつけたりするので、かえって真実を突くことがある。

なにより、不自然、という一言はこたえた。鞍田さんのもとで働くために翠を預けるという選択肢は、たしかに私自身、不純だと感じていたから。

なにもしないなんて、どうして信用できるのだろう。

そこまでして私は外に出たいのだろうか。働きたいのか。我慢すればいいだけじゃないか。

また堂々巡りし始めた自分にうんざりした。

結論は保留のまま、翠をお風呂へ入れるためにいったん着替えを取りに行った。心の中ではすでにあきらめ始めていた。

寝室で翠が先に眠ると、夫はもったいぶったように

「まあ、いいけどさ。塔子がそんなにやりたいなら」

と言った。夫の両親にも迷惑をかけることを考えたら、なんだか私のほうが疲れてしまって

「……ううん。私もどちらでもよかったから。あなたに迷惑かけずに自分の物は自分で買えるようになるのは、ちょっと嬉しいと思っただけで」

それでおさまると思ったのに、夫が驚いたように

「え？　家にお金入れるんじゃないの？」

と訊き返したので、びっくりして神経が逆立った。

「もちろん入れるけど、ただ、ちょっとだけお小遣いがあったら嬉しいと思っただけで」

と言い返したら、夫は腑に落ちない口調で

「食費とか雑費とか、ちゃんと渡してるだろう」

と言ったので、またびっくりした。

「そんなの、あなただってお義母さんだって翠だって食べるものだし、たとえば雑費のサランラップなんて、私個人にはなんの関係もないじゃない。今だって化粧品とか買うときには独身時代の貯金を切り崩して」

「それは仕事に復帰する前提だったから、それでいいって塔子が」

「だって、復帰できなかったじゃない」

「けど、そもそも結婚したら貯金なんてお互いの共有財産だろう。それを俺は、この家に

いるかぎり家賃がかからないから塔子のお金は自分で持っていていいよっていうつもりで言ったんだよ。それを自分で稼いだんだから当たり前のように言われてもさ」

この家はあなたの財産じゃなくて親のでしょう、という一言をかろうじて飲み込んだ。

「俺だってさあ、まったくお金使うなとは言ってないよ。今度のホームパーティとか、そういうときには綺麗な格好してほしいって思うし。ただ、普段生活している分には必要なくない?」

たしかに今の私は翠に付きっきりで家と近所だけの生活だ。麻子さんが見てくれているときも、だらだらしたり気晴らしに出るわけにいかないから家事に時間を費やして。仕事と同様に拘束されているのに、個人的に使えるようなお金はもらっていなかった。

かといって夫に無断で使い込むようなことはできず、正直に余った分はすべて貯金していた。

夫に申し訳ないからじゃない。

他人が稼いだお金を使うという感覚がどうしても受け入れられないだけだ。

大人になってようやく自由を得たはずなのに、Tシャツ一枚買うだけでも親の顔色をうかがって無駄遣いだと怒られないかビクビクしていた少女時代に帰ったようだった。

「ねえ、真君。覚えてる、結婚したときに言ったこと」

今さら持ち出すつもりはなかったのに、気付いたら言葉がこぼれていた。

夫は、なに、とぶっきらぼうに訊き返した。

「私が結婚しても仕事は続けたいって言ったら、もちろんそうしてほしいって言ったこと。同居は共働きで子供ができて困ったときに頼るためのものだって」

「言ったけどさ、なんで今いきなりそんな話すんの？」

「育児休暇が切れたとき、あと半年待てば春の保育園入園の時期だったから。半年間だけお義母さんに見てもらえたら」

「半年間って朝九時から夜六時まで毎日だろう。だから、そんなの無理だって言ったじゃん。家事だってあるんだし。俺が言ったのは保育園の送り迎えを時々代わってもらうレベルの話で」

「それなら無認可の保育所に半年間預けるって言ったら、それも大反対したじゃない。近くの保育所は満員だったけど、となりの駅まで行けば多少は」

「それは俺じゃないよ」

と夫は疲れたようにため息交じりに言った。

「親父が嫌がったんだよ。無認可の保育所なんてよほど金に困って働かなくちゃいけないみたいでみっともないって。このへん子供を保育園に預けてる家も少ないしさ。皆、幼稚園の制服着てるじゃん。家があって同居までしてるのになんでってって目で見られるんだよ」

うすうす気付いていたことを、ようやくはっきりと口に出されて、私は深くため息をついた。

このあたりは都内とは思えない美しい緑地に大きな一軒家ばかりが立ち並んでいる。それなりの高級住宅地として有名だった。

たしかに朝ゴミを出しに行くときに擦れ違う親子連れは、皆同じ幼稚園のバッグを持って、のんびり道端の花を摘《つ》みながら登園していく。

母の出勤時間が早くて、朝食もそこそこにバタバタと保育園に連れて行かれた私にとっては、別世界の風景を見ているようだった。

「でも家のリフォームとか翠の教育費とか、どちらかの親の介護とか、そのうちにお金がかかってくることもあるだろうし」

それに、と言いかけて、私は口をつぐんだ。黙ったまま暗い顔をしていたら、夫は不安がっていると受け取ったのか

「そんな顔するなって。俺ががんばって働いてるんだから、もっと安心しなよ」

なにかが違う、と思いながらも上手く言葉にできずにいたら

「そうだ。今度出かけるときは、結婚記念日のときのワンピースで行けば？　あれ上品な感じでよかったよ」

と夫が突然のんきな口調で言った。

あなたがコーラ飲んでた日ね、と心の中で呟いた。

子連れのときに短いワンピースなんて着られない。かといってカジュアルで可愛い服は二十代の頃に買ったので、そろそろ傍目《はため》に痛いだろう。

とはいえ夫の無理解に今の私はかえって救われた気持ちになった。言い合いに紛れて、鞍田さんと天ぷらを食べたことも、ホテルでの行為も、すべてが夢だった気がしてきた。

昼食のときに矢沢からメールが届いていたことを思い出し、

「ごめんなさい。ちょっとトイレ」

と夫に告げて、私は携帯電話を手にして廊下に出た。

未開封だったメールを見た瞬間、指先が毒に触れたように痺《しび》れた。

『いきなりごめん。

黙ってようと思ったけど、塔子とは付き合い長いから、やっぱりメールする。

この前、忘れ物したって言ってたけど、本当は鞍田さんと消えたでしょう。あれ最初から計画してたんだよね？　知らないふりまでしてさ。私、いい面《つら》の皮じゃん。

会う口実欲しかったとしても、そういうのは私を巻きこまないで二人でやれよ。』

矢沢は誤解してる、とすぐに返信しようとしたけど、途中から嘘をついたのは事実だし、半分くらいは知らないふりだった。そして鞍田さんのほうはたしかに計画的だった。

とはいえ彼女が怒っている部分に関してはやはり誤解で、あれは突発的なことだったとメールだけで上手く説明できそうになかった。

深呼吸してから、メールを打った。

『鞍田さんと知り合いだったのは、言わなくてごめん。

でも計画してたっていうのは誤解だから。私たちの過去も含めて、今度ちゃんと説明したい。』

言葉を綴《つづ》りながら、女子高の教訓をひさしぶりに思い出していた。

不道徳な行為は、かならずしも女同士の信頼を壊しはしない。それよりもタブーなのは隠し事。

『分かった。

ちゃんと説明してくれるなら聞くよ。こっちは再来週の週末なら大丈夫。』

くだらなくても面倒でも、友情を失いたくなければ報告や打ち明け話をおこたらない。

『ありがとう。それなら日曜に翠を連れて遊びに行ってもいい？　近所にできたばかりのケーキ屋のタルト持っていく。』

それが女同士のルールだったことを思い出しながら、メールを送信した。

明かりのない廊下に立ったまま、ようやく冷静な気持ちになった。

考えるまでもないことだ。結婚して子供もいて義理の親と同居までしているのに、今さらほかの男性から女扱いされたいなんて、身勝手で馬鹿げた欲望すぎる。そのせいで女友達まで怒らせて。罰が当たったのだ。

もう鞍田さんには関わってはいけないと思いながら、寝室に戻った。

気楽なホームパーティとはいえ、ひさしぶりに人の多い場所へ行くので、ちょっと気合いを入れて一口ヒレカツと海老とアボカドのサラダを作って持っていった。

広々とした居間には十人近いお客がいて、ビールのコップ片手に談笑していた。

私は、カウンターキッチンで作業していた何人かの若い女性たちのところへ行って
「これ、作ってきたのでよかったら」

と密閉容器の入った紙袋を差し出すと、ファッション誌のモデルかと見紛《みまが》うような可愛い女性がふっとこっちを見た。流行りの色鮮やかなボーダー柄のワンピースを着ている。

「ああ、そのへんに置いておいてください。えりさーん。白ワインって、もう冷蔵庫に入ってます？」

まったく関心がなさそうに言い捨てると、居間に向かって呼びかけた。

私は、ここに置きますね、とだけ告げて、すぐにその場を離れた。ボーダー柄のポロシャツを着てきたことを一気に後悔した。柄が同じせいで、自分の平凡さや主婦っぽさがよけいに強調されている気がした。せめてこれくらいは、とつけてきたパールのネックレスは、電車の中で翠に奪われていた。

テーブルに着いて、一通り自己紹介が済むと、アルコールをすすめられた。

翠を連れて来ているのと、万が一酔ったときに夫が介抱してくれるとは思えないので断って、ウーロン茶をもらった。

夫は美味しそうにビールを飲みながら、首からパールのネックレスを下げてご機嫌の翠の頭を撫でた。

「娘が可愛すぎてさ。ねだられるとなんでも買ってあげたくなっちゃうの、よくないよな」

田辺さんが調子を合わせて言った。

「翠ちゃん、可愛いもんなあ。気を付けないと、すぐに彼氏ができるぞ。そういえば今年のバレンタインデー、室井の息子がまだ小二なのに、私と付き合ってくれないかってクラスの女子から迫られたらしいぜ。普段テレビゲームのことしか考えてない男子にはちょっとハードだよなあ。すっかり困って顔色悪くして帰って来たって」

「そりゃすごいな。やっぱり女の子のほうがませてるんだな」

「そうだよ。おまけに高学年にもなれば、恥ずかしいからお父さんは外で話しかけないでって言われるんだよ」

「げっ。翠もそんなふうになるのかな。塔子さあ、俺が仕事でいない間に、翠に俺の悪口を吹き込むなよ」

と夫に冗談を言われたので

「あなたのことで悪く言うことなんてないじゃない」

と返すと、まわりに、仲良いですねー、と冷やかされた。ざらりとした違和感を覚えかけ、すぐにそれを打ち消して、翠が食べられそうな料理をお皿に取り分ける。

「あれでしたっけ。奥さんは今、完全に家にいらっしゃるんでしたっけ？」

と田辺さんに訊かれた。

私が頷くと、夫がビールを注ぎながら
「本当は共働きの予定だったんだけどさ。でも、いきなり翠が高熱出したりするから、やっぱり小さいうちは家にいてくれるほうがいいよ」

「育児は本当に大変ですよね。塔子さんは落ち着いたら復帰されるんですか？」

となりにいた、ショートヘアで眼鏡《めがね》を掛けた女の子が私に向かって尋ねた。たしか先ほど中学校の先生だと言っていた。

その礼儀正しさに、救われた気持ちになりながら
「良いタイミングで復帰できなかったから、結局、以前の職場は退職することになって。また勤めるなら新しく探すことになりそうだけど、見つかるかどうか」

彼女は真剣に眉根を寄せて、頷いた。

「そうなんですよね。少子化対策なんて言ってるわりに、そういうところ、現状はまだまだ女性に」

「塔子が家の中でがんばってくれる分、俺もがんばるし。うちはなんとかやっていけるからさ。そんなに心配しなくても大丈夫だよ」

夫が笑って私の肩を叩いたので、会話が中断された。

「すごーい。だって今時、専業主婦のほうがレアなんですよ」

誰かの放った軽い一言に、かすかな反発を抱いた。

「そうそう。だって宮下《みやした》の奥さんとか、テレビ局勤務で、もともと時間もすごい不規則なんだよな。それで子供三人っていつ寝てるんだろうな」

「大変そうだよね、仕事しながら育児と家事やって。私も子供持つんだったら会社やめられるくらいの旦那さんがいいなあ」

夫がなんだか照れたように笑いながら言った。

「やっぱり結婚したからには、妻と娘が美味しいもの食べて、生活の心配なんてしないで暮らせるようにしなきゃって思って」

女性たちが、優しいー、と口々に誉めたけれど、どこかうわべだけのようにも感じられた。夫に対してではなく、むしろ私に対して。

本当にそう思っているのだろうか。

専業主婦がうらやましい、だなんて。

夫に養われて、ずっと家にいて、家事と育児に追われて。義母以外には日中喋る相手もろくにいなくて。

結婚したって子供を産んだって、自分は働いているという大義名分と自負を持っていたほうが体力的にはつらくてもずっといい、と心の底では思ってるんじゃないだろうか。

グループ分けで一人だけ取り残されたような孤独を感じて口を閉ざしていたら、ショートヘアの彼女は、ほかの知り合いのもとへと移動してしまった。

そのとき、ワイングラス片手に、私のとなりに、すとんっと誰かが腰を下ろした。

横顔を見て、思わず体が強張った。

さきほど感じの悪かった若い女は、となりにいる私を飛び越して、お話しするのって初めてですよねと夫に向かって訊いた。

「私、営業の島谷《しまたに》といいます。大学の先輩の岡本彩《おかもとあや》さんから、いつも村主さんのお話をうかがってました」

「ああ、そうなんだ」

と夫はちょっと戸惑いながらも、相槌を打った。

嫌な予感を覚えながらも、落ち着こう、と自分に言い聞かせた。私だって二十代前半の頃は、子供を連れた奥さんのことなんて悪気はなくても視界に入らなかった。それはあまりに自分とは遠くて共通の会話がないと思っていたからだ。

それでも、彼女がネイルアートで飾られた指先を口に当てながら

「村主さんって、彩さんと仲良いんですよね？」

と言い出したので、私は内心、唖然《あぜん》とした。

夫はちらっとこちらを見ると、珍しく気を遣ったのか
「いや、べつに仲が良いってほどでもないよ」

とやんわり否定した。

彼女は驚いたような口ぶりで訊き返した。

「え、そうなんですか？　よく仕事の相談に乗ってもらってるって聞きましたよ。彩さんって仕事もできるし、忙しいのに服装とか髪型もお洒落だし、私の憧れなんです。だから村主さんのことも、どんなに素敵な人なんだろうって以前から思っていて」

夫はまだ反応を決めかねているような素振りを見せつつも、先ほどよりも笑顔を滲ませた。

「いや、俺なんて大したものじゃないって。でも、そんなこと言ってくれて嬉しいな。ありがとう」

私は呆然としながら、二人のやりとりを聞いていた。

夫が、岡本彩さんという職場の女性と親しいらしい、ということは私も以前から薄々気付いていた。

一度だけ夫の背後から盗み見たメールからは、本当に仕事仲間として尊敬して頼ってい

るという雰囲気だけが伝わってきて、浮気の気配は感じ取れなかった。

でも。だからって。

なんで、そんなことを聞かされなきゃいけないんだ。

早く会話が終わってほしいと願った直後、夫が信じられない一言を口にした。

「そういえば、俺も同期が噂してたのを聞いたよ。営業に新人ですごく可愛い子が入ったって」

彼女はいきなり満面の笑みを浮かべて、はしゃいだ様子で訊き返した。

「え、やだー。それって、ほかの子と間違えてません？」

二人の頬を今すぐに張り倒してやりたかった。

けれど、頭の中で、警告が激しく鳴り響いた。

そんな非常識なことはだめ。妻なんだから。母親なんだから。

私はさっと翠の手を取り、不自然にならないように席を立った。

廊下に出ると、翠がなにかしきりと喋りかけていたけれど、答えてあげる力も残っていなかった。

分かっていたことだ。

夫が、私の気持ちを分かっていないことも。だからといって悪気があるわけじゃないことも。すっかり安心しているからこそ、無頓着《むとんちゃく》にあんな会話をすることも。

でも、それでも。

もし夫が、私をちゃんと一人の魅力的な女性として扱ってくれていたら。

三年間もセックスレスじゃなかったら。

男の人は若くて可愛い子に甘いわね、と呆《あき》れながらも笑って見ていられた。あるいは彼女に、ちょっと失礼じゃないですか、くらいのことは言えたのに。

携帯電話にメールが届いていたことに気付いた。また矢沢だろうか、とこわごわ開いたら鞍田さんだった。

『こんばんは。

仕事の件、よかったら返事をください。

無理ないようにとは思うけれど、君が来てくれると正直とても助かります。』

その文面を読んだ瞬間、張り詰めていた気持ちが崩れた。

涙が溢れそうになりながら、私はふるえる指でメールを打ち返した。

『返事が遅くなってごめんなさい。働きたいです。』

少し緊張しながらベビーカーを押して改札へと向かう。翠が手を伸ばすので、指が挟まれないかとひやひやしながらも、案外するっと擦り抜けた。

三鷹《みたか》駅からまっすぐの通りをしばらく歩く。休日ということもあり家族連れが多くて、昔から変わらず雰囲気の良い街だと思った。スーパーマーケットやチェーンの居酒屋、お洒落なインテリアショップから八百屋まで混在しているのに、不思議とすべてが調和している。

にぎわいから離れるように脇道に入ると、いくつかのマンションが立ち並ぶ中に、年季の入ったレンガ造りの五階建てマンションが見えた。

そのマンションは矢沢の両親のもので、最上階を自宅として使い、残りの部屋が賃貸になっている。二階の一室だけちょっと水回りに問題があったため、他人には貸さずに娘にあてがったらしい。彼女が未だに実家暮らしなのは、そのことも大きいだろう。

ドアの前に立ち、インターホンを押すと、矢沢がすぐにぱっと出てきた。

「おつかれ。あ、ベビーカーはどこでも好きなところに置いておいて。外の廊下でも、玄関の脇でも。どうせ角部屋で邪魔にならないから」

その鷹揚な喋り方で、とりあえず怒ってはいないのだと思ってほっとした。

ばたばたと玄関を上がると、翠は遠慮がちに歩き出しながらも

「じゃらじゃら、あったー。可愛いね。お花も、可愛い」

化粧台の上のネックレスを指さしたり、カーテンを摑んだりと、ちゃっかり部屋の中を物色していた。

「はは。翠ちゃん、ずいぶん喋るようになったんじゃん？」

「うん、でも、これでも普通くらい。平日に近所の児童館とか連れていくと、ほかの女の子はもっとお喋りだから」

「へえ。でもそうだよね。うちらだって高校生の頃は朝から晩まで喋ってたもんね。よく顎が痛くならなかったと思うよ。えっと、塔子は紅茶がいいよね。翠ちゃんは」

「あ、翠は麦茶を持ってきたから。おかまいなく。これ、お土産の洋梨のタルト」

「さすが母親。ありがとう。そうだ、翠ちゃん。この絵本、私が小さいときに読んでたやつ。見る？」

彼女が差し出した絵本を、翠は一瞥《いちべつ》しただけで、いらにゃーい、と答えて、探索を再開した。

矢沢は紅茶とタルトを用意して椅子に腰掛けると、すぐに切り出した。

「で、あんまり遠慮するのもかえって気まずいから、いきなり訊いちゃうけど。鞍田さんと塔子ってなんなの？」

紅茶を一口だけ飲んでから、不倫してた、と言いかけて、言葉を変えた。

「愛人だった。それで、二十歳の頃に一年間くらい付き合ってた」

予想通り、矢沢は仰天したように前のめりになった。

「マジで⁉　それ、ゆきりんじゃなくて、塔子の話？」

と訊き返したので、私は頷いた。

「そっかー。塔子って、昔からそのへん謎だよ。真面目そうに見えて、意外と男の人に流されるところがあるよね」

「そう、かな」

と答えつつも、さすが付き合いの長い友達だと思った。

「そうだよ。どうせ鞍田さんから口説いてきたんでしょう。あの人、落ち着いているように見えて、かなり手が早そうだし」

今度は私がぎょっとして聞き返す番だった。

「もしかして、矢沢もなにか言われた？」

「あ、べつに私は口説かれてないけどさ。結婚式のときに私が何色のドレス着てたとか覚えてて、びっくりしたから。私服だと印象が違いますねって言われたし」

私は大人ぶって頷いてみたものの、心中は穏やかじゃなかった。やっぱり、あの夜、私じゃなくて、矢沢でもよかったんじゃないかと疑う気持ちが晴れない。

そのとき、矢沢がふっと息を吐いて、やや自虐的な口調で言った。

「でもさ、ああいうのは、やっぱり最初に私に教えてくれるべきだったと思うよ。こっちも思い出してたら恥ずかしくなったもん。一人で浮かれてさあ」

「本当にごめん。でも、前もって約束してたわけじゃないの。私もいきなり再会して、どうしていいか分からなかったんだけど、ちょっと話したいみたいなことを言われたから、なにか理由があるのかと思って。それに」

そこまで言葉を紡いでから、軽く胃のあたりを押さえる。

人前ではおくびにも出していなかったし、鞍田さん本人にも訊くつもりはなかった。でも、私が心の奥底で一番気になっていたのは
「なんで彼が、ゆきりんの結婚式に招待されてたのか知りたかった、のもある」

すると矢沢は共感したように、深く頷いた。

「だよね。私もそれは塔子のメールもらってから気になったんだよ。ゆきりんとはどういう関係なんだろうって。ゆきりんだって大学出てからは、まったくべつの生命保険の会社に勤めてたわけじゃん」

「うん。べつにゆきりんから会ってるっていう話も聞いてなかったし。私は、正直、鞍田さんのそういうところ、全然信用してないから。でも、さすがにゆきりんとまでなにかあったとは考えたくないけど」

誰にも言いたくなかったことなのに、吐き出してみたら、ちょっと気持ちが楽になった。

「でもそれはさすがにないんじゃん。この前だって、あの人、はっきり言っちゃえば塔子に会いたくて来たわけだしさあ」

私は首を横に振った。十年前、鞍田さんと付き合っていたときの混乱が蘇る。

夜明けのタクシーの中で、ジャケットから落ちた携帯電話を拾ったときのこと。鞍田さ

んはすっかり酔っぱらって眠り込んでいた。つねに厳重にロックが掛かっていた携帯電話が、なぜあのときにかぎってオープンな状態だったかは分からない。

だから覗いてしまった。踏み込んではいけない地獄の中を。

「あの後、鞍田さんと会った？」

矢沢にいきなり訊かれて、私はもう少し彼女の倫理観を探ってから答えを選ぼうと思っていたので、とっさに口ごもった。

それを即座に見抜かれて

「塔子さ。私はね、いつも同期とか派遣の子たちの話を散々聞いてるから。最近の結婚してる女子が隠れてどんなにすごいことしてるか知ってるし、べつにあんたの夫をかばう義理もないから、気にしないよ。ただ嘘はやめてよ」

と釘を刺されたので

「鞍田さんとは、もう一度会った」

と私は遮るように告げた。矢沢は短く息をついて、だよね、と相槌を打った。

「あそこまでする人から逃げ切るのって大変だよ、塔子」

私も頷いてから、ふと思い出して

「すごく嫌なことがあって、つい」

と実際の出来事の順番は違うけれど、打ち明けた。

「なに、すごく嫌なことって？」

私はあの不快なホームパーティの一部始終を語った。矢沢の表情がじょじょに険しくなって、あの派手な女のことを夫が誉めたところまで話し終えると
「なにそれ、すごい感じ悪くない？　ありえないんだけど」

と吐き捨てるように言った。

「彼女も若かったから無自覚だとは思うんだけど」

「いやー、違うでしょう！　それ、あきらかに悪意があるって。塔子に嫉妬したんだよ」

「嫉妬？」

と私は驚いて訊き返した。

「私が向こうに嫉妬するならとにかく、それはないって」

「そんなことないよ。塔子って傍から見れば、イケメンで高給取りの旦那に愛されて、可愛い娘もいてお姑さんにも気に入られてる、申し分のない状況なわけじゃん」

「そうかな。私はどちらかといえば舐《な》められてると思ったけど。あの子にも、真君にも」

「まあ……それは正直あるかもね。塔子って、見た目からして優しそうだし、実際あんまり怒ったことないし」

「あー、せめてもうちょっと綺麗な格好していけばよかった。それが悔やまれるの。美容院だって二ヵ月前に行ったきりだったし」

と吐き出すように言って、テーブルに突っ伏すと
「もういっそさ、鞍田さんのやってた会社で雇ってもらえば？」

などと矢沢から提案されたので、私は内心驚きつつも素知らぬ顔で、そんなこと、と笑った。

「いいじゃん。それに当の本人は会社を離れてふらふらしてるんだから、勤めても顔を合わせなくていいしさ。旦那を放って社会復帰したほうがいいよ。そのまま家庭にいたらストレスで病気になっちゃうって」

「そんな、大げさだって」

「本当だって。塔子、自分では気付いてないかもしれないけど、最近会うと、なんか妙に口が重いっていうか、感情を表に出すことが少なかったし」

そのとき、実家の母からのメールが届いた。さっと確認してすぐに閉じる。いつもの報告。短いお礼。そこにかえって母の強い罪悪感を見てしまい、悲しくなる。矢沢がまた口を開く。

「常識的にしなきゃとかいい妻でいなきゃとか、たまに言い切ってるときがあって、びっくりしたもん。そういう意識にがんじがらめになってるのって、私は見ていて心配だよ」

「それは、ちょっとあるかもしれない。でも……」

一番がんじがらめになっているのは、これだろうと思った。

いい母親でいなきゃ。

「たまには旦那に隠れて遊べばいいじゃん。鞍田さんのことだって利用しても罰は当たらないと思うよ。ゆきりんなんて、あの結婚式の翌週に元彼とこっそり飲みに行ったらしいし」

「え⁉　そうなの？」

「あの子はそのへん上手だからねー。塔子と違って、私けっこうノリで色々喋っちゃうからさ。結婚式前に本人から口止めされたもん。元彼の人数とか名前とかを、絶対に新郎とその友達に言わないでくれって」

私は脱力して笑いながら、たしかにあの子はそういう性格だったな、と思い出していた。

「鞍田さんに雇ってもらえるように頼んでみようかな」

私は言って、タルトにフォークを刺した。翠がすかさず駆けてきて、みどちゃんも食べるー、と膝にまとわりつく。

「いいんじゃん。社会復帰するにはちょうどいい時期だよ」

翠を膝にのせて、洋梨を口に入れてやりながら、明日区役所に行って保育園の空き状況を調べよう、と思った。ひさしぶりに前の会社の先輩にも連絡を取って、家庭と仕事の両立について話を聞いて。でも、その前に夕飯の献立を考えなきゃ。

次から次へとやることは浮かんできてめまぐるしいくらいなのに、私はたしかにわくわくしていた。

一ヵ月間祈りながら待っていた保育園の内定通知は、届かなかった。

夕暮れの中、郵便受けを覗き込みながら、すっかり盛り上がっていた自分を振り返って、苦笑した。

「ママー。みどちゃんも、ゆうびんうけ見たい」

はい、と抱き上げると、翠は郵便受けの縁を摑んだ。パーカーのフードがぱさっと頭にかぶさる。翠は中を覗き込んで、まっくらくらいだね、と納得していた。

台所で玉ねぎを刻んでひき肉を取り出し、ミートオムレツの準備をしていると、翠が冷蔵庫のドアをばんばん叩きながら
「ジュース、ジュース、飲みたいー」

と騒いだ。

「ご飯の前だからだめ。今、翠の好きなオムレツ作ってあげるから」

とさとすと、いきなり床にでんと座り込んで、足をばたつかせて泣き出した。

「やだあー！　ジュース飲むもん。ママのばか！」

翠はいっそう泣き声を張り上げた。なだめる気力もなくボウルを取り出して生卵をといていたら、ピンポーンと音がした。

室内のモニター越しに見ると、暗がりに段ボール箱を抱えた配達員が立っていた。

「翠、荷物来たから。一緒に玄関に行こう」

けれど翠は首を横に振ると、がんとして行かないっ、と言い放った。

こんなときにかぎって麻子さんがいないことをちょっと恨めしく思いながらも、無理やり抱き上げようとしたら、両腕を振って抵抗された。

「一人でいたら心配だから。ママと一緒に出よう、ね」

「やだ。みどちゃん、ジュース飲む！　ママといかない」

「……じゃあ、いい。ママだけ出てくるから、そこにいなさい」

そう突っぱねると、翠はつんとした顔で、黙り込んだ。

素早く台所を出て、ドアを開けた。

大きな段ボール箱は、義父が通販で注文したカー用品で、抱えるとずっしりと重たかった。

玄関脇に置いて、サインをしていたとき、台所からいきなり物が崩れ落ちる音が響いたかと思うと、今度は張り裂けるような激しい悲鳴が聞こえた。

尋常じゃない様子に、ぎょっとして、私は台所に飛び込んだ。

「翠っ。どうしたの？」

カウンターキッチンの中を覗き込んで、一瞬、気が遠くなりかけた。

冷蔵庫のドアがぽかんと開いて、なだれのように食品の保存容器が床に落ちていた。ガラスの容器が割れて、細かな破片が散らばっている。翠がその真ん中に座り込んでいた。スカートから出た両足に血が滲んで、傷口が細かく光っている。

「翠！」

すぐに衣服に付いていたガラスだけを払い落とし、残りのガラスが皮膚に食い込まないように気を付けながら、居間まで抱いて運んだ。翠は興奮しすぎて、ほとんど引きつけそうになりながら泣いている。大丈夫だから、と言い聞かせながら病院に電話をかけた。

すぐに連れてくるように言われたので、今度はタクシー会社に電話をした。

「翠、ちょっとだけここで座ってて。すぐに支度してくるから」

だけど翠は、だめママいやーっ、と絶叫して服の裾を摑んだ。仕方なくテーブルの上の財布だけを持って、泣いている翠を慎重に抱いて、五分後に自宅の前にやって来たタクシーに乗り込んだ。

病院に着くと、ロビーはまばらに電気が灯《とも》っているだけで、薄暗かった。翠がおびえたように、こわいー、とくり返す。二の腕がしびれて翠の体がずり落ちそうになるのを支えて、受付に向かった。

診察室に入ると、白髪頭《しらがあたま》の老医師がくるりとこちらを向いた。穏やかで頼りがいのある雰囲気を滲ませた老医師は、椅子から立ち上がると

「こりゃ、こりゃ。びっくりしたね」

と優しく言った。そして私の状況説明を聞きながら、翠をベッドに寝かせるように指示した。

恰幅《かっぷく》の良い看護師の女性がやって来て、翠の肩を押さえつけると、翠はまたびっくりして大声で泣いた。老医師がピンセットで一つずつ丁寧に小さな足からガラスの破片を抜いていく。翠はそのたびに暴れるものの、たぶんそこまで痛くはないのだろう、泣き声がだんだん落ち着いて、あきらめ混じりの嗚咽《おえつ》に変わり始めた。

老医師はガラスを取り除くと、血の滲んでいた肌に薬を塗ってガーゼを張り、包帯を巻き終えてから、すっかり声を嗄《か》らしていた翠の頭を撫でて
「えらいっ。よく、がんばった」

と誉めてくれたので、ほっとしながら翠を抱っこすると、強くしがみついてきた。

「よかったねえ、深く切らなくて。これなら傷跡も残らないでしょう」

「ありがとうございますっ」

と私は頭を下げた。

「お子さんがいると、なかなか目が離せなくて大変だと思うけど。台所まわりはね、とくに気を付けてあげてください。朝晩、薬を塗り直して、包帯換えてあげて。真夏じゃないから、かぶれたり、かゆくなったりはしないと思うけど。五日後にもう一度、様子を見せ

に来てくださいね」

「はい。本当に、ありがとうございました」

私はまた頭を下げてお礼を言った。

翠はなにも言わずに私にもたれかかって、赤ん坊に戻ったみたいに親指をしゃぶっていた。ちゅうちゅう、と指を吸う音が響いていた。

「ほんっとうにびっくりしたのよ。帰ってきたら、台所がぐちゃぐちゃになってるし、翠ちゃんも塔子ちゃんもいないし。誰か押し入って来て、連れ去られたんじゃないかと思って」

「ご心配をおかけしてすみません。翠のことも、私が目を離してしまって」

私がそう言うと、麻子さんは温かい紅茶をテーブルの上に置いた。

「まあまあ。とりあえず、お茶でも飲んで、ね。翠ちゃんも大したことなかったんだし」

「本当に、すみません」

私はそうくり返してから、ふるえる手で紅茶のカップを持った。今さら動揺が強くやって来て、もっと大変なことになっていたら、と想像しただけで気が遠くなった。

「翠ちゃん、すっかり疲れてぐっすり寝ちゃって。明日はいつもよりも遅く起きるかもね。塔子ちゃんも病院に行ったりで疲れたでしょう。もう一緒に寝ちゃえば」

紅茶は熱くて胸が締め付けられた。だけど香りはほんのりと甘くてなんだか泣きたくなった。

「でも、真君が帰るまでは」

と言いかけたとき、ドアの開く音がして、玄関からばたばたと忙《せわ》しない足音が近付いてきた。椅子から立ち上がると同時に、夫が居間に入ってきた。

「どういうことだよっ。翠が怪我《けが》したって」

夫の声が大きかったので、責められているように感じて、すぐに返事ができなかった。

「真、おかえり」

「あ、ああ。おふくろ、ただいま。翠は？」

翠は寝室で寝ていることを伝えると、夫はいそいで階段を上がった。私も後からついていく。

寝室のドアを開けると、翠は毛布から包帯を巻いた足を突き出して、疲れ切ったように眠っていた。その寝顔を見た夫は、とりあえずほっとしたように、小さな額をすっと撫でてから
「顔には怪我しなかったんだな。あー、よかった。もっとすごい大変なことになってるのを想像してた」

と呟いた。

「顔は、大丈夫。足の傷もどれも浅いから、残ったりはしないだろうって、先生が」

「そっか。不幸中の幸いだったな。だけど、ガラスの破片が刺さるなんて、いったいなにがあったの？」

「宅配便を、受け取りに出て。一瞬、目を離したら、翠が冷蔵庫を開けていて、ガラスの容器を落としたみたいで」

そこまで説明した私に、夫がびっくりしたように訊き返した。

「宅配便⁉　そんなの、翠と一緒に出ればよかったじゃん。あいつ、お客さん好きなんだから」

「そのときは、すごくぐずってて。全然言うことを聞いてくれなくて」

でもさっ、と重ねるように反論の言葉が続いて、私はとっさに身がまえた。

「べつに泣いてたって死ぬわけじゃないんだから、無理やりでも連れて行けばよかったじゃん」

「それは、私も、今はそう思う」

「そうだよ。普通、小さい子供から目を離したりしないだろう。べつに塔子を責めてるわけじゃないけどさ。こんなことがあったら、俺だって安心して仕事していられないよ」

普通って、と言いかけたのを、飲み込む。

そうだ。私が悪い。

たとえ家のことをやりながらでも一分一秒だって子供から目を離せない緊張感に耐えるということがどういうことなのか、夫が分かっていなくても。

麻子さんだって、私が買い物に出て戻ってくると、翠を居間で遊ばせたまま二階に物を取りに行ったりしていても。

そのとき、寝室のドアをノックする音がして、私たちは会話を中断した。

真、と呼びかけたのは、麻子さんだった。

彼女が寝室に来るのはとても珍しいことなので、夫はちょっと驚いたようにドアを軽く開けた。廊下の明かりが細く差し込んでくる。

「真。廊下まで声が聞こえてるわよ。翠ちゃん、起きちゃうじゃない」

「ああ、ごめん」

「塔子ちゃんだって疲れてるだろうから、早く寝かせてあげなさいよ」

「分かってるよ。ただ、俺は原因だけでもきちんと把握しておきたくて」

その瞬間、麻子さんがにわかに母親になって
「明日やりなさい」

と強い口調で言った。夫はさすがに黙った。その一言で、私はふいに
「明日のパン、買ってくるの忘れてた」

と呟いた。夕食の支度の最中に食パンが切れていることに気付いたので、一段落着いた

ら翠と買いに行くつもりだったのだ。

「……真君、私、買いに行ってくる。翠、朝はパン食べたがるから」

そう告げると、夫はさすがに冷静になったように
「分かった。なんか、ごめん。塔子も大変だったのに、俺が一方的に色々言って。もう夜遅いし、心配だから一応携帯電話とか持って行ってよ」

「そうする。すみません、ちょっと行ってきます」

私は頭を下げて、階段を下りた。

家を出た瞬間、冷たい風が吹いた。夜に、街灯の明かりが濡れたように滲んで光っている。

夜道を歩き出しながら深呼吸した。どこか懐かしくて淋しい秋の匂いがした。

翠、と心の中で名前を呼んだ。翠。翠、ごめんね。台所に座り込んで泣いていた姿や、寝るときまでずっと親指をしゃぶっていた姿が蘇って、どんどん落ち込んでいく。

コンビニのある大通りに出ると、マンションの明かりや車のヘッドライトがあまりにまぶしくて、途方に暮れた。

擦れ違う人たちは、笑顔で笑いあっていて、誰もが夜に馴染んでいる。私だけが放り出されたようだった。翠が生まれてから、こうやって一人で夜道を歩くことなんてほとんどなくて、コンビニの明かりに照らされるだけで、いけないことをしている気分になる。

コンビニの店内で食パンを摑んで、しばらくさまよっていると、どんどん追い詰められてきた。普通、二歳の子供から目を離したりしない。そうかもしれない。私はもしかしたら普通じゃないのかもしれない。

ガラスケースの前で立ち止まる。ずらりと並んだビールや発泡酒に手を伸ばしかけて、ためらい、炭酸水のペットボトルを摑んだ。そのままパンと一緒にレジへ持って行った。

コンビニを出ると、目が馴染んだせいか、ちょっとだけ夜と近しくなったように感じた。

炭酸水を飲みながら帰り道を歩いた。しゅわしゅわと弾けて喉が洗われているみたいだった。炭酸って青春みたい、とふいに思う。途端に、なにかが溢れそうになった。でも、まだせき止められていて、たまりかねて夜空を見上げたら、半月が浮かんでいた。

小売店のシャッターにがしゃと寄りかかった私は、気が付いたら、電話を耳に当てていた。

しばらく呼び出し音が響いて、ぷつ、とつながった。

「はい」

「こん、ばんは」

そう呟くと、鞍田さんはちょっとだけ笑って、こんばんは、と返した。メールではなく、直接彼の声を聞くのはひさしぶりだった。

「どうした？　君は今、家じゃないのか」

「近所のセブンイレブンでパンを買ってたんです。今日」

そこで鞍田さんが遮るように、すぐにかけ直す、と言った。取り込み中だったかと心配している間に、彼のほうからかかってきた。

「ごめん。ちょっと移動中だった」

と言われて我に返った。コンビニで見た時計はたしか十一時をまわっていた。

「すみません。こんな遅い時間に」

「いや、いいよ。俺にとってはそんなに深夜ってわけでもないし」

恐縮して黙り込むと、ちょっとだけ間があってから
「なにか、あった？」

と尋ねた声が優しくて、私は顔を伏せた。長い髪が頬にかかる。通りかかる人から表情が見えませんように、と思っていたとき
「君……泣いてるのか？」

私は首を横に振った。どうせ彼には見えないのに。Tシャツの胸元に、一粒、二粒、と濃い染みができていく。

「子供が、今日、怪我して。ちょっと目を離したときに、冷蔵庫の中の物が落ちて、ガラスが割れて」

と私は事情を説明した。

「それで、容体《ようだい》は」

「浅い切り傷ばかりだったので、とくに縫ったりはせずに薬だけ。今は家で寝てます」

彼は、そうか、と言った。

「それは君もショックだったろうな。目の前でそんなことが起きたら」

思いがけない言葉だった。

「君は優しいから。自分のせいだと思って落ち込んでるんだろうけど、そういうことは子供のうちはよくあることだから。俺だってしょっちゅう男友達と危ない遊びや喧嘩《けんか》をして、鼻の骨を折ったことだってあるよ」

「鞍田さんが？」

いつも冷静な印象があったので、意外に感じて訊き返した。

「そうだよ。そうやって学習するんだから。取り返しがつかない事故とか怪我じゃないかぎり、くり返さないようにすれば、大丈夫だよ」

だいじょうぶ、という台詞が、弱り切っていた心に、たしかな骨格を伴って響いた。嗚咽が聞こえないように携帯電話を離しかけた私はぱっと顔を上げた。

目の前に一台のタクシーが止まった。

ドアが開いて、財布から数枚のお札を取り出す手が見えた。見覚えのある、長くて骨ばった血管の浮き出た甲。単身者特有の身軽な物腰。まっすぐな影が、地面に降り立った。

「どう、して」

鞍田さんは笑うと、こちらに歩いて来た。

「じつはけっこう近くにいたから。驚かせようと思って、さっき電話を切ったときにタクシーに乗り込んだんだよ」

と説明した。鷹揚な口調に、いっぺんに体の力が抜ける。

ひさしぶりに会う彼の髪はまた短くなっていて、ちらちらと白いものが混ざっていることに気付いて見ていたら
「ちょっと心配してたんだ。君はどこも怪我したわけじゃないみたいだな」

と言われたので、はっとして
「私？」

と思わず訊き返した。

彼は、そうだよ、と当たり前のように答えてから、私の手から炭酸水のペットボトルを取ると、ラベルを見た。

「君だったら、このまま飲むよりも、ソーダ割りのほうが好きだろうな」

私は小さく笑って、頷いた。

「ちょっと飲んだだけで、なんだかいっぱいになっちゃって。もう飲まないから、よかったらどうぞ」

月明かりに映し出された鞍田さんは穏やかな目をしていた。もうじき四十半ばになる彼だけど、彫りの深い顔立ちではないので、そこまで長く深い皺はない。愛嬌程度にいくつかの細かいものが目尻に寄るだけだ。

先ほどの会話を思い出して鼻を見たけれど、とくにいびつなところはなく、まっすぐだった。

彼は、かすかに喉を鳴らして、炭酸水を飲みほした。顎を持ち上げたときに、喉仏がよく見えた。

彼はペットボトルを下に置くと、ズボンのポケットから財布を引っ張り出した。

「君もあまり時間がないだろうから、これだけ渡そうと思って。この前、一人で鶴岡八《つるがおかはち》幡宮《まんぐう》に行ってきたときのお土産」

長財布から取り出した、白い神社の紙袋を手渡された。私はそっと中を開いた。

小さくて、ころんとした、鳩の根付けが入っていた。

「可愛い」

と思わず声に出して、取り出す。揺らすと、リン、と鳴くように鈴の音がした。

「見てたら、なんとなく、君を思い出した」

「それ、誉めてます？」

「どうだろうな」

「否定しないのね」

私がちょっと苦笑してみせると、彼が言った。

「君が平和に過ごせるようにと願って」

胸が熱くなるのを止められず、ああ、と複雑な心境で思わずため息を漏らした。

この人はなんて変わらないのだろう。

十年前だって、体だけのドライな関係だったら、きっともっと早く離れることができた。だけど鞍田さんは私に本気だと錯覚させる範囲まで踏み込んだのだ。

風邪をひいたと言えば、お見舞いにフルーツの盛り合わせを持って自宅の前に現れて。単位を落としそうだと言えば、仕事が終わった後で語学の指導までしてくれて。誕生日には海辺のホテルを予約して。

自分が特別な存在になった気がして、めまいがするくらいに嬉しくて、そのたびに。その愛情が私だけに注がれているわけではないことに、心が焼けただれるような嫉妬と悲しみを覚えた。

黙り込んでいたら、彼が気遣ったように大通りを振り返って
「そろそろ行くか。明日も早いだろうから。君の家の近くまで送っていけたらと思うけど」

と言ったので、あわてて首を振った。

「大丈夫です。ここからなら、すぐ近くだから」

「じゃあ、また。そういえば仕事の件だけど」

「あの……すみません。保育園、まだ決まらなくて」

「だろうとは思った。焦ることはないよ。一応、人は足りてるから」

「ありがとう。忙しそうですけど、体には気を付けてくださいね」

「まあ、太るよりはいいよ」

冗談めかして言われたので
「鞍田さんはもうちょっと太っても、全然」

と言いかけたとき、互いの裸を知っているのだという実感がにわかにせり上がってきた。

ふいに、じり、と彼の足が半歩だけ前に出た。でも、それだけだった。

追われないと今度は無性に追いたくなってしまい、その体を引き寄せたい、と思った。目が合った。危うく堪えた。

だけど鞍田さんは見逃さず、右腕を掴まれた。彼が前かがみになると、視界が遮られて真っ暗になった。吐息が混ざり合い、唇が触れる手前で退《ひ》いた。店のシャッターに寄りかかると強い音をたてて、きしんだ。

鞍田さんはきつくまばたきすると、すまない、とだけ告げた。ちっとも反省していない顔で。

しかった。

私は首を強く横に振って、今日は来てくれてありがとう、とだけ言った。本当は、あの家に私がいる意味が分からなくなっていて、このまま連れ去ってほしかった。境目がなくなるくらいにつながって嫌なことをぜんぶ忘れるくらいに激しく抱いてほしかった。

でも、家を出る前に見た翠の寝顔と、鳩の根付けに込められた気遣いが、そんな衝動をゆっくりと均《なら》して、心の奥底へと戻した。

私はようやく姿勢を正して、おやすみなさい、と告げた。

鞍田さんを乗せたタクシーが走り去っていくと、スカートの裾にからまる風を感じながら、夜の果てに流れていくヘッドライトへと視線を移した。

今日初めて、君に怪我はなかったか、と訊かれた。

私は下を向いて、両手で顔を覆い隠した。

遠い昔に手放したと思っていた愛が溢れないように。

翠の怪我は一週間もたたないうちに薄いかさぶたができて、それもいつの間にか花が枯れ落ちるように剝がれていた。

午前中、病院の小児科で無事を確認してもらった翠と私は、帰りに駅ビルのスパゲッティ屋で昼食を済ませた。

ミートソースをこぼしてしまった翠は、店を出てからも染みが気になるのかごしごしスカートを擦っていたものの、書店の絵本コーナーを見ると、忘れたように駆け寄った。

翠は水色のコアラの絵本を手に取ると
「ママ、ペネロペあったよ。しましま靴下。みどちゃんとおそろいだにゃー」

と嬉しそうに喋りかけてきた。最近の翠のブームはなぜか語尾に、にゃー、を付けることだ。

「そうね」

「ママ、ちがーう。そうだにゃー、でしょ。ペネロペ可愛いにゃー」

「はいはい。可愛いにゃー」

と歌うように合わせていたら
「あら！　翠ちゃん、塔子ちゃん。よかった、もう元気になったのね？」

と声をかけられて、私はちょっと恥ずかしくなりながら振り返った。

「こんにちは。由里子さん、お買い物ですか？」

由里子さんはたくさん指輪をつけた手を揺らして言った。

「塔子ちゃん。今お昼にやってるドラマ見てる？　すごいタイトルの、そう、『略奪三姉妹』！」

タイトルを聞いて噴き出しそうになった。そういえば週刊誌の中吊り広告で目にした気がする。単にそういう事件か実話の記事だと思っていた。昼ドラはハードすぎて疲れてしまうので、あまり見ない。

「毎回ハラハラする展開で、見てるうちにけっこうハマっちゃって。その原作の小説を買いに来たのよ。それよりもっ、翠ちゃんが大変だったわねえ。子供ってなにするか分からないから仕方ないわよ。ね、塔子ちゃん」

どうやらはげまされているようだったので、私は恐縮しながらも、本当にびっくりしました、と答えた。

「分かるわ。私もよくうちの娘にはひやっとさせられたもの。寿命縮むわよねえ。あ、そういえば塔子ちゃん。また働き始めるって本当？　預け先なくて困ってるって、麻子が言ってたわよ」

内心ひやりとしつつも、まあ仕方ないか、と思い直した。女同士の家庭の事情が筒抜けなことは百も承知だ。

だけど、由里子さんが神妙な顔をして
「じつはね、翠ちゃんを預かってくれそうなところがあるんだけど……興味ない？」

と切り出したので、私は、本当ですか、と訊き返した。

「カルチャースクールで一緒だった奥さんで、第七小学校の近くに住んでいてね。もともと保育士だったんだけど、結婚してからは辞めて専業主婦で。すっかり自分の子供も大きくなったから、数年前から自宅保育っていうのかしら、やってるんだって。最近ちょうど一人空きが出て、その奥さんが言うには、病気や用事で急にお迎えに来てほしいときもあるから実家が近い人がいいらしくて。だから私、塔子ちゃんのことをちらっと訊いてみたのよ」

「えっ?」

私はさすがに声を出してしまった。

「おせっかいかな、と思ったんだけど。でも、ああいうのって正直早いもの勝ちじゃない。そうしたら、向こうも知り合いのほうが安心だし条件も合うから、よかったら見学に来ませんかって。どう、この話」

「それは、本当にありがたいです。考えてもみなかったお話で」

と本心から感謝しながらも、一方ではひるんでいた。

赤の他人ではなく、身内の紹介となれば、その分気を遣う。できれば事務的に書類で申し込んで決まった保育園に任せたかった。なにより鞍田さんとの関係に、夫の親族をも巻き込むようで怖かった。

とはいえ、この先も保育園が決まるという保証はないのだ。いくら鞍田さんが待つと言ってくれても、その間にほかの優秀な人材が見つかれば、そちらを雇ってしまうかもしれない。

「ところで全然関係ないけど、塔子ちゃん、なんだか顔が疲れてない？　基礎化粧品ってなに使ってるの？」

私は就職したときからずっと愛用しているブランド名を告げた。由里子さんはびっくりしたように、えーっ、と声をあげた。

「あそこ、たしかに夏は軽めでいいけど、秋冬はちょっと物足りなくない？」

問い詰めるような口調で言われると、とくに不満は感じてなかったものの

「そう、かもしれないです。乾燥とか、さすがに最近は」

と答えてしまった。

「でしょうっ。三十代になったときに基礎化粧品はラインで買い替えないと。麻子も昔からそのへん頓着しないのよねー。可愛い顔してるんだから、ちゃんと磨けって言ってるのに」

と言った由里子さんの右腕には、まだ新しいシャネルのバッグが掛かっている。いくらしたんだろう、と考えていたら、また質問された。

「塔子ちゃんって、美容室はどこに行ってる？」

「結婚してからは、近所の『ピノ』っていう美容室に。小さいけど、隠れ家みたいで可愛いお店だったので」

「えー。そんなところ、あったっけ？」

とおざなりに返されて、さすがに失礼な言い方をされているとは思ったものの、年上の女性の一方的な物言いには慣れているので反論せずにいた。

「カットとかパーマの技術とか、やっぱり最新のところに行くと違うわよ。私が行ってる青山の美容院、紹介しようか？」

「でも、きっと高いと思うので」

と反射的に本音が出てしまったら、由里子さんは驚いたように
「なに、もしかして真君、美容院代も出してくれないの⁉」

と訊き返されて、あわてて首を横に振った。

「そんなことはないんです。私が、単に遠慮しちゃって」

「なーに言ってんの。塔子ちゃん、どんなに尽くしても、男なんて満足しないの。どんどん油断して図に乗るだけ。結局ねえ、女がずっと大事にされるためには何歳になっても見た目なのよ！　ひどい話みたいだけど、本当にそうなんだから」

なんて身も蓋《ふた》もない、と思わず心の中で呟いた。これが三十年近く夫の高給だけで暮らしてきたセレブ主婦の結論なのか、と圧倒された。それから、あらためて自分はそちら側ではないことを実感した。

由里子さんは、あらかた喋り終えて、ようやく満足したのか
「ところで、その保育士だった奥さんの話、どうする？」

ぐるりと話を戻して、訊いた。

私は頷いて、由里子さんにお礼を言った。

「助かります。あちらの連絡先を教えていただけたら嬉しいです。あと……よかったら、美容院も」


すべて脱がされたときよりも、さらに何倍も緊張しながら、私はホテルのロビーを通り過ぎた。

エレベーターの中で、下唇を指先でなぞる。グロスが付きすぎじゃないだろうか。あるいは取れていないだろうか。確かめてから、流行りのボブにしてふわっと明るくした髪を耳にかけて背筋を伸ばした。

翠の預け先が決まったというメールを送ったら、鞍田さんから、おめでとう、という件名の返信が来て
「会社案内はパソコンのほうにメールで送っておくけど、よかったら、一度、昼でも食いませんか？　詳しい説明はそのときにでも」

夜、と言わないところに、彼の気遣いと油断のならなさを感じた。

お店選びを任せていたら、後日届いたメールで、有名なホテルの最上階のフランス料理店が指定されていた。来た、と思わず呟いてしまった。本当にぬかりのない人だ、と呆れ

ながらも胸が破れそうなくらいに嬉しくて仕方なかった。女性扱い。どうしてその欲求からこんなにも逃れられないのだろう。

それから約束の日まで、麻子さんが家にいて翠がお昼寝をしている間、近くの区民体育館のプールでひたすら泳いだ。

さすがに筋力は落ちているものの、慣れてきて腕や腰がしなやかに動くと、恋愛や家庭の幸福とはまた違ったカタルシスを覚えた。胸は減らないままウエストや二の腕だけが締まっていくのも快感だった。ジョギングだと全体的に痩せて筋肉質になってしまう。ほどよく体形を整えるのに、水泳は一番都合がいい。

家に帰っても、翠はまだお腹を出して寝ていた。私はそっと鏡台に向かい、書店で買ったメイク雑誌を広げた。

ナチュラルで綺麗な肌に仕上げるためには、ベースもファンデーションも境目をパフで丁寧にぼかして。眉の形は、黒目の位置に合わせて。丹念に一から作り上げる。

仕事を辞めて二年以上も家にいれば、アイラインの一本すらまともに引けなくなっているもので、二十代前半の就職時にばたばたと覚えたテクニックは、すでに古くなっていることを痛感する。それでも練習しているうちに、瑞々しく明るい顔に仕上がるようになった。

服装も研究した。すっきりしているけど適度に華やかに見える色の合わせ方。同系色でも素材違いならメリハリが出る。そこにひとつだけ小物で違う色を入れてみたり、手首を見せるだけで垢抜ける。あとは髪型とのバランス。まるで受験勉強だな、と自分でもさすがにおかしくなってしまった。

鞍田さんとの関係は私にとって、まったくの白紙だった。正確には、向こうだけが設計図を持っていて、だから必死に正解を探してしまう。

よくできたと誉めてもらう、ために——？

「真君には、そんなこと期待したこともないのに」

服を選ぶ手を止めて、思わず呟く。あんなにも父性とはほど遠い人なのに、私は心のどこかで求めているのだろうか。得られなかったものを。

夫に内緒で購入した、フランス製の柔らかいピンクベージュ色のワンピースに、ウエストのところでベルトをして、一粒ダイヤのネックレスをした。うっすら透ける黒いストッキングに、前回も履いたパンプスを合わせる。誉められたからまた選んだみたいでちょっと恥ずかしくなり、早く働いて靴も買い足したいな、と思った。

そして今私は羽織ってきたジャケットを脱いだせいか、少し無防備な心持ちで約束の店の前に立っていた。

躊躇《ちゅうちょ》している間もなく、ボーイがやって来た。予約していた鞍田です、と告げると、音もなく店内へと案内された。

窓辺の席で、鞍田さんは先に待っていた。薄くストライプの入った黒いシャツにジャケット。ネクタイはしていなかった。

正面に座ってから、私は顔を上げた。

鞍田さんが困ったように笑ったので、ちょっと不安になって、なんですか、と尋ねた。

「君は、本当に油断ならないな、と思って」

思わず照れてうつむいてしまった。

「なに、それ」

「そのままの意味だよ。ずっと髪が長かったから、首が出るくらいのほうが似合うなんて知らなかったよ。一杯目は、シャンパンかビールか」

「じゃあ、せっかくだからシャンパンでもいいですか?」

「もちろん」

彼は一杯目を注文すると、こちらに向き直った。

「昔、菅が言ってたことを思い出した」

そう語る彼の後ろには、ガラス越しに真っ青な秋の空と東京の街が広がっていた。静かな店内と解放感ある景色との組み合わせに、時間の感覚をなくしていく。

「なんて言ってたんですか?」

「なんかあっただろうって。いきなり。塔子ちゃんの雰囲気が短期間で変わりすぎだって言われたよ。おまえの好みがもろに反映されてるって」

「そんなこと言われてたんですか。恥ずかしい」

「君が変わっていくのを見るのは楽しかったよ。ひさしぶりに会ったら、かえって出会った頃の感じに戻っていて。それも懐かしかったけど」

「今も、そんなに変わってないと思うんだけど」

シャンパンが運ばれてきたので、いったん会話を中断して、乾杯した。

最初のアミューズは、小さなタルトにマッシュルームのムースとキャビアを載せたものだった。つまんで一口で食べられる。塩気でシャンパンが進みそうになったものの、明るいうちに帰ることを考えて、できるだけゆっくりと飲んでいると
「こういう言い方がふさわしいかは分からないけど」

と鞍田さんが言った。

「なに？」

「人妻っぽくなった」

「それ、主婦っぽいのと変わってない気がするけど？」

と私は指摘した。

「全然違うよ。本来はもっと生き生きしてるのに、生活感が滲んでたから、内心じれったく思っていたんだ。今は若々しい人妻っていう表現がしっくりくるよ」

ありがとう、と答えながらも、空気が濃度を増していくのを感じ取っていた。

この人は、と心の中で思った。欲望を隠さない。むしろ逃げられないくらいに視線を注いでくる。下心、という言葉が子供じみて聞こえるほどの緊張感に、吐く息にすら神経を遣う。

「この真鯛のカルパッチョ、美味しい。ソースがちょっと変わった味ですね。ぴりっと甘めの、エスニックぽい感じで」

「うん。こういうところのフレンチはあんまり得意じゃないけど、ここは昼に食べても重くないからたまに来るんだよ」

「鞍田さん、隠れ家っぽいお店が好きでしたものね」

「今も一人で行くのは、そういう店が多いけど、今日はせっかく君がいるから。そこまで飲めないのは残念だけどな」

彼はそう言って、白ワインのグラスに口を付けた。さすがにまだ仕事があるから、赤ワインというわけにはいかないのだろう。

「君は、あいかわらず食べ方が綺麗だな」

と彼が感心したように誉めたので、私はお礼を言った。

「母が厳しかったから」

「それに、昔から細いわりには食欲旺盛なところも変わってないな。若いからってのもあるだろうけど、俺と同じくらい食べてた気がする。二十歳の頃の君とも、色んなところに出かけて。最初は戸惑っていたのに、そのうちに慣れて。空気を読むのが上手いな、と思ったのを覚えてるよ」

私は首を横に振った。本当はこっそり勉強していたのだ。テーブルマナーやTPOに合わせた会話や仕草。本を読んだり、映画を見たり。恥をかかないように一生懸命、陰でこっそり研究していたのだ。

なぜなら、背伸びしてはいるけれど見るからに大学生の私を、鞍田さんが人目もはばからずどこへでも連れて行ったからだ。マナーもろくに分からない高級レストランから、外国人が夜通し踊るようなパブまで。

「最初に連れて行ってもらったピアノバーで、バーテンの男の人がずっとこっちを気にしてたこと、まだ覚えてます」

と私が言ったら、彼は、はは、となんでもないことのように笑って

「君が若かったから」

と結論付けた。でも、私はそれは少し違うと思っていた。

若いと言ったら、鞍田さんだって十分に若かったのだ。

誰かの下で使われるという経験をせずに成功した彼は、当時、温和にふるまっていても、どことなく鼻持ちならない印象があったと思う。

会社では自分がルールだから、外に出るときもその延長で普段着のTシャツにジャケットだけ羽織ってどこへでも行ってしまう。野心はあっても、上流の人たちとの付き合いに染まり切れず、成功を浪費している人たちを馬鹿にしていた。その屈折した気難しさを隠せるほどには鞍田さんも大人ではなかったのだろう。

なまじお金を持っているからこそ、よけいに若さが悪目立ちして、どこへ行っても、彼はどこか浮いていた。

そんな得体の知れない男性に、二十歳そこそこの女子大生が恐縮したように寄り添って、高いものを飲食させてもらっているのだから、まわりが一体なんだと思っても不思議ではない。

「楽だったんだよ」

といきなり鞍田さんが言った。

「君は、若いわりに色んなことをわきまえていて、でも純粋で。俺を利用するとか、そういう考えが微塵《みじん》もなかった。俺がなにかすれば素直に喜んだり感謝してくれたり、泣いたり。どんなときもまっすぐだった。相手はなにが目当てか、そればかりがよく見えていた時期だったから。君とどこかへ行くことで、そういう現実のキツさから解放されてたんだよ」

「……知らなかった」

「バランスを取ろうとしてたんだろうな。勝手な言い分だと思うけど」

会話がそこに着地すると思っていなかった私は、黙ったまま首を横に振った。重い、と感じた。今日はたぶんお互いにあまりコンディションが良くない。生理前だからだろうか。上手く自分のテンションが上がらない。鞍田さんのほうもなんだか余裕がないように見えた。

お互いが会話の方向性を誤っていることに気付きながらも、惰性で飲んでしまうお酒のように抑制できないまま、メインの鴨のローストが来た。

だけど鴨があまりにパリッとして香ばしくて甘かったので、思わず感激して
「美味しい。これ、すごく好きです」

とはしゃいでしまうと、彼はようやくリラックスした笑顔を見せて
「よかった。正直言うと、さっき会社を出る直前にトラブルが起きて、うんざりしていたところだったんだ」

と打ち明けた。

「あ、だからちょっと様子が変だったんですね」

と私は納得した。

「気付いてたか。ごめん」

と彼が苦笑する。

「ううん。むしろ忙しいときに、ありがとう」

「いや、俺もちょっと外に出たかったから」

「それならいいけど。あなたは誰かに甘えたり頼ったりするのが下手だから、また無理してるんじゃないかと思って」

「君は昔もそれを言ってたな」

鞍田さんは肯定とも否定ともつかない笑い方をした。

「うん。そういうところが大人だと思って、尊敬してたけど。でも、たまには弱いことも言ってほしいなって思ってた。だから、さっきみたいな話ができるようになって、よかった」

無防備に言葉が出てくる。まだ二杯しか飲んでいないのに酔っていることに気付いた。昼間のお酒はまわるのが早い。

気付くと、鞍田さんが言い訳できないくらいに強くこちらを見ていた。

ウエイターがやって来て、食後はコーヒーか紅茶かと尋ねた。

「コーヒーで。彼女は紅茶を」

と答えてから、彼はまたこちらを見た。なにを言われるか、もう分かっていた。

「君、この後は？」

「……三時までには、出ないと」

と答えた自分の声は、別人のように小さかった。

「俺と同じくらいか」

会計を済ませると、彼はエレベーターに乗り込み、当たり前のように途中の階のボタンを押した。

下降する感覚を味わいながら、ふと気になって尋ねた。

「宿泊のチェックイン時間ってまだじゃないですか？」

「最近は便利なことに、こういうホテルにもデイユースのプランがあるんだよ」

彼が得意げな少年のように笑ったので、私も思わず、そっか、と砕けた調子で頷いた。

同時にほかの女性で予習済みなのではないかという考えがよぎる。予習、という単語をとっさに選んだ自分が恥ずかしくなる。無意識では自分を本命だと思っているのか。

エレベーターが開いて、絨毯の敷かれた廊下を歩きながら、鞍田さんに、あの、と呼びかけた。わだかまっているものを取ってしまいたかった。

「そういえば、どうしてゆきりんの結婚式に呼ばれてたの？」

彼はジャケットの内ポケットから、カードキーを取り出しながら言った。

「ああ、ちょくちょく会ってたからだよ」

心臓が嫌な音をたてた。

「俺が離婚してすぐの頃に、たまたま東京駅の売店でばったり会って。彼女は、君と違ってちゃっかりしたところがあるからな。飯食いに行きたいって言うから、何度か連れて行ったけど。それが」

振り上げた右手は、わずかに残っていた理性で速度を失い、彼の左肩に当たった。ジャケットの襟をぎゅっと摑んで、言葉にならない言葉を飲み込むと、鞍田さんが面食らったように
「もしかして彼女に嫉妬してるのか？」

と訊いたので、あまりに悔しくて悲しくて、堪え切れずに
「なんで」

と振り絞るように言うと、彼は黙った。

「なんで、ゆきりんと。私じゃなくて」

「なにも、してないよ。彼女とは」

「そんなの信じられないよ。あなた、忘れたの？　昔付き合ってたときのこと。前の彼女とも連絡取ってたり、私の知らない女性とも。そもそも奥さんがいたのに私を抱いてた人を、なんで信じられると思ってるの？」

鞍田さんはしばらく考えるように息を潜めると、訊いた。

「離婚してまっさきに君に会いに来なかったから、怒ってるのか？」

そんなことない、と即答しようとしたけれど言葉が出なかった。そうかもしれない、と

思った。この人はたいてい正しい。私よりも、私のことが分かっているから。

「俺だって少しは恥を知ってる。別れたからって、すぐさま都合良く君に会いに行くなんて、さすがにできないと思ってた。それに十年前だって、君と本気で付き合い始めてからは、ほかの相手とは距離を置いて」

「そんな言い方して。私のほうこそ、たまたまだったんでしょう。あの結婚式の日にたまたま再会して、矢沢とのワイン会にたまたまやって来て」

「違うよ。塔子、とりあえず中に」

「やだっ、入るわけない」

私は摑まれた腕を振り払い、エレベーターに向かって、まっすぐに歩き出した。その背中に、鞍田さんが投げつけるように言った。

「来週の金曜日、午前十時から面接するから。履歴書と職務経歴書を持って来てくれ」

「行きませんっ」

とぐしゃぐしゃの声で突っぱねると、彼は上から押さえつけるような口調で、君は来るよ、と言い返した。私は足を止めた。

「君は責任感が強い。すっぽかすわけがない」

逃げ込むようにエレベーターに乗った。先に中にいた背広姿の二人組の中年にちらっと見られた。彼らの後ろに隠れるようにして、ふるえる息を吐いた。

会議室で向かい合った社長はまだ四十代前半くらいに見えた。

鞍田さんのように鋭い雰囲気ではなく、おおらかな自信に満ちていた。シャツにコットンパンツという気楽な格好ではあるものの、身につけている小物はどれも高価そうで凝ったデザインだった。

「村主塔子さん。以前は、ハセガワシステムにいらしたんですね。大学で英文科っていうことは、仕事で使えるくらいの英語力はある？」

私は、はい、と声を出した。スーツを着たのは本当にひさしぶりで、背中が緊張する。

鞍田さんの視線を受けてホテルでのやりとりを思い出し、かすかに胃が絞られるように痛んだ。

新卒の就職活動のようにディスカッションに近いやりとりが展開されるのかと思ったら、もっと現実的な質問が大半だった。とくに前の会社でやっていた仕事を仔細《しさい》に訊かれた。

社長のほうは、もう半ば採用を決めているみたいで、後半はほとんど短い相槌を打っているだけだった。鞍田さんのほうが案外しつこく尋ねてきて、きっと自分の紹介だから念を入れているのだろう、と理解した。この人はそういう人だ。思いつきで動いているようでいて、最終的には現実とのバランスを取ろうとする。

「じゃあ、面接の合否は来週頭には連絡しますから。今日はおつかれさまでした」

私は、ありがとうございました、と深く頭を下げた。

会議室を出て、エレベーターへ向かう通路を歩いていたとき、がっと二の腕を摑まれた。

「新しい契約社員の子？」

いきなり見知らぬ男から顔を覗き込まれ、私は凍りついた。色素の薄い前髪が、視界の上で揺れている。

「……子って言われるような年齢では、ないです」

ようやくそれだけ告げると、彼はまじまじと私の顔を見た。

「あー、三十過ぎで子持ちなんだっけ。だから期待してなかったけど、全然分かんないね。もっと若く見える。可愛い」

早口にまくし立てられ、唐突な賛辞に脳がショート寸前だった。どうすればいいか分からなくて、とりあえず小声でお礼を言った。

彼は臆面もなく、軽さを前面に押し出した笑顔を見せた。彼のほうこそまだ若く見えた。正統派の美形ではないけれど、可愛げのある顔立ち。すらっと手足が長い。それを自覚しているように爽《さわ》やかなブルーのシャツを着ている。それなのにどこか攻撃的な匂いがした。

そのギャップと勢いに感電したように、二の腕がびりびりと痺れた。

「小鷹《こだか》君。そういうの、本当にやめてくれ」

背後から鞍田さんの声がした。同時に摑まれていた腕が解放された。

彼は簡単に頭を下げると
「すんません。ネットに書き込まれたらあっという間に広まりますもんね。でも彼女、鞍田さんの紹介なんでしょう。だったらもう決まってるようなもんじゃないですか？」

しれっと言った。

「そういう問題じゃないだろう」

鞍田さんはうんざりしたように指摘した。

彼は、そうですよね、とへらへら笑ったまま同意した。あまりの舐めた態度に、私もあきれてしまった。

「下まで送って行くよ」

鞍田さんがそう言ったので、私は仕方なく、ありがとうございます、と告げた。

「小鷹君は仕事に戻って」

「はあい。あ、働き始めたら、僕とお酒でも飲みましょうね。小鷹って言いますから」

すぐには自分に言われていると気付かなかった。その間にできた沈黙を埋めるためだけに、あ、はい、とつい答えてしまった。鞍田さんがすかさず
「小鷹君、よけいなこと言わないで」

とふたたび注意した。

エレベーターの中で、鞍田さんから、すまない、と謝られて、てっきり先日のゆきりん

のことかと思ったら
「小鷹君には、くれぐれも君は近付かないほうがいい」

と言われたので、私は、べつに近付かないですよ、とすぐに答えた。

「すごい人だとは思いましたけど。まだ若かったですよね」

「でも若いといっても、小鷹君はたしか君の二、三歳上じゃなかったかな」

「え、見えないです。いつもああなんですか？」

「いや、社内であんなことしたのは、さすがに初めてだと思うよ。ただプライベートではかなり好き放題やってるみたいだな。俺が来てすぐに会社にＦＡＸで脅迫状が届いたから。小鷹を辞めさせないと会社に火をつけるって」

「えっ」

ぞっとして、訊き返してしまった。個人を攻撃するためだけの内容にしては過激すぎる。

「言葉は悪いけど、小鷹君にやり逃げされてストーカーになっていた女性が、彼と社内の女子社員が飲んでるところを見て逆恨みしたみたいだ。坊主憎けりゃ袈裟《けさ》までとはよく言ったものだな」

「それで、どうしたんですか？」

「当の本人に確認したら、ひどい勘違い女だって怒り出して、すぐさま相手の女性の携帯に電話して逆に脅していたよ。ここだけの話、その子が家に来てたときの会話を隠し撮りしてたみたいで、それをばらまいてやるみたいなことを……まあ、やめよう。あまり品の良い話じゃないから」

「とんでもない人じゃないですか」

と私はあまりのことに唖然として、呟いた。

「男から見ても彼はタチが悪いよ。ユーザーへの応対はトラブルが多いから完全に外されてるし。とくに意味もなく平地に乱を起こしたがるタイプなんだろう」

「それで、よくクビにならないですね」

と言ったところで、エレベーターの扉が開いた。鞍田さんは一緒に降りながら、まだ話を続けた。

「……内部の仕事はできるんだよ。とくに今年、有能な社員がよそにごそっと引き抜かれてからは、小鷹君しか把握してないプロジェクトやらプログラムが山のようにあって。それを分かっているから、あんな感じなんだ。女癖が悪いわりに社内の女子には手を出さないのも狡猾《こうかつ》だと思うよ。だから、彼には近付かないほうがいい」

「私、嫌いです。そんなひどい人」

と言うと、鞍田さんはなにか言いたげにちらっとこちらを見た。

「なんですか？」

彼は一呼吸置くと、言った。

「好き嫌いは関係なく、君はああいう強引なのに弱そうだからな」

まさか、と一蹴《いっしゅう》して、ビルの外へと出た。秋晴れの空が広がっている。強いビル風が吹き抜けて、わずかに足元がぐらつく。

鞍田さんが肩を抱いたので、びっくりして離れた。

「倒れそうになってたから」

淡々と説明されて、思わず赤面した。ありがとうございます、と私はお礼を言って頭を下げた。

「じゃあ合否はまた後ほど」

「はい。よろしくお願いします」

大丈夫だろうか、と自分に問いかける。ここで働き始めて、なにもない顔をしてやっていけるのだろうか。

そんなことを考えながら、そろそろ色づき始めた並木道を歩いて駅に向かった。


翌週の月曜日の朝に、採用が決まった、というメールが届いた。私はパソコンの前でほっと胸を撫で下ろした。

支度をして過ごしているうちに、研修の初日がやって来た。

翠をばたばたと預けてから、ひさしぶりの満員電車に飛び乗った。

ひどく混雑していて肩がぶつかる。乗客のヘアワックスや香水の匂いが混ざり合って酸素が薄い。まだ少し眠たくて、まぶたが重たい。窓ガラス越しに、白い朝の光に包まれた街が見えた。なにもかもが懐かしくて新鮮だった。

会社に着いて、オフィスに入っていき、一通り挨拶を済ませると、研修担当者がやって来た。

たっぷりとした黒い髪を束ねた、いかにも姉御肌という感じの女性から

「よろしく。今日からしばらく指導につかせてもらう二ノ宮《にのみや》です。とは言っても村主さん、前もシステム系の会社にいたんだもんね。頼りにしてるから」

と言われたので、恐縮しながら、よろしくお願いします、と頭を下げた。

基本的な電話の応対から簡単な処理を習っているうちに、勤務時間が終わりに近付いていた。そこまで複雑なことを教わっていないからか、拍子抜けするくらいにあっという間に感じられた。

帰り支度を済ませた私は、トイレに寄りたいな、と思い、女子トイレにさっと入った。

個室のドアを閉めて、しばらくすると、ハイヒールの鳴る音が近付いてきた。誰かが来たな、と思いながらドアを開けようとして、手が止まった。

「今日から入った契約社員の人、もう帰っちゃったの？　研修期間中だからか」

「それもあるけど、子供いるんだって。だから基本、定時上がりだって」

「は？　だってうち、月末とか残業めっちゃ多いじゃん。どうすんの」

「だよねー。ほらあれ、社長がよそから呼んだ、取締役の鞍田さん。あの人がどっかから引き抜いてきたらしいよ。それで前にいた契約の二人はクビ切られたじゃん」

「あー。使えなかったもんね。でも、それで残業できない人を呼ぶとか、意味なくない？鞍田さんって神経質なくらい口出すよね」

「ああ、分かる。社長は現場に任せろって方針なのに、食い違ってて混乱するんだよね。そういえばあの人バツイチらしいよ。家の中のことにも細かくて、嫁に愛想尽かされたんじゃん」

　笑い声が聞こえている間、私は身動きが取れずにいた。

　子供がいることで色々言われるのは予想していたし、その分、がんばって働けば納得してもらえるだろうと考えていた。だけど鞍田さんがそんなふうに噂されているのを耳にしたら、びっくりするほど胸が痛んだ。

　面接のときに神経質なくらいに質問を重ねていた鞍田さんを思い出した。大学生のときにバイトしていた頃は、もっと鷹揚だった。あれは自分たちの会社でトップの立場だったからだ。今はよそもので、上からも下からも挟まれているのだとようやく認識した。それなのに私を呼んでくれたことを感謝した。

　ハイヒールの音が遠ざかるのを待って、私は個室から出た。手を洗って軽く髪を直す。

取れかけた口紅だけ薄く塗った。

女子トイレを出たところで、小鷹さんにばったり会ったので、びっくりした。あいかわらず嘘っぽい笑顔を浮かべて、清潔な白いシャツを着ていた。

「やっぱ採用になったー。最初から決まってたようなもんだもんな」

歌うように言われて、さすがに腹が立つと同時に、女子トイレで盗み聞きしてしまった会話を思い出して苦しくなった。

私は思わず反論した。

「鞍田さんは、そんな方じゃないです。昔からお世話になっていますけど、仕事の面では厳しい方です」

小鷹さんは、一瞬だけ黙った。

それからすぐに
「僕、今から煙草《たばこ》吸いに行くんですけど、一緒にどうですか？」

となぜか誘われた。私は首を横に振って断った。

「ありがとうございます。ただ子供のお迎えがあるので」

彼が、ふうん、と短く呟いたので、私は、なんですか、と訊き返した。

「意外。煙草、吸うんですね。吸わないって言われるかと思ったのに」

「以前勤めていたときは、ストレスが溜まると、たまに。子供ができて、やめましたけど」

「ねえねえ、もしかして村主さん、お酒強い？」

「お酒は……正直、弱くはないです」

どうして自分のことを無防備に喋ってしまっているのだろう、と考えている間に
「あ、ほんと。僕、そこまで強くないんですけど、飲むのは好きだから、よかったら今度行きましょう。携帯番号、あとで社内メールで送っておくので」

と言われたので、私はほとんど社交辞令で、そうですね、とだけ返した。正直、私はこの人のことが少し怖かった。遠慮がないし距離も近すぎる。ここまで女に拒絶されないという確信に満ちた男の人に接するのは初めてだ。

ようやく小鷹さんを振り切った私は、ビルの外へ出てから、深く息を吸い込んだ。もう日が暮れているのに人が多くて呆然とする。つい先週までは、午後五時なんて私にとっては夜だった。仕事中、集中していて一度も翠のことを思い出さなかった自分に気が付いた。

私、働くの、好きだったんだ。

鞍田さんに感謝しながら、お迎えに行くために帰り道を急いだ。

歓迎会の席で
「村主さんって、お子さんいるの？」

二ノ宮さんが驚いたように訊いたので、私はビールジョッキ片手に、はい、と頷いた。

「へえー。ビールジョッキが似合わないお嬢さんみたいな顔してんのにねえ。お子さん、いくつ？　男の子？」

彼女はテーブルに頬杖《ほおづえ》をつきながら、がさっとした口調で質問を重ねた。意外と上品なベージュピンクのフレンチネイルをしている。

「二歳です。娘です」

「ふうん。だから意外と落ち着いてるのね。自宅、世田谷《せたがや》のほうだっけ？」

「はい、そうです」

「結婚して、いいところ住んで、娘さんもいて、勝ち組じゃないの。なんでまた再就職なんて。旦那のボーナス減らされた？」

あまりの歯に衣《きぬ》着せない物言いに、思わず笑ってしまった。私はどこへいってもこういう女性に言いたい放題言われる宿命にあるようだ。

「本当は働きたかったんです。夫の両親と同居で、家にいると色々気も遣うので」

「あー、同居なの。それはキツイわ。じゃあ、今日は義理のご両親が見てくれてるんだ？」

私は頷きながらも、ちょっと離れたところにいる鞍田さんをちらっと見た。静かに飲んではいるものの、こちらの会話が聞こえるくらいの距離にいる。

枝豆や唐揚げや舟盛りが運ばれてきて、ひさしぶりの居酒屋の味を懐かしんだ。

二ノ宮さんは二杯目のビールを頼んでいる。さきほど四十歳で独身だと言っていた。分かる気がする。私の経歴をまったく知らなかったことで、彼女の社内での位置がなんとなく把握できた。仕事では頼りにされるけど、プライベートでは誰とも絡まず、一人で自由に休日を過ごす姿が想像できた。

「そういえば今日、小鷹君いないわね」

と彼女が反対側にいた若い男性社員に向かって、なにげなく言った。その名前を聞いて軽く心がざわつく。

「あー。前任者が放置していったシステムのフォローに追われてますよ。追加で変更をお願いしたのに連絡がないって先方からクレーム入ったらしくて」

「ああ。辞職組の負の遺産か。小鷹君もちゃらちゃらした男だけど、仕事になると、意外と理不尽なこともきっちりこなすよね」

「ちゃらちゃら、は……してますよねえ」

と若い男性社員が苦笑する。どうやら飲み会のネタにできるくらいに有名らしい。

「普通にしてたって不自由しないだろうに、なんで手当たり次第に……噂をすれば、来た」

私はそっと振り返った。小鷹さんは放るように靴を脱いでお座敷に上がると、一直線にこちらへ向かってきた。

「おつかれ。放置されてたシステムの進み具合、どう？」

「進み具合っつーか、なにもできてないも同然ですよ。あんなん」

小鷹さんはジャケットを脱ぎながら、私と壁のわずかな隙間に無理やり腰を下ろした。

「おつかれさまです。あの、小鷹さん」

「なに？」

と訊き返された声がやけに不機嫌で、おまけに仏頂面《ぶっちょうづら》だったので、普段の態度とのギャップに戸惑いながらも
「そこ、狭くないですか？」

と訊くと、ためらいなく、狭いですよ、という答えが返ってきた。

「なので、もっと村主さんのほうへ寄っていいですか？」

「え、いえ、だめです」

反射的に即答すると、彼はびっくりしたように私を見た。間近で観察すると、目の下に定着した隈《くま》とか、肌の乾いた感じとか、たしかに私よりもちょっと年上の男性だな、と思った。

「だめなの？」

「あの、あんまり男の人が近いの、慣れてないんです。女子高だったので」

「えー。だって結婚してんじゃん」

「夫は家族ですから」

とまで言ったときに、鞍田さんがはっきりとこちらを見ているのに気付いた。べつに付き合っているわけでもないし、好きだと言われているわけでもないのに、どこか後ろめたい気持ちになった。

「じゃあ、セックスレスじゃないんだ。いいなー」

私はその言葉には答えずに、小鷹さんはご結婚されてるんですか、と尋ねた。

「僕が結婚してるように見えます？」

「見えないです」

「だよね。してないし、するつもりもないですよ」

私は、そうですか、と頷いて、目をそらした。なんだか嫌な予感がした。この人はたしかに危ない。

一次会が終わると、店を出た皆はエレベーターへとなだれ込んだ。満員のブザーが鳴り響いたので、新人の私が引いてすっと降りた。

鞍田さんが続いて動こうとした瞬間、一足先に飛び出してきたのは小鷹さんだった。

面食らった私に、彼は笑いかけながら

「非常階段から下りましょうよ。僕ら若いんだし」

と言った。

「ちょっと小鷹、あんただってそんなに若くないでしょうっ。誰に当てつけてんのよ」

二ノ宮さんの笑い混じりの反論が飛んできて、鞍田さんが、ちょっと待て、という顔をしたけれど、それらすべてを遮るようにドアが閉まった。

私は言葉をなくしたまま、小鷹さんを見上げた。

いつの間にか彼の左手が、私の右手を握りしめていた。その甘い行為とはうらはらに脅迫されているみたいに、強く。

「小鷹、さん」

「はい。なんでしょうか」

仰々しい敬語に、かえって隙のなさを感じた。鞍田さんとも違う緊張感に、かすかに吐き気すら覚えた。本来は受け入れられない異物を喉に押し込まれたみたいに。

「私、男の人に触られるの苦手なんです」

と告げると、小鷹さんがちらっとこちらを見て、突っ返すように言った。

「あっそ」

突然の冷たい反応に、全身の血が凍りついた。

なにも言えなくなった私の手を、小鷹さんはおかまいなしに引っ張って、非常階段の扉を押した。

薄暗い階段を踏み外しそうになりながら思った。

自分はいったいどこへ落ちていってしまうのだろう、と。

海鮮居酒屋のカウンターに横並びになると、おしぼりを持ってきた茶髪の女性店員がぱっと笑顔になって

「いつもありがとうございます」

と小鷹さんに向かって愛想をふりまいた。

「どーも。ていっても、半年ぶりとかだけどね」

「え？　そんなになります？」

彼女は目を見開いた。クレヨンで塗《ぬ》り潰《つぶ》したような厚化粧じゃなかったら、いくらでも男性が寄ってきそうなくらい可愛い子だった。

小鷹さんが調子良く

「ごめん、うそ。一週間ぶりだった」

と返すと、彼女は、ですよねー、と声をあげて笑った。居心地が悪くて早くも帰りたくなっていた私のほうに、彼はいきなり向き直ると

「塔子ちゃんはなに飲む？　あ、煙草置いておくから。勝手にどーぞ」

テーブルの上にマルボロとライターを重ねて置くと、意外にも丁寧にメニューを開いて、こちらに差し出した。

私は何重にも戸惑いながら、レモンサワーにします、と告げた。あまり強いものを頼んで酔うのが不安だった。

二軒目だというのに、彼がお刺身とコロッケを頼んだので、食べきれるか心配になっていたら

「僕らが消えたから今頃あやしまれてるかもなー。塔子ちゃん、鞍田さんから電話かかってきてないの？」

小鷹さんが梅酒のソーダ割りを飲みながら尋ねた。どうやら本当にお酒は強くないらしい。

「べつに鞍田さんは保護者じゃないですから。だけど小鷹さんはあやしまれて困らないんですか？」

いつの間にか塔子ちゃんと呼ばれていることには言及できず、代わりにそう訊いてみた。

「はは。大丈夫ですよ。さすがにそこまで深読みしないでしょ。皆と帰ってもよかったんだけどさあ、塔子ちゃん、旦那も子供もいるから、次いつ一緒に飲めるか分からないと思って」

そこまで考えていたとは想像もしていなかった私は

「それは……たしかに、そうですね」

と同意してしまった。

小鷹さんは、おまえ素直だなー、と言って、いきなり私の頭を撫でた。適度に大ざっぱでひと匙《さじ》だけ優しさのこもった撫で方は、思いの外いやらしい感じがなくて、近所のおにいさんのようだった。そのことにまたしても面食らい、不快だとはねつけることができない。

呼び方が、塔子ちゃん、から、おまえ、に変わったのと触られたのを拒否できなかったことで、関係性の優位に立たれたと気付いた。

「旦那ってどんな人？　写真とかないの」

私は一応携帯電話を取り出して、夫と翠が写っている一枚を見せた。

小鷹さんはふいに視線を止めると

「旦那、かっこよくない？　あー、でもすげえワガママそう」

と言い放った。本当に自由な人だな、とあきれながらも、そうですね、と答えて携帯電話をしまった。

「すげー意外。もっと家庭的な感じの旦那を想像してた。会社でモテるんじゃないの？」

「会社でのことは知らないから。でも夫は家庭的ですよ。あんまり派手な遊びもしないし」

「ふうん。そういえば塔子ちゃんって、親が離婚してるでしょ？」

いきなり言い当てられて、私はひどく動揺した。一瞬、鞍田さんの顔が浮かんだ。でも

あの人がそこまで軽々しく喋るとも思えないので
「なんで、知ってるんですか？」

と慎重に訊き返すと、小鷹さんはずるく笑って、図星だった、と訊いた。

「はい」

「なんか苦労してそうだからさ。俺が昔付き合ってた子も母子家庭だったから、なんていうか雰囲気？　あ、遠慮しないで煙草吸ってよ」

半ば強制的に煙草を渡されて、仕方なく一本取った。すかさず火を灯したライターを向けられ、軽く前かがみになると、小鷹さんの顔が近くなった。

世界中を馬鹿にしたような目は、だけど妙に惹《ひ》きつけられる自由さも併せ持っていて、私は混乱しかけた。

ぱっと顔をそむけて煙を吸い込むと、いっぺんに思考が霞んでいく。悪い夢の中にトリップしていくようだった。

「おまえ、どういう男にモテるか当ててみようか？」

私は、え、と訊き返した。

「童貞と家庭環境暗いやつ」

とっさに苛立ちを隠しきれず、なんですかそれ、と突き放すように言うと、小鷹さんはふいに真面目な顔をして

「優しそうだからだよ。そういえば、鞍田さんも親と仲悪いだろ」

と唐突に断定してきたので、私はさらにびっくりして
「なんでそう思うの？」

と敬語を忘れて聞き返してしまった。

「成功してるわりには、どっか暗いっつーか、自己肯定できてない感じがするから。格好とかもさあ、無難だけど、とくに似合うもの着てないし。頓着しないっていうよりは、自分自身に愛着ない感じがするじゃん、あの人」

私はすっかり圧倒されていた。なにも考えてないように見えて、ここまで色んなことを見透かしていたら、簡単に女の子が引っかかるわけだと納得した。

「小鷹さん、いつも小綺麗な格好してますもんね」

と言うと、彼はすかさず、なんでか分かる？　と質問してきた。

「分かんない。なんで？」

「僕、腹黒いからですよ。外側だけでも清潔に見せないと、女の子寄ってこないでしょう」

とっさに声を出して笑ってしまった。だめだ、と思った。勝てない。

私は、煙草を吸う彼をちらっと見た。手首の内側が白くて、まつげが長いことに気付く。

顔や体の造作だけはどことなく少女漫画に出てきそうで、だから評判が悪いわりには生理

的な嫌悪感を抱かないのだろう。

それにしても、やっぱり鞍田さんはそういうふうに見えるんだな、と実感した。

私はレモンサワーを飲みながら、ぽつりと呟いた。

「鞍田さんは、ご両親とは仲良くないかもしれない。けど本人から直接うかがったことはないです」

十年前、鞍田さんの会社のお花見に混ぜてもらったとき、私は大量の唐揚げや炊き込みご飯を作っていった。ビニールシートの上で、それを広げると、鞍田さんが小さく笑ってから
「若いのにこれだけ作れるなんてえらいよ。うちの親の飯はまずかったから」

とまっすぐに誉めてくれたので、私は照れ臭さから
「鞍田さんは、たまにはご実家に帰ったりするんですか？」

と話をそらすように尋ねた。たしか静岡県の海のそばの街の生まれだと聞いていた。

そのとき、鞍田さんが
「実家か」

とひとりごとのように言って、その単語があまりに冷え冷えとした空気をまとっていたので、なんとなくすべてを察したのだ。具体的なことはなにも訊かなかったけれど、それだけで伝わってきてしまうものがあった。

ふいに、小鷹さんがこの話に興味を失ったように

「でもさ、正直、基本が定時帰りって大丈夫かと思ったんだけど、塔子ちゃん、やる気あるよね。予想外に優秀だからびっくりした。僕はコネだけで来たんだと内心決めつけていたので」

と言ってきたので、私はあわててお礼を言った。

「ありがとうございます。でも、まだ全然」

「まー、でもこれからどんどん仕事まわってきたら、残業とかせざるを得ないと思うけど、そうしたらどうすんの？」

「一度帰って、また戻ってくるとかにしようかな、と思って。それに夫の実家と同居なので、毎日じゃなければ、そちらを頼って」

「へー。同居とか、すげえな。塔子ちゃん、がんばるね。僕の嫁になってよ」

私は、いやですよ、ときっぱり言って、残っていた鮪《まぐろ》のお刺身に箸を伸ばした。煙草とレモンサワーと生ものはあからさまに相性が悪くて、ちょっと気持ち悪い。

「鞍田さんとは、いつから知り合いなんだっけ？」

「十年前です。鞍田さんの会社で、私が一時期バイトしていて。でも辞めてからは全然会ってなくて。今年になって、共通の知り合いの結婚式で再会したんです」

私は大皿に盛られたお刺身をせっせと食べながら、説明した。小鷹さんは頼んだくせに、

さほど箸を付けることもなく、ふうん、と相槌を打った。

「それって鞍田さんが結婚してた頃の話？」

私は、はい、と頷いた。

「じゃあ愛人だったんだ？」

嚙んでいたお刺身は、崩れた脂のぬめり気をまとったまま、口の中に留まっていた。それをゆっくり飲み込んでから
「違いますよ。そんなわけないでしょう」

とにっこり笑って返すと、彼はさすがに信じたのか、つまらなさそうな顔をした。

「ちぇー。なんだ、絶対にそうだと思ったのに。あ、でもさあ、セックスはしたんでしょう？」

面と向かって訊かれて、あやうくレモンサワーを噴くところだった。

「してませんっ」

と強めに言い返すと、小鷹さんは、えーっ、とつられたように反応した。

「嘘つくなって。初めて見たときに、こいつら絶対してると思ったんだよ」

「本当に違います。紹介だから、そういうふうに誤解されることもあるかな、とは思ってましたけど」

「本当に違うの？」

「違います。そうだったら、もうちょっと優しくしてもらってますよ」

「鞍田さんは意識的に冷たくしてるじゃん。塔子ちゃん相手だと、ちょっと喋り方変わるし。執着が滲むっていうかさ」

私は、あはは、と笑ってみせて
「小鷹さんが変なこと言うから、きっと心配してるんですよ。親心です」

とやり返すと、彼がにわかに黙ったので、上手く制したと思った。

だけど、次の瞬間、小鷹さんがいきなり私の肩を抱き寄せた。

や、と声にならない声が漏れると同時にキスされていた。

軽く触れただけの唇の隙間から舌が入ってきて、口の中でもつれた。こいついきなり、と思ったけれど、なぜか不快じゃなかった。唇も舌も薄くて、そのせいか図々しさを感じなかった。あれだけ煙草を吸ってたわりには口臭もなく、着ている服からやけに甘い匂いがする。押しのけたくなる手前で引いては、また唇が重なる。だんだん頭がぼうっとしてきて、自分でもどうしていいか分からないくらい、生まれて初めてキスを気持ちいいと感じていた。肩からずるっと滑り落ちるように力が抜けていた。

唇が離れると、私はすぐ後ろの壁に背中をついた。

顔を上げると、小鷹さんがからかうように笑ってから
「おまえさあ……意外とエロいんだな」

いきなり品定めするような台詞を吐かれて、内臓を引きずり出されたような気がした。この男、全然、私のこと好きじゃない。

びっくりするくらいにキスなんて大したことじゃないんだ。

言葉をなくしている私を無視して、小鷹さんはいきなり店員を呼び寄せると
「すみません。お会計を。カードで」

と言い切った。私がはっとして財布を取り出そうとすると、急に強い口調で
「いいから。こういうのは男に出させるもんだろ」

と言われて、体が動かなくなった。完全に彼の言いなりになっていくのを感じた。

会計を済ませた小鷹さんは、おもむろにこちらを見て
「塔子ちゃんって、歌、上手い？」

また唐突に訊いた。わけも分からずに、人並みには、と答えていた。

「あ、そ。じゃあ今からカラオケ行こうよ」

混乱している私の右手を、小鷹さんは長年付き合っている彼氏のように握ると、店を出た。

「塔子、どうしたの？」

朝食のトーストを齧《かじ》っていた夫が、不思議そうに尋ねた。

「え、なにが」

と訊き返しながら、フレンチドレッシングを右手に握りしめたまま固まっていたことに気付く。夫が言った。

「なんかすごいこわい顔してたから。あ、もしかして俺が昨日、いつの間にか塔子の掛け布団奪ってたのを怒ってんの？」

「あ、そうだったの。やけに朝起きたら寒いと思った」

「ごめん、ごめん。明け方に目が覚めたら、塔子がごろんとそのまま寝てるから、びっくりしてさー。こっそりかけ直したんだけど、気付いてたかな、と思って」

私は笑おうとしたけど、面倒になって、適当に相槌だけ打った。今の自分にはあまりにどうでもいい内容すぎて、聞いたそばから耳から抜け落ちていく。頭の中がぐちゃぐちゃだった。

「……よりによって、あんなのに引っかかるなんて。信じらんない」

思わずテーブルに突っ伏して呟くと
「え⁉　なに？」

夫が驚いたように、こちらを見た。私は、昨日の歓迎会で盛り上がったドラマの話、と究極におざなりな返事をした。

夫は、ふうん、とすぐに納得して、ひな鳥のように口を開けた翠に、プチトマトだぞー、と声をかけて食べさせていた。思わずため息をつく。

こんなこと言える筋合いじゃないけど、最近の私は急に髪型や化粧を変えたり上の空になったり、あきらかに様子がおかしくて、もっと疑われてしかるべきだと思う。ここまで妻の異変に気付かないのもどうかしてる、と身勝手なことを心の中で呟いた。

薄暗いカラオケボックスで、小鷹さんは流行りの曲を続けざまに歌ったかと思えば、勝手に入力した曲を私に歌わせたりして好き放題だった。そして曲の合間に、肩を抱かれてキスされた。後半はあまり記憶がないけれど、かなりいちゃいちゃしていた気がする。

カラオケボックスを出たら雨が降っていて、小鷹さんがとなりのビジネスホテルを指差して、雨宿りしよっか、と訊いたときだけ、私はくっきりと意識を取り戻して、帰らないと、と告げた。

それでも彼が、そっかー、と残念そうに笑ったら、急に切ない気持ちになった。終電間近だったので、小鷹さんに手を引かれて駅まで走った。

安っぽい青春映画みたいな夜の風景が、びっくりするほど眩しかった。あんなふうに思いつきで好き勝手に楽しんだことなんてなかったから。

でも、それだけで。

「……どうしよう」

と呟くと、夫は仕事のことで悩んでいると思ったのか

「元気出せよー。新人なんだからさ、失敗とかするって」

と言った。

「ママ、元気出してー。みどちゃん、いい子いい子してあげる」

翠が椅子から立ち上がり、手を伸ばして、頭を撫でてきた。思わずほっとして笑いながら、ありがとう、と答えた。

そうだ。私には家庭がある。なのに鞍田さんにも小鷹さんにも簡単に翻弄《ほんろう》されて、どうしてこんなふうになってしまったのだろう、と自分が心底嫌になった。

そしてこの自己嫌悪と後ろめたさが夫よりも、どちらかと言えば鞍田さんに向けられていることも不思議だった。

玄関で翠に靴を履かせてから、なにもなかった顔ができますように、と自分に言い聞かせつつ黒いパンプスのストラップを止めると、昨夜のカラオケボックスで小鷹さんから

「おまえ、脚きれいだな」

と言われた記憶が蘇ってきて、思わず赤面した。おまえ。たぶん鞍田さんは何十年経っても呼ばない。

私はストッキングが伝線していないか、スカートが変に意識して短すぎないか、慎重に確認してから

「ママっ。先生のおうち行くんでしょうー」

じれたように上半身をくねらせる翠の手を握った。鞍田さんも小鷹さんもたしかにとんでもない男だ。

だけど、今もこうして、なにひとつ問題ない母親みたいな態度を取る自分のほうがよほどど信じられないのではないかと思った。


小鷹さんはびっくりするくらいに、普段通りの顔をしていた。

お昼休みに、エレベーターで乗り合わせたとき、彼があくびをして
「ねみー。村主さん、眠くない？」

と人前で訊いてきたので、私は動揺しながらも、大丈夫です、と答えた。

「そっかー。若いなー。僕、もう飲んだ翌日は頭が使いものにならないですよ」

小鷹さんは白いTシャツにネイビーのジャケットを羽織っただけの格好をしていた。鞍田さんも三十代の頃は似たような服装だったけど、二人の印象はずいぶん違って見えて、それはたしかに小鷹さんが、自分はそういう格好が似合うと自覚しているからだった。無個性の清潔感の効果を知っているのだ。

昨夜、カラオケボックスでめまいがするほど嗅いだ香りが漂ってくる。柔軟剤だろうか、それとも香水か。男の人には珍しく、煮詰めた果実を連想させるほど甘い。とりたてて好きな香りでもないのに、心拍数が否応なしに上がる。

「若いって、そんなに年齢変わらないじゃないですか。また二ノ宮さんに怒られますよ」

私は苦笑して返したけれど、心の中は嵐だった。昨日までどれくらいの距離感だったか思い出せない。今の返事は砕けすぎていないか。馴《な》れ馴れしすぎないか。一人で勝手に葛《かっ》藤《とう》していると、エレベーターのドアが開いた。

一階のエントランスから外へ出ると、小鷹さんが
「お昼どうすんの？　今日はお弁当じゃないんですね」

と訊いてきた。誘われている、と思って、迷いながらも
「昨日、帰りが遅かったから。お店はまだ決めてません」

と答えた。小鷹さんは、そう、と頷いて
「僕は適当にマックとかにしますよ。女の人はお洒落なランチとか行きたいでしょう」

とあっさり言われ、反射的に表情が固まった。

なんとか平静を手繰《たぐ》り寄せた私は、秋晴れの空に清々しさを覚えたついでのように笑顔を作った。

「はい。じゃあ、ここで」

感情を精一杯殺して言葉を返したとき、会社から鞍田さんが飛び出してきたので、とっさに強く見てしまった。

鞍田さんは目が合うと、急いでいた足を止めて

「ああ、おつかれさま」

と言った。

普段ならただ見送るところなのに、思わず話しかけてしまうと
「外出ですか？」

「ああ。今から、ちょっといくつか取引先を回ってくるよ」

と彼は丁寧に返した。

「鞍田さん、最近ＳＥに近いことまでやられてますよねー。大変ですね」

と小鷹さんは言った。その喋り方はいつもの調子の良さを取り戻していた。

「まあ、そんなに人の多い会社じゃないからな。駆り出されれば、なんでもやるよ」

「鞍田さんが会社やってたときは、もっと大きかったんでしたっけ？」

「いや、人数は少なかったよ。だから、しょっちゅう昨日みたいな飲み会もやってたし。そういや昨日は、あれから二人で飲みに行ったとか？」

私は返事に困って、助けを求めるように小鷹さんを見た。

小鷹さんは驚いたような目をした。それから、振り払うように顔をそむけた。私は青ざめた。間違えた。そう悟った瞬間
「普通に帰りましたけど」

と彼は言い切った。なにを勘違いしているのだと言わんばかりの口調で。

「そんな仲良く飲みに行く間柄じゃないですから。村主さん、クールだし」

これまでとは明らかに異なる冷たい言い方に、念を押すように睨みつける視線に、私に対する嫌悪を感じて心臓が凍りついた。

「そうか。まあ、今日も仕事だしな。じゃあ、俺はそろそろ行くよ」

鞍田さんは言って、大きく膨らんだビジネスバッグ片手に、背を向けた。

「おつかれさまですー。行ってらっしゃいませ」

小鷹さんはふざけているのか本気なのか判別がつかない喋り方に戻って、頭を下げた。それからぱっと駅とは反対のほうへ歩き出した。

そっちに行っちゃいけない、と分かっていた。もう触れたらいけない。きっともっとひどいことになる。だけど抑制が利かなかった。私はとっさに追った。小鷹さんを。

違う。私はべつに勘違いしてない。それに小鷹さんだって、昨日はとくに口止めしなかった。なんの打ち合わせもなしだったら、あんな風になっても仕方ないじゃないか。

だけど近くの公園を横切ろうとしていた小鷹さんが振り返り
「なんですか?」

と若干わずらわしそうに訊いてきた途端、溢れかけていた数々の反論はすべて胃へと逆流した。みぞおちが強張っていくのを感じながら、それでも告げた。

「あの、よかったらお昼を一緒に」

「昼休み中にやんなきゃいけない作業もあるんで、悪いけど今度にしてくれます？」

小鷹さんはいきなり愛想を振りまくように、じゃ、と笑うと、私の言葉を待たずに去っていった。見捨てられた子供みたいな絶望感を覚えて、後を追うことはできなかった。

公園の木々は鮮やかに色づいて、ホームレスはベンチでのんびりと眠り込み、犬の散歩に来ている人たちは声をかけ合って立ち話している。

そんな平和な昼下がりに、私だけが立ち尽くしていた。


矢沢はすっかり目を丸くして、キッズカフェの店内を物珍しそうに眺めた。

店内には合成皮革のカラフルなソファーが並び、床にはおもちゃ箱が置かれ、ぬいぐるみやゲームが溢れている。

子供たちはソファーによじ登ったり、おもちゃ片手に走り回っている。適当にあしらいながら、お喋りを楽しむ母親たち。

「すっごいね。なんていうか、自由」

と矢沢は圧倒されたように呟いた。

「私も初めて来たんだけど。普通のお店で子連れだと、やっぱり気を遣うから」

ソファーに座ると、翠がすぐに靴を脱いだ。靴下も引き剝がして床にぽいぽいと放る。

それを素早く拾い集めながら、店員に飲み物とケーキを注文した。矢沢が感心したように言った。

「本当に塔子ってがんばるよね。仕事だって週五日であるんでしょう」

「うん。昨日は初めて残業だったんだ。だから今日は私が翠を見る番で、はいはい、翠もメニュー見たいの。じゃあ落とさないようにね」

翠は大人の真似《まね》をしてメニューを開いた。食べ物の写真が多くて楽しいらしい。

「えっ、もう？」

と矢沢は驚いたように訊き返した。

「うん。まだ私にできることは全然少ないけど、それでも就業時間内に終わらなかったりするから」

「塔子の旦那さんが一人で翠ちゃんの面倒を見る日ってないの？」

ないよ、と私は即答した。

「二、三時間くらいだったら大丈夫だと思うけど、一日中となると、ちょっとね」

「送り迎えは？」

「基本的には私と麻子さんがしてる」

「ねえ……今時さあ、子供の送り迎えくらい旦那もしてるよ？　うちの派遣の子たちだって、そんなに稼いでるわけじゃないけど平等だし、旦那をこき使ってるよ。なんで村主家はそんなに殿扱いなの？」

わりと厳しい内容だったにもかかわらず、殿扱い、という単語に笑ってしまった。

矢沢も言い過ぎたと思ったのか、私の笑顔に便乗するように素早く笑って、ごめんごめん、と謝った。このへんの距離の取り方が似ているから、今はまったく生活が違っても友達でいられるのだと実感する。

「ほら、働きたいって言い出したのは私だから」

「でも、そもそも最初から仕事続けるって約束だったわけじゃん。いくら稼ぎがよくてもさ、生活に困らないのって、ぶっちゃけ親が家持ちだからでしょう？　てか塔子たちってご両親が死ぬまで同居するの？」

私は思わず周囲を見回した。知っている顔は見当たらず、ほっとしてから、矢沢のほうに向き直る。

「それは、たぶん」

「今の年寄りって長生きするよ？　まだどちらも五十代でしょう。下手すると、あと三十年以上あるんだよ。その間に仲が悪くなることだってあるだろうし。私は、介護とかでどうしても必要に迫られるまで、近所にマンション借りて家族三人で暮らしたほうが気楽だと思うな。いつでもそうできるように、塔子が働くのは正解だよ」

「たしかに……三十年も気を遣い続けるのは、無理な気がする」

矢沢は、そうだよ、と強調しながら、モンブランにフォークを突き刺した。翠が急に、ママだめーっ、と声を張り上げて腕を引っ張った。

「なにがだめなの？」

「お喋りはだめなのーっ」

そう言ってメニューを投げたので、だめよ、拾ってね、と促した。男の子たちに混ざって遊んでいるせいか、最近の翠はちょっと仕草が乱雑だ。

「痩せたよね。塔子。キツいんじゃないの。仕事と家庭の両立」

「楽じゃないけど、でもずっと家にいたときのほうが、しんどかったから。矢沢が就職すすめてくれてよかった」

矢沢と直接話すのはひさしぶりだけど、だいたいの流れはメールで伝えてあった。ただし小鷹さんのことを除いて。

あれから小鷹さんは一切近付いて来ようとしない。親しげな素振りさえ見せない。あの強引さが幻のようだった。

チーズケーキをいざ自分の口に運ぼうとしたら、胃が痛んで、かすかに吐き気が込み上げた。あれからずっとこうだ。矢沢の言う通り、今朝、体重計に乗ったら三キロも減っていた。

たしかに私は動揺していたし、ずっと平静でいられた自信がない。小鷹さんは経験的に、この女は面倒臭いことになる、と察して引いたのだろうか。

濡れた夜の街の明かりと、当たり前のように手をつないで、塔子ちゃんほんと可愛いよなー、とくり返す小鷹さんの笑顔が浮かぶと、今でも夢を見ていたような気持ちになる。できることなら矢沢に吐き出してしまいたかった。だけど、喉のあたりで巨大な石のようにつかえていた。

「子供ってさあ、そんなに母親が見なきゃいけないもん？」

と矢沢が切り出したので、私は不意を突かれた。

店内の喧騒《けんそう》がにわかに遠ざかって、切り離されていくようだった。

「たまたま女に生まれて、出産する機能が勝手にくっ付いてて。それだけで選択も責任も引き受けなきゃいけなくて、産んだら産んだで、母親なんだからちゃんとしろ、とか、自分の時間なんて犠牲にしろとか、おかしくない？　男が子供の面倒見ないで仕事で帰らなかったり浮気してたら、女は男のことを責めるけど、男が男を本気で責めたりって聞かないじゃん。でも女がそんなことしたら当然のようにまわり中から責められるの変じゃない？　そういう責任も罪悪感も塔子だけのものでしょう？」

「矢沢、どうしたの？　私がそう文句を言うなら、まだ分かるけど」

私は困惑して尋ねた。

「うちの母親と、ちょっとね。ああいう価値観を押し付ける中年がいるから、誰も子供産みたくなくなるんだよ」

と彼女は紅茶を飲みながら、淡々と言った。

「うちの母親ってずっと専業主婦だったじゃん。そのくせ、結婚なんてなんの意味もないわよ、が口癖でさ。なのに今さら、やっぱり女は結婚しなきゃだめだ、三十五歳過ぎたら簡単に子供なんてできない、とか言い出してさ。おととい、いきなり街コンに登録していたって言われたから、キレて大喧嘩になったんだよ」

「街コン」

と私は困惑して呟いた。それから、矢沢の不機嫌の原因はそれか、とようやく納得した。

子供なんて、結婚なんて、本当に興味ない。そういう女だって、いるのだ。

私だって、まわりの女友達全員が生涯結婚しないと誓ったら、果たして自分だけ結婚しただろうか。一生一人で働いて、老後は女同士で寄り集まってお喋りでもしていたほうが気楽だと考えたかもしれない。

その一方で、主張を貫くことができる矢沢はやはり余裕があるのだと思う。美人でスタイルが良くて友達も多い彼女なら、自らそれを選び取っていることが傍目にも分かるから。私みたいなタイプは、やっぱり結婚しなければならなかったのだと思う。

「うちの母親って、育児なんて自分を犠牲にするのが当たり前っていつも言ってたんだよ。私はそれがすごく嫌で。父親の悪口ばっかり聞かされて、でも子供がいるから自分は家から出られないんだって言われて。もう浮気でも家出でもなんでもしていいから、娘をストレスのはけ口にするなよ！　て思ってた」

「そっか。私は、むしろ真逆だったから。なんでもできるって誉められて、一人でも大丈夫だって信頼されて、でも、いつも不安だった。母がそう言って、そのまま帰って来なくなる気がして。もっとそばにいてほしかったな」

そう言いながらも、人間というのは不思議だな、と思った。そんな淋しさを抱えていた私のほうが早いうちに実家を出て母から離れてしまった。矢沢は今もまだ実家暮らしだ。

それに、やっぱり彼女には分からないと思う。女という性を内包したまま、母親という役割を生きることがどれほど危ういか。あれほど軽薄で自分勝手だと分かっていた小鷹さんにさえも言い寄られたら、あっけなく傾いてしまうくらいに。

もうこんな機会はないかもしれない。

夫と子供までいる自分にアプローチしてくれる。

そう考えてしまうことが、私の弱さだ。自覚はあるのに。

チーズケーキは、花柄のお皿に半分以上残っていた。翠は、私の腕に抱かれたまま、うとうとしかけている。

なんとか飲み込もうとしたら、胃液が逆流しかけて水で押し戻した。

家に帰ると、翠はジャンパーを着たまま居間へ駆けていった。

寝室に荷物を置いてから、自分も居間へ向かうと、翠が嬉しそうに飛びついてきて
「みどちゃんね、温泉行くみたいっ」

と宣言した。

「あー、塔子ちゃん。おかえりなさい。さっき姉さんとね、温泉行く話してたの」

とテレビを見ていた麻子さんが振り返って言った。

廊下でトイレの水が流れる音がしてから、夫もやって来た。

「おっ、おかえり。来月の土日のどこかでさ、皆で旅行しようって話になって。熱海に子連れ向けのリゾートホテルがあって、豪華そうだし、設備も揃ってるからいいんじゃないかって。塔子もそこならのんびりできると思うよ」

「え？」

反射的に訊き返すと、夫がびっくりした顔をして
「え、まさか行きたくないの？」

と決めつけるように訊き返した。私は否定するわけにもいかずに黙り込んだ。

「今回は由里子さんも一緒だから、女同士で盛り上がるといいよ。俺は運転手に徹するからさ」

私はしばし暗澹《あんたん》とした気持ちで、ありがとう、とお礼を言った。麻子さんはなにごともなかったようにテレビを見ているけど、もちろん聞こえているはずだ。この状況で、あり

がとう、と言う以外にどんな選択肢があるというのだろう。

「楽しみだよなー。温水プールもあるみたいだから翠も入れてやろうよ。最近トイレにも行けるようになってきたし。あ、水着って今の季節だと売ってないっけ？」

「ネットの、通販サイトなら売ってると思うけど。買っておこうか？」

「お、さんきゅ。こういうときに奥さんがパソコン強いといいよな」

「これくらい、誰でもできるから」

と私は笑いながら、本当になんの他意も疑問もなく楽しげにしている夫を見て、しみじみと思った。この人は私が本気で楽しめると信じているのだ。悪気はなくても当たりの強い義理の伯母と姑と旅行して。

めまいを覚えながらも、翠をお風呂に入れようとした。

けれど、翠はそっぽを向くと
「やだーっ。今日はパパと入る」

と夫の膝にしがみ付いた。

「えー、俺、これからスポーツニュース見たいから。今日はママと入ってくれない？」

「みどちゃん、パパと入るのー」

「翠、ママとおててで水鉄砲しよう、ね」

などと言い合っていると、突然、玄関のドアが開く音がした。

夫がすっと表情を消して
「……親父、今日、福岡から戻る日だったっけ？」

と麻子さんに訊いた。

「あー、そうだった。お父さん、お帰りなさい。夕飯は？」

麻子さんは、よいしょ、とでも言うように、椅子から重たそうに腰を上げると、廊下へ出て行った。

義父は部屋着に着替えてから、居間へとやって来て
「なんだ、翠ちゃんはまだ起きてたのか」

と開口一番に言った。私が答えるよりも先に、夫が口を開いた。

「今、風呂に入れるところだったんだよ。翠ー、じゃあパパと入ろうか」

え、と思ったときには、ご機嫌になった翠と夫は居間を出て行ってしまった。取り残された私は、麻子さんに
「なにかお手伝いしますか？」

と尋ねたけれど、彼女は、ううん、とあっさり首を横に振った。

「じゃあ、私、明日の翠のお弁当の支度をしちゃいますね」

「あー、どうぞ。私はお父さんのお茶淹れるから」

二人の女が台所で忙しなく動く間、義父はダイニングテーブルに向かい、新聞を広げて

いた。換気扇と紙を捲る音だけが響く。

「真は、最近どうなんだ?」

本人が一つ屋根の下にいて、嫁が目の前にいるというのに、義父は麻子さんに尋ねた。

「んー。最近はそこまで仕事が忙しくないみたい。ああ、来月、姉さんも一緒に温泉に行くことにしたから。あなたは仕事があるから無理よね?」

「温泉? どこに」

「近いから熱海にしようと思って。子連れ向けのリゾートホテルがあるとかで。姉さんがテレビで見たみたい。そういえば塔子ちゃん、土日はさすがに仕事が入ったりしないわよね?」

私は、あ、とかすかに視線を泳がせてから
「大丈夫、だと思います」

と答えた。

義父がゆっくりと、ひとりごとのように
「まだ小さい子供がいるっていうのに、休日出勤の心配なんて。最近の若い女性は大変だな」

と言った。私は恐縮して、なにも答えられなかった。

義父は出張が多いため、連続して家にいることはあまりない。だからこそ、たまに鉢合わせてしまうと、どうしていいか分からない。もともと父親という種類の男性に慣れていないのだ。

結婚前に、私のアパートから夫が自宅に電話をかけたときに聞こえた台詞が、今も忘れられない。

夫が電話で、結婚したい子がいるから連れていくよ、と告げたとき、私は台所で聞かないように歯を磨いていた。だけど離れていても大きくて威圧感のある声が耳に飛び込んできた。

「男親のいない娘なんて、結婚に対して明るいイメージを抱いてないんじゃないか。苦労して育ってる分、おまえと価値観が合うとも思えないぞ」

私が沈黙している間に、夫は両親をなんとか説得して、会う約束を取り付けた。

そして電話が終わると、夫が私に言ったのだ。

唖然とするような一言を。

そのときのことは、矢沢にも、自分の母親にも、未だに打ち明けていない。

どんなに優秀な大学を出ていても、一流企業に勤めていても、夫はどこか世間知らずなのだ。だからこそ屈託なく私を選び、結婚と同居を実現させて、たくさんの問題に気付くことなく平和に暮らしていられるのだと思う。

寝室で翠を先に寝かしつけてから、枕元のスタンドをつけた。二ノ宮さんから受けたほ

うがいいとアドバイスされた資格試験の本を読もうとしたら
「塔子？　なに、まだ起きてるなら、ちょっといちゃいちゃしようよ」

と背後から手を伸ばされた。やけに陽気な声色で、夫がお風呂上がりにビールを飲んでいたことを思い出す。私が働き始めてから、急に夫のスキンシップが増えた。どうしてなのかと不思議に思って尋ねると
「だってさー、塔子、毎朝びしっとした格好で出て行くじゃん。やっぱりそういう姿って綺麗だし。なのに俺が帰って来ると、ちゃんと奥さんに戻って料理したり翠の面倒見てるだろう。そのギャップがいいんだよなー」

私は思わず、えーっ、と心の中で叫んだ。嬉しくないことはないけれど、あまりに無邪気で勝手な発言にびっくりした。

「そ、う。ありがとう。でも今日はちょっと。読みたい本もあるし、それに」

お義父さんがいるし、と声を潜めて告げると、夫はかすかに眉根を寄せて
「ああ、親父か……でも、べつに関係ないよ」

と言い切った。関係があるのは私なんだけど、と思いつつも、夫の不快を感じ取ったので、先回りして訊いた。

「あなたとお父さん、ずっとあんな感じなの？」

夫はふっと表情を和らげると

「あんな感じって？」

と訊き返した。

「あんまり直接喋らないっていうか」

「あー。まあなあ。うちの親父って、昔からワンマンだし、人の言うこと聞かないし、なんていうか思いやりがないいんだよ。自分の価値観以外は認めないいし、昔から気に入らないと平気で殴られたし。おふくろが明るくて気にしない性格だから上手くやっていけるんだよ。俺がいなかったら離婚してたんじゃないかって思うときもあるよ」

「うーん。でも、それでも三十年以上ご結婚されているわけだし。今くらい出張が多くて留守がちだったら、そこまで深刻に揉めることとってなさそうだけど」

「そうだけどさ、でもそれはそれで、おふくろがこの広い家に一人ぼっちって気の毒な感じがするじゃん。で、親父が帰ってきたと思ったら亭主関白に付き合わされるんだろう。それってあんまりだと思わない？」

「え？　うん、たしかに麻子さんはすごく優しいし、いい人だから、大変だと思うけど」

「だろー。翠のことも可愛がってくれるしさ。おふくろには感謝してるんだよ」

「うん。そうね」

と私は相槌を打った。この人、ほかの女性と結婚してもこんな感じだったのかなあ、と思いながら。

「なんか、すっかり話がそれちゃったな」

私は笑って返した。

「だって、あなたがいきなりあんなこと言うから。そんな雰囲気でもなかったのに」

「だってさあ、来週から俺、また残業が続くから。すっきりして元気出したいと思ったんだよ」

と夫が悪びれることなく言い放ったので、本に伸ばした手が止まった。

「……悪いけど、私も仕事で疲れてるから」

細心の注意を払ったけど、それでも感情が抑えられずに素っ気ない言い方になった。

それを聞いた夫はびっくりしたように
「男みたいなこと言うんだな」

と呟いた。心臓がまた少し、水分を失って固くなった気がした。

「やっぱり、女の人も働き始めると男化するのかな。怖いからどうかと思うよ」

「あなたって」

と私は半ば困惑して言った。

「なにもしなくても愛されると思ってるの？」

夫はなにを訊かれているのか分からないというように眉根を寄せた。

「なにもしなくても受け入れられて、優しくしてもらえると思ってるの？」

「なんだよ、その言い方は」

夫が憮然《ぶぜん》としたように言い返した。

「なにもしなくてもって言うけど、結婚した後も、いちいち愛情もらうためになにかしなきゃいけないわけ？　そもそも愛情って無償のものを言うんだろう。それに俺だって、塔子がもし病気になったら、それでも支えたいって思ってるよ」

「そういうことじゃなくて、私が言いたいのは、もっと日常的なことで」

「毎日一緒に暮らしてるのに、そんなにしょっちゅう女の人の機嫌取ったりなんて俺にはできないよ。そういう男はよその女にも同じことをやってるんだよ」

全体的には的外れのくせに、最後の台詞が心に刺さった。たしかに、そうだ。鞍田さんも小鷹さんも。

まっすぐに、私も甘えさせて、と言える性格だったら、どんなに楽だろう。自分の言い方だって素直じゃないことは分かってる。

夫は、ふん、とでも言うように布団を被った。今度の温泉旅行への不安が急激に募って、私はそれをかき消すために勉強を始めた。

暑い国から寒い国に来たように、すっと体温が下がって思考が切り替わる。スタンドの明かりをつけたままでも夫の寝息が聞こえ始めると、ほっとした。

感情のコントロールが難しい分、仕事で救われるのはむしろ女のほうかもな、と思いながら、深夜三時近くまで本を読み続けていた。

定時近くになっても、一向にシステムの処理が終わる気配はなかった。

モニターを見つめていた私は席を立って、廊下から麻子さんに電話をかけた。

「すみません、翠のお迎えのことなんですけど……」

麻子さんはちょっとこもった声で、間に合わなさそう？　と訊き返した。どうやらなにか食べていたらしい。ちょっと間があってから、発声がクリアになって
「今、また姉さんが来てるのよ」

と麻子さんは言った。

「え、由里子さんが？」

「そうそう。旅行の相談してて、うちで鍋でもしようかって言ってたところ。支度しておく？」

「ちょっと私は何時に終わるか分からなくて……真君は今日は珍しく早く帰れるって言ってたんですけど」

「はーい。じゃあ、こっちで適当にやっておくわね。おつかれさま」

最後の台詞がいくぶんかおざなりだったのが気になりつつも、私自身が申し訳ないと感じているからそう聞こえただけかもしれない、と思い直して電話を切った。

残って作業している社員は数えるほどしかいなくて、空席が目立つ。最近大きい企業からの注文がぽんぽんと入ったらしく、請け負っているチームの人たちが出払ってしまっているためだ。動き出したばかりで頻繁に打ち合わせが必要なため、SEの人たちの外出が目立つ。

私はふたたびモニターと向き合った。処理をかけて問題がないか監視するのが、ここ最近の仕事だ。複雑な作業ではないので、ついよけいなことを考えてしまいがちになる。小鷹さんの席が私の後ろのほうでよかった、と思った。さすがに振り返ったりはできないので、就業中は彼を見なくて済む。視界に入る席だったら、きっと無意識に視線がそちらにいってしまっただろう。

目の前を文字と数字と記号の羅列が流れていく。この光がいくつもの目に見えない重要な役割を担っているという事実は、いつ想像しても不思議だ。鞍田さんの会社でバイトしなかったら、文系の自分がIT系の会社にエントリーシートを出そうとはたぶん思わなかった。

前の会社では、結婚しただけで仕事を辞める女性も多かった。残業も休日出勤も多い上にITは今自分がなにをしているのか結局よく分からなくて達成感が乏しいのよね、と有能な先輩でさえ漏らしていた。

そのときは、自分はやることをやってお金をもらえれば十分、と割り切っていたけれど、今はちょっと分からなくもない。五感と切り離された頭脳労働は、やはり根本的には男性の仕事だな、と思う。こうしてモニターを眺めている間にも、翠は一秒ごとに成長していく。新しい単語を覚え、新しい表情を見せる。

小鷹さんがデスクの脇を横切った。ついでになにかを置いたので、反射的にびくっとしてしまった。

顔を上げると、彼は軽く振り返って、おつかれさまー、と言った。ぱっとデスクの隅を見た私はいっそう混乱した。

煙草が一本だけあった。

私は軽くめまいを覚えながらも、ストライプのシャツの胸ポケットにそっと煙草をしまった。

作業が一段落すると、心臓が暴れるように鳴っているのを感じながら、喫煙所へと向かった。

喫煙所は、廊下の突き当たりにあって、大きな窓の下にステンレス製の灰皿が置かれている。小鷹さんが立ったまま、煙草を吸っていた。開け放った窓の夜の向こうへと薄紫色の煙が流れていく。

「もしよかったら、ライター貸してもらえますか？」

と頼むと、小鷹さんはあっさりと

「もちろん。どーぞ」

と言って、かちっと火をつけた。お礼を言って、先端を近付ける。

見下ろされると、自意識過剰なほどの視線を勝手にうなじに感じた。妄想《もうそう》だ、と自分に言い聞かせる。こんなの誰にだってすることだ。私だけが特別じゃない。この人は私のことなんてなんとも思っていない。自己暗示のつもりが、紛れもない事実だと気付いて、よけいに萎縮《いしゅく》していく。

「村主さん、今日は遅くなっても大丈夫なの?」

小鷹さんに訊かれて、とっさに期待してしまったのを隠そうとして、わずかに返事が遅れた。

「一応、義理の母に任せているので。あと一時間くらいで終わるかな、とは思うんですけど」

「そっかー。僕なんて終電に間に合うか分かんないですよ」

予防線を張られたのだろうか、と考える。この前は、塔子ちゃん、と呼んでいたのに、今は二人きりでも村主さんと呼ばれることに淋しさと屈辱感を覚えた。

私から誘うのは絶対にだめだと分かっていたのに
「予定よりも早く終わったら、少し飲んでから帰りませんか?」

口に出した途端、激しい羞恥心《しゅうちしん》に飲み込まれた。小鷹さんは愛想笑いを浮かべると、いや絶対に終わんないから、とあっさり断った。私はかろうじて、おつかれさまです、とだけ告げた。

「どーも。村主さんは優しいなあ。二ノ宮さんにも分けてあげてくださいよ。その、母性」

母性、と言われた瞬間に、なにかが壊れる音がした。

「……こだか、さん」

と呼びかけると、彼はいきなり表情を変えた。

「なに？」

空気で察しろと言わんばかりの口調に、また一つ、傷が増えていく。これ以上、このことにはもう触れるな。なにも言わずに思わせぶりに立ち去れ。分かっているのに抑制がきかない。

「ちょっと、また今度お話ししたいな、と思って」

小鷹さんは後頭部を掻きながら、あー、と声を出して

「いいですね。ただ、僕、たぶん年末までほとんど休みなしだからなあ。落ち着いたら誘いますよ。じゃ」

と言って灰皿に煙草を押し付けた。

ふいに足音が近付いて来て

「小鷹さんって、本当にいつも喫煙所にいますね」

と声をかけてきた女性がいた。襟を立てた白いシャツにロイヤルブルーのタイトスカート。ピンク色のセルフレームの眼鏡越しに、可愛くて気の強そうな顔が見えた。私はとっさにコンプレックスを刺激されて目を伏せた。

「あー、悪い。今行くから。たなちゃん、ちょっと待ってて」

と小鷹さんは答えると、なにも言わずに彼女のほうへ駆けていった。

私はかすかにふるえながら、煙草の吸殻を見つめていた。あんな心にもない社交辞令で返されるくらいなら、いっそこの煙草みたいにぐしゃぐしゃにして捨ててもらったほうがマシだと思った。

私は一度だけ強く目をつむり、それからゆっくり開いて、煙草の火がちゃんと消えていることを確かめてから、廊下を引き返した。


しばらく続いた残業も、一週間ほどでようやく落ち着いた。

今日は定時で帰れる、と思って支度していると、朝からの雨が強くなっていることに気付いた。

社内にいたときには聞こえなかったけれど、いったん建物の外へ出ると、真っ暗な夜に響く激しい雨音に途方に暮れた。アスファルトの上を雨が川のように流れていく。

あきらめて帰ろうとしたら、背後から、おつかれ、と聞き慣れた声がした。

「鞍田さん。おつかれさまです」

水色の傘を開きかけた手を止めて頭を下げた私に、彼は言った。

「昼に喫茶店でコーヒーをこぼされて、夜の会食の前にいったん着替えに戻るところなんだ。今から帰るなら駅まで車で送ろうか？」

私は恐縮して、大丈夫ですから、と断った。だけど彼が素早く、あっちの駐車場に停めてるんだ、と告げた後に
「ちょっと話したいこともあるから」

と言ったので、私は仕事のことだろうかと思って、それなら、と頷いた。

「人に見られるとまずいから、悪いけど駐車場まで一緒に来てくれ」

「はい。分かりました」

部下らしく答えて、歩き出す。雨が跳ねて冷たかった。

駐車場の暗がりに紛れるようにして、素早く助手席に乗り込んだ。

鞍田さんは無言で運転していた。視界が悪いから注意してるのかな、と考えて、よけいなことは言わずに黙っていた。

ガラス越しに激しい雨が流れていく。景色がどんどん崩れていき、時間の感覚が遠ざかる。

ひさしぶりに安らかな心地だった。小鷹さんのことや、忙しない毎日。夫との喧嘩。どれも解消されないままに背負っていたので、こんなふうにぼんやりと身を任せていられることをありがたく思った。

けれど流れる風景が一向に見慣れないことに気付いて、我に返った。

「鞍田さん、この道って、どこへ向かってるんですか？」

「俺の家だよ」

彼が当然のように言ったので、私はばっと顔を向けた。

「私、家に帰らないと」

「分かってる。飛ばしてるから。ちょっとお茶を出して話をしたら、すぐに家まで送る」

「鞍田さん。困ります」

「いいよ。困っても」

あっさりと言われた。私は短く息をついた。

「今日は、どうしても早く帰らないと」

「人間はいきなりめまいで倒れたり、腹痛にだってなるよ。三百六十五日同じ体調で生きてないだろう」

「私に嘘をつけっていうんですね」

「俺が代わりについてあげたいけど、立場上、できることが少ないからな」

「……あなたは十分に嘘つきだと思う」

と私は言ってから、麻子さんにメールを送った。

『急な胃痛で動けないので、喫茶店で休んでいます。翠には作っておいたシチューを食べさせてください。』

電話で喋る勇気はなかった。

『大丈夫？　あんまり具合悪いようならタクシーで帰ってくるといいわよ。翠ちゃんは三杯もシチューおかわりしたわよ。』

私はお礼と謝りのメールを送ってから、罪悪感ごと封じるように携帯電話をバッグの奥底に押し込んだ。

雨は激しくて、駐車場からマンションのエントランスに向かうまでに、ストッキングに包まれた足が濡れた。

エレベーターに乗ると、カーペットが湿ってむっとした気配が立ち込めていた。息を潜めるように、うつむく。

玄関を上がると、ようやくひとめを気にしなくていいことにほっとした。初めて来た部屋の匂いを嗅ぐ。ふるえるほど室温が下がっているせいか、あまり分からなかった。隅にはアマゾンの空き箱が束になって重なっている。

突き当たりの扉を開けると、暗闇に散らかった物たちがぼんやりと浮かび上がり、彼が電気をつけた。

　カウンターキッチン付きの居間は、一人なら十分な広さだった。座り心地の良さそうな藤のソファーや立派なオーディオセットが置かれて、都会的な落ち着いた雰囲気に統一されているものの、どことなく馴染んでいないようにも感じられた。ダイニングテーブルには使った食器や数冊の本が置きっ放しになっている。もっともそこまで汚いとは思わなかった。一人きりで時間が止まっている印象だけを受けた。

　鞍田さんはさりげなく物をどかしながら、すまない、と少し恥じ入ったように言った。

「それは、全然。男の人の一人暮らしなら、こんなものだと思います」

「さすがにしばらく寝に帰るだけだったから。片付ける暇もなくて」

「なにか手伝いますか？」

「いや、君はソファーにでも座っていてくれればいいから。今、お茶を淹れるよ。それともアルコールがいいかな」

　私は一瞬考えてから、洗面所を借りてもいいですか、と申し出た。彼が意外そうに、もちろん、と答えた。

「ありがとう。あの、ストッキングが濡れて、足が冷えてきたから」

「ああ、そうか。どうぞ。タオルは棚にあるから、適当に使っていいよ」

　私はお礼を言って、洗面所へと入った。

大きな鏡の前で髪を素早く直して、ストッキングを脱ぐ。それだけで不快な感触がだいぶ薄れた。片手で包んでみるとつま先は氷のように冷たい。ネイルを塗っていない脚の爪は白く、綺麗に切っておいたことにほっとした。

タオルでさっとつま先を拭《ふ》いて、居間に戻ると、足元がほんのりと暖かかった。床暖房がついている。

「床、暖かいですね」

「冷えただろうから。俺はまた車で戻るから無理だけど、君はよかったら」

彼がそう言って、冷蔵庫からビールを取り出した。見たことのない、綺麗な外国の瓶ビールだった。けれど翠のことを思い出して、今日はちょっと、と断った。

「じゃあ紅茶にブランデーでも入れようか。君はたしかコーヒーはあまり飲まなかったよな」

私は、それなら、と答えた。

ソファーに座って、温かい紅茶をゆっくり飲むと、張っていた気がまたゆるんでいくのを感じた。肘掛けにもたれそうになるのを、なんとか押しとどめる。

鞍田さんは湯気のたつコーヒーカップを持って来ると、ちょっと隙間をつくって腰掛けた。

「会食があるのに車で行ったら飲めないいんじゃないですか?」

と訊くと、彼は、あっちが下戸《げこ》なんだよ、と言ってコーヒーを飲んだ。ワイシャツのボタンが取れかけていたので
「鞍田さん。二番目のボタン外れそう。付けましょうか？」

と私が尋ねたら、彼は胸元を見下ろした。

「気付かなかったな」

私はバッグの奥から、携帯用の裁縫セットを取り出した。彼は感心したようにシャツを脱いだ。一瞬どきっとしたけれど、ちゃんと黒いTシャツを着ていた。痩せているとはいえ男性の二の腕は筋肉質で存在感がある。シャツを受け取って、目をそらした。たしかに裾に濃い茶色の染みが残っていて、すぐにクリーニングに出したほうがいいな、と思った。

私がボタンを縫いつけている間、彼は物珍しそうに針を使う手を見ていた。

「そんなに見られると、作業しづらいです」

「ああ、ごめん。女の人が縫物をしてるところなんて久々に見たな、と思って」

「そうなの？」

と私が訊き返すと、彼は、まあ、と苦笑した。過去の結婚生活を振り返るような眼差《まなざ》しだったので、私は小さく、そう、と相槌を打った。

「それにしても一緒にいるときに雨が降ると、昔、オールナイトの映画を観たことを思い出すよ。君が字幕を見ないで英語の台詞だけ聞き取るってがんばってたのが面白かった」

「あ、懐かしい。終電に乗り遅れて、帰れなくなったときですよね」

二十歳の頃に付き合っていて、デートの帰りだった。雨の週末でどこのホテルも満室だったから映画館に行ったのだ。

「ああ、そうだな。俺は映画は詳しくないけど、君はわりと好きでよく行ってたっけ」

「鞍田さん、時々、映画を観ながら寝てましたよね」

と私は笑って指摘した。それから、はい、とボタンを縫いつけたシャツを彼に手渡した。

鞍田さんは、ありがとう、と言った。その低い声を耳にしたら、ふと思い出して
「最近だったら、『ラスト・コーション』が好きでした。まだ娘が生まれる前だったの。映画館に一人でゆっくり観に行ったから」

と私は言った。それから紅茶のカップに口を付けた。ブランデーの濃厚な香り。かすかに胃が熱い。

「その映画は、知らないな」

「たしか、トニー・レオンが出ていて。スパイの女の人と恋愛関係になるんです。だけどちっとも甘い雰囲気じゃなくて、むしろ痛いくらいの緊張感だった。でも、本当の官能って、ちょっと怖いくらいのものかもしれないって、あのとき」

と言いかけて口をつぐんだ。容姿はまったく違うけれど、あの役のトニー・レオンの青い炎が燃えているような瞳や、冷たいのにぎらぎらした感じとか、一見枯れたように筋張

った首や手は、そういえば鞍田さんにちょっと似ていたな、と考え、だから思い出したんだと気付いた。

鞍田さんはコーヒーカップを置きながら、俺もそう思うよ、と言った。

そしてこちらに向き直ったので、私は緊張して息を殺した。

「なにがあった？」

唐突な質問に、え、と首を傾げると、彼は一つ一つ確かめるように言った。

「なにかあったのかと思って。ここ一週間、君の様子が変だった。いや、仕事はちゃんとこなしていたし、まわりには普通に接していたけど。俺のほうを全然見ないし、近寄ってこないから」

「べつに、なにも」

「怒ったり責めたりしないよ。ただ、君がなにか我慢してる気がして。話したくないなら無理には聞かないけど、気にはなってた」

鞍田さんの言葉で、いったんは堪えようとしていたものが、少しずつ崩れていくのを感じた。下を向いて強く目をつむる。つらいときほど我慢する。そうだ、いつだって。なのに家の中の誰も気付かない。それなのに、時々、会社内で擦れ違うだけの彼に気付かれていた。

「どうしても君が話したくないなら、それは」

と言いかけた鞍田さんが黙った。

彼の腰のあたりに縋《すが》るようにしがみついていた。顔を直視して喋れそうになかったから。鞍田さんは戸惑ったように黙って、私の頭をぎこちなく撫でた。なんでもスマートにこなすくせに、こういうことは苦手なのだ。

そのことになんだかぎゅっと甘酸っぱい気持ちになって、いっそう強くしがみつきながら、ごめんなさい、と私は絞り出すように告げた。

「なにが？」

「……キスされました」

鞍田さんはなにも言わなかった。私はしばらく待ってから、また口を開いた。

「ごめん、なさい」

「あいつか。小鷹だな」

彼が分かっていたことのように呟いた。私はまた、ごめんなさい、とくり返した。

「歓迎会の帰りに飲みに誘われて。いきなり、恋人みたいにされて、でも急に冷たくされて、苦しかったし自信もなくしました。あなたには、絶対に言わないで黙っていようと思ったのに」

鞍田さんが軽く前かがみになったのか、ぎし、とソファーのスプリングが鳴った。

「変だと思ったよ。君が急によそよそしくなって。まあ、ほかに好きな男でもできたんだろうと思ってたけど。で……」

　私はおそるおそる、顔を上げた。

　柔らかい口調だったので安心しかけていたけれど、目が合うと、その鋭さにびくっとした。

「で…て？」

「最後までしたのかと思って」

　私は首を横に振った。

「してないです。キスされただけで。それ以上のことはなにも」

　鞍田さんがいきなり立ち上がったので、私は手を離した。拒絶されたと思ったら、彼は私を抱きかかえてソファーに押し倒すと、唇を奪った。突然のことに息が苦しくてうっすら口を開けると、厚い舌が根元まで入ってきた。荒かった。荒い分だけ本気の怒りを感じた。

「あんな男相手にキスされただけなんて信じられるか。胸ぐらい揉まれただろ」

　彼はそう言って、私の左胸を摑んだ。本当にそれ以上はしてないです、と答えたけれど、荒々しくされると声が漏れてしまって、すぐに説得力を失った。

　彼の手がスカートの中に入ってくる。はねのける間もなく指がショーツの奥へと侵入する。キスのときに流れ込んできたぬるい唾液と一緒に、声をかろうじて飲み込む。

強引な流れを装いながらも、いつものように触れているか否かの繊細な刺激を与えられて、快感を伴った摩擦の熱だけが襞《ひだ》に灯って、ふるえた瞬間に

「なんでもうこんなに濡れてるんだろうな」

と鞍田さんが囁いた。責めているわけではなく、それすらも受け入れるような包容力を感じさせる声と激しい嫉妬に、泣きそうになるくらいの快感を覚えた。ほかの男性の気配を掻き出すように指が出入りしてぐちゃぐちゃ音が鳴るたび、気を失いそうになる。

「鞍田さん、だめです。もう帰らないと……」

「そうか、じゃあ君が最後までイッたら許してやる」

「無理ですっ、そんな経験ない」

訴えながらも、彼がこの状況で中断なんてしないことは私が誰よりも知っている。だけどそれも今日限りかもしれないという不安がよぎった。小鷹さんとは寝たわけじゃない。でも鞍田さんに失望されるには十分だったかもしれない。私は泣き出しそうになって彼に抱きついた。首筋にそっと唇をつけると、彼が手を止めた。

指が抜かれて、ベルトを外す音がした。床に座り込んだまま、さっきまで職場にいたという現実があっという間に遠ざかっていく。

鞍田さんは、私の右手を摑んで、彼自身の下半身へと導いた。ボクサーブリーフに包まれた部分をそっとさすると、男の人なのに先端から溢れて生地越しに滲んでいた。

「すごい、大きくなってる」

彼は、まあ小さくはないかもな、と答えてから
「してないから。しばらく」

と呟いた。

「本当？」

と半信半疑で訊いたら、答えはなく、その代わりに床に押し倒された。スカートを捲られて、右足首、左足首、とショーツを外される。

「開くぞ」

膝に力を込めて抵抗できたのは、一瞬だった。強い手のひらに押し開かれて、蒸れている部分がひんやりとする。メンタームを塗られたように反応して中がひくつく。電気をつけたままの室内は明るすぎて、泣きそうになった。

鞍田さんが湿った部分に顔を近付けたので、私はびっくりして首を振った。

「やだ、本当にやめて。お風呂入ってないし」

大丈夫だよ、と言い切ったかと思うと、柔らかな舌先が這った。優しくて、少し物足りないくらいの愛撫に力が抜けていく。指にくらべればそこまで感じるというわけではなかったけど、躊躇《ためら》いなくしてくれたことに対する嬉しさが、最後の迷いを溶かしてしまう。

床に猫のように四つん這いになると、次の瞬間、重たい快感がお腹まで突き上げた。お

尻を支える彼の手が熱い。多少の圧迫感はあったものの、動かした途端に気持ちよさで膝が崩れそうになるほど馴染んでいた。つけないで入れられたせいだと気付いた。

「あの夜以来かな。君とこうするのは」

鞍田さんが耳打ちした。自由を奪われた捕虜のように、はい、と掠《かす》れ声で同意する。

「君はあいかわらず、つけないほうが好きか」

「え、ちが」

「違わないよ。ほら。昔もよく、つけないでしてって頼んでたもんな」

うるさい、と吐き捨てるように言うと、侵入が深くなる。どちらが強いかを分からせるように。背後から腕が伸びてきてシャツのボタンを外され、ホックを外す手間もわずらわしいかのようにブラジャーをずり上げて胸を直接揉まれると、思わず唇から深い息が漏れた。

「こっちを向いて」

え……、と半ば朦朧としながら振り向くと、彼は腰を離して、私をあおむけにした。一瞬の間を使って、手早く避妊具をつけると、ふたたびかぶさってきた。

「もう、やめて」

と薄い胸を押し返そうとすると、彼がその手を摑んで
「君が悪いことをするからだ」

と静かに諭すように耳打ちしながら入ってきて、私は、うっ、と言葉に詰まった。大きな両手が胸に添えられて弄《いじ》られる。堪え切れないほどじゃなくて声を殺していたら、親指の腹で先端を押し潰されて、叫んだ。

体勢が変わると、中で当たる部分も全然違ってくる。若干下腹部がもたれるような鈍痛が消えて、今はどこもつらいところがない。腰が痙攣《けいれん》して、尾てい骨が床に打ち付けられる痛みさえも甘美なものへと変わっていく。

鞍田さんは、果てた後も、長くしがみついていた。

あるいは、急に訪れた静寂が、時間の感覚を永遠のように引き延ばして感じさせたのかもしれない。

服を整えてからも、となりにいる彼の体温を感じられないくらい私自身の体が火照《ほて》っていた。

「すまない」

と鞍田さんが言ったので、私は膝をそろえながら、なにがですか、と訊き返した。

「あれが俺の会社だったら、あんな馬鹿、どんなに使えたとしてもすぐに辞めさせるのに」

「そんな」

と私は申し訳なくて、首を横に振った。

「私こそ、気を付けろって言われてたのに」

「君が結婚したのは再会したときから分かっていたことだから仕方ないと思ったし、正直、顔も見たことがない相手にはそんなに大した感情を抱かなかった。でも、あの小鷹の馬鹿はべつだ。こんなふうに思うなんて、自分でもなってみないと分からないものだな」

鞍田さんがそんなふうに本音を吐露すると思っていなかったので、私は戸惑いながらも、嬉しかった。

「よかったら、今度、一緒にどこか行かないか。君と旅行したい」

彼がふと思いついたように言った。

「え？　あの、気持ちは嬉しいけど、私」

「一泊でいいから。べつにすぐとは言わないし、いつか君の都合がつきそうなときに」

私ははっきりと断ろうとして、口をつぐんだ。さっきまでの激情を浴びせかけられるような抱き方を思い出す。もっと、深いところまでいきたい。でも

「だめです。それだけは。子供がいますから」

「一日だけ羽根を伸ばしても、罰は当たらないよ」

「もう十分すぎるくらいだから」

と告げて、はっと掛け時計を見た。そこまで時間は経っていなかったものの、忙しなく立ち上がる。

「本当に、帰らないと」

「分かった。送っていく。でも、もし時間ができそうなときは、いつでも連絡をくれたら飛んでいくよ。当日でもいいから」

玄関でパンプスを履いて半乾きのストッキングを気持ち悪く感じていたら、支度を終えた鞍田さんが来て、ドアに体を押し付けられて、もう一度、荒々しくキスされた。目をつむったまま小鷹さんとは全然違うキスの感触を実感していた。喉の奥まで突かれそうに深く、猛禽類《もうきんるい》に捕食される小鳥になった気がした。

彼は離れると、黒い革のキーケースを摑んで、ドアを開けた。

暗い夜に雨音が響いていて、ふるえるほど空気は冷えているのに、来たときよりもずっと気が楽になっていた。

エレベーターに乗り込みながら、私は小声で、ありがとう、と呟いた。

鞍田さんはなにも言わずに、私の頭に手を置いた。その仕草がやっぱり小鷹さんに比べてぎこちなかったので、かえって胸が温かくなって、私はもう一度、ありがとう、と呟いた。

土曜日の銀座のサンマルクカフェで、私は紅茶を飲みながら、数分おきに携帯電話を確認した。落ち着かないので仕事用のA4バッグを持って、化粧室へと向かう。

鏡の前で、バッグを開く。銀座三越の紙袋の中には、繊細な青い花の刺繍《ししゅう》が施された白レースの真新しい下着と替えの黒いタイツが入っている。

席に戻ると同時に夫からの着信があって、二ノ宮さんとパスタを食べたばかりの胃が動揺した。軽く息が止まる。

「もし、もし」

と電話に出ると、夫は明るい口調で、勉強会どうだった、と訊いた。

「うん、分からないところもあったけど、面白かった。あちらの会社の平均年齢が低くて、本当に二十代の若い人ばかりでびっくりしちゃった。真君たちと、翠の様子はどう？」

「こっちはもう熱海駅に着いたところだよ。翠がコンビニで、ぴよちゃんのお菓子が食べたいって言ってんだけど、塔子、分かる？」

「それ、たぶんボーロのこと。ひよこのイラストが描いてあるから」

「あー。分かった、さんきゅ」

と告げて、電話は切れた。ほっと胸を撫で下ろしつつも、後ろ暗い気持ちになりかけたときにメールが届いた。鞍田さんからで、渋滞しているのでもうちょっとかかります、という連絡だった。夫の声を聞いたことで、急激に迷いが生じる。カップの中の紅茶はまだ半分以上残っているが、上手く飲み干すことができない。

こんなことになったのは、数日前に会社近くの中華料理屋で昼食を取っていたときの、二ノ宮さんの一言からだった。

「そういえば土曜日に町田ネットワークスとの勉強会があるけど、村主さん、もし出られるなら参加したほうがいいわよ。あなた、これからだから。もし多少でも理解してたら、そっち方面のプロジェクトを任せられることもあるだろうし」

同席していた女性社員が、ちらっとこちらを見た。そこまでこの人がやる必要があるのかという視線だった。悔しくなり、ちゃんと会社の仕事に関わることができるという希望も感じて、思わず、参加したいです、と答えていた。

夫は当然、声を荒らげて大反対した。

「土曜日って熱海旅行の日じゃんっ。今からキャンセルなんて金かかるし無理言うなよ。だいたい母親がいなくて翠がぐずったらどうするんだよ」

さすがに私のワガママなので散々謝って説き伏せ、麻子さんも、まあまあ、と宥めつつ
「それってどうしても参加しなきゃいけないの？　塔子ちゃんは正式な社員じゃないわけだし」

と訝《いぶか》しんだために、いっそう肩身が狭くなったけれど、これが逆だったらどうだったんだろう、とふいに思った。もし真君が仕事で行けないと言ったら。女四人だけで楽しんできてくれと簡単に投げ出されたのではないだろうか。

結局、私抜きで旅行することになり、夫は一晩中機嫌が悪かったものの、翌朝にはスー

ツに着替えながら案外けろっとしていたので

「本当にごめんね」

と様子をうかがいながら謝ったら、夫はワイシャツのボタンを雑な仕草で留めながら

「まあ、仕方ないよな。それに、おふくろも由里子さんも、案外、身内だけのほうが気楽かもしれないしな」

と言った。私は、たぶん麻子さんにそう言われたのだな、と察した。夫の考えがすんなり勝手に変わるとは思えない。

金曜日の夕方に帰るとき、細長い廊下で鞍田さんと擦れ違った。

「明日、町田との勉強会だって聞いたけど。京橋の本社で？」

と訊かれて

「はい、そうです」

と私は相槌を打った。鞍田さんと社内で話すのはひさしぶりで、この前の夜を思い出した。シャツから覗く鎖骨や筋張った手の甲を見て、かすかに頬が火照った。

「終わった後はすぐに帰るのかな。よかったら合流して一緒に飯でも、と思ったけど」

と訊いた。私はとっさに、あ、と声を漏らした。

「え？」

「いえ。空いて、ます。明日、私以外の家族は、温泉旅行で」

言い終える前に、鞍田さんが顔を近付けた。

「明日、終わったら車で迎えに行く。那須《なす》に前から行きたかった宿があるから」

考える間を与えることなく、鞍田さんはエレベーターへと向かっていた。

そして私は今、午後まで食い込んだ勉強会を終えて二ノ宮さんと遅めのランチを取ってから、デパートであわてて買い物をして、サンマルクカフェの店内にいる。ここまで準備したのに、まだ激しく迷いながら。

急激な不安に潰されそうになっていたら、今度こそ鞍田さんから電話がかかってきた。

「もしもし。着いたよ。今、どこにいる？」

私は半ば混乱したまま、えっと、ここは、という言葉を繰り返した。

「ん？　落ち着いて。なにが、あった？」

「いえ、なにも。今はサンマルクカフェにいます。ただ」

と言いかけて、開きかけのバッグの中身を見る。小さく鈴の鳴る音がした。クリーム色の化粧ポーチにぶら下がった鳩の根付け。この人には今さら取りつくろうものなんてない、と気付いた。

「私……怖いんです。いくら旅行中とはいえ、子供を残していくのが」

「そうか。じゃあ、どうしたい？」

「え？」

「大丈夫。分かってたことだから。君の好きなようにしていいよ」

　私は目をつむった。

　つらくなって断ろうとした私に、鞍田さんははっきりとした声で言った。

「なんでも叶《かな》えるから。たとえ深夜だって、君が帰りたくなれば家まで送るよ」

「ほん、とうに？」

「ああ。普通に考えて、なにかあれば一番に君に連絡が来るだろう。そうしたら対応すればいい。踏み込んだ話で恐縮だけど、向こうは何人で出掛けてる？」

「あ、夫と、義理の母と義理の伯母です。あとは娘で」

「義理の伯母さんには、子供は？」

「娘さんがいます。今はもうご結婚されていますけど」

「そうか。育児経験者が二人もいるんだ。同居しているなら、君の子供の様子も日ごろからよく見て分かっているだろうし。よほどのことがないかぎり、問題は起こらないと思うよ。もっとも俺は子育てをしたことはないから、個人的な意見で申し訳ないけど」

　私は、ううん、と首を横に振った。こんなときでさえも発揮される、鞍田さんの問題処理能力がなんだかおかしかった。

「分かった。じゃあ……行く。でももしなにかあれば、私だけ途中で帰らせてもらうかもしれない」

「うん。じゃあ、とりあえず行くから」

　私は電話を切って、紅茶の残ったティーカップを片付けた。


　高速道路の風景は単調で、遠くの空まで雲で霞んでいる。工場地帯の煙も立ちのぼり、清々しい天気とは言い難い。きっと山のほうはずいぶん冷えるだろう。

「そういえば、今日の宿って」

　と運転していた鞍田さんに、私は思い出して訊いた。

「ああ。ごめん、まだ言ってなかったな」

　と彼は言いながら、片手で素早く缶コーヒーのプルタブを引いた。頼まれればやるのに、この人は昔からなんでも自分でやろうとする。

「那須塩原よりも山の上へ行った那須湯本の宿なんだけど。この前、菅と飲んだときに教えてもらって。お湯も料理も評判がいいみたいだから気になってたんだ。さすがに一人で行くのも味気ないから」

　私は、そう、と相槌を打った。菅さんと今も仲が良いと知り、自分には関係ないと分かっていても、なんだかほっとした。

「君は、栃木は？」

　と鞍田さんに訊かれて、私は首を横に振った。

「中学校の修学旅行で日光に行ったきりかもしれない。那須湯本って地名自体、初めて聞きました」

「そうか。修学旅行か。じゃあ、さしずめ今日は大人の校外学習かな」

「それって鞍田さんが引率の先生っていうこと？　こんな先生、嫌です」

私はあきれて笑った。

「なんでだよ。俺だって一応、大学生のときには家庭教師くらいはやってたよ」

「あ、そうなんですか？」

「うん。男子中学生相手に五教科全部教えてた。そいつがなあ、家は金持ちだったんだけど、とにかく頭が悪くて」

今もまだ悩まされているかのような口ぶりに、私は思わず笑った。

「そうですか。大変でしたね」

「ああ。社員教育もそうだけど、なにが分からないのかも分からない人間に教えるのは難しいよ。結局、第二志望の高校に合格して、親からはすごく感謝されたけど、できれば第一志望まで偏差値上げてやりたかったって今でも思うよ」

「鞍田さん、根気強いし、説明するのも上手だから」

「いや、そういうのは全部、経営始めてから身に付けたことだよ。人の使い方でもなんでも、ただぼうっと現場を見てるだけじゃだめなんだ。つねに勉強して、自分と会社を最適化していかないと。知識のないやつにかぎって面接で、知識なんて自由な発想力を縛るだけだ、なんて言い出すんだから本当に頭が痛いよ」

「ああ、正社員でもいますね、そういう人。主義主張の前に、礼儀正しい話し方から覚えてほしいと思うけど」

鞍田さんは、君は冷静だな、と笑ってから
「でも本当にその通りだよ。そもそも企業利益の差を生むのは、発想力とは無関係の、地味でつまらない仕事まで丁寧にやるかどうかだから。前の会社のときは近所のゴミ拾いからトイレ掃除まで俺が率先してやってたし」

「あ、それ、バイト時代に見て、びっくりしました。いくら社員数が少ないとはいえ、社長自ら会議室やトイレの清掃までするって」

「来客が使う場所が汚い会社は、しょせん細かいところまで目が行き届かなくて、雑な体制であることが多いんだよ」

「そうかもしれない。IT系って言うと、一日中パソコンに張り付いているんだろうって、けっこう誤解されますけど、じつは接客業みたいなところがありますものね。外部との打ち合わせも多いし」

「うん。だから、そういうことが重要だと思うよ。まあ俺はどこぞの御曹司《おんぞうし》と違って、なにも持たずに起業したから、人並み以上に努力しないといけなかったんだよ。ごめん、いつの間にか仕事の話になってたな」

「ううん。そういう話も、聞いていて勉強になります」

「校外学習だから？」

「はいはい」

と私は苦笑して頷いた。

高速道路を降りると、車はずいぶんと山奥まで進んでいった。ふもとでは緑色だった葉が、じょじょに赤や黄色へと変わる。擦れ違う車の数が減ってきて、かすかに霧が立ち込めた。さらに上がっていくと、今度は葉の落ちかけた木が目立ってきた。国道の脇には大量の落ち葉が積み重なっている。灰色の空。車内にいても少し肌寒く感じられた。

ほとんど山のどん詰まりまで来たとき、小さな駐車場で車が停まった。

運転席の鞍田さんが身を乗り出してきた。まぶたに影が落ちる。緊張しながらも目をつむると、最初から開いた唇が押し付けられて、互いの舌を舐め合うようなキスをした。呼吸がかすかに乱れて、胸の奥が熱くなる。

彼は上半身を起こすと、さて、と息をつくように言った。

「着いたよ。おつかれさま」

私はお礼を言って、荷物を持って、車を降りた。視界に大量の湯気が立ち込めている。激しい川の流れる音も響いてくる。

なにごとかと目を凝らすと、大量の湯気の正体は、石橋の下を勢い良く流れる湯の川だった。

その石橋の向こうに、赤いモミジをまとった艶《あで》やかで情緒溢れる温泉宿が建っていた。年代を感じさせる立派な日本家屋で、湯けむりをまとった秘湯と呼ぶにふさわしい趣に、私は思わず興奮して
「すごい、素敵ですね」

と声をあげた。

「さすがにここまで来ると雰囲気が出るな。あの石橋もずいぶん年季が入ってる。行こうか」

鞍田さんにうながされ、私は密《ひそ》かに胸ときめかせて、過ぎ去った月日を滲ませる橋を渡った。

宿の玄関で靴を脱ぐと、仲居さんたちが丁寧に出迎えてくれた。外観と違って、ロビーはかなり綺麗でモダンな雰囲気だった。興味深く眺めているうちに、鞍田さんが受付を済ませた。

仲居さんに案内されて廊下を歩いていると、お風呂の説明のときに
「露天風呂は、女性専用は二種類ありますからね。男性は混浴のみです。女性は専用のバスタオルがありますから安心してくださいね」

と言われて、はい、と微笑みながらも、心の内に動揺が生まれた。混浴の露天風呂なんて入ったことがない。ましてやこの人となんて、と想像したら弥《いや》が上にも平静ではいられなくなる。

最上階まで行き、廊下を進むと、突きあたりの部屋の前で止まった。

仲居さんがすっと引き戸に手を掛けた。

やけに重厚な造りの焦げ茶色の引き戸だったので、ちょっと変わっているな、と思っていると、開いた戸のすぐ向こうは障子で閉ざされていた。私は面食らった。鞍田さんも意外そうに目を細めた。

私たちの心を見抜いたように

「こちらは防音の二重扉になっているんです。どんなにお話しされても、外に声が漏れることはありませんし、外の音がうるさいこともありませんから」

仲居さんはにっこり笑って告げた。他意はなかったとしても、あまりにあつらえ向きの設備に赤面しそうになりながら、知っていたんですか、という無言の視線を鞍田さんに投げた。彼は一瞬だけ笑って首を横に振った。

案内された和室は、座卓だけの空間にしておくのはもったいないほど広かった。淡い暖色の照明が優しくも色っぽい雰囲気を匂わせている。

ここで終わりかと思ったら、仲居さんが襖《ふすま》を開くと、続きの部屋が現れた。

薄闇とベッドカバーの白さに、かすかなめまいを覚えた。

深い茶色を基調にして、大人の洗練を追求した和洋折衷《せっちゅう》の寝室は、臆してしまうほど隙がなかった。こんなところまで連れて来られたら、言い訳したり逃げたりできない。

立ち尽くしていると、仲居さんが熱いお茶を用意しながら、たたみかけるように
「なにかありましたら、フロントまでお電話ください。私どもは、明日の朝までは一切お部屋には入りませんから。ゆっくりお過ごしになってくださいね」

と言い切ったので、私は口がきけなかった。鞍田さんだけがちょっと笑いながら、そうですか、と相槌を打った。

静かになった室内で、鞍田さんと向かい合い、お茶を啜った。気持ちが緩むと、湯呑《ゆのみ》を持ち上げた腕に旅の疲れを感じた。鞍田さんは宿の案内を捲っている。ぱさり、という物音一つにさえも心臓が弾かれる。

「ちょっと休んだら、風呂にでも行って来るかな」

と彼が呟いたので、私は、そうですね、と相槌を打った。

ふいに、見られる。困ってうつむきながら、なんですか、と訊くと、彼は声も漏らさずに笑った。ずるい笑い方だと思った。ずるくて、なんでも見透かしていて、底知れない――。

いったいどんな目に遭ってしまうのだろう、と思ったら、自分でもびっくりするくらい

に強くふるえた。

彼が入浴の支度のために立ち上がるまで、気取られないように必死に堪えていた。


タオルで前を隠して外へのドアを開けた瞬間、露天風呂へと続く石段から流れ落ちるお湯と空気の冷たさに、脳が痺れて呆然とした。

石段を上がりながら、なんて豊富な湯量なのだろう、と感心する。足を動かすたびにばしゃばしゃと跳ねる。普段ならもったいなく感じるくらいなのに、こうもお湯が溢れ返ってここかしこに流れていると、清々しいくらいだった。

女性用の露天風呂には誰もいなかった。タオルをそっと外して足から入る。山からすっと風が下りてきて、上半身に鳥肌が立ったものの、腰から下は温められている安心感に、恍惚《こうこつ》としてしまった。

終わりかけの紅葉はまだ見惚《みと》れるくらいの鮮やかさを留めていて、お湯に肩まで浸かると、極上の夢を見ているようだった。

こんなふうに自分だけのために、なにからなにまでしてもらったことなんてなかった。

与えられているものに対して、自分が返せるものの少なさを思うと、ほとんど戸惑うほどだった。

いつまでも浸かっていたくなる心地よさに、まどろんでいた。

部屋に戻ると、鞍田さんは座椅子に座ってノートパソコンを弄っていた。ざっくりした羽織がよく似合っている。

彼が顔を上げたので、私は、すごくいいお湯でした、と告げてから

「お仕事、大変ですね」

と続けた。

「メールのチェックだけはしておこうと思って。そういえば、この宿は乃木《のぎ》将軍が来てたんだな。先々代の当主が書生をやってたって知って、ちょっと驚いた」

「乃木将軍って、あの乃木坂の?」

と私が訊き返すと、彼は、うん、と言いながらパソコンを閉じた。

「天皇大葬のときに、奥さんと殉死したことが有名かな」

「知らなかった。きっと使命感の強い人だったんですね」

と私が感想を口にすると、鞍田さんは、いや本当にそうだったみたいだよ、と返した。

「西南戦争のときに、天皇陛下から授かった旗を奪われた羞恥心から、敵の正面に飛び出て死のうとしたらしいから。まあ、当時の軍旗喪失の心的重さを、今の俺たちの感覚で想像するのは難しいけれど」

私が小さく笑ったので、彼は不思議そうに、どうした、と訊いた。

「だって鞍田さん、本当に社会科の先生みたいだから」

とからかうと、彼は苦笑して、一応もうおっさんだからな、と言い返した。

「明日は近くで観光しようか。那須与一《なすのよいち》ゆかりの神社があるみたいだよ。君、那須与一は……」

「さすがに知ってます。よっぴいてひゃうど放つ、でしょう。中学校で習ったときから平家物語は好きだったから」

鞍田さんはちょっと意外そうに、へえ、と訊き返した。

「君がそこまで源平の合戦に興味があるとは思わなかったな。源氏物語のほうじゃなくて」

「好きじゃないです、女をとっかえひっかえした男の話なんて」

と私はむくれて反論した。

「私、昔からあの出だしが好きで。儚《はかな》いけど、でも一寸の嘘もない真実で。そういえば沙《さ》羅双樹《らそうじゅ》って、白い椿に似た花なんですよね。私、てっきり彼岸花みたいな、ちょっと妖しさのある花だと思ってたんです」

「ああ、そうか。たしか仏の入滅《にゅうめつ》のときに枯れた花だったな」

今度は私が、へえ、と頷いた。

「仏の、花」

うか。

と思わず呟く。もし今も神様が見ているとしたら、私たちはどちらも罰せられるのだろ
「どうしたの、不安そうな顔をしてるけど」

私は顔を上げた。鞍田さんは優しい目をしている。

「私はもしかしたら、見えないものからの罰が怖いのかもしれない。自分だけのことなら責任を負えるけど」

そのとき、鞍田さんが言い切った。

「俺は外的な罰は当たらないと思ってる。そこに因果関係はない」

あまりにきっぱりとした口調だったので、私ははっとして黙った。

「もし罰が当たるようなことがあれば、それは見えないものじゃなくて、君が、君自身に当てるだけだよ」

「どうして、そんなふうに考えられるんですか？」

と私は純粋に不思議に思って訊き返した。

彼の口元がかすかに膨らんだ。はらんだ空気の中に、封じ込めていた言葉の気配を感じ取った。自分はその言葉を待っていたし、遠ざけてもいたことに気付く。

お願いだから言って。やっぱり言わないで。揺らいで耐えきれなくなり、笑ってごまかすように、ごめんなさい、と目をそらした瞬間、彼が言った。

「俺が、君のことをちゃんと好きだからだよ」

私はなんだか恨むような目をして、鞍田さんを見つめてしまった。こんなふうに追い詰める彼が憎くて、ずるいと思って、そして
「なんで、言うの」

「君が怖がるなら安心させたいと思ったんだ。小鷹みたいに、俺は遊びじゃないよ。かといって君の平穏を壊したいとも思ってない」

私、となにかまったくべつのことを言おうとして切り出したはずなのに、とっさに口にしたのは、ありがとう、という一言だった。

鞍田さんがほっとしたように近付いてきた。畳に足の裏が擦れる。浴衣の裾を蹴り払う音がした。立ち上がり、肩を抱かれて、寝室の暗がりへと導かれた。


この人は、どうしてこんなにも馴れ合わないのだろう。

ベッドに横たわって視線を受けると、いつも初めて抱き合うような気分になる。

手が伸びてきて、撫で下ろされるように肩に触れた。びくっとした私をゆっくりと追い詰めるように右手が頬に添えられ、顎の下、首筋へと移動していく。

抗《あらが》うように胸の上で両手を重ねると、丁寧に右、左手首を掴まれて外された。そのままかがみ込んでくる。浴衣を開いて顔を埋める。吸いつく舌が熱い。彼の口の中で温められ

た胸の先を転がされると、からかうような刺激が伝わってきて、んう、と声を漏らさずにはいられなかった。

感じそうになると、いつも怖くてたまらない。どうしても任せ切ることができずに身を強張らせていると、鞍田さんが顔を上げて、そういえば、と言ったので、私は、なに、と小声で尋ねた。

「知らなかったな、と思って」

「なにを？」

と私はちょっと素に戻って訊いた。

「君が最後まで気持ちよくなったことがないって話」

「あ……そんな台詞、覚えてなくても」

「ずっと恥ずかしがって我慢してるのかと思ってた」

耳元に口づけられて、目をつむった。視界がなくなると、言葉が出やすくなる。

「でも最初のときからあなたは、ほかの人とは全然違ってました。それは本当に」

「ありがとう。君は」

「は、い」

「どうされるのが好きなのかな、と思って」

「……ごめんなさい、本当に分からないんです。自分の快感って追求したことがなくて。

触られるのも苦手で、こちらからするほうが楽だったし」

掛け布団の下で絡まり合う足の体温を感じながら会話していると、次第によけいな緊張がほぐれてきた。家から遠く離れ、昔付き合っていたとはいえ、日常的に慣れ親しんでいるわけではない男性との旅行に、期待と同時に心細さも抱いていたことに気付いた。

そうか、と彼が呟いた。それが合図だった。

鞍田さんは探るように、自分の腰に手を当てて帯を引っ張った。ぱしっ、と小気味良い音がしてほどけ、浴衣の前がはだけた。私の目を、その帯で覆う。どきっとした。軽く頭を持ち上げられて、耳の横できつく結ばれると、かすかな光さえも遮られて闇の中に沈んだ。視界をなくした途端、自分の下唇が乾いていることに気付き、そっと噛んで湿らせる。吐息さえも濡れていくのを感じた。

私の帯も解かれ、包装紙を剝がすように慎重に脱がされていく。喉の奥から、待って、と懇願が漏れたけれど、取り合ってはもらえなかった。

腕まで抜かれてしまって、広がった浴衣の上に寝ている状態になった。ぬるい空気に両胸や太腿がさらされている。しばらくこの姿かと思ったら、すぐにショーツに両手がかかったので、私は首を横に強く振った。腰骨からずるっと引き下ろされていく。そして、静寂。大して触れ合ってもいないのに裸にされるとは思わなかったので、一生懸命、内股気味になりながら腕で胸を隠した。こちらから見えなくても、強い視線を向けられているのは明白だった。

両膝を摑まれて開かれる。熱い息が薄い襞にかかった。濡れた舌先に突っつかれる。ほとんど刺激を感じない程度だったけど、心音が速くなる。手を離せば隠れてしまう場所を押さえつけるように開かれて、剝《む》き出《だ》しになった部分を、今度は尖らせた舌でいきなり弾かれて仰天した。前にされたときよりも、ずっと的確に、柔らかな鞭《むち》で打たれているかのように。そんな、なんで。いつの間にか口に出していた。動きが止まり、暗闇に低い声が響いた。

「いつも時間がなかったからな」

「それでも、十分……」

最後まで言い切ることができなかった。

自分でも今初めて知った。これほど複雑で快感の異なる個所が混在していたことを。内側の壁を這うように舌が一周すると、まんべんなく掘り返すように舐められた。やめてください、本当に恥ずかしいから嫌、とくり返しながらも、聞き入れられないことでむしろ丸ごと受け入れられたような安堵が溢れてきて、手足の力が抜けた。

小鷹さんにあれほど冷たくされたからこそ、鞍田さんが熱心に触れてくれることが嬉しくて、素直に声を出していたら
「起きて」

背中に手を添えられて、目隠しをしたまま起き上がる。

唇に触れたものがなにかは、すぐに分かった。

わずかに頭を動かすと、先端と擦れて、ぬるっとしたものが下唇に付いた。蜜のように糸を引く感触も。後頭部を軽く押され、今夜の鞍田さんは引かないつもりだと悟った。ここまでされたら拒否できない。舌先を出すと、小さく切り込んだようなくぼみに触れた。頭頂部を絡め取るようにべったり舌を這わせると、頭上からかすかにうめく声がした。

鞍田さん、と小声で呼びかけた。

「もう、ちょっとずつ溢れてきてる……」

「ああ。だって」

「だって？」

「この前から、もう一週間以上、経っていれば」

「まだ一週間なのに？」

「君といるとダメなんだ。ごめん」

私は首を横に振って、嬉しい、と告げた。

根元まで咥《くわ》えると、腰をさすっていた手がお尻へと移動してきて、ゆっくり指を押し込まれた。んぐっ、と喉を詰まらせると、口の中の水分を吸ったように膨らんだ。ぽた、ぽた、と唾液がシーツに落ちる音がする。

だけど指を抜かれ、いきなり腰を引く気配がして、口から外れた。

不思議に思いながらふたたび唇を開いた。けれど闇の中にはなにもなく、つんのめりそうになると、鞍田さんが、ふ、と俯瞰《ふかん》したように息を漏らした。かろうじて体勢を保ちながらも羞恥心を覚えて耳が熱くなる。

また唇をなぞるように硬いものが触れる。口を開いて、違う、と気付いた。無遠慮にごつごつとした感触。キメの粗い舌触り。口に押し込まれたときの力がやけに強く、乱暴というよりはコントロールしきれないのが伝わってきた。頰の内側に薄くて尖ったものが刺さる。足の指の、爪だった。

顔をあげて

「ひ、どい」

と訴えた。

「いいから。舐めて」

抑揚のない低い声に、下腹部が締め付けられて新たな快感が絞り出される。むずがゆくて奥まで熱い。抱いてほしいと逸《はや》る気持ちを持て余したまま舌を使う。晩秋の足の指はどこもざらついていて、踵までまんべんなく固まっていた。指の股に舌を差し込んだときだけ頼りなく柔らかかった。

「すごい眺めだな」

「……言わないで」
素足に染み込まなかった唾液で唇がぬめっている。急に抱えるように引き寄せられて、後頭部を押さえこまれた。今度は本物だった。さっきよりも先端が粘り気を帯びて、破裂しそうなくらいに大きくなっていた。深く咥え込むと、鞍田さんはうんっ、と極まったように息を詰まらせた。腿の付け根をそっとさすりながら、続けていると
「待って、それ以上されると、出そうになる」
珍しく急いたような告白に、今度は体よりも胸が熱くなり
「うん、出して」
と答えた。
鞍田さんは逡巡《しゅんじゅん》と遠慮を滲ませながらも下腹部に力を込めた。

夕飯は食事処で、と言われていたので、大広間だったらどうしよう……と心配していたら、ちゃんと仕切られた半個室だったのでほっとした。

目の前に並んだ豪華な料理を眺めていると、鞍田さんがお酒のメニューを開いて
「いきなり日本酒にするか、あるいはビールでも。あ、温泉ビールなんてものがあるな」

と言ったので、私は、じゃあそれを一緒に、と答えた。

温泉ビールはすっきりと飲みやすかった。喉越しはかすかに感じる程度で、渇きを癒《いや》す

のにちょうどいい。

「美味しそう。お腹空いてたから嬉しいです」

「俺もだよ。カロリーを消費したからな」

「そういう言い方、おじさんですよ」

「はいはい。どうぞ、遠慮なく食べなさい」

私は目にも美しい小鉢を突つきながら、美味しい、と笑った。すぐにビールが空になって、お酒を追加した。

日本酒と共に、栗ご飯のあんかけです、と言って、お椀が運ばれてきた。とろりとあんがかかった栗ご飯には、磨り下ろした山葵《わさび》がちょこんと載っていた。

「お、美味いな」

という鞍田さんの言葉につられるようにして、お椀を持ち上げ、ぱく、とご飯を口に入れた私はびっくりして言った。

「本当だ、美味しい。山葵が全然つんときつくなくて、すごくいい香り」

栗のほのかな甘さと、もっちりとしたご飯の粘り気を、瑞々しい山葵が品良く引き締めている。意外な組み合わせなのにすごく美味しい、と感動しながら、日本酒に手を伸ばす。

淡い水色のグラスが美しい。大吟醸《だいぎんじょう》の初々しい花のような甘みが口の中に広がる。

「日本酒も美味しい。こういうお酒をゆっくり飲みたかったんです」

「思う存分味わうといいよ。時間はいくらでもあるから」

いくらでも、という表現には含みを感じた。グラスに口を付けたまま、笑い返す。

牛しゃぶの鍋が煮立ったので、霜の降った牛肉を軽く湯通しして、ポン酢をつけて口に入れた。

「んー、柔らかい」

「食事も当たりだな。よかったよ。俺も初めて来る宿だったから、ちょっとどうかとは思ったんだけど」

私が、それって、と言いかけたので、彼は口を閉じた。

「前に来たことのある宿だったら、それはそれで色々考えます」

と冗談めかして忠告した。

「そうか。でも正直、君よりは十年分以上の経験があるから。それは仕方ないよ」

私はなにも言わずに苦笑した。こういうことを言う人なのだ。昔から。変に正しさを貫こうとする。倫理観や常識ではなく、自分自身にとっての正確な言葉、という意味で。

「分かってます。その経験のおかげで、私も楽しい時間が過ごせるんだし」

「まあ、それほど大したものじゃないけどな。今なんて頭を下げに行くだけの兵隊だし。経営以前に現場があれだけ混乱してると思わなかったよ」

「混乱、していますよね。やっぱり」

と私は薄々気付いていたことを口にした。

「優秀な社員がごっそり消えたこともだけど、その穴をしばらく放置していたことがなあ。俺と社長が毎日なにしてるかって言えば、その穴に激怒したお客に謝罪だよ。人手不足とはいえ、よそからすぐに誰か呼んで来ればいいものを。あの」

と言いかけたところで、彼は一呼吸置いてから

「小鷹君が抜けていたら、たしかにあの会社は本当にまずかったと思うよ」

と淡々と断定した。

「私もそこまで分かるわけじゃないけど、プログラマーとしての小鷹さんはやっぱりすごいとは思います。誰よりも対応が速いし、うちの社で今メインの商品になっているシステムも彼が考えたんですよね。二ノ宮さんから聞いたんですけど、小鷹さんって高校のときに携帯用のゲームを作って企業に売ったって。それが馬鹿にならない金額になったって」

「まあ、ある程度の知識欲と素養があればできなくはないけど。若いうちから評価されていた人間はどんなに頭を下げてもやっぱりそれが滲むよ。日焼けの跡みたいなもので、悪いわけじゃないけれど目につく。人のことは言えないけど」

最後の一言には自粛と自負が同居していた。こういう物言いは嫌いじゃない。可愛らしいところを見つけたような、温かい気持ちになる。

鞍田さんを見ると、じわりと色気と愛玩が滲んだ眼差しを向けられて、小鷹さんのこと

があわあわと薄れていく。

誰でもいいわけじゃない。自分を大切に扱ってくれる感触だけが、突き放された痛みを癒す。ああ、そうだ、と思いながら浴衣の胸元をそっと直す。

鞍田さん、と私はかしこまって言った。

彼はちょっとかまえたように、だけどすぐに包み込むように笑って、なんですか、と訊いた。

「どうして、私なんですか？」

頭の中では、何百回何千回と繰り返していた問いを口にした。

「出会ったときも、最近の子にくらべたら、私、地味だったし。ゆきりんのほうが可愛いでしょう」

彼はまっすぐにこちらを見ると、日本酒に口を付けてから
「彼女はたしかに可愛いけど、もっと単純に遊びたい若い男向きだよ」

と言い切った。

「たしかに派手ではないけど、君は地味に綺麗なんだよ。そういうほうが俺は燃えるんだよ。とくに体形は君のほうが圧倒的に好みだと思った。彼女は服装でごまかしてるけど、足とか、けっこうがっしりしてるし」

「体形なんて、男の人は二の次かと」

「まあ、程度問題だろうけど。なんていうか、君は男の幻想を壊さないんだよな。不用意に下品なことを言ったりプライドを傷つけたりしないし、甘えに付き合うだろう。どうしてそんなに合わせるのか、ちょっと気になってたけど」

「それは、もしかしたら私が子供の頃にいくつかの家を転々としてたからかもしれないです」

　と私はふいに思い出して、打ち明けた。だいぶお酒もまわってきて、ふわふわとした気持ちだった。

「転々と？」

「うん。離婚してから、母がしばらく根をつめて働いていて。だから私、週末以外は知り合いや親戚の家に預けられていたんです。それで」

　と話しながら、海老の天ぷらを齧る。

「ん、美味しい。この天ぷら」

　口の中でパリパリっとした食感が弾けた。普通の衣ではなく、スライスしたナッツのような香ばしさが広がる。

「うん、じつは俺も思った。この海老天、美味いな」

　海老もぷりっと歯ごたえがある。塩によく合った。またお酒が進んだ。

「ね。あ、ごめんなさい。つい」

「はは。君は酒飲んで食ってるときが一番幸せそうだな。それで？」

　私は不意を突かれて、あ、はい、と話を戻した。

「その家の息子とか知り合いのおじさんに、たまに冗談ぽく抱きつかれたりとか。あと、もっと短いスカートを穿いてきてって頼まれたり」

「え？　それはかぎりなく黒に近いグレーじゃないか。君、そのとき、まだ小学生とかだったんだろう」

「うん。でも、まさか子供の自分が異性として見られてるなんて想像もしなかったし。なにより自分はよその子なのにお世話になってるっていう気持ちが強かったから、拒絶して嫌われたらいけないと思ってて」

「それで、気を遣って、合わせてた？」

「はい。あ、それに母が」

「うん」

「あんたは私に似て地味だし堅いから女の子って感じがしないわって言ってたから。だから自分はそういう存在じゃないんだって思ってました」

「なるほど。お母さんとしては、そういうふうに思いたかったのかもしれないけどな。自分と同じだって。でも付き合ってた男はなにも言わなかった？　君の印象や外見について」

鞍田さんは日本酒の古酒を舐めながら訊いた。一口だけもらうと、とろり、としたブランデーの甘さと紹興酒の熟した香りが入り混じったような味がした。

「あんまり。それより自分の話を聞いてほしいっていう男の人が多かったからかもしれない。正直、楽なんです。私から求めるのが苦手だから。だけど結局疲れちゃって、こちらから別れ話を切り出すから、いつも揉めて」

興味を持たれていることも、過去の恋愛を気にせず語れることも嬉しくて、いつもより饒舌《じょうぜつ》になっていた。

「甘えて油断しきってたらバイバイじゃあ、よけいに動揺するよ。君はなんでも許してくれる気がするからなあ」

「なんでも、はないってば」

と言い返してから、これは前に夫ともした会話じゃなかったかと考える。どちらと話したのか混同しないように気を付けないと、と現実的なことを一瞬だけ考えた。

ほろ酔いで満腹になって、部屋に戻った。

ベッドに横たわると、唐突な眠気におそわれた。まだ混浴してないな……と思いながらも、うとうとしていると背後から抱きつかれたので、私は驚いて振り返った。

「もう元気なの?」

鞍田さんは笑って、まだちゃんと抱き合ってないよ、と返した。

「私は、そうだけど。もしかして、鞍田さんってすごく性欲が強い？」

と私は色々思い返しながら尋ねた。

「まあ、平均よりは」

「じゃあ、十代の頃なんて大変だったんじゃないですか？」

からかうように訊くと、彼も笑いながら、大変だったよ、と威張るみたいに言い返した。

「初めてのデートのときなんて、ただ彼女と一緒に海辺を散歩してただけなのに」

「うん」

「体が勝手に反応しすぎて具合が悪くなったから、腹痛だってごまかして帰ったよ」

私は思わず噴き出した。そして納得した。この人の、こちらまで平静でいられなくなるほどの欲望の濃度について。だけど大変だろうな、ともふいに思う。食事や睡眠と違って一番一人ではままならない欲求に支配されているのだから。

「鞍田さんって不思議ですね」

と私はふいに呟いた。

「なにが？」

「だって、そんなに欲求が強いのに、いざそういうことになったら、こっちのことばかり気持ちよくしようとする……」

塔子、と名前を呼ばれて、顔を上げた。

「してほしい？」

私はうつむいてから、うん、と頷いた。

ぱっと浴衣の裾を捲られて、太腿を撫でられただけで魚が地面で跳ねるように上半身がびくっと反応した。

「ん…や、だ」

「どうしたの、まだなにも」

「さっき、途中までだったから。あっ」

鍵を外すまではやたらと時間がかかる体も、いったん開かれてしまえばこんなにも快感の速度が変わるのか。なけなしの抑制も酔いで取り払われていた。

冷えると思ったのか、浴衣の帯はとかないまま、半裸で隅々まで愛撫された。

顔を覗き込まれて、目をそらす。ゆっくりと下着の奥に鞍田さんの指が沈んできた。力の加減と位置。どちらも完璧で、優しく弄られ続けていると泣きそうになる。溢れてきた粘り気を指ですくっては、また一番弱いところを何度も擦る。指の滑りがどんどんよくなっているのを感じる。

「すごい。自分で、分かる？」

「……はい」

半開きだった唇にキスされた。ガムを嚙むような音をたてて舌を絡めると、反射的に腰が動いてしまう。浴衣がはだけて胸が触れ合う。わずかだけど隙間が空いているので苦しくはなかった。ただ、少しでも動くと、かすかな摩擦が起きて、胸の先端がじくっと痺れた。鞍田さんは体勢を変えない。分かってやっているのだ。この程度のかすかな刺激がかえって堪え切れないほどの想いを加速させることを。

どれくらい時間が経ったのだろう……丁寧で安定した刺激を受け続けて朦朧としかけた瞬間、硬い蕾《つぼみ》がぱっと花開くように快感がふくれあがって陰部全体が火照ったように熱を持ったので、はっとした。

解き放たれた気持ちに浸されながらも、こんなふうになるなんて、とまだ信じられなかった。彼の親指は一ヵ所へと愛撫を続けながらも、人差し指が入口付近でじっと待ちかまえるように留まっている。潰れそうなほどまぶたを強く閉じて、観念して告げた。

「中に、入れて」

「なにを?」

「指を……いやっ、だめ。もう間に合わないっ……」

切羽詰まった自分の声は、甘さからはほど遠く、もっと綺麗に演じたかったという後悔を覚えると同時に、指が濡れた裂け目に押し込まれた。

達していた。

規則正しい痙攣が何度も起きて、つま先がそのたびに反りかえった。

ようやく快感の余波まで消えると、彼が指を抜いたので、私は浅い呼吸を繰り返して枕に顔を沈めた。

しばらくじっとしていると、腰のあたりに寒気を感じたので、だるい体をねじった。掛け布団を引き上げると、鞍田さんがこちらをじっくりと見ていたので

「男の人に触られて最後までいったの……初めてです」

と告げたら、彼は軽く目を細めてから、それはよかった、と笑った。

「どんどん慣れてきて、そのうちに何度もいけたりするかもな」

私はちょっと黙り込んでから、短く頷いた。

「そう、かもしれない」

「じゃあ今試してみようか？」

え、と訊き返したときには、さっき抜いたはずの指がふたたび押し入ってきた。快感が強すぎて半ば気味が悪くなり、逃げ出そうとしたら強くのしかかられる。鞍田さんの目がにわかに執拗《しつよう》な鋭さを帯びた。こわい。私はふいに腹の底が寒くなった。この目だ。冷静なふりをして、じつは破壊衝動を秘めているような目。この人のことを私はなにも知らないと思い知らされる。

指が何本入っているのか、どこまで入れられたのかも分からなかった。ただ途方もなく長いものが入り込んだように感じられた。躊躇って腰を引く間もなく、頭を抱え込まれて

人さし指が一番奥深いところへと到達した瞬間、脳が感電したように真っ白になった。

筋が千切れそうなくらいに胸を反らせながら、どこ、と混乱した頭で必死に探った。触られているのは一体どこ。家具の後ろに長年隠れていたスイッチをある日突然発見したように、まったく知らなかった回路が突然繋《つな》がる。深い暗闇を手探りで解き明かそうとする指に、すべてを支配されていくようだった。親指は繊細な突起をずっと擦っている。

べつべつに受けているはずの刺激がいつしか重なり合って、一つの大きな快感の円の中に取り込まれていくように、下半身全体を包み込んだ。いやあっ、とてらいもない声をあげてしまうと、鞍田さんはなにも言わずにこちらを見た。直視されたときの感情のない、それでいてこちらの正体を隅々まで見透かしたような眼差しに身も心も負けていく。

強く抱きしめられて視界が霞む。がさ、とサイドテーブルの上の避妊具に手を伸ばす音がした。

「塔子。入れるよ」

ぐっとドライバーでもねじ込まれたような強い違和感と衝撃が押し寄せて、その余波の痺れが手足まで行き渡った。浴衣越しの背中にしがみ付き、鎮まるのを待つ。

ようやく息をつくと、ずっ、と引き抜かれて脳内に火花が散った。また深く入ってくる。下腹部に力を込めると強く伸縮して、鞍田さんが唾を飲む。今度は彼の痙攣が伝わってきた。きつく絞られているのを教えるように。

腰を動かされるたびに新しい自分を引きずり出されるようだった。もう体が持たない、と思ったら、彼が思考を読んだようにぴたっと腰を止めた。じっくりと体まった頃に、突然、一度だけ激しく突かれた。噴火にも似た快感の灼熱が流れ出し、喘《あえ》ぐ声は千切れそうだった。

背中を抱きかかえられて、彼の上に座り込むと、片手でがっしりと腰を支えられて揺さぶるように前後に動かされた。同時に舌で胸を愛撫される。蛇行《だこう》する蛇みたいな感触にぎりぎりの快と不快が衝突してなにも考えられなくなる。抗いたいのに気持ちよくてわけが分からない。腰遣いが激しくなってきたとき、心臓をぐっと持ち上げられたように、なにかが迫《せ》り上《あ》がってきた。言っちゃだめ、とひそかに焦った。けっして私から口に出してはいけない言葉。それなのに勝手に出てきてしまう。溢れる。

「好き」

私はとうとう、しがみついて言った。

「好きです。鞍田さん、好き」

好きになってから抱き合うのだと思っていた。快感が先に来て、それによって体から引きずり出される言葉だなんて知らなかった。好き、とくり返すたびに寒空の下で温泉に浸かったときに似た幸福感が全身に広がった。温かくて幸せでなにも不足がない。

抱き寄せられた腕の中で、彼がふたたび欲望を放つのを受け止めた。

終わってからも、鞍田さんに摑まって荒い呼吸を繰り返していた。なにか変、と思いながらも、腕の力を緩めると、彼はそっと立ち上がって処理を始めた。

毛布を引き寄せてからも呼吸が整わなくて、口元を両手で覆う。どうしてしまったのだろう、苦しいわけじゃないけれど体が言うことを聞かない。浮き上がった喉が口の中から飛び出しそうで、過呼吸にでもなりそう、と思い詰めたとき、ぱっと違うものが溢れた。

涙だった。

目尻から流れて、頰を伝っていた。

私は呆然と天井を仰ぎながら、セックスの高揚感だけで泣くなんて、とただただびっくりした。

鞍田さんが戻って来たので、寝がえりを打って顔を隠す。見られても上手く説明できない。

「大丈夫?」

私は頷いて、手のひらで涙を拭った。

「風呂にでも入ってくる?」

「あ……うん。ちょっと休んだら、行こうかな」

「じゃあ俺もそうするよ。混浴のほうでも」

まさかまだ余力があるのかと振り向いたら、鞍田さんは横になって、すっと疲れたように目を閉じた。ほっとしたような、かすかに淋しいような心持ちで、その顔を眺めた。こうして見ると、夫や小鷹さんよりもずっと枯れていて物静かな男性に見える。

誰もが美形だと誉めるほどには、私自身はしっかりとした男顔の夫がそこまで好みというわけではなかった。正直、内面を無視すれば小鷹さんのように癖のない少年顔のほうが好きなのだ。

だからいかにも年上という外見の鞍田さんに関しては、顔そのものに対して、ときめくことはあまりなかった。

それなのに、いざそういう場面になると、鞍田さんの顔に引き込まれてしまう。

性的な関わりを持つときの男の人は、皆、同じような顔をしている。どんなに女を支配しているようでも、じつは即物的な快感に支配された顔を。

だから鞍田さんだけが謎だった。いざ触れるまでは圧倒的な欲求を感じるのに、深くなるほどに冷静になる。観察され続けている。誰もが我を忘れる瞬間でさえ心を許すことがない。

そんなことを考えていたら、鞍田さんが目を覚ました。

私は今にも電池が切れてしまいそうな体を起こして、浴衣を整え、彼と一緒に露天風呂へと向かった。

デスクに近付いてきた二ノ宮さんが、私の飲みかけのティーカップを持ち上げて
「これ、可愛いわね。どこの？」

と訊いてきた。ほかの女子社員も視線を止めて、素敵ですね、と言った。

「先日、栃木に行ったんです。そこで買った物で」

「へえー。栃木。てっきり代官山とかで買ったのかと思った」

二ノ宮さんはティーカップを眺めまわした。カップは上半分が純粋なミルク色で、下半分が浅黄色というデザインの物だった。和食器の素朴さと現代的な可愛さが混ざり合っていて、店内で一目惚れした。

「栃木って焼き物が有名みたいで。たしか、えっと」

「益子焼《ましこやき》じゃなかったかな」

通りかかった鞍田さんが口を挟んだので、あ、そうです、と私は笑って答えた。目配せしなくても楽しんでいる気配が伝わってくる。ソツなくできたことにほっとした。小鷹さんとは違って、鞍田さんとは通じ合えることにも。

皆がちりぢりになると、先ほど二十分以上も付き合わされたクレーム電話の内容を報告書にまとめながら、鞍田さんとの旅行の記憶を思い起こした。

満たされた後の混浴は穏やかで、星空の下で思い出話をした。翌朝も寝起きの体温が高いうちに抱き合った。終わってから、一泊で三回も、と二人であきれたように笑った。帰

りに神社や益子焼の里を観光して、夕方前には東京に戻った。

かつて鞍田さんと付き合っていた頃は、初めての強烈な体験には溺れたものの、不安や嫉妬がつねに同居していて、あそこまで心から打ち解けて体を預けてはいなかったことに気付いた。

お昼休みに、私はお弁当を食べながら二ノ宮さんと仕事の話をした。

「村主さんって辛抱強いわよね。さっきの電話にしたってさあ、皆、あなたが受けてくれてほっとしたわよ」

「そうなんですか。私は、まだそこまでうんざりするほどは知らないので。でも、すごいですね。全然こっちの話を聞いてなくて」

と私は返した。

「そうそう。なのに全部こっちのせいにするでしょう。簡単なシステムエラーだから説明するって言ってんのに、そんなの分からないから担当者が直《じか》に来いって。携帯ショップで操作が分からないっていちゃもんつけてる老人みたいよね」

「最初は本当に分からないんでしょうけど、途中で簡単なことだったって気付いても引っ込みがつかなくなるのかもしれないですね」

「まあねえ。人間、何十年も生きてると簡単に負けられなくなるからね。ま、私はもう勝ち負けって言葉が流行った時点で悟りを開いたけど。もうなに言われても関係ないわよ」

「そうなんですか。見習いたいです」

と返しながらも、そう断言したところに、かえって二ノ宮さんの繊細さを感じた。本当に気にしてなかったら、訊かれてもいないのに自分から口に出したりしない。

そのとき、トレーを持った女性が目の前を横切って、近くの席に座った。

「棚橋《たなはし》さん、珍しいじゃない。一人なんて。一緒にどう？」

二ノ宮さんが声をかけると、彼女はあまりこだわりのない感じで、打ち合わせ中じゃなければお邪魔します、と移動してきた。

以前、小鷹さんと喫煙スペースで話していたときに声をかけてきた女性だ、と気付いた。

「ちょっとあなた、なんか今日蛍光ペンみたいな爪してるわね」

となりに座った彼女に、二ノ宮さんが遠慮なく言い放った。

「勘弁してくださいよ、二ノ宮さん。この前は、お菓子の食玩みたいって言われましたし」

棚橋さんは言い返しながら、カレーのスプーンを手に取った。たしかに爪にはカラフルなモザイク柄のネイルが塗られている。

眼鏡は変わらず淡いピンク色のセルフレームで、同性から見てもコケティッシュな魅力を感じた。

「それに私、群れるの嫌いなんで、けっこう一人で食べてますよ」

「あらー、そうだっけ。たしかにあなた、意外とさばさばしてるもんね」

二ノ宮さんはサラダを食べながら言った。サンドウィッチにはまだ手をつけていない。彼女は意外と小食なのだ。

「そうなんですよ。だから面倒臭くて。女同士の付き合いとか」

「あなた、そんなこと言って。聞いてるほうが淋しいじゃない」

と二ノ宮さんは揶揄《やゆ》しつつも笑って取りなした。本当に気を遣う人なんだな、としみじみ感じた。

「いや、べつに淋しくないですよ。せっかく男性が多くてしがらみの少ない職場なんだから、仕事ばりばりしたら、早く帰りたいじゃないですか」

私たちが目の前にいないかのように、棚橋さんは答えた。きっと仕事ができるのだろうな、と思った。だから同性相手にそういうことを言っても怖くないのだ。一方で、矢沢のように本当にさばさばとしている女性は、誰とでも気にせず仲良くできることに気付く。同性を面倒だと感じるのは、じつは自分が女っぽいタイプだからじゃないか。生理初日で疲れやすく過敏になっているせいか、ついそんなことを考えてしまう。

「だからあなた、仕事ばっかりしてるのね。村主さん。棚橋さんって可愛い顔してるけど、全然男っ気ないんだから」

「あー。村主さんって、お子さんもいらっしゃるんですよね。すごいですね」

羨《うらや》ましげではちっともなかったけれど、その言い方には存外、裏がなく感じられた。

「あ、そうなんです。でも全然、毎日ばたばたで」

「子供とか想像つかないわよねー」

「出会いないですしね」

と棚橋さんはあっさり言ったが、さほど困っていない雰囲気が滲んでいる。男性に言い寄られないわけがない。

「社内はどうなの？　独身だと、あ、でも小鷹君とかになるか」

と二ノ宮さんが訊いた。少しだけ胸が痛くなりかけたけど
「えーっ、嫌ですよ、あんなキャバクラ通いしてる人。同じ独身だったら、バツイチでも取締役の鞍田さんとかのほうが全然いいです」

と言われたので、いっそう動揺した。

「へえ。あなた、渋い好みしてるわね」

「ああいう能力あるわりに地味で、まわりの後片付けばかりしてそうな男性がタイプなんですよ。小鷹さん、仕事はできるけど文句多いし領収書は溜め込むし、すぐに怒鳴るじゃないですか」

二ノ宮さんは、たしかにね、と笑った。私はますます複雑な気持ちになった。

帰りの電車の中で、立ちっぱなしで吊革《つりかわ》を握りながら、薬を飲んでもお腹と腰が痛いな、

と思っていたら夫から
『おふくろが米買い忘れたって。俺、残業で遅くなるから、塔子が代わりに買って帰ってくれない？』

というメールが届いた。思わず暗い気持ちになる。べつに大したことじゃない。ただ、セックスしないと生理周期も体調も分からないのだ。かといって幸福感を伴いながら深く触れ合うことをしなくなった夫には、すでにそんなことを告げるほどの親密さを抱けなくなっていることに気付く。

夫婦って、家族ってなんだろう、と今さらのように考えていたら、鞍田さんからメールが届いた。

『今週のどこかで軽く夕飯でも行ければ嬉しいです。難しいようなら来週以降でも。ちょっと仕事のことで相談したいので。』

私はしばし頭を悩ませた。定時に上がれる日のほうが時間はゆっくり取れる。でも翌日も残業が入ったらどうしよう。麻子さんに連日翠を見てもらうわけにはいかない。まだ残業のある日のほうが、どうせまっすぐに帰っても翠は先に寝ていることが多いから。

考えた末に、返信をした。

『残業の後なら、たぶん大丈夫です。』

仕事の相談ってなんだろう、とふと心配になった。鞍田さんが私に頼るような用事はないはずだし。

もしかして先週、納期を誤って伝えたミスが問題になっているのだろうか。すぐに訂正したけど、動き始めていたエンジニアの人達に迷惑をかけたし……。電車が駅に着くまでの間、色々考えて心配をめぐらせていた。


古びた薄暗いバーのカウンターには、ウニとチーズのリゾットや仔羊の塩焼きの皿が並び、どちらもとても美味しかった。

「体調はどうですか?」

鞍田さんに訊かれて、私は赤ワインのグラスに口を付けかけて、やめた。

壁にはフランスの国旗が掛かっている。テーブルは継ぎ目のない立派な一枚板で、深い色に年月が滲んでいた。いわゆる高級店ではないけれど、料理もワインもきっちり味の良いものがそろっている。

「体調って?」

と私は訊き返した。

「いや、そろそろかな、と思って」

私は苦笑した。そんなところまで気がまわるのはバツイチっぽいな、という感想を抱いた。

「そんな話、したことないのに」

夫がなにも知らないのは、私が言わないせいもある。三十歳を過ぎても未だに生々しい話を口にするのが苦手なのだ。女子高時代の友達にはいつも、水臭い、と言われていた。

「言わなくても、だいたいの見当は。俺の部屋に来て、その後に旅行があって、て計算していけば」

「そうかもしれないけど」

私は赤ワインを飲みながら、夫と鞍田さんって本当に真逆だな、としみじみ思った。

骨付きの仔羊はシンプルに香ばしかった。独特のクセもむしろ味に奥行きが出て好ましい。

「そういえば、話したいことってなんですか?」

鞍田さんはすっと平静に戻ったように、右手をワイングラスに戻した。

「一応、これはまだ決定ではないんだけど、君の意向もあるだろうから」

と彼は切り出した。

「え、はい。え、もしかして、次の契約を更新できないとか、そういう……」

途端に彼は笑い声をあげると、私をあきれたように見た。

「君は本当に自己評価が低いんだなあ。その逆だよ。君、正社員になる気はないですか?」

「え⁉　だって勤め始めて、まだ数ヵ月」

「まあ、普通はないんだけど。ほかの役員とも話してて、君の場合は前の会社での経験もあるし、なにより、この待遇のままだと正社員としてよそに引き抜かれるかもしれないから」

「その予定はないですけど」

「まあまあ。昨年からのごたごたで、会社側が積極的に人材確保しようって話になったんだよ。べつに俺が強力に推したとか、裏で手を回したとかは一切なくて。二ノ宮さんも評価してるみたいだし。君には営業として本格的に動いてほしいっていうのもあるしな」

「営業？」

と私はまた尋ねた。

「うん、人当たりが良くて柔らかい雰囲気の女性は、この業界少ないから。どんなに美人でも身も蓋もない理論型か、そうじゃなければ男ばっかりだからなあ。まあ、それはいいとして、よかったら頭の隅に置いておいてください」

「はい」

と私は強く相槌を打った。もちろん今よりも仕事は忙しくなる。それでも目の前の道がすっと伸びていく気がして嬉しかった。契約社員という肩書をどこか歯がゆく感じていた自分に気付いた。

「ところで……今日は、この後は？」

「えっと、時間は」

腕時計を見る。アクセサリーみたいな銀色の鎖。なんの変哲もない白の文字盤。もう使い始めて何年になるだろう。さすがに買い替えたい、と思っていたら
「君は、腕時計はとくにこだわりは？」

といきなり訊かれたので、私は首を横に振った。

「そこまでは。ただ、そろそろ、もうちょっと落ち着いた物にしようかな、てちょうど考えてました」

「そうか。じゃあプレゼントしようか？」

私はびっくりして、鞍田さんを見た。

「クリスマスもあるし。もちろん君がよければ、だけど」

「そんな。嬉しいけど、でも私、なにを返したら」

「それはべつに君が返したいと思うもので。あ、それで時間は」

「一時間くらいなら。でも今日はまだ、できない日だから……」

「君がいいなら。俺は途中までても」

と言われて、プレゼントの話よりも戸惑った。どうすればいいか分からない、と告げると、間髪《かんはつ》をいれずに
「じゃあ、任せて」

とだけ言われた。

タクシーで最寄りのシティホテルまで乗りつけた。チェックインを済ませて部屋に入ると、時間を惜しむように鞍田さんにすぐに抱き締められた。深く息を吐きながらも、軽くでいいからシャワーを浴びさせて、と頼む。

バスローブを羽織って出てくると、すぐにベッドに倒れ込んだ。柔らかく手入れするように撫でられて、そんな気分になる体調じゃないはずなのに、形を失ったアメーバのような欲望がぐずぐずに溶け出して、どうにでもしてほしい、という大胆なことを考えてしまった。

明かりを消して、枕元のスタンドだけを灯す。バスローブを脱いで腰の下に敷く。下着も自分でこそっと下ろした。鞍田さんはいつも以上に体重をかけずに覆い被さってきた。

出血があるときにセックスをするのは初めてで怖かったけれど、彼が傷つけないようにと気を配っているのが伝わってきて、この人なら大丈夫だ、と思い直す。先端が静かに滑り込むように刺さる。く、と声が漏れたのもつかの間、奥深いぬかるみにゆっくりとおさまった。

ゆる、い。

今は血を流すためだけの体は、一人の大人の男を受け入れてもまだ余裕があるくらいだった。何重もの膜に覆われたような、ぬるい快感が静かに立ち上がってくる。

動き始めてからも、多少鈍いくらいで、どこかしら角が当たるような不快感はまったくなかった。彼の二の腕を摑んだら磨り下ろしたようにざらついていて、それだけが現実感だった。あとは春の夜の海辺でぼんやりと波音を聴いているようだった。

そろそろ限界だと思ったときに、彼が察したように終えた。抜くときもひどく慎重だった。

私は薄明かりの中で腰をずらして、バスローブを見た。

シャネルのネイルをこぼしてしまったような、目にも鮮やかな血の跡が残っていた。赤い、と口の中で思わず呟く。

ずっと、汚いことだと思っていた。こういうときの行為自体も、そうだと知った上で肉体関係を持とうとする男の人も。どうしてかは分からない、ただ私はこの色を心のどこかで嫌悪していた。

でも今は、正しく丁寧に扱われて、すべてを受け入れられたという静かな幸福感だけが胸を浸していた。

交代でシャワーを浴びた。バスローブ姿で戻ってきた鞍田さんはベッドの上に寝転がった。浮き出たくるぶし。骨ばった、存外、広い足の裏。笑って右手を伸ばしてきたので、私もつられて笑いながら、その手を握る。彼が間を置かずに口を開く。

「君はもし、できてたら、どうしてた？」

「……え？」

本気で混乱して訊き返すと、鞍田さんは淡々と続けた。

「ほら、この前、うちに来た夜から、体調の話を聞かなかったから。ちょっと気にはなってたんだ」

「あ、はい。私も……ちょっと心配でした。たぶん大丈夫なタイミングではあったけど」

鞍田さんは天井を仰ぐと、まるでひとりごとのように呟いた。

「君は、たしかに優しいし、面倒見もよさそうだけど。子供が欲しいっていう話は、そういえば一度も聞いたことなかったな、と思って」

「言ったことは、ないですね」

「じゃあ、どうしてだったんだろう、て少しだけ思ったんだよ。結婚して子供産んでって流れを君が望んだっていうことが、俺にはあんまり分からなかったから。ごめん。君には関係のない話だったかもしれないな。この年齢になると、一人で生きることについて考えたりもするから」

なんだか責められているように感じて、私は押し黙った。

特別に欲しいと思ったことはない、と、いらない、は違うのだ。そして、いらない、すらも瞬間的に強く反転する奇跡のような一瞬があるのだ。二ノ宮さんたちの会話を思い出す。想像がつかない、という表現は正確だ。自分が母親になるなんて想像したことがなかった。それでも新婚の頃、すべてが眩しくて、当たり前のように子供を産んで育てたい、と本能的に望んだときがあったのだ。

そして実際に産んでみたら、愛すること、きちんと世話ができること、さらに母親として生きることはすべて違うのだと知った。その一つ一つの輪は重なる部分もあるけれど、はみ出して独立してしまう部分がある。逸脱しながらも愛したり育てることはまたべつの作業としてとらえている自分に気付く。

「だから、できてたら、どうしてたんだろうな、と思って」

と彼はまたひとりごとのように呟いた。

帰りのタクシーの中で、一人、ぼんやりと足元を見つめた。七センチヒールの黒いエナメルのパンプス。今日穿いているレースのタイトスカートだって、鞍田さんと会うようになって買った物だった。

たしかに私は彼のことが好きだ。会いたい、抱き合いたい。どの気持ちにも嘘はない。あの質問の直前までは、感動に近いくらいの感情を抱いていた。

それなのになにも答えられなかった。むしろどうして言葉にしてしまうのか、と困惑すら覚えた。

十年前はこんなふうに感じるなんて想像もしなかった。将来のことを無邪気に口にしていたのは私のほうだった。それに対して鞍田さんが少しだけ距離を置いていたことも、なんとなく気付いていた。ただ妻帯者の心理なんて分からなかったから、はっきりそうだと自覚していたわけではなかったけど。

強く目をつむる。鞍田さんだけが軽薄だったんじゃない。既婚で不倫している人間は、皆、同じことを感じて同じことを避けるのだ。ようやく知った。

鞍田さんが、子供の話を持ち出したとき、私ははっきりと思ってしまった。

自分にとっての現実はこっちじゃない、と。


クリスマスイヴの夜、早めに会社を出たら交差点のところに夫が立っていた。思わず背中が緊張する。どこか喫茶店で待っていて、と言ったのに。

社内のホワイトボードには、鞍田さんは夜まで外出予定と書かれていて、戻って来る前にここから立ち去らなくてはならない。

夫は月に向かってそびえ立つようなオフィスビルを見上げた。

「おつかれー。なんかけっこう立派なビルなんだなあ。想像と違う」

冬の夜空には、いくつもの星が光っている。黒いコートを着た夫は、こうして外で会うと魅力的な大人の男性に見えた。

「買い物して食事するんだったら、直接、表参道で待ち合わせでよかったのに」

「まあ、たまにはいいじゃん。塔子の会社も一度見てみたかったし」

曖昧に笑って歩き出そうとしたとき、背後から声がした。

「どうもー。村主さん、おつかれさまです」

振り返った私は、なんでこんなタイミングで、と啞然とした。

雑誌で見たことのあるイタリアブランドのオレンジ色の革の鞄を担いだ小鷹さんが、この時間にしては珍しく帰ろうとしていた。

「あれ。うちの社の人間かと思ったら。塔子ちゃん、もしかして旦那？」

塔子ちゃん、という台詞を聞いた瞬間、夫の表情が固まった。

「どちらさまですか？」

夫は敵意と警戒心を隠そうともせずに毅然と言い放った。

小鷹さんは急にかしこまって
「ああ、はじめまして。僕、村主さんと同じ職場の小鷹と言います。以前、村主さんからご家族の写真を見せてもらったことがあったんで、つい。お気を悪くされたら、すいません」

あっさりと頭を下げたので、さすがに夫は気まずくなったのか、それ以上、詰め寄ることはしなかった。

小鷹さんはこちらを向くと、いつものようにふざけた調子で言った。

「でもさ、写真でもイケメンだったけど、実物もかっこいいじゃん。村主さんって面食いなんですね」

「小鷹さん、やめてください」

私はやんわりと拒否して、失礼しますね、と頭を下げた。小鷹さんは、クリスマスイブにデートかあ、いいなあ、と適当にはやし立てると
「じゃ」

と片手を挙げた。背を向ける瞬間、私に向けて笑った。その目に同情のようなものが滲んで見えたのは、私の錯覚かもしれない。そんなふうに見られる理由はない。ただ、やっぱり内心はひどく動揺した。

ようやく歩き出すと、夫は猛然とまくし立てた。

「なんなんだよっ、さっきの男は。ひとを馬鹿にしてるにもほどがあるだろう。だいたいなんで塔子を名前で呼んでるんだよ。俺が夫だって分かった上であんな言い方するなんて失礼だよ！」

「小鷹さんは、誰にでもあんな感じだから」

「誰にでもって、よけいに問題だろう。なんであんな軽薄なやつが野放しなんだよ。あいつ、きっと会社内の女の子に手を出してるよ。間違いない。塔子もあいつとは絶対に二人きりになるなよ」

あいかわらず同性に対しては妙に鋭い人だ、と思った。

「でも小鷹さんは、私が結婚して子供までいるのは知ってるし。今こうしてあなたと会って、かっこいいって誉めたくらいだから、そんな心配」

「それがかえって怪しいんだよ。だいたい男が初対面の男の顔を誉めること自体、馬鹿にしてるよ」

「そう、なのかなあ」

と濁しつつも、たしかにそうなのかもしれない、と思った。こんな旦那がいるのに簡単に自分に引っかかった女、という目で二人とも低く見られたのかもしれない。

途端に胃が締め付けられる。だいたいクリスマスイブに残業なしで帰るなんて、女との約束に決まっている。

突然、強い視線を感じた。

まばたきもできずに、目の前を見た。この感じ、ぞくぞくして追い詰められるような危機感と高揚感。真夏の日差しの下で再会したときに、誰よりも強く私を見ていた目――。

厚手のコートを着た鞍田さんは、すれ違う直前、私をあからさまに見た。

目を伏せ、息を殺して、一、二、三……と心の中で数えた。振り返るな。このまま行き過ぎろ。自分に言い聞かせたのに、遠ざかる気配に後ろ髪を引かれた。ぐっと耐えた。

地下鉄の電車の中で、夫はずっと小鷹さんに怒っていた。私はそれをいさめながらも、疑われるとまずいので適度に一緒に悪口を言った。だけど本当は鞍田さんのことを思い出していた。

仕方ない。私が結婚していることは彼だって最初から知っている。

それでも。

クリスマスイブに会社に戻って、適当に食事して、帰って一人で眠って……。彼が選んだ道とはいえ、想像すると胸が詰まった。

表参道ヒルズに着くと、ブルックスブラザーズで夫のカーディガンを先に選んでから、私はべつの店でカシミアのストールを買ってもらった。淡いピンク色が夫好みだと思った。

近くのイタリア料理店で食事をしながら、夫はようやく機嫌を直したように
「よく考えたら、普通、あんなのに引っかかったりしないよな。顔だってなんだって、大した奴じゃなかったし」

と言った。ものすごく微妙な気分になったものの、そうだよね、と相槌を返した。

「ほかの女性社員も、小鷹さんはキャバクラ通いしてるから嫌だ、て言ってたし」

「あー、たしかに通ってそうだなあ。なにが楽しいんだろうな、あんなところ」

崩れかけた鰆《さわら》のソテーをフォークで上手くすくえなくて、ちょっと苦戦しながら
「真君は、そういうところには興味ないの？」

と私は質問した。

「興味ないよ。風俗だって、俺、行ったことないしさ」

夫はそう言うと、ビールを飲み干した。耳慣れない単語が出たということは、軽く酔い始めているようだ。

膝にかけた白い紙ナプキンに、ラズベリー色のソースが一滴だけ落ちた。あわててのける。スカートには染みていなかった。

「どうしたの、塔子」

「ちょっとこぼしただけ」

「翠みたいだなー。しっかりしろよ」

私は苦笑してから、もうじき空になる白ワインのグラスに手を添えて、またすぐに離した。

「風俗って、男の人は一回くらい行ったことあるのかと思ってた」

「ないよ！　だって馬鹿みたいじゃん」

「馬鹿？」

と私はちょっと驚いて、訊き返した。

「仮にそういう気分になったとして、支度して家を出て、駅まで自転車漕《こ》いでさ、駅から電車に乗ってさ。もし改札でＳｕｉｃａに残高なかったらチャージするんだろ？」

思わず噴き出した。

「それ想像したら、なんで家族を裏切ってまでってなるんだよなあ」

私はとても腑に落ちた。この人は、結婚という制度にとても向いている人なのだ。ある面ではひどく偏っているけれど、ある面ではとてもまっすぐなのだ。どんなに色気があっても、女性の気持ちが分かっても、結婚という舞台においては、こういう誠実さほど強いものはない。

ワイングラスが空いて、デザートに手をつけていたとき、夫が思い出したように訊いた。

「そういえば塔子の会社って産休とかあるのかな？　塔子には関係ないかもしれないけど」

私はちょっと口ごもってから、正社員になる話を思い出して

「真君。あの、もしかしたら私、契約社員から正社員になれるかもしれない」

と打ち明けた。夫はびっくりしたように目を見開いた。

「マジで？　だってこの前、勤め始めたばっかりじゃん」

「うん。会社が人手不足だっていうのもあって、どうかって持ちかけられた」

「へえー。すごいんだなあ。まあ、今みたいにどうせ残業があるんだったら、正社員のほうが保険も保証もあるし、いいよ。おめでとう」

夫が祝福してくれることを想像していなかったので、私はちょっと明るい気持ちになって、ありがとう、とすぐに答えた。けれど夫は続けざまに言った。

「やっぱり上の立場の人の紹介で入ると違うんだなー。いや、すごい話だよ」

「え？」

「あ、でもそれなら産休とかも大丈夫か。うちのおやじやおふくろも、翠は可愛いけど、もう一人くらい子供がいてもいいんじゃないかって言っててさ。俺も一人っ子でつまんなかったし、兄弟って憧れるじゃん」

気が付いたら、じっと自分の手の爪を見ていた。ハーブ入りの洋梨のシャーベットは胃が冷えて半分ほど残した。

こういう会話をすることになるなんて十代の頃は想像もしていなかったな、と薄ぼんやりとした気持ちで思った。キスすらめったにしないのに、二人目の話。

いずれ私たちは子供を作るために抱き合うようになるのだろうか。そのほうが本来の機能としては正しいはずなのに、とっさに強い嫌悪感を覚えた。

なにより今の会社でまだなんの経験も積んでないのに産休なんて取れない。取りたくない。せっかく期待してくれた人々をがっかりさせて、それで私だけがまた保育園だ育児だと奔走《ほんそう》するのか。

夫は二人目の子供の話をしながら嬉しそうだった。翠が可愛くて、私がしっかりしていて優しくて幸福だと語っていた。ジャケットを着た広い肩と太い首。きりっと力強い瞳にまっすぐな大きい鼻。今の時代に生まれなかったら、私はもっと幸せだったのかもしれない。仕事のやりがいなんて知らなかったら。

母親として妻として何重にもなった役割を負っても、埋まらないものがあるのだ。色んなことに遠慮してきた自分が初めて精神的にも経済的にも自立できて、居場所を得た。働くことは私にとって、そういう意味と価値を持つことだったから。

お店を出ると、すぐに駅へ向かった。街のイルミネーションを見ながら手をつないだけれど、駅の改札を通るときには離した。電車に揺られて、なにごともなかったように家に帰る。当たり前のように。夫婦というよりは血のつながった肉親みたいに。

「ただいまー。翠、まだ起きてんの？」

出迎える麻子さんと翠に二人で笑いかける。こんなやりとりを、ずっと何年も重ねていくのだろうか。鞍田さんのことがまた頭をよぎる。

会って抱き合えば幸福感に満たされながらも、その負荷に息ができない。それなのにこうして離れたらなにかを置き去りにしてきた気分になる。

二階へ荷物を置きに行くと、携帯電話にメールが届いた。鞍田さんだった。

メールを開いた私は沈黙した。本当に、さっき考えた通りだ、と思いながら。

離れたら置き去りにしてきた気分になる。

だけど会えば、その負荷に耐えられない。

『今日はおつかれさまでした。もし君が起きていられたら、十二時に、君の家の近くの公園で待ってる。三十分待って来なかったら勝手に帰ります。』

街灯がぽつんと照らす駐車場に、見覚えのある車を見つけた。

私はあたりをうかがってから駆け寄った。コートの袖口から夜気が浸み込んできて、ひどく寒い。

ドアを開けて、ひとまず助手席に乗り込む。車内は暖かかった。

鞍田さんがこちらを見て、笑った。

「おつかれさま。どこか、行こうか。軽く走らせてもいいし」

素早く思考をめぐらせる。たしかにここにいるのは危ない。だけど走り出せば帰りが遅くなる。薄暗い車内にいても、一見して顔を判別されることはまずないだろうと思い
「あんまり時間がないので、ここで」

と告げた。

鞍田さんは後部座席に手を伸ばして、茶色いリボンの掛かった細長い箱を取り出した。

思わず、あ、と声が漏れる。

「これ、約束のクリスマスプレゼント」

「ありがとうございます……あの」

「一応、色々見に行って、それが似合うんじゃないかと思ったんだけど。気に入らなかったらごめん」

私は恐縮してしまい、すっとリボンの端を引っ張った。箱のＧＵＣＣＩのロゴを見ただけですでに緊張していた。

箱を開けて、わっ、と心の中で声をあげる。銀色のブレスレットの腕時計は、ブルーグレーの文字盤が美しく、両端にはダイヤが直線状に埋め込まれていた。

高価には違いないけれど、いかにもブランド品という派手さからは切り離されて、仕事のできる女性が身につけそうな雰囲気がとても鞍田さんっぽい選択だった。返さなきゃ、と思いながらも素直に喜んでしまいそうになった。

私が沈黙していると、鞍田さんがちょっと心配したように
「ちょっと男寄りの趣味だったかな」

と言ったので、私は、ううん、と首を横に振った。

「すごく、素敵です。高価な物だけど、仕事のときや普段のときにも、さりげなくつけられそうで」

「そうか、よかった」

私は、ごめんなさい、と謝ってから
「いそいで家を出てきたから、プレゼント持って来てなくて」

「あ、ああ。いいよ。本当はゆっくり食事でもできればよかったんだけど」

と言われて、そっとタイツ越しの太腿に手を置かれた。

やめて、と思わず小声で呟くと、鞍田さんが本心を探るように視線を向けた。コートの下の胸の先に鋭い痛みが走る。わずかな隙間を埋めるように両膝をぎゅっとつけた。すっかり自分の意識がそこにいってしまっているのを感じながら。

「あの、今日は私」

「大丈夫、そんなに長居はしない。プレゼントだけでも渡したいと思っただけだから。あれ」

「え？」

「化粧、してない？」

「あ……家を出るときにメイクし直すと不自然だから、眉だけしか。ごめんなさい」

「いや、新鮮でいいよ」

羽根で耳たぶを撫でられたようなむずがゆさをなぜか覚えた。あれだけ負荷を感じていたのに、今は横顔に浮かんだ疲れすら社会的な男性の魅力に思えて、さすがにおかしいと気付いた。

そういえば二ヵ月前に小鷹さんにキスされて感じてしまったのも、今頃の時期だった。もしかしたら私の体にもバイオリズムみたいなものがあるのだろうか、とふいに思い至る。誘惑を払うために話題を変えた。

「今日は、仕事が終わってから直接いらしたんですか？」

「いや、仕事終わりにちょっと投資先の会社の代表と会って、話を聞いてきた」

「投資先？」

　と私は思わず訊き返した。

「そう、今の会社とは関係なく、個人的に。中国の会社との契約が一つまとまりそうだって聞いたままになってたから、その経過を説明してもらって。今、色々問題があって、あっちから日本に大きい額を動かすのが難しいから、もうちょっと待ってくれって話で。その社長もそうとう苦労してるみたいだったから、せっつかずにお歳暮のワインだけもらって帰って来たよ。それがまとまったら、こっちにもまとまった額が入ってくるから、とりあえず鎌倉の別荘のリフォームでもしようかと思ってたんだけど」

「鎌倉？」

「ああ、言ってなかったか。忙しかったときに休養のために買ったけど、結局、仕事と離婚のごたごたで全然暇がなかったから人に貸してたんだよ。その人たちが息子夫婦と同居することになって出て行くっていうから」

「持家って、あのマンションだけかと思ってました」

「あそこは都内でフットワーク軽くするために買ったものだから」

「あ、そっか。横浜にいたから鎌倉なんですね」

　私は納得した。この十年間違う人生を送っていたことをあらためて実感する。

「そういえば、君は年末年始は？」

「私は、普通に家にいると思います。もしかしたら実家の母のところに一日くらい顔を出すかもしれないけど。鞍田さんは？」

「俺はさっき母親から電話があって、どうすんだって訊かれたけど、いい歳して嫁も子供もいないのに帰る理由もないから。バツイチ組の男連中としみじみ飲んでると思うよ」

「そう」

と答えたものの、内心では意外に感じた。

「実家のお母さんから、電話がかかってきたりするんですね」

「え？　ああ、長い休みの前にはたまに。鎌倉の別荘も、うちの母親が楽しみにしてたから、あんまり先延ばしにしないでリフォーム代くらいさっさと払ってもいいんだけど」

「あ、お父さんは？」

「……ん？」

「ご夫婦でゆっくりしようと思って、楽しみにしてるんじゃないですか？」

かすかに、空気が澱《よど》んだ。不穏な沈黙が一瞬だけあってから
「うちの父親のことは知らないな。お互いに興味もないから」

穏やかさの中に、切り捨てるような気配が滲んでいた。

「お父さんって、どんな方なんですか？」

「なにもない人だよ」

「え？」

「俺と全然似てないよ。なにもなくて、なにもかも気に入らなくて、家帰って酒飲むのだけが楽しみで妻と次男のことばかり考えてる。そういう人だよ」

次男、という単語が引っかかる。年齢の近い弟がいるという話は聞いたことがあった。

結婚していて子供も二人いて、外食といえばファミリーレストランで、白いミニバンの後部座席にはミッキーマウスやキティのクッションが置いてあって、東京ディズニーランドの年間パスポートを毎年購入している……それが良いとか悪いというよりも、とにかく鞍田さんと違いすぎる、という印象が強かった。

だけど、もらったばかりの腕時計を見たら午前一時近くなっていて我に返った。こんな時間に眠っている子供を残して、夫以外の男性の車に乗っている。その事実だけで追い詰められた気持ちになって
「私、やっぱり考えたんです。こんな関係はやめなきゃいけないって」

と思いきって告げた。

「どうして？」

鞍田さんは、現実を一切無視するように尋ねた。私は小さくため息をついた。

「結婚して子供までいるのに、こんなこと、ずっと続けるわけにいかない」

「こんなことって？」

「あなたとの、体だけの関係……」

「君はまだそういうことを言うんだな」

今度は彼のほうが窓の外の闇を見ながら、小さくため息をついた。

「だってそうじゃないですか。あなたは、もう自由ですよ。だけど私はここから動けないんです。それなのに、なにも考えずに近付いてきて、到底、誠実なんて思えない」

「体だけじゃないかって疑うのは、君自身が俺に対してそれしか求めてないからじゃないかな」

卑屈な言い方ではなく、冷静な分だけ責められているように感じた。なんと言ったらいいか分からずに黙り込んでいると
「たしかにさっき君と彼が歩いてきて、動揺しなかったって言ったら嘘になるけど。それは最初から分かっていたことだし、俺の気持ちは変わらないよ」

と鞍田さんは続けた。

「私には無理だったんです。夫は娘のことをすごく愛してるし、義理の母だって。こんなに歯車が上手く回ってるのに、そこからはみ出すことなんてできません」

鞍田さんが不信感を抱いたような視線を向けた。

「はみ出すとか、動けないとか……君は、本当に幸せなのか」

私はびっくりして答えた。

「幸せ、です」

「嘘だな」

「嘘なんてつかないです」

「幸せっていうのは、君にとって、そんなに単純なものなんですか?」

つかの間、なにを訊かれているのか分からずに、いたずらに反発されている印象を受けた。

「そうやって君が、雑誌やテレビで見聞きしたような倫理観をつなぎ合わせたことばかり言うのは、ただの思考停止だよ。どうして本音で話さない? たしかに君は昔から生真面目で頑固だったけど、もっと感情があったはずだ」

以前、矢沢からも似たようなことを言われたのを思い出した。

「本音なんて、無意味だからです」

鞍田さんが反論するように、無意味って、と呟いた。

「誰といたって疲れるし、誰といたって緊張する。中途半端に理解されたって、それで上手くいかなかったら、よけいに傷つくだけです。だから自分らしさなんて必要のない、安定できる生き方を選んだんです」

「俺だったら、違う生き方を教えられるのに」

そうだ。

だから私はこの人が怖い。私を、私自身に還《かえ》してしまうから。欲望を自覚させる。私の人生唯一の逸脱は、あの二十歳の夏に鞍田さんと出会って寝たことだった。関係を始めてしまったこと。それなのに、また同じことをくり返している。

「あなたは、嫌」

と漏らす。それは、たしかに自分の本音だという感触があった。

「あなたの心変わりや気分で失うものをあてにするなんて考えられない。だから、尽くした分だけ確実に実る相手と結婚したのに」

私にとって、鞍田さんはあまりに違う人間すぎる。一人の成熟した孤独な大人の男性だという事実が、なによりも不安で耐えられない。夫のような無神経さや鈍感さに傷つくことはない代わりに、どこまでいってもべつべつの人間だという孤独から逃れられない。

「それが、君にとっての最良じゃなくても？」

「そうです」

鞍田さんは力尽きたように、息を吐いた。

「思い出したよ。君は打ち解けそうになったら、そういう、やっかいなことを言い出すんだったな。昔から」

「やっかいって失礼な」

「俺は君と再会して、一緒に飲んだり旅行したりして、久々なのに変わらずに楽しかった。君も同じように感じたなんて自惚《うぬぼ》れはしないけど、でも、もっと一緒に過ごしたいと思った」

「私だって、楽しかったです」

そう、楽しすぎた。

あれこそ私にとって逸脱だった。享楽的な喜びも怖い。いつか破滅する気がして仕方ないから。

「それを聞いて、よく分かった。たぶん君は本当はもっと快楽に対して素直な人間なんだ。セックスだって不感症どころか、敏感なほうだと思うよ。それなのに抑圧されてる。だから難しいんだ」

「快楽に対しては……そうかも、しれないけど。父がそういう人だったみたいだから」

「お父さんが？　そういえば今まで聞いたことがなかったな。もともとなにをしていたんだっけ」

真剣に耳を傾けられて、つい喋ってしまう。

「東大の大学院まで進んで、卒業後は教授に気に入られて助手をしながら、西洋美術史の研究をしていたらしいです」

鞍田さんがちょっと興味を持ったように、へえ、と呟いた。

「優秀だったんだな」

「そう、だと思う。もともとは母の家庭教師をしていて、親同士が知り合いだったたって。頭は良かったけど、奔放で子供みたいで、母ともちゃんと付き合ってたのかどうか……私ができたから入籍したものの、数年後に同じような研究をしていた女性と恋に落ちて、そのまま離婚後は海外に行っちゃったたって」

「それだけ聞くと、たしかに奔放というか、自由すぎる人だったのかもな」

「うん。父方の祖父も画家で、変わった人だったみたい。離婚後になんの援助もしてくれないことに母が怒って、疎遠になったから詳しくは知らないけど」

「お母さんとしては恨みに思ってるだろうなあ」

「たぶん。母は典型的な優等生で、そういう男の人を知らなかったんだと思う。小さい頃は、母がだめな父を追い出したんだと思ってたの。母がそういう言い方をしてたから。でも祖母があるとき、どうせあんたの手には負えない人だったから逃げられてよかったんじゃないのって言ってたことがあって。それで、ああって」

「なるほど」

「経済的に余裕がないのに私立の女子高に入れたのは、合格した高校の中で一番偏差値が高かったからです。父親が優秀だった分、母は、私が勉強できないと自分のせいになると思ったのかも。遺伝子って半分こだから」

昔はそのことに気付かず、母は純粋に私を誇らしく思っているのだと信じていた。

でも、今では振り返る言葉の端々に、母の必死さや意地を見るのだ。

塔子は本当に頭の良い子なんです。一人でなんでもできるんです。

そう言われ続けたことの意味がようやく分かるようになった。私たちは一心同体だった。魅力溢れる世界のために、あっけなく捨てられてしまった女という存在の。

だけど私は成長し、母とまったく違う、堅実で無難で安全な道を選んだ。それは母も望んでいたはずなのに、結婚が決まった頃から、私とあなたは違うのよ、という言葉を頻繁に使うようになり、ゆっくりと疎遠になった。

違う。当たり前だ。だけど母子だけの世界は、そのことを覆い隠した。結婚して、自分の娘を得て、ようやく気付いた。

「君は、そこまで分かってるなら、どうして変わろうとしないのかな」

「変えたじゃないですか。外見は」

そう言いながらも、今はすっぴんなので恥ずかしくなった。美容室は先週末に行ったばかりだ。髪は肩につくまで伸びて、適度に女性らしい感じが気に入ったので、長さは変えずにカラーとトリートメントで艶を出してもらった。

「そうだな。今日の君も綺麗にしていて、一緒に出掛けるのが自分じゃないのが不思議だったよ」

「私と会わなくなったら、ほかの女の人がすぐに見つかりますよ」

「まだそんなことを」

「もっと綺麗な女性も、優秀な女性もたくさんいるでしょう」

「そりゃあ、そうだろうけど。昔も今も君のことは変わらず好きなんだよ。あの頃はたしかに俺も状況を変えるほどの勇気がなかったし、君の若さや真面目さに躊躇したことは認めるけど。せっかく自由になった今、もっと深く君のことを知りたいと思ったんだ」

「だから、私は自由じゃないんだってば」

「俺のことが嫌になったなら分かるけど、君自身だって俺と別れることに迷ってるから、こういうふうに」

これ以上言い合っても、彼のペースに持ち込まれるだけだと思い
「本当にごめんなさい。私……帰ります。この時計はやっぱりお返しします」

と頭を下げて時計を差し出すと、鞍田さんが手を強く摑んだ。とっさに申し訳なさと、純粋に離れがたい気持ちで揺らいだ間に、彼がエンジンをかけた。え、と困惑しているうちに車は発進してしまった。

「分かった。それなら、最後に付き合ってくれ。それで終わりにしよう」

だめですっ、と強く拒否したけれど、鞍田さんは無言で環状八号線へと突き進んだ。

彼がカーナビで素早くホテルを検索したために、急激に焦った。気付いたら時間のこと

ばかり考えていた。時間、時間時間時間時間――夫が夜中に目を覚ましたら。翠がぐずったら。留守が知られたら。パニックになりかける一方で、なんだか囚人のようだと頭の隅で思った。鞍田さんにこうして連れ去られることよりも、家に帰らなきゃと必死になることのほうが。それは勝手な発想だけど、もし翠がいなかったら、自分はどうしていたか――。

鞍田さんは、薄暗い通りに一軒だけぽつんとあったラブホテルの駐車場に車を入れた。強く手を引かれてホテルに向かう。嫌で嫌でたまらないのに、これから行われる一連の行為を想像したら膝がふるえた。嘘ばっかりだ。誰よりも、自分自身に対して。格好をつけて上品ぶって。抱き合いたい。怖い。今すぐこの人としたい。だけどできない。家に帰りたい。

矛盾した本音が膨れ上がって頭がおかしくなりそうな間も、強引に部屋へと引っ張られて、背後でドアが閉まる。

ブーツを脱ぐ間は、さすがに解放してもらえた。ベッドを前にして、コートを脱ぐ間もなく、押し倒された。

天井の壁紙は白いけど、隅が剝がれかかっていた。不自然に広い室内といい、元は古いホテルを改装しただけなのがすぐに分かった。即物的にはね返す、上等じゃないスプリングの感触。鞍田さんの顔は逆光で暗い。悪い夢を見ているようだった。

「やっぱり」

と私は押さえつけられた手を揺すりながら言った。

「嫌です。帰る。お願いです、今すぐ帰して」

そう訴えた直後、こちらを見下ろす視線をまともに受け止めた。

刹那、胃が燃えるように熱くなり、濃い味のものばかり食べて胃もたれを起こしたみたいに、ぐったりした倦怠感《けんたいかん》を覚えながらも、この数ヵ月の間で教え込まれた快感の反射が沸き立って腰が動かなくなった。

コートはさすがに脱いだものの、それ以外のシャツもカーディガンもスカートも着たまま、生地越しに全身を撫でまわす手を感じていた。

鞍田さんが顔を近付ける。キスされそうになって、私は顔をそらした。吐息はハッカを薄めたような香りがした。この人の体臭もそうだ。枯れていく植物みたいな匂い。生ものが発酵したような加齢臭ではなく、乾いている。だから不快にはならないけど、遠い、とは思う。

帰りたい、と漏らすと
「最後まで終わったら帰っていいよ」

鞍田さんは言いながらも、その手は、私の頰や、二の腕やわき腹や太腿を焦らすように淡々と行き来するだけで、終わりを目指す気配はなかった。気が急いた。求める心と時間の心配が境界線をなくし、じりじりとした苛立ちの結晶となって、神経が尖る。

「時間が」

「ん？」

「時間が、本当にないんです。だから」

「じゃあ、ここでやめようか？」

「ひどいこと言わないでください……本当に、嫌い。あなたなんて大っ嫌い」

「じゃあ、その嫌いな相手を、その気にさせてみようか。そうしたら早く帰れるよ」

節の目立つ学者のような指先が、耳たぶから首の付け根をすっと下りてきた。絹で撫でられているかのように軽やかできめ細やかな感触が、産毛《うぶげ》まで立ち上がらせ、毛穴を隅々まで開いていくようだった。頭のネジが、一本、また一本と外れていく。終わらないと帰れない、と壊れかけた頭の中でくり返す。だから、帰るために、しなきゃ。

自分でも言い訳だとは分かっているのに、体に、理性が引きずり込まれていく。即物的に脳から止めどなく快楽物質が出て支配されていくのを、たしかに感じた。

悪あがきのように、彼の手を振り切って背を向ける。すぐに背中の中心をさすられる。片手が腰、さらにその下へと滑り込んできた。布越しに擦れる手の熱をほのかに感じていると、スカートが捲《まく》り上《あ》げられて、タイツ越しにお尻を撫でられた。タイツだけを太腿まで下ろされ、人差し指がショーツの隙間に割り込んできた。

「う……」

「どうしたの？」

彼はあいかわらず、淡々と訊いた。

「指、が」

最後まで言い切る間もなく二本目の指が入ってきて、突如、異物感が増す。十分に潤んでいるのに少しきつく感じられた。腰を浮かすと、彼が、私の右足からタイツを引き抜いた。ショーツも同様に下ろされて、左膝に引っかかっただけの状態になる。下半身だけが露《あらわ》になったことで、全裸のときよりも、これからすることが強調されている気がした。

タイツを左足に残したまま、渋々腰を上げて
「好きにしていいから、早く終わらせて」

と頼んだ。じらされるかと思ったら、すぐに指が引き抜かれた。小さくうめくと同時に、ファスナーを下ろす音がして、鞍田さんも興奮していることが分かった。数秒前の恥ずかしい台詞を思い出して一瞬だけ安堵した。

彼が背後から覆いかぶさり、押し込みながら、耳元で言った。

「君は、後ろからされるのが一番好きなんだよな」

そうか、と思った。十年近く前の情事の最中のうわごとのような台詞を、この人はずっと覚えていたのだ。そのことに少しだけ感慨深い気持ちになる。本当は子供を産んだせい

か、後ろからだと引き攣れる感じがあって、以前ほど好ましいわけではなかったけれど、問いかけに滲む彼の欲情を感じて否定しなかった。

　枕に顔を埋めて、声を押し殺す。本当に最後にするんだから。もうやめなきゃ。そう思うほど快感が強くなっていき、やめられるとは到底思えなくて、にわかにぞっとして鳥肌が立ったのは、だけど不安からじゃなくて、鞍田さんが膀胱《ぼうこう》を押し潰すくらいに深く突いたからだった。さすがに、お腹痛いです、と訴えた。だけどやむどころか激しくなる。

　じょじょに痛いのだか苦しいのだか気持ちいいのだか分からなくなる。沈みそうな船の上にいるみたい。真っ白なシーツや枕カバーは頼りない帆のようで、ほかに縋るものがなくて強く握った。気がかりなことが頭をよぎり、枕から顔を上げて振り返る。小さく尋ねる。

「つけないの？」

　彼は一瞥しただけで返事をしなかった。ざっと足の先から冷えていく。

「鞍田さん、お願いです。外に出して」

と頼むと、彼は答える代わりに私の手首を潰すような強さで握りしめながら、小声で訊いた。

「できたら、どうするか答えを聞いてなかったな」

　唖然としていると、いっそう体重が背にかかった。男性一人分以上の重さがのしかかった気がして首を横に振る。鞍田さんは離れようとしなかった。いよいよ怖くなって、逃げ出そうとするほど強く突かれ、半ば絶望的な気持ちで声を押し殺したら、強くつむっていたはずの目から涙が出た。鞍田さんが気付いて、ごめん、と我に返ったように言った。それから動きが小刻みになって、すぐに終わりが来た。左の太腿を生暖かい感触が伝った。

起き上がって、すぐにティッシュで拭う。けれど炊飯器の底の粘り気のように、空気に触れた部分が乾いて、かすかに突っ張る感じが残った。

いそいでシャワーで洗い流して身支度を整えた。鞍田さんも帰り支度を始めていたけれど、それを待たずに、彼がコートを羽織る前に

「さよなら」

とだけ告げると、彼が即座に言い返した。

「付き合ってないなら、別れる必要だってないだろう」

もうなにも言いたくなくて、床にうずくまると、彼が肩に手を置こうとした。私はとっさに払いのけた。拭き残した水滴が首筋を伝っていくのを感じた。

「塔子」

「……セックスばっかり」

鞍田さんは小さくため息をつくと、そんなことないよ、と言った。

「十年前となにも変わってないじゃないですか。だから、もう会わないって決めたのに。

同じことくり返して、つらくなって。なにも、変わってない」

「変わってなくは、ないよ。少なくとも俺は一人になった」

「そんなのあなたの問題でしょう！　あなただって、分かってたんだよ。こうなるって。それなのに」

一度会ってしまえば、したくなって、二人とも我慢できなくて、ずるずる深入りして、まわりを巻き込んで。

それでもいったん始めてしまったら、この人と寝ないという選択肢なんてない。自分の意志を超えて細胞から引きずられてしまう。そんな相手がこの世にいるなんて、そんなことがこの身に起こるなんて想像もしていなかった。まるで地獄だ、と思った。肉体が離れられないことは。快楽なんて全然、天国のものじゃない。

出て行こうとしたら、右肩を摑まれた。うつろな目で振り返る。

甘えにも近い、縋るような目をされた瞬間、さっきまで執拗に求め合っていた記憶がいっぺんに枯れて腐っていく錯覚を抱いた。胃が裏返るような感情の反転についていけなくて振り切ろうとしたら、正面に回られた。

今度は怒ったように腕を握られて、どっと強い疲労感を覚えた。今何時？　とにかく時間が知りたい。誰も私の留守に気付いていないのだろうか？　大騒ぎになっていたら？　手遅れになる前に帰りたい。それしか考えられない。たとえそれが強迫観念と義務感であっても。

「どうしても」

と鞍田さんが言った。

「どうしても、だめか」

私は黙り込んでから、顔を上げた。

「じゃあ愛してますか?」

鞍田さんの顔つきが変わった。驚いているように見えた。考えもつかなかったことを言われた、とでもいうように。

「結果的に嘘になるかもしれないことは、俺には、言えないよ」

彼はあきらめたように答えた。

「うん。知ってる」

だから、この人は一人になったのだろう。他人を受け入れるということは矛盾することだから。自分の正しさを貫こうとすれば、誰とも生きられない。

「それは正直、結婚していた彼女にも、言ったことも、考えたこともなかった」

十年前にも同じ会話をしたことがあって、私は深く絶望したのだ。どちらも愛している、ならまだしも、誰も愛したことがない、という事実に最後の余力を搾《しぼ》り取《と》られた。

でも彼はきっとそのことを覚えていないのだ。後ろからされるのが好きなんて、どうしようもない台詞は記憶していたのに。

「本当に、もう終わりにします。今までありがとう。仕事、もし辞めろって言うなら」

鞍田さんはまたため息をついて、そんなこと言うわけないだろう、と返した。

「むしろ責任を持って今まで通り勤めてくれる分には、俺はありがたいよ。それに正直、俺は外部だから。ずっとあそこにはいないよ。あと、せいぜい半年とか一年か」

それを聞いて複雑な気持ちになった。

毎日、鞍田さんと顔を合わせることもなくなる。そのほうがいいはずなのに、一抹の淋しさを覚えずにはいられなかった。悟られないようにつま先を靴に押し込みながら、携帯電話を取り出す。時間を確認しながら、思わず奥歯を噛みしめる。

寝不足さえ我慢すればいくらだって時間を費やせるはずの夫との性的なかかわりだってほんの十五分から三十分程度なのに、鞍田さんとホテルに入ってから一時間以上経っていた。

鞍田さんと会うと、想定していた時間よりも長くなることが無意識のうちにストレスになっていたことに気付く。どうしてこの人は未だに中途半端に紳士的であろうとするのだろう。歯がゆくて、愛しくて、苛々した。あなたと違って私には時間がないのに、と八つ当たりの一言が出そうになったのを飲み込む。

後ろ手でドアを閉めると、廊下の赤い絨毯の古めかしさに呆然とした。あのドアを開けたときには、そんなのまるで目に入っていなかったのだ。

ラブホテルから出ると、雪がちらちらと降っていた。ホワイトクリスマス、と呟いてから、我に返って、タクシーを止めるために車道へと身を乗り出した。

真夜中の環状八号線をたくさんの光が流れていく。路上駐車のボンネットには、うっすらと積もり始めていた。吐いた息が宙に広がる。目を細めると、街灯やヘッドライトが滲んだ。誰もいないアスファルトの地面が、まだらに白くなっていく。

独身の頃、矢沢と飲んだり仕事で残業した帰りには、夜の匂いを味わいながら歩いた。こんなふうに時の流れを遅くすれば、心の中は静かになった。夫や義理の両親、翠。炊事、洗濯、掃除、育児。数え上げれば、ごく月並みでありふれたものたちが、時間の速度を変えた。すべての時間が、「生活」になっていた。

紛れ、塗《まみ》れ、それが幸せなことかは、結局、今も分からない。ただ翠がいなければよかったとは一ミリも思わない。だから、こうするしかない。

タクシーが近付いてきて『空車』の文字を見たら、ほっとすると同時に、急に後ろ髪を引かれた。

白髪混じりの短い襟足。うつむいたときの、細い首の筋が伸びる感じ。食い荒らされるような舌の厚み。すべてが生々しい異物で、とうてい愛しているなんて言えない。だけど恋しい。本当にできるのか私は。離れることなんて。

振り切るようにタクシーに乗り込んだ。

寝室に入ったときには、深夜三時をまわっていた。夫が寝返りを打ったので、びくっとした。

寝息が聞こえて、安堵のあまり膝から崩れそうになった。

慎重にベッドに横たわる。筋肉が許されたように緩んでいく。解放されたように眠気が襲ってきて、これでよかったんだ、と心の中で言い聞かせる。なにも間違っていない。これが正しい。ただ、だけど、だけど――。

もう二度とあんなふうに抱かれることはない。

あんな強い衝撃が、頭の芯まで痺れるような快感が人生からすっぽり消える。もう一生、味わうことはない。本当に死ぬまで。それってなんて大きなことだろう、と子供のように思った。

夫の寝顔を、横目で見る。うなるような寝息を立てて熟睡している。うっすらヒゲの生えた頑丈な顎。数時間前にべつの男性とセックスしても、やっぱり私にとって夫は、夫だった。

鞍田さんとは別れるべきだった。罪悪感ではなく、倫理観でもなく、自分自身が混乱せずに生きていくために。

肉体を支配されるほど、愛のことが分からなくなる。

まぶたを閉じると、数時間前の光景が蘇った。情欲がふたたび炙《あぶ》り出《だ》されて、肌が焼けるようだった。くるしい、と感じた。中途半端に開かれたままの体は、いずれまた閉じるのだろうか。また今すぐにでもあの古いラブホテルの一室に戻りたくなって、自分でも滅茶苦茶だと思いながら目を閉じる。

それでも、あと数日もすれば、会社は冬休みになる。

長かった今年も終わる。


年が明けてから、翠を連れて実家に一泊だけした。

翠は整然と片付いた2Kのアパート内を物珍しそうに眺めていた。台所はこぢんまりとしているけれど、それを感じさせないくらい丁寧に片付いていた。調味料棚にはスパイスや乾物の瓶詰がずらっと並んでいる。

「はい。塔子、お茶。ほうじ茶だから、翠ちゃんも飲めるわよ」

ひさしぶりに見る母はいくぶんか疲れているものの、さほど老け込んではいなかった。長い髪をひっつめて、すっきりと額を出している。痩せて骨の多い体にぴったりと添う黒いタートルネックが似合っていた。

私は、ありがとう、と答えて、ダイニングテーブルを見た。あいかわらずレースのクロスや花瓶は飾られていない。その代わりに、綺麗に拭かれた醬油さしと籠《かご》いっぱいの蜜柑《みかん》が置かれている。

「今日は泊まっていくんでしょう？　夕飯はお好み焼きでもしようかと思うけど。久々にホットプレートでも出して」

「あ、いいね。翠も好きだと思う」

翠は、お好み焼きって美味しいものなの、と尋ねた。

母が振り返り、ふいに優しい表情で
「美味しいわよ。お肉をじゅうじゅう焼いて、卵もぽんってのせて、ああ、焼きそばも焼こうか」

と説明した。

「みどちゃん、焼きそば食べたい！」

「はいはい、夜にね。塔子はビールでも飲む？　すぐそばのスーパー、もう営業してるから買ってくるといいわよ。私は、自分用に白ワイン買ってあるから」

当たり前のように言われて、私は、ありがとう、と頷いた。母は意外とお酒に強い。そして父は弱いわりに飲むのが好きだったらしく、自分が二人の血を引いていることを実感する。

グレーのカーテンから日差しがこぼれている。絨毯に足を伸ばす。南向きの室内は日当たりが良い。座椅子に座った翠は、猫のようにうとうとと目を細めている。

母は翠のとなりに座ると、塔子の絵本を探しておいたから、と数冊の古い絵本を出した。

私はそれをぼんやり眺めながら、なんて楽なんだろう、と思った。食事を作ってもらうことも、翠と遊んでもらうことにも、気を遣わなくていいなんて。

「あ、そういえば真君の家との新年会、十日の土曜日に決まったから。浅草の柳川鍋のお店だって」

と思い出して伝えると、母は露骨に顔を顰《しか》めて
「仕事してない人はいいかもしれないけど、こっちは貴重な休みなのよ。しかもドジョウって、私、泥臭いの嫌いなのに」

と遠慮のない文句を並べた。

「ほら、病気で入院してた草加のお祖母さんが好きなんだって。そこは老舗《しにせ》で美味しいらしいし」

「それって、私も行かなきゃいけないわけ？　どうせ大して関係ないじゃない」

「お母さん……一応、新年の親戚同士の挨拶なんだから。由里子さんの旦那さんのご実家だって、べつに血はつながってないけど来るって言ってるし」

「あ、そう。上流の家の人たちって決まり事が多くて面倒ね。行くわよ。行くって言っておいて」

内心では、またドタキャンかもな、と思いながらも、ありがとう、と言っておいた。

午後から近所の公園に翠を連れて行った。お正月のせいかひとけはなく、水色の滑り台と、錆びたオレンジ色の鉄棒がぽつんとあった。

翠がすべり台を指さして
「ママは、そこの階段を上がってください。みどちゃんは、すべるところから、よいしょよいしょって登ります」

と言うので、ジーンズを穿いてきてよかった、と思いながら、狭い階段を踏む。

子供用のすべり台なんて低いと思ったけれど、てっぺんまで登ると地面が遠く感じられた。すっと天を仰ぐ。お正月の空はどこまでも青くて、空気が軽かった。

翠はするすると器用によじ登り、てっぺんに着いた。

「次は、ママがみどちゃんをだっこして滑って」

「えー？　翠、一人で滑ったら。ママと一緒だと狭いよ」

「ママも一緒でしょう。お支度して、だっこしてください」

と翠は嬉しそうにすり寄ってきた。預け先では楽しそうにしていても、長い休みに入ってからのほうが翠も生き生きしている。

二人で滑ると、意外と速度が出て、きゃーっ、と声を出してしまった。靴の裏がざっと擦れて砂が舞い上がった。

翠が振り返って、ママがきゃーって言った、とはしゃいだ。その笑顔を見て、この子は本当に真君にそっくりだな、と思う。そのことを嬉しく感じた。自分の良いところはよく分からないから。

翠が鉄棒にぶらさがるのを見ながら、私があのまま鞍田さんと関係を続けたら翠は不幸になっていた、と考える。だけど実感が湧かない。母だけが必要だった感覚は未だに鮮明で、私自身が家族がたくさんいてわいわいと幸せに育っていくという環境に馴染めていないのかもしれない。

公園に来る前に、母とした会話を思い出す。介護している男性は定年を迎えてから、いきなり奥さんに離婚されたという。

「年金はまだたくさんもらってるから、なんとかなってるけど、やっぱり一人になって困るのは圧倒的に男の人よね。あんな年齢になって疲れた旦那を捨てるなんて、情がなさすぎるわよ」

という話を聞かされた私は、気になって思わず訊いた。

「ねえ、お母さん。もし私が真君と別れたいって言ったら、どう思う？」

母は台所の流しを拭く手を止めると、訊き返した。

「あんた、もしかして好きな人でもできたの？」

びっくりして真顔になりながらも、違うよ、ととっさに首を横に振った。

「新しい仕事を始めたっていうから、そこでもっと気の合う人でも現れたのかと思った」

「そういうわけじゃないけど。ほら、うちの業界って子供のいる女性が少ないから。残業も多いし、男性社会だし。だから、もし一人で翠を育てることになったら、どうなんだろうって思って」

母は、そうねえ、と呟いてから、ふと告げた。

「でもやめておきなさい。下手すると、向こうに親権取られるわよ」

「取られる、かな」

「可能性はあるんじゃないの。向こうは家もあって収入もあってご両親もいて、ちっとも困ってないんだから。それにあんたと違って、翠ちゃんはそんなに一人で自立してなんでもかんでもできる性格の子じゃないでしょう」

めったに会わないのに鋭い、と思った。麻子さんや真君と違って、母はたぶん常になにかを切り捨てたり切り捨てられたりしてきたのだ。

「変なことを考えてないで適当に上手くやりなさい。どうせ他人なんて、誰と暮らしたって面倒なことはあるんだから」

適当に、とか、他人なんて、という身も蓋もない表現があまりに母らしかった。

日が落ちてきたので帰ろうとしていたら、携帯電話にメールが届いた。家で待っている母かと思ったら、矢沢だった。

『あけましておめでとう。今月の土日のどこかで女子会でもやりたいなー、と思って。久々にゆきりんと三人でどう？　うちでも大丈夫だから翠ちゃんと一緒でもいいよ。』

変わらないな、と思った。さばけた文体の中に、いくつもの気遣い。たしかにひさしぶりに女友達に会いたくなった。

結婚したらママ友ができて、独身の友達とは疎遠になるのだと思っていた。だけど翠を預けてからも、働いているお母さん同士は忙しすぎて、親密になる機会があまりない。

夫に電話をしたら、すぐに出て

「塔子ー、明日何時に帰ってくるんだっけ？　翠も塔子もいないと、やっぱりつまんないよ」

と言われた。この人のほうが子供みたい、と思いつつも笑って、夕方までには帰るつもりだと告げた。

「今月のどこかで矢沢が女子会しようって。翠も家に連れて来ていいって言うから、行こうかと思って」

「あ、そう。いつ？」

「まだ決まってないんだけど」

「ふーん。分かった、じゃあ、決まったら教えてよ。あ、そういえば俺も今月、平日の夜に会社の新年会が入りそうなんだよ」

「ねえねえ、誰とお電話してるの？　みどちゃん、ずっと待ってるんですよ」

翠が大人みたいな台詞を口にすると、途端に夫はふやけた声で、超可愛いなー、と反応した。翠にちょっと喋らせてから電話を切った。

ダウンジャケットについた枯葉や土を払いながら、息子だったら、と考える。私のほうが我が子を溺愛《できあい》して夫に見向きもしないなんてこともあったのだろうか。

翠の丸い目を見つめる。意味もなく、にこっと笑った。娘でよかった、と思った。理解しながら見守ることができる。十代の少女のように、やっぱり私にとって男の人は異物なのだ。たぶん永遠に。

少し日が落ちて寒くなってきたので帰ろうと促した。小さな手を握る。

翠にも、いつか分かるのだろうか。そういう女の面倒なすべてが。

できるだけ知らなければいいな、と思った。複雑なことなんて知らなくても生きていけるなら、女の子はそのほうがいいに決まってる。フェミニストの女の人が聞いたら怒り出しそうなことを願った。

翠が思いついたように
「しましまのマフラー編んで。ヘビさんみたいなの」

とせがんだ。ヘビさん、と首を傾げつつも母に毛糸がないか尋ねてみようと思った。

実家から帰って来た夜、寝入ろうとしたら夫から誘われた。

寝間着を脱いで、真っ暗なベッドで抱き合うと、想像していた以上に肌の感触に違和感を覚えた。

「本当にひさしぶりだよな。俺ちょっと緊張してるかも」

夫の肩甲骨は分厚い。抱きしめられると、すっぽり包み込まれる。

かすかに引っ張られる感覚。枕に広がった私の髪を、夫の右手が押さえつけていた。痛い、と呟くと、ごめんごめん、とすぐに手を浮かす。

だけど今度は体重をかけられた太腿が痛くて、結局、上半身を起こした。このままできるとは思えなくて、夫の下半身に顔を寄せる。どちらかが濡れていればなんとかなる。口に含むとすぐに大きくなった。これで愛が戻るのだろうか。日常に、戻れるのだろうか。どうもそんな気がしない。

「塔子、瘦せたと思ったけど、妙に胸が張ってるし、肌もつやつやしてない？　職場のあの変な男に口説かれたりしてないよな」

ごまかすように笑う。普通にしたら上手くいかないので、あいかわらず横たわっている夫の腰に、ゆっくりと自分の腰を沈めていく。鞍田さんと再会する前だったら、これでも私はきっと嬉しかったはずだと思いながら。

何度か釘を打つような強引さを伴って、ようやく先端が入った。深く下ろしていくほど割けるように熱い。それは快感とは微妙に異なる、ただの刺激という言葉が一番ふさわしく感じられた。傷のようにひりひりと火照る。夫の唇からだけ感動したような声が漏れた。

セックスだけなのに。

ちゃんと働いて、夜遊びもせず、浮気もたぶんしていなくて、暴力もふるわない夫と上手くいかないのは究極的にはセックスだけ――誰もが心や人間性が大事だという。体の相性で結婚相手を選ぶなんて話は知らないし聞いたことがない。それは友達や親、だけじゃなく、この国の人間なら表面的には誰も。

引き攣れるような痛みは変わらず、早く終わってくれるといいな、と思いながら、ゆっくりと前後に腰を動かす。夫は気持ちよさそうに顔を歪《ゆが》めている。

宙を仰ぐと、目の前の壁には翠の好きな絵本のポスターが貼られていた。黒めがちな水色のコアラが、ずっとこちらを見つめている。水色のコアラの前で、どれだけの妻が燃えることができるのだろうか。行為から思考を切り離して、自分の世界に入りかけたとき、ぶしつけに両手が伸びてきた。胸を弄られると、黒板を爪で引っ掻くような不快の反射が起きて身をよじった。

だけど夫は大きな声で言った。

「えっ、すごい乳首かたくなってる。塔子、感じてんの？」

曖昧に頷きながら目をつむる。深い思考の中に潜る。なぜかこの瞬間、楽をしているのは私のほうだという気持ちになる。なにも分かられず、心がかき乱されることもなく。

やがてすべてが、あわあわとした。水に溶けていくように。

これくらいがちょうどいい。ずっと自分のままでいるなんて、とてもそんな緊張感に耐えられない。

私を、私に還さないで。

冷たい体のまま思った。


シングルベッドに翠を寝かせて、私はそうっと引き戸を閉めた。

テーブルに向かうと、矢沢がコップに淡いピンク色のスパークリングワインを注いでから、ちょっと殺した声で
「じゃあ、あけましておめでとうーっ……」

とコップを差し出した。ゆきりんもにっこり笑顔で、おめでとう、と小声で言った。

私は甘いスパークリングワインを一口飲んでから
「あ、普通に喋っても平気。翠っていったんお昼寝すると、二時間はぐっすりだから」

と伝えて、クリームチーズとトマトのサラダをお皿に取った。

生ハムのピザに鶏肉の香草焼き、タコとセロリのマリネ、フルーツカクテル。デリバリーと持ち寄りの食べ物で食卓は鮮やかだった。

「塔子ちゃん、このタコのサラダ美味しいー。なんかバジルのソースが甘酸っぱいね」

ゆきりんが嬉しそうな声を出す。人懐こい素振りに、鞍田さんと食事に行っていたという話を思い出してしまった。いけない、と記憶に栓をする。友情に嫉妬を持ち込んだら自分が苦しいだけだ。

「矢沢ちゃん、ピザも美味しい。あー、嬉しい。旦那さんと二人だと、あんまりこういう食事できないから」

「なんで？　ゆきりんの旦那って洋食嫌いだっけ？」

「外食もデリバリーも苦手なんだって。もったいないからできるだけ家で作ろうって言うんだよね」

「ひーっ。そりゃあ、大変だわ」

と矢沢がコップ片手に漏らした。紫色のニットの袖を捲り上げ、細い金色の腕時計を覗かせている。一瞬だけ鞍田さんのくれた腕時計のことを思い出した。返したはずなのに、翌朝になってバッグの中を見たら、底にしまわれていた。

「塔子、今日は飲んでも大丈夫なんだっけ？」

と訊かれて、私は頷いた。

「うん。夕方に真君が車で迎えに来てくれることになってるから。あ、ここの住所伝えちゃっていい？」

矢沢は、もちろん、と答えた。

「ねえ、翠ちゃんって可愛いよね。モデルとかにスカウトされない？」

とゆきりんが訊いた。

「え、まさか。されても芸能界とかは……ちょっと心配だから嫌かも」

「塔子、今、顔がマジだったよ」

と矢沢はからかうように笑ってから、ゆきりんのほうを見て
「ゆきりんはさあ、子供とかどうすんの？」

わりとデリケートな話題に突っ込んだので、内心はらはらした。

ゆきりんはコップになみなみと注がれたスパークリングワインを、ちょっとずつ飲みながら
「子供はねー。いたら可愛いと思うけど、お金もかかるし、私も旦那さんも好きなことしたいから作らないと思う。うちの旦那さん、あと三年で四十歳だし。子供が成長する頃には確実に体力なくなっちゃうでしょ」

あっさりと言った。

「向こうの親とか、なんも言わないの？」

さらにずばっと刺す矢沢に、ゆきりんは平然と、うん、と答えた。

「次男だから。お兄さんも弟も先に結婚してて、孫が四人だもん。今さらどっちでもいい

って感じ」

ゆきりんはぱっとこちらを見ると言った。

「ていうか私ね、塔子ちゃんに訊きたいことがたくさんあるんだ」

「え、私？」

「うん。だってー、結婚したら、やっぱり全然こんなふうじゃなかった、て思うことがたくさんあるんだもん。正直、独身時代って、結婚したら自分の人格まで変わるような気がしてなかった？」

「してた」

と私は頷いた。矢沢は一歩引いたようにピザを取り分けている。

「でしょー。でも全然変わらないよね。旦那さんとだって完璧に分かり合えるわけじゃないし。ねえねえ、塔子ちゃんって家事の分担とかどうしてる？」

「うちは分担はほとんどしてないかな。まあ、お姑さんがいるから」

「そっか。うちの旦那さんは一人暮らししてたからマメなんだけど、その代わりダメ出しがすごいんだよね。物の位置とか、料理の手順とか。あと正直もっと外出してほしい。ずっと家にいられると、こっちまで好きにできないし」

「そういうけど、ゆきりん、けっこう男友達とかとも飲みに行ってない？」

矢沢があきれたように訊き返した。彼女は、そうだけど、と即座に反論した。

「家で待たれてると、帰りの時間とかやっぱり気になるし。だけどそう思うと、よけいに足が遠のくんだよね」

「ゆきりーん、それ、浮気してるおっさんと言ってること同じだから。この際だから訊いちゃうけど、まさかもう不倫してないよね？」

「うーん……べつにちゃんとした浮気は、してないと思うよ」

私は啞然として、え、と訊き返した。ゆきりんは明言することは避けつつも
「でも三十歳過ぎたら普通に聞くよね。この前、地元の女友達四人で飲んだけど、一度も不倫したことない子って一人もいなかったし」

と言い放ったので、私は、それってゆきりんのまわりが特殊じゃないの、と思わず返してしまった。矢沢も同じ反応を示すかと思ったのに、案外すんなりと納得したように、あー、と低く呟いた。

「まあ、百パーセントってことはないけど。うちの会社の子たちの話とか聞いてると、七、八割弱はいるかもね。最近の同世代の独身男子って、お酒は飲まないわ、デート中もスマホ見てるわ、自分から性欲出さないわ、けど性欲出して一度でも拒否られるともう心折れるわで、もうつねにふるえてるチワワみたいじゃん」

「でしょー。それ考えると変じゃない？　世間では未だに不倫なんてするのは少数で、表面的には結婚したら一生一人と添い遂げるって大前提になってるの」

「うわ、ゆきりんの口から世間とか言われると、すごい新鮮なんだけど」

「結婚したら言いたくなるよ。まわりも皆、もう結婚したんだから、で片付けようとするし。急に人生終わっちゃったみたいなんだもん。ていうか矢沢ちゃんだって、一時期、妻子持ちの人と付き合ってたときには世間、世間ってよく言ってたよ。気付いてなかったと思うけど」

「えっ？」

私が声をあげると、矢沢は急に気まずそうにコップの底を見ながら、いや塔子にも相談したかったんだけど……、とまるで言い訳のように呟いた。以前、私が隠し事をしていたときに責めたことを思い出したのだろう。

「塔子、子供産んだばっかりで忙しそうだったし。結婚して出産した女友達にそんな話、恥ずかしいし」

「あ、それは、べつに気にしないけど。色んなタイミングとか事情があっただろうし。結局、大丈夫だったの？」

大丈夫、というのも変な聞き方だけど、矢沢はほっとしたように口を開いた。

「あれは結局、奥さんにばれた」

「えー、本当？　修羅場にならなかった？」

ゆきりんの目が輝く。私も耳を傾けた。心配しているのも本当なのだけど、こういうことには何歳になっても女子高生のような好奇心を抱いてしまう。

「うん……ただ、ある日いきなり母親宛の封筒が自宅に届いて」

「う、うん」

「証拠写真の束と『茉希さんの教育を間違えましたね。』っていう手紙が入ってた」

「うっわ」

私とゆきりんは同時に言った。

「いやもう最悪だよ。それでうちの母親が怒り狂って、結婚せずに好き勝手してるから他人の家庭に踏み込むような女になるんだって言われて、最近はお見合いや街コン攻めにあってるってわけ」

「ああ、なるほどね。それは仕方ないかもね……」

私はそんな感想を告げた。矢沢も分かっていたようで、まあね、と苦笑した。

「私も向こうも迂闊だからさ。だだ漏れだったんだよね。ゆきりんにも相談する前に見抜かれたし」

「だって矢沢ちゃん、珍しく短いスカート穿いたり肩出したりしてたでしょう。コンサバな清楚系は彼氏ができたときだけど、色っぽい系に走るのって不倫してる子の特徴だよね。女子もけっこう分かりやすいから」

ゆきりんと矢沢は、その後も好き勝手に言い合っていた。

相槌を打ちながら、それでも社会的な倫理に今一番反しているのは私なのだ、と考えた。大変さは人それぞれだし、友達でも本当の孤独の深度は分からない。それでも無理やり我慢している自分のとなりで、自由に生きる彼女たちのことが羨ましかった。

「でもさ、塔子みたいなのがきっと一番ばれないよね。同性にも異性にも」

「あ、それはたしかに！」

ゆきりんまで力を込めて同意したので、私は、そうかな、と訊き返した。

「だって私があんたの旦那だったら、絶対に浮気してるとか思わないもん」

「うん。思わない。うちの旦那さんも、塔子ちゃんのことはすごく信用してるし。落ち着いてて上品な友達だって。だから飲みに行くときとか、たまに塔子ちゃんの名前借りてるし」

「ちょっと。それ、前もって言ってよ。ばったり鉢合わせしたときにバレたら大変じゃない」

と私はあきれて諭した。

散々好きに喋った頃に、翠がママーと声をあげて目を覚ました。酔って陽気なまま駆け寄って、お菓子とお茶をあげてから、夫に電話をした。

玄関のドアを開けた夫は、盛り上がっている女たちとテーブルの上のワインや食べかけのお総菜を見て圧倒されたように、どうもおひさしぶりです、と頭を下げた。

途端に三人ともだらしなくなりかけていた姿勢が伸びて、こんばんはー、ありがとう真君、おひさしぶりです、と余所《よそ》行きの顔になった。お茶を飲み終えて帰り支度を始めながら、自分がもう夫側に戻っているのを感じた。

家族で薄暗いマンションの階段を降りていく。こんな未来、女子高生のときは想像もしていなかった。

日の落ちた駐車場には誰もいなかった。お酒で火照った頬がゆっくりと冷えていく。翠をチャイルドシートに乗せてから、息をつく。鞍田さんのことは誰にも打ち明けない。自分の中だけでそっと埋葬する。

夜空に浮かぶ、切り絵のような家々の影。静かに星が瞬いている。

会社を訪問し、ミーティングルームに通されると、早速名刺交換をした。

大きな瞳を輝かせ、野心とやる気に満ちた棚橋さんがにっこり微笑む。

「私、棚橋と、アシスタントの村主が担当させていただきます。よろしくお願いします」

ピンク色のストライプのシャツを着た棚橋さんが横目でこちらを見た。よろしくお願いします、と微笑んで頭を下げる。

注文先の担当者はオシャレ眼鏡を掛けた、いかにも業界人風の男性だった。水玉柄のシャツを捲り上げた腕の感じがまだ若い。

「今のままだと、フロントがちょっと垢抜けないっていうか、情報量が多すぎるので。それを減らしつつ、なんかこうもっとインパクトあるページにできないかと思って」

「そうですね。たとえば今のサイトを生かして、という形でしたら、そこまでページ数もないので、最近流行っているのが――」

「あー、あと、実際の購入者からの感想ページも追加したいんですけど。変なのはあらかじめこちらで弾いたりとか、そういうのって」

「それは、もちろん可能です。ただ、現在使用されているものですと――」

棚橋さんたちのやりとりを聞きながら、私はその場でどんどんパソコンに内容を落とし込んでいく。だいたいなにを言っているか分かるものの、聞き慣れない単語はまだ多い。

先方の会社を出てから、駅までの道を足早に戻った。

「明日の朝十時から会議やるので、さっきの打ち合わせをまとめたものを、今日の夕方までに転送してもらえますか？」

「はい」

「あと会議用にミーティングルームおさえて、今回のチームのメンバーに連絡もお願いします」

棚橋さんはきびきびと伝えた。まだ二月下旬だというのに綺麗なシルエットのトレンチコートを着ている。年齢は私の一歳下だけど、新卒で今の会社に入ったというから、社内では中堅扱いだ。ななちゃん任せていいかな、と男性社員からもよく声をかけられている。

棚橋さんはポケットからカードケースを出しながら、村主さんって、と切り出した。

「以前の会社ではSEでしたっけ？」

私はちょっと迷いながら、はい、と頷く。

「ただ、もっと完全な男性社会だったので、どちらかといえば上司の補佐的な役割でした」

「そうなんですね。うちの会社、女性が多いでしょう」

「はい。こんなに多いのは珍しいですよね」

と私は穏やかに同意した。棚橋さんは素っ気なく、ですね、と頷いた。

彼女のさばさばした感じは、二ノ宮さんともまた違う。二ノ宮さんは端々に割り切れなさが滲むときがあったけど、棚橋さんはもっと自己肯定感があって、強い。

「完全に分かれてるのって連携取りづらくなかったですか？　派閥があったり、平気で言ってることが矛盾したりとか」

「ありました。引き継ぎもちゃんとできていないのが把握されてなくて。それで内容を分かってる少数だけが死ぬほど忙しくて」

「あー、典型的な働き蟻の構造ですね」

棚橋さんはそう結論付けて、ホームの階段を上がっていった。私はなんだか眩しいものを見るような視線を彼女に送った。吹く風はぴしっと冷たいけれど、青い空が清々しい。

会社の一階の食堂で、食べ終えたトレーを片付けていると、鞍田さんが外から戻って来るところが見えた。すぐに視線を外す。こちらに気付いてはいないかと、ゴミ箱の前から振り返ったけれど、彼は背を向けてエレベーターに乗り込んでいくところだった。

あれから鞍田さんは連絡してこない。正社員として正式に採用されたときも、廊下ですれ違いざまに、おめでとう、と一言伝えられただけだ。

淋しいけれど正直ほっとしていた。残業のとき以外はお迎えに直行して、翠と夕飯を共にし、テレビを見たり絵を描いていると、正しいところに戻ってきたという実感があった。

ヘビさんみたいなマフラーというのは、実家にあった絵本のことだった。寒がりのクマさんのために仲良しのヘビさんがマフラーになってあげるのだ。翠は手作りの黄緑色のマフラーを巻いて、今朝も元気に家を飛び出した。保育園もようやく決まり、四月からはまた新しい生活が待っている。

なんとか定時に仕事を終えて、黒いコートを着込んで駆け足で会社を出た。

駅ビルの自然食品屋で、傷みやすい葉物の野菜と無添加のお菓子を買い、スーパーの袋を下げたまま改札を通り抜ける。

通路を歩いていたとき、小鷹さんがやって来たのではっとした。ふらふらとした歩き方で遠目からでもすぐに分かった。新しく研修が始まってからは、彼と会話する機会も減っ

なっていた。

と私は素早く挨拶をした。鞍田さんと別れてから、なぜか小鷹さんに対する執着もなくなっていた。

「お疲れさまです」

小鷹さんが女好きする薄情そうな笑みを浮かべて、どーも、と片手をあげても心は動かなかった。あのときの私は本当にどうかしていたのだと痛感する。もうあんな惑い方をするのは嫌だ、としみじみ思った。

「村主さん、金沢の案件、聞いた？」

と訊かれたので、私はきょとんとした。

「なんのことですか？」

「あー、まだ聞いてないんだ。どうしようかな。でもまあ、どうせ来週には話が行くか」

「話？」

「僕、今度、金沢に出張行くんですけど、村主さんも同行させてくれって頼んでおいたから」

「え、えっ？」

と私はようやく驚いて訊き返した。

「正社員になったんだから、出張も解禁でしょう。向こうの工場に入れたシステムを新しいものに入れ直すんだけど。僕が入れたやつだから僕に来いって先方からのご指名でさー。だけど一人でやるにはちょっと重労働なんですよ」

「重労働？」

なんでシステムの入れ替えが重労働なんだろう、と思いつつ尋ねると、彼はそれには答えずに
「てなわけで、村主さん、よろしくお願いします。僕、説明とか下手なんで。あそこはわりと重要な取引先だから、詳しいことは棚橋さんに聞いてねー」

ねー、じゃない。私がまだ困惑しつつも、分かりました、と頷くと
「ところで、たなちゃんってさ、どう？」

と小鷹さんに訊かれた。

「あ、優秀な女性ですよね。相手のニーズに応えたイメージを提案するのがすごく速くて」

そう答えると、小鷹さんはちょっとだけ柔らかく笑ってから
「でも村主さん、苦手でしょ？　ああいうやり手女子っぽいの」

といきなり指摘したので、かすかに頬が熱くなった。ああ、やっぱり変わっていない。この人は。

「そんなことないです。そんなこと言ったら、二ノ宮さんだってやり手女子じゃないです

か」

「二ノ宮さんはさー、もうちょっと可愛げあるじゃん。酔ったときに、私は本当は淋しいのよ、とかぽろっと漏らしたりしてさ。ああいうところ憎めないよな」

返事に困りつつも、二ノ宮さんの人柄にはたしかに親しみを覚えていたことを思い出す。

「それにくらべると、たなちゃんって負けない感じするよな。彼氏いなくたって全然困ってないですって顔してるし。まあ実際、社内の男で狙ってるの多いしね。鞍田さんも気に入ってたくらいだから」

そうなんですね、と驚いたように返してみたけれど、小鷹さんにそんな小技は無意味だという気もした。いたずらに恥をかかされているような会話に懐かしい痛みを覚える。

「まだ村主さんが来る前だけどねー。飲み会で、たなちゃんの話になったらぱっと口調が明るくなって、あの子はいいよ、優秀だよって絶賛してたのが印象的だったから。まあ、そんなわけだから、なんでも分からないことあったら頼るといいよ」

私は、分かりました、ちょっとお迎えがあるので急ぎますね、という言葉をなんとか返した。

その晩に麻子さんから、草加のお祖母さんがまた入院するという話を聞かされた。

今度は長期的な入院になるので、これから週に何度か由里子さんと交代でお世話をしに行くという。

「ママー、べたべたー」

ミートソースまみれの手のひらを押し付けようとする翠に手拭きを渡しながら

「じゃあ、大変ですね」

と眉根を寄せて返すと、麻子さんはお茶を飲みながら、うーん、とうなった。

「だからね、週に一、二度は草加の家に泊まって、そこから通おうかと思って」

「あ、たしかにそのほうがいいですよね。ちょっと翠、口から玉ねぎ出さないのっ」

翠が面白がって玉ねぎのみじん切りを口の中から指でつまみ出し、おえー、と言ってはテーブルに放るので、唾液まみれの玉ねぎが散らばっていた。脱力してテーブルを拭いていると

「でもそれだとねー、翠ちゃんのお迎えに行けないのよね。それで、どうしようかと思って」

内心うっと思ったものの、そこまで麻子さんに頼るわけにもいかないので、すぐに首を横に振った。

「こちらのことは、なんとかしますから」

「そう？　ちょっとは真にもやらせればいいからね。翠ちゃん、もう食べないの？　ごちそうさまなら、新しいパーカー買ってあるから、着てみてくれる？」

「新しいパーカー着るー。ママ、ごちそうさまでした！」

結局、スパゲッティを三分の一ほど残して、翠はぴょんと子供椅子から下りた。洗い物を片付けてから、水玉模様のパーカーを着て踊る翠を誉め、お風呂のお湯を入れに行く。

この家のお風呂場は少し古く、ドアを開けると、ひんやりとした暗がりの空気が流れ出してきた。明かりをつけると、水色のタイルが静かに光る。

白い目地が汚れていたので、シャツの袖を捲り、洗剤とブラシ片手に磨き始めると、しゃかしゃかと小気味良い音が浴室内に響いた。かすかに目が霞む。

パソコンはやっぱり目にくる、と思いながら、これからどうしようかと悩んだ。正社員になったばかりで早く帰らせてもらいたい、なんて言い出すのはつらい。これが前の会社だったら、ある程度、実績もあったから、もうちょっとは切り出しやすかっただろうに。

後悔しても仕方ないと思い直したときに、今の預け先でお迎えに行けないときのサポートサービスをすすめられて登録したことを思い出した。だけど。夫が口にするであろう台詞を想像して今からげんなりしつつ、湯船にお湯を入れ、お風呂場から出た。

寝室で、翠のお迎えに行けないときには区のサポートサービスの人に来てもらうことを提案した。

夫は案の定、反射のように
「いやあ。それはちょっとなあ」

とぼやいた。さすがにうんざりしながらも感情的になるまい、と努めて
「じゃあ、どうする？」

と尋ねた。夫はちらっとこちらを見て言った。

「塔子、迎えに行けないの？　もともと子供がいるから定時って話だったじゃん」

私はため息というよりは、やや強めに息を吐き出しかけて止めた。

「あなただって、分かるでしょう。実際に働いたら、そういうわけにもいかないって」

「やっぱり正社員なんてやめたほうがよかったのかなあ。その分、負担とか責任が増えるわけだし」

この人ってもしかして働いている女性をすごく下に見ているんじゃないだろうか、と疑問を抱きつつ、社内の女性には丁寧に接しているらしいことを思い出す。いつかの派手な馬鹿女とか、会ったことはないけれど、彩さん、という優秀な仕事仲間とか。

にわかに視界が暗く覆われていくのを感じた。もしかして、この人は。

「だから、サポートサービスがあるわけで」

「それって、翠のお迎えを赤の他人がして、家にまで来て面倒見るってことだろう？　事故とかあったらどうするんだよ。てか赤の他人が留守中に家にいるなんて、親父が絶対に許さないよ」

「他人って言っても、基本的に近くに住んでる人だっていうし、家に来るんじゃなくて、

向こうの家に連れていってくれるんだってば」

「えー、最近、翠ってすごい喋るじゃん。近所にうちのことが漏れるとかもなあ……」と
夫はがばっと寝返りを打つと、まあ俺が反対しても塔子が言うなら仕方ないけどさ、と
寛大さを見せるように言った。肩がいっそう凝るのを感じながら、寝入っている翠を見て、
私は呟いた。

「じゃあ、実家を出たら？」

つかの間、夫は見知らぬ他人を見るような目をした。

「そんなにお義父さんの反対が多くて不自由なら、実家を出たら？」

「そんな、できないよ。家賃だって無駄に高いしさ」

と夫はさっさと結論付けるように目をそらした。

「このあたりに借りればでしょう。真君と私の会社だったら、どこからもそんなに通いづらくないから、もっと家賃が安いエリアに引っ越せば」

「それだと実家が遠くなって、塔子だって不便じゃん」

「だけど、今だって実家にいて色々と不便があるよね？」

夫が起き上がると
「え、塔子はさ、うちの実家にいるのが不満なわけ？」

と問《と》い質《ただ》してきた。私は、不満、と小さく呟く。暗い壁に掛かった時計の秒針が鳴って

いる。十一時を過ぎたからそろそろ寝ないと明日の仕事がきつくなる。

そもそも私たちは大事な話をこの寝室じゃないとできない。それも翠が寝た後の、ほんの一時間弱だけ。

スタンドライトに照らされて、光が灯った夫の左目を見つめながら
「あなたにとって、結婚ってなに？」

と問うと、夫は困ったように、なにって言われても、と漏らした。

「家族を作って幸せに暮らすこと、だろ」

「家族って、この三人のこと？」

「うちの親だって家族だし、草加の祖母ちゃんだって、塔子のお母さんだって家族だよ」

「じゃあ、もっと家族ぐるみで協力してよ」

大きくなりそうな声を抑えながら、どうして私はこんなに反射神経がないのだろう、と思った。腹が立つのは、いつだって目の前の議論じゃなくて数分前の会話。怒ればいいのにとっさに溜め込む。

「だから協力してるじゃん。そんなこと言ったら、塔子のお母さんのほうがよほど無関心だって。言いたくないけど、翠を一日だって預かってくれたこともないって変だよ。働いてるとはいっても土日は休みなのにさ。あまりに冷たいよ」

「たしかに、うちの母親は冷たいけど」

とすでに色んなことをあきらめながら答える。この人はきっと皆が家族だから、自分の親が協力すれば自分も参加した気持ちなのだ。だけどうちの親のことは冷たいという。結局、他人だと思ってるからだ。

でも、それよりもなによりも。

「麻子さんには感謝してるけど、お迎えはとにかく誰かには頼まないと。私も出張が入るときだって、これからあるみたいだし……」

なんてタイミングの悪い話だと思いながら告げると、夫は弾かれたようにこちらを見た。

「出張？　それって泊まりってことだよな？　なんでよりによって塔子がそんなの行くの」

その台詞で、さっき浮かんだ疑念が、はっきりと形になっていく。

この人は働いている女性じゃなくて、私をすごく下に見てるんじゃないだろうか。

「地方の工場での作業内容が多いから、社内のプログラマーのサポートで。むしろ、ほかに手が空いてる人がいないからじゃない？」

「あ、そっか」

と夫は納得したように頷いてから、急に困った顔をした。

「でも、それだとまずいよな。誰が翠の面倒見ることになるか」

一晩くらいあんたが見られないのか。

くすぶった言葉で喉が低温火傷のように痛む。夕方に会った小鷹さんとのやりとりが蘇る。だんだん分かってきた。どうして一方的なことばかり言われるのか。

いつだっていまいち自信が持てなくて、低くかまえるクセばかりがついている。謙虚を美徳だと言い訳にして遠慮してはっきり言えなくて。

だけど低くかまえれば、その分、低く扱われるのだ。たとえそれが心的な近しさからであったとしても、こいつには言ってもいいだろう、と心のどこかで思われている。

夫の意見は無視して、翌日から昼休みに色んなところへ電話をかけた。有料のベビーシッターサービスもあったので、休日に契約に行くと約束して切る。来月は保育園の健康診断や懇親会も平日にあるから、半休を取って……お弁当の冷えた卵焼きを齧りながら手帳を見ているだけで気が遠くなる。

午後になると、上司に呼ばれて、金沢出張の件を伝えられた。

「ただ村主さん、お子さんがまだ小さいみたいだからなあ」

妻子持ちの上司はちょっと心配そうに呟いた。その気遣いに胸打たれつつも、ここで断って、さらに保育園が始まるまで頻繁に半休を取ったら顰蹙《ひんしゅく》だと思い

「大丈夫です。行けます」

と答えた。

「そう。じゃあ、来週の木曜日の朝一で頼むね。航空券と現地での宿泊先は任せるから、

そっちで予約するように。詳しいことは小鷹君に聞いて」

「はい」

と私は答えながら、小鷹さんと二人、と今さらのように考えた。朝一で飛行機に乗ってから翌日まで。内心期待するどころではなく、胃薬を持っていこうと思った。この忙しいときにいっそうの心的負担は絶対に避けたい。

会社が終わってからすぐに夫にメールを送った。当然のように文句が返って来たけれど、我慢して応対していたら
『分かったよ。その日はおふくろにも家にいてもらうようにしたから。塔子は仕事がんばって。』

という、見るからに夫が一番ほっとしているメールが返ってきた。

金沢出張の朝は薄曇りだった。寝室のベッドから出ると、寒くてふるえた。素早く着替えて、ひっそりとした台所にメモを残し、音を立てないようにして家を出た。

一時間後に羽田空港に着くと、到着ロビーの窓から見える空はだいぶ青くなっていた。

ベンチに腰掛けた小鷹さんを見つけ、気持ちを引き締めてから
「おはようございます。二日間よろしくお願いします」

と頭を下げると、彼は、どうも、とスマートフォンから顔を上げて言った。髪を切ったのか、耳まですっきりと出て小ざっぱりしていた。ダウンジャケットの下のグレーの背広

が似合う。

　手荷物検査を済ませると、ひさしぶりに飛行機に乗ることに軽く高揚感を覚えながら搭乗口までの通路を歩いた。

「金沢、けっこう雪降ってるみたいですよ」

　と小鷹さんが言った。

「そうなんですか。私、金沢って初めてなんです」

「いいところですよー。夏限定で」

　と小鷹さんは隈の浮いた目元を擦りながら言った。昨晩も終電ギリギリだったのかもしれない。

「そうなんですか？」

「はは、向こうの人に言ったら怒られますけどね。冬はめちゃめちゃ寒いからなー。道とか水で雪溶かしてるからぐっちゃぐちゃだし」

　私は思わず足元を見た。彼はがっしりとして底も分厚い革靴を履いているけれど、私はスーツに合わせた黒いパンプスだった。

「バスかタクシーで移動するから大丈夫ですよ。ぶっちゃけ雪降ってたら歩けませんから」

　と言われて、ほっとした。

時間がやって来て機内に乗り込んだ。ほかにもビジネスマンらしき乗客たちで平日だというのにほぼ満席だった。

携帯電話の電源を落とす前に、メールを確認する。麻子さんからはさっき届いて、夫からはとくに連絡がない。実家の母のアドレスで手が止まる。親戚同士の新年会以来、母からの連絡がないことに少しだけ痛みを覚えながら、私は電源を切った。

上空でシートベルト着用のサインが消えると、小鷹さんはさっそく外して足を組み、窓の外へと視線をやった。

「あー、でも村主さんが来てくれてよかった。僕、口開くとよく怒られるから。あんまり喋りたくないんですよ」

と言われ、私は機内サービスのコーヒーを飲みながら

「それは、仕方ないと思います」

と指摘した。彼は、おや、という感じでこちらを見た。

「村主さんさあ」

「はい?」

「最近、なんかクールな感じになりましたよね。旦那と別居でもした?」

「……してません。そういうの、本当にやめてくださいね」

と力なく答えると、彼はふざけたように

「うそうそ。あ、このカツサンド美味いから、よかったら食ってよ」

と売店で二箱も購入したカツサンドをすすめてきた。

私はあきらめて、いただきます、と一切れつまんだ。しっとりしたパンは美味しかったけれど、小鷹さんといると、胃のあたりに違和感があった。座席が狭いために距離が近いのにも慣れない。

「そういえば僕、この前、駅で会ったときに変なこと言いましたよね。睡眠不足でなんか調子悪くて。ごめんね」

と言われたので、私はカツサンドをくっと飲み込んでから、気にしないでください、と返した。

小鷹さんはまだこちらを凝視していた。

「なんですか?」

「村主さんって肌綺麗だよね。子供いるのに荒れたりしないのかと思って」

「独身の頃よりも、寝る時間は早くなりましたから。本当はもっと会社に残っていたいんですけど」

そう答えると、小鷹さんはすっと笑った。

「そんなに無理すんなって。村主さんが一生懸命なのは、まわりだって知ってるし。それにほら、子供のいる女性社員のモデルケースがあったほうが、今後の会社の女の子たちのためにもいいしさ」

　などと言われ、ふいに心がぐらついた。こういうところだ。無神経を装いながら、心の隙間にいきなり入り込んでくる。

　私は話を変えるように
「そういえば金沢の工場の件なんですけど、段取りをもう一度確認してもいいですか?」

　と訊いた。

「えーっと、工場で稼働中の十台のパソコンをすべて、一度、社の会議室まで運んで、ぜんぶ中身の入れ替えが済んでから、また戻します。デスクトップ担いで二人で社内を往復ですよ。きついよなあ、絶対に」

「小鷹さん、力仕事とか苦手そうですよね」

　と言うと、彼は、そうでもないですよ、と返した。

「学生時代は運動部だったし」

「あ、なにをされていたんですか?」

「中学がテニスで、高校が剣道部。あー、でも大学は軽音部でバンドやってたけど」

　私は内心うわ……と思った。見事に女子受けするものばかり。しかもころころ変えるところに飽きっぽい性格が透けている。

　だけど白い首筋をちらっと見て、この人が胴着姿で竹刀《しない》を持っていたらたしかにちょっといいかもしれない、と想像してしまった自分が本当に情けない。

飛行機はほどなく小松空港に着陸した。

空港を出ると、目の前は吹雪《ふぶき》だったので呆然とした。視界は白く霞み、耳が千切れそうに痛い。よく着陸できたと思うくらいに見渡すかぎりの雪景色だった。

すぐにバスに乗り込み、街のほうへと移動した。バスの中は東京のようにうすら寒くなくて、頬が火照るほど暖かかった。かえって寒い土地に来た実感が湧いた。

海の近くの国道沿いに広大な敷地が広がり、その一角に目的の工場はあった。除雪されてスプリンクラーのようにがんがん水が噴き出ている道をなんとか歩き、工場内の待合室に通されると、部屋の隅でストーブが燃えていた。

小鷹さんがようやくダウンジャケットを脱いだ。私も濡れたコートを脱いで、やって来た人の良さそうな担当者に頭を下げた。

「いやー、こんな寒い中をありがとうございます。大変だったでしょうー」

と彼は寒暖差のせいか赤らんだ頬をさすりながら訊いた。

「ほんっとに大変でしたよ、大場《おおば》さん。僕、彼女と一緒に遭難するかと思いました。こんなに雪って降りましたっけ？」

小鷹さんはいつも通りに軽口《かるくち》をきいた。だけど大場さんはおおらかに笑った。

「いやいや、今日は特別なんですよ。たいてい雨ばっかりで。さあさあ、こちらです」

工場内のシステム室に入ると、やや型の古くなったデスクトップがずらっと並んでいた。

「えっと、会議室って二階でしたっけ？」

と小鷹さんが尋ねた。

「はい。ただ、申し訳ないんですがね、本来なら二階に貨物を上げるためのクレーンに積んでもらえれば楽々なんですけど、ちょうど、今朝、壊れて。この雪で修理もまだの状況なんですよ」

「う、わ……それは、タイミング悪いですね」

小鷹さんは重量感たっぷりのデスクトップを眺めながら呟いた。

「というわけだから、塔子ちゃん、がんばろうか」

私はあきらめて、はい、と頷いた。

二人ともスーツのジャケットを脱いで、シャツの袖を捲り、梱包《こんぽう》を始めた。配線もそのままだったので、それくらい外しておいてよ、と内心思いながら、デスクの下に潜り込んで埃《ほこり》まみれになりながらすべて取り外していく。

二階に抱えて運ぶ途中、ヒールで転ばないように足に力を込めた。普段、翠を抱っこしているからか、そこまで重たくは感じなかった。育児で知らぬ間に鍛えられていたことを実感しながら、がらんとした会議室のテーブルに段ボールを置いていく。

小鷹さんがやって来たので、配線をしながら

「小鷹さん。もうシステムの書き換え始めててください。運ぶのは私がやりますから」

と伝えた。

「マジで？　大丈夫」

「はい。そのほうが早いですから」

準備が済むと、小鷹さんはさっそくパソコンに向かって作業を始めた。

「塔子ちゃんさあ、さっきの担当の大場さん呼んできて」

「はい」

すぐに工場の一階に戻って伝え、一緒に階段を上がった。

小鷹さんは、となりに座った大場さんにモニターを見せながら
「これ、今、何重にもロックかかってて面倒だと思うんで、誰でも簡単にアクセスできるようにしちゃいますよ」

とさらりと告げた。

「あー、そりゃあ、助かりますよ。いちいち作業のたびに手間取ってたんで」

「ですよねー、効率悪いですもんね。あ、ただし監査が入ったときにはそっこーでこの機能は外してくださいね。一応、これ、やっちゃだめなことなんで。戻し方もお伝えしておきますから」

小鷹さんは流暢《りゅうちょう》に喋りながら、丁寧に詳細を伝えていた。そんなに対応に問題がある

ようにも見えない。私はパソコンの梱包を解きながら、ほっとした。

「ああ、それにしても、そこの村主さんね」

と大場さんが急に私を指さした。

「あー、塔子ちゃんがどうかしました？」

小鷹さんが堂々と名前を呼んだので、内心ひやっとしたけれど、大場さんはなんだか嬉しそうに、あーそう、塔子ちゃんっていうんだね彼女、と相槌を打った。

「綺麗なスーツで埃まみれになりながら勇ましくパソコン運んでるんだから、ファンになっちゃいますよ」

と言われたので、私はすぐに、そんなこと、と首を横に振った。

「そりゃあよかったです。塔子ちゃんはうちの期待の新人ですから。ま、正直、新人って歳ではないですけどね」

「はは、そりゃあ女性に失敬だなあ。意外と怒ったら怖そうじゃないですか、彼女」

「あ、分かります？」

「そりゃあ。素敵な女性に叱られるなら悪くないですけどね。や、けっして、私は変態ってわけじゃないんですよ。こんなこと言ったら火に油かな」

私は半ばあきれつつも、その場がずいぶんと和やかになったので、まあ、いいか、と思った。新人なんて呼び方が似合う年齢じゃないのは事実だ。

日が暮れる頃には、スーツもストッキングも皺だらけで埃っぽくなっていた。キリのいいところまで済んだので、本日の作業終了を大場さんに告げた。

「本当に二人ともお疲れさまです。あ、今夜はどちらに泊まるんですか？」

「今日は金沢駅近くのホテルユートピアに宿泊する予定になってます」

と小鷹さんはシャツの袖のボタンを嵌《は》めながら答えた。

「そうですか。せっかくだから食事でもご一緒できたらと思ったんですけどねえ、ちょっと今日はこちらもバタバタしていましてね。残念です」

「そうですかー。大場さんこそ、お疲れさまです。またぜひ次の機会に。できたらそこまで重労働じゃないときに」

と小鷹さんが茶化したように笑うと、大場さんは毛深い手で彼の肩を叩いて、労働した後のほうが酒が美味いのにもったいない、と返した。どうやら小鷹さんの適当さは、のんびりとした大場さんには合うようだった。

二人を眺めながら、軽く鼻が詰まってぼうっとすることに気付く。大量の埃を吸い込んだせいでアレルギー症状が出たのだろうか。

タクシーで街へと戻っている途中、車内の暗がりで、小鷹さんはスマートフォンを弄っていた。

「なにしてるんですか？」

と尋ねると、小鷹さんは画面を見つめたまま、飯屋の検索、と答えた。

「絶対、接待あると思ってたから調べてなかったんだよなー」

「あ、私も調べてみましょうか」

と取り出すと、ちょうど麻子さんからメールが届いていた。お迎えに行ったことと、東京も雪が降っていることが書き添えられていた。天気の悪い中を行ってもらったことに恐縮してお礼を返す。

小鷹さんが甘えるように言った。

「どうせならいい店調べてよー。僕はそんなに飲めないから、一軒目はちょっと高級な店でも。で、二軒目はなんかにぎやかな居酒屋とか」

私は、はいはい、と相槌を打った。もはや色っぽい気持ちは皆無で、夫を息子のように感じるのと似たような気分で店を探し、茶屋街に雰囲気の良さそうな和食屋があったので予約した。

ホテルに着き、それぞれ別れて部屋に入る。バスルームで濡れたストッキングを脱いで軽く化粧を直して急いで着替える。

ちょっとだけ、と思ってベッドにあおむけになったら、手足の力がいっぺんに抜けて弛緩していくのを感じた。なにもない天井を見上げ、静かすぎることに放心した。左腕がすっぽり空いていることが不思議だった。

こちらがどんなに疲れていても、遠慮なしに笑顔で抱き付いてくる翠。熱い体温と、まだミルクみたいな肌の匂い。リラックスできるはずの空間で、あの窮屈さを懐かしく思った。明日は早く仕事を終わらせて帰りたいと感じた。

起き上がり、もう一度、バスルームの鏡の前に立つ。少し疲れた表情。アイシャドウや頬紅で多少鮮やかな色付けはされているものの、それはたしかに母親の顔だった。

ちょっとだけ口紅を足してから、ふたたびコートを羽織って、ルームキーを片手に部屋の明かりを消した。

大雪だというのに、カウンターだけの和食屋は満席だった。ほのかな照明が手元を照らし、運ばれてきた鰤《ぶり》やイカの刺身を淡く光らせていた。

小鷹さんは繊細に泡の立ったビールをぐいっと飲んで

「塔子ちゃん、このビール、かなり美味いよ」

と言ったので、私も笑って、美味しいですね、と答えた。

「あー、それにしても疲れたー。大場さんってさあ、すげえいい人だけど、なんかMっぽいよな」

「ああ、ちょっと、そんな感じかもしれないですね」

と私は里芋の素揚げに塩を付けて食べながら答えた。噛むと、ぬるっとした感触の奥から熱い湯気が溢れて舌を火傷しそうになる。

「塔子ちゃん、叱ってあげたら喜ぶんじゃん」

「やめてください。会社にクレーム入ったら困ります」

と私は熱い息を吐きながら返した。

「あー、この店、美味いから二軒目行かなくていいや。大場さんが接待費で落としてもかまわないって言ってくれたし」

「は？　小鷹さん、そんな約束」

咎《とが》めようとしたら、じっと目を見られたので、反対にそらした。

「塔子ちゃん」

「なんですか？」

「鞍田さんと別れた？」

私は小さくため息をついた。ビール一杯でもひさしぶりの飲酒のせいか酔い始め、嘘をつくのが面倒になっていた。

「別れました」

「やっぱりー。おまえら、すげえぎくしゃくしてるもん。昼ドラじゃないんだからさあ。二人とも、バレすぎ」

私は憮然として頬杖をついた。矢沢の不倫の話を思い出す。完璧に騙せたつもりでいるのは当事者だけか。

「ほかの人にもバレてます？」

とちらっと小鷹さんを見て訊くと、彼は首を横に振った。

「いや、たぶん大丈夫だと思うよ。うち、ただでさえばらばらに動いてるからさ。僕は個人的に気になってたから目についただけで」

ビールグラスの下のコースターを見つめる。深い赤色の布製のコースターが敷かれていて、水滴が染みたところだけ血のように黒かった。赤い色を見て、鞍田さんと寝たときのことを思い出した。かすかに、骨が軋《きし》んだ気がした。すごく深く、誰にも聞こえないところで。

「個人的にってなんでですか？」

彼はこちらを見ると、答えた。

「僕は本質的に他人に執着できないんですよ。どんなときでもシニカルにしか物事を捉えられないし、茶化したり馬鹿にしたりしてしまう。それは意思っつーよりは、ほとんど呪いのようなもので」

私は、呪い、と呟いた。和服姿の女将《おかみ》さんがカウンター越しに、二杯目はどうしましょうか、と尋ねた。

「僕、日本酒にします。なにか石川のお薦めの地酒を。やっぱり雪の降るところの女性って綺麗ですねー。肌の白さが違うよね」

さっき私の肌を誉めたのとまったく同じノリで、小鷹さんは言った。女将さんは品良く言葉を受け取るように微笑むと、すぐに日本酒の一升瓶を何本か持ってきた。

その中の一つを選んで二合もらい、それぞれのお猪口《ちょこ》に注ぐ。小鷹さんは安いサワーと同じようにするする飲んでしまう。私も口に含むと、お米の味がごろっとして意外と手ごわかった。鞍田さんとだったら、ゆっくりと味わいながら丁寧な感想を言い合うのだろうな、と思った。

「あの、それで呪いって」

と尋ねると、彼は、ああ、と思い出したように口を開いた。

「僕さあ、姉が二人もいるんだけど」

「いそう」

と私は思わず返事した。彼は目だけですっと笑った。

「その姉たちがさあ、一人は神童って呼ばれたくらい頭良いんだけどエキセントリックっていうか、平たく言うと変わり者で全然モテなくて。もう一人は可愛いけど頭の悪いビッチで。で、お互いに劣等感があるから、いつも一触即発なくらい仲悪かったんだよ。その一番下で、女性のあらゆる面を学習しながらバランスを取らなきゃいけなかったわけですよ、幼かったときの僕は」

「それは、気を遣ってないふりをしながら、すごく気を遣わなきゃいけなそうですね」

彼は、そうなんだよ、とちょっと力を込めて言った。

「なにに対しても純粋な気持ちになれないんだよなー。汚れっちまった悲しみってこんなだよな。ちょうど雪も降ってるし」

「小鷹さん、ちょっと適当になってますね」

と私はふと我に返って指摘した。彼は、ばれた、と返した。

「あ、蟹《かに》の釜飯がある。塔子ちゃん、蟹食おうよ」

「はいはい、蟹釜飯をお願いします」

女将さんは頷いて、厨房《ちゅうぼう》に伝えに行った。白い陶器の箸置きから、ころん、と箸の先が転がったので、さっと戻す。

「それで、お姉さんの話と、どうつながるんですか？」

「ああ。そう、だから塔子ちゃんと鞍田さんみたいなの不思議でさー。なんか二人とも情が深そうだし。面倒を抱えてまで関係してるじゃん。女の人はまだ分かるんだよ。色々きついだろうからさ。家庭もあって働いてれば、非日常が欲しくなると思うよ。どうせあの旦那、なんもしないんだろ」

「どうして分かるんですか？」

「だってすげえ子供っぽかったじゃん。ああいう童貞マインドって、男社会ではそれなりに受け入れられるし信頼されるけど、女の人なんてべつの生き物じゃん」

ああなんて失礼なんだろう、と思いながらも、図星すぎて白旗を掲げたいくらいだった。

「童貞には分かんないよ。塔子ちゃんみたいに一見清純派なのに隠れこじらせ系のことなんて」

「童貞呼ばわりはさすがに失敬です……恋愛経験は少ないかもしれないけど、ちゃんと彼女だっていたし」

「嘘だー」

「嘘じゃないってば」

ほとんど昔からの男友達に対するような喋り方になっていた。あまり異性の友達がいなかったこともあり、ちょっと新鮮な気分だった。

「そういえば子供って、今日は実家が見てんの？」

「同居してる義理の母が見てくれてます」

「あー、義理の。実家のお母さんはなにしてんの？」

「介護ヘルパーです。毎日働いてるから、ほとんど会わなくて」

「へえ。珍しいな、実の娘が子供産んだっていうのに」

私は思わず黙り込んだ。

新年の食事会のときに、柳川鍋店の廊下を一人で歩いて先に帰った母の姿が思い起こさ

れた。あきれたように息を吐き、私まで赤の他人になったかのような視線を向けて
「もう、いいから。あんたは勝手にやんなさい。そっちの事情なんでしょう」

と突き放すように言われて、私はなにも言い返せなかった。

コートも着ないで店の外まで送っていった私を、母は遠ざかるときにちらっと申し訳なさそうに振り返ったけど、それでもなにも言わずに帰っていった。

「先月、浅草で親戚同士の新年会があったんですけど」

小鷹さんが饒舌なので、思わず私も重たい口が開く。酔いも回り、懺悔《ざんげ》のように話したくなった。

「へえ。セレブだな。おまえんところ」

「母が怒って帰っちゃって」

「なんで？」

「義理のお父さんが、別れた旦那さんにも翠ちゃんを会わせてあげたら喜ぶんじゃないですかって訊いたから」

「はあ？　そんなの新年会で出すような話題じゃないだろ」

「うん、そう思う。たまたま義理のお父さんの同僚が、息子夫婦が離婚して孫に会えないってぼやいてた、とか。そういう世間話の延長で」

「あー、なるほど。だけどそれで塔子ちゃんのお母さんがキレたわけ？」

私は首を横に振った。

「私の父は学者で、もうずっと前に外国行っちゃって行方知れずなんです。だから小学生以来、父に会ってなくて。だけど夫の実家では、私は今も父と交流があることになってたんです。母はそれを知らなかったから、それで気分を害して、体調が悪いふりして退席しちゃって」

「ん、なんだ？　そのややこしい話」

と小鷹さんは眉根を寄せた。皺が寄っても、ほどけばすぐに消え、すっきりとした顔に戻る。執着しないという台詞を思い出す。そう、この人は私が正しかろうと間違っていようと関心がないのだ。だからこそ誰にも相談できなかった秘密を打ち明けたくなっていた。

「夫が、黙っててほしいって言ったんです。結婚前に。せっかく東大出の学者っていう肩書で親が納得してくれたのに、行方知れずっていうと印象が悪いし、世間体も良くないから。今でもたまに交流があるくらいにしてくれって」

その瞬間、小鷹さんが店中に響き渡る声で、馬鹿じゃねえのっ、と言った。私はびっくりした。

彼は不機嫌そうに、おい、と呼びかけた。

「塔子。塔子ちゃん」

「……はい」

とうとう呼び捨てか、と面食らってとっくりを見た。二合の日本酒は空になっている。顔を見ると、陰鬱《いんうつ》な魚みたいな目をしていた。この人本気で酔ってる、とようやく気付いた。

「僕は独身でふらふらしてる身だから、えらそうなこと言えないけどさあ」

「はい」

「結婚って、そういうもんじゃないでしょう。塔子ちゃんのことなんて全然尊重してない

じゃん。相手の生い立ちごと肯定できずになにが旦那だよ。すげーむかつく話だな。すみ

ません、僕、レモンサワーください」

「すみません、レモンサワーは置いてないんです」

と女将さんは柔らかい言い方をしたものの、半分はいさめる雰囲気があった。

「あー、そうですか。すみません。じゃあ、ビールで。もうさあ、別れれば。塔子ちゃん

が離婚するの、鞍田さんだって待ってんじゃないの」

「待ってないですよ」

と私は驚いて返した。声を出した弾みか、関節に悪寒が走った。酔いにしては不快で、

おかしいな、とちょっと思った。

小鷹さんはビールグラスを片手に、だらしなく片肘をつくと

「だって鞍田さん、めちゃくちゃ塔子ちゃんのこと好きじゃん。二人で飲みに行ったのか

って訊いたときの心配そうな顔とかさあ。さすがに僕だって気の毒になったよ」

と言ったので、私ははっとした。もしかして、だから小鷹さんはあれほど急に手のひらを返したように冷たくなったのだろうか。

「子供連れて鞍田さんと再婚すれば？　あの人、どうせ金も暇もあるだろ。困ったらベビーシッター雇えばいいんだしさ」

「できないです」

と私はお猪口にうっすらと残った日本酒を見ながら、呟いた。

「なんで？」

「愛してないから」

「塔子ちゃんが？」

「違う。鞍田さんが、私を」

彼は頰を軽く搔くと、もしかしてたなちゃんのこととか気にしてんの、と尋ねた。私は首を振った。小鷹さんの話を聞いて以来、気にしていたけれど。二人が親しげに笑いながら喋っているのを見るたびに詮索《せんさく》したくなってはいたけれど、今はそれは関係なかった。

「好かれてるのは分かるし、向こう見ずな情熱も嬉しいけど、でもそれは毎日を無事に過ごしていく安心にはならない。あの人は、どこか危ないし、愛情っていうものを決定的に知らないんです。一緒にいても、一人で生きてる感じがする」

小鷹さんはゆっくりとビールを口にすると
「僕には、塔子ちゃんもそういうふうに見えるけどね。そんなに家族もいるのに、一人で生きてる感じがするよ」

と言ったので、私はしばらくなにも言えなくなった。

ゆっくりと視界が霞んでいく。額にかかった色素の薄い前髪。軽く目を伏せていると、本当にまだ十代の不良少年みたいだ。

「すみませーん。店内って禁煙、ですよね。ちょっと僕、外で一本だけ吸ってきていい？」

と訊かれたときには、カウンターに突っ伏していた。

「どうした、そんな酔って」

「すみません。なんか、ちょっと寒いっていうか。だるいかも」

小鷹さんが顔を覗き込んで、熱あるんじゃねえの、と訊いた。

そうかもしれないです、と小さく答えると、彼は即座にお会計を済ませた。ちょっと感動するくらいの速さだった。

そして女将さんにタクシーを呼んでもらうように頼んでから、朦朧としている私の肩にばっとコートを掛けた。

ドアを開けて明かりをつけると、背後に立っていた小鷹さんは

「僕、フロントで体温計借りてきますよ」

と言った。お礼を言う間もなく、小鷹さんはフロントへと駆けていった。

私はふらふらとクローゼットを開けた。さすがにガウンに着替えるわけにはいかない。ストッキングだけ脱いで靴下に履き替え、シャツにカーディガンを羽織って待っていたら、数分後に小鷹さんが戻ってきてドアをノックした。

彼は左手に体温計、右手には一階の薬局のビニール袋を持って、遠慮なく室内へと入ってきた。どん、どん、と商品を出してテーブルに並べる。ポカリに冷却シートにカイロに市販の風邪薬にレトルトのおかゆ。それにビタミンCの錠剤まで。

「ありがとうございます。そんなに、たくさん」

「いえいえ、べつに買っただけだから。ほい、体温計」

差し出されたのは昔懐かしい水銀式だった。うつむいてシャツの隙間から腋に挟む。その瞬間だけ小鷹さんが黙ったことに、肌が波立って反応した。熱と日本酒で頭の中も体も火照っていてぼうっとする。部屋の真ん中に小鷹さんは突っ立ったままだった。

彼がこちらを見て
「もういいんじゃないですか？」

と訊いた。あわてて体温計を取り出すと、三十八度を越えていた。

「いくつ？」

「あ、えっと、三十八度三分、です」

「けっこうあるじゃん。ほら、薬飲んで、寝て寝て」

半ば無理やり薬を飲まされ、ベッドに潜り込む。すぐに出て行くかと思ったのに、彼はベッドのそばまで来た。

「村主さんはこのまま休んでください。もし明日も動けないようなら、僕一人で工場行きますから」

私は鼻声のまま、右手を振った。

「それは、さすがにできないです。大丈夫です、私、意外と丈夫だから、一晩寝れば治ります」

と言い切ると、小鷹さんがあきれたように小さく笑った。

「ほんとに、おまえはさあ」

「なんですか？」

訊き返すと同時に、いきなり手が伸びてきて思考が止まった。小鷹さんの白くて細長い手が額に触れていた。

「うわ、熱」

と彼は驚いたように呟いた。枕に頭が張り付けられたように微動だにできなかった。

彼の背後にはスタンドライトが光っている。表情はかすかに暗い。なにもかも馬鹿にしているくせに妙に人懐こい目だけがじっと見つめている。左手はズボンのポケットに突っ込んだまま。触れた手のひらから心地よい体温が伝わってくる。

私は口を開きかけて、閉じた。

そして額に重なった小鷹さんの手をそっと摑んで、剝がした。彼は、すっとあっけなく、手を下ろした。

「本当に、ありがとう、ございます。お言葉に甘えて少し寝ます」

「あー、本当にそれがいいですよ。じゃあ僕は部屋に戻るから。万が一なんかあったら携帯鳴らしてくださいね」

と言い残して、彼は部屋から出て行った。

よかった、と思った。ちゃんと距離を取ることができて。

色々頭を冷やそう、と思って、ようやく一人きりになれたことにほっとしながら、掛け布団の下で足を伸ばした。

浅く寝たり起きたりを繰り返した頃に、携帯電話の振動で目覚めた。

ぼんやりと電子時計を見る。十一時五十一分。喉がひどく渇いて、起き上がって小鷹さんの買ってくれたポカリスエットをごくごくと飲んだ。

こんな時間に誰だろう、と思って携帯電話を見て、ふっと心が静まった。

『こんばんは。そちらの様子はどうかと思って、メールしました。

俺はもうこんなことを言える立場じゃないと思うけど、小鷹君と君が二人きりで出張に行ったことを知って、気が気じゃない。ごめん。』

ああ、と思った。重い。そう感じながらも水彩のように気持ちが淡く滲んだ。肌が覚えている。

私はしばらく迷ってから、返事をした。

『こんばんは。こちらは雪がすごいです。作業は六割方終わって、今、金沢のホテルです。小鷹さんとはなにもないです。というか風邪をひいてしまって一人で寝込んでいます……。』

すぐに返信が来た。

『おつかれさま。風邪は大丈夫？』

私はまたメールを打った。

『軽く熱が出ただけですから。今日寝れば大丈夫だと思います。ありがとうございます。おやすみなさい。』

あまり心配をかけても悪いと思い、簡潔にまとめて返信した。

ベッドに潜り込んでからも、熱でなんとなく心細くて、暗がりの中でラジオをつけた。

淡々と読まれていくリスナーのハガキ。深夜ラジオもひさしぶりだ、と思いながら目を閉じる。透明感のある綺麗な歌声が流れてくる。「手を伸ばしても　もう届かない」という歌詞を聴きながら眠りに落ちた。

海の近くにいた。曇り空で、波音は激しかった。

麻子さんや真君は寝間着姿でだらだらと砂浜で寝転がっていた。じゃあ翠を見ているのは誰か、と思った。青ざめて、いそいで電車に乗らなきゃ、と歩きづらいビーチサンダルのまま駆け出した。見渡す限りの田の畦道《あぜみち》はひどく足を取られてほとんど泥の中を進むようだった。

掘っ立て小屋みたいな田舎《いなか》の駅に着いたのに、財布がなくて電車に乗れない。薄ぼんやりした車掌の背後で、今にも出発しそうな列車が煙を噴き出している。

私は乗り込む人の波を押しのけようとする。翠が生きているのか死んでいるのかさえも分からない。家で一人きり。いつから。食事はずっと与えられていないのか。泣き疲れて眠っているならまだしも、階段から落ちたり、大怪我をしていたら。

ママーっ、と泣き叫ぶ声が聞こえた気がして、絶望的な気持ちで一秒でも速く列車に乗り込もうとするのに一向に前に進めない。

目が覚めたとき、分厚い遮光カーテンの向こうは、青白い光に包まれていた。

背中にびっしょりと汗をかいて、肌も唇もひどく乾燥していた。しばらく身動きが取れなかった。夢で、よかった。ようやく慎重にため息をついた。

時計を見ると、まだ六時半だった。体温計を取って一応測る。平熱に戻っていた。

起き上がり、浴槽にお湯を張る。テレビをつけると、朝のニュースをやっていた。爽やかなBGMに、ようやく夢の余韻《よいん》が消えていく。

入浴を終えて、髪を乾かして身支度を整える間も、翠のことが気になって仕方なかった。七時に夫にメールを送ってから、そういえば昨晩は連絡がなかったことに気付く。

朝食のバイキングへ行くために七時半に部屋を出ようとしたら、メールが届いた。麻子さんからだった。翠がテレビを見ながらたこさんウィンナーを齧る写真が添付されていた。安堵しつつも、なぜ夫から返事がないのだろう、と訝しむ。どこかおかしい。

ホテル内の明るいレストランに入ると、小鷹さんが広めの席に一人で座っていた。クロワッサンとコーヒーだけの意外とシンプルな朝食だった。

「おはようございます」

と挨拶すると、彼は驚いたように、お、と声をあげて
「マジでもう治ったの?」

と訊いた。

「はい。昨晩は本当にありがとうございました」

「すげえー。母は強しだな。てかさ、塔子ちゃん、食事取って来たら、ちょっと相談があ

るんだけど」

私は首を傾げつつも、ひとまずトーストやオムレツやサラダをトレーに載せて戻った。席に腰掛けると、近くの家族連れが食事を取っているのが目に飛び込んできた。小さな男の子がクロワッサンをぐーっと引っ張って千切っている。

「あの子がどうかした？」

と小鷹さんが訊いたので、可愛いなと思って、と私は答えた。

「塔子ちゃんの子供もあれくらい？」

「いいえ、うちはもっと小さいです」

「へえ。じゃあ可愛い時期じゃないの」

「そうですね。大人みたいな喋り方をするわりに、まだカタコトで。あ、この前、娘のリクエストでマフラー編んだら、預け先に迎えに行ったときに先生から、お母さんが作ってあげたんですかって訊かれて。私、はいって答えたんですよ。そうしたらうちの子がにこにこしながら、ママがお店から買ったのーって」

「え、なに、塔子ちゃん。手作り偽装？」

と小鷹さんがからかうように訊いた。私も笑って否定した。

「違いますって。娘は、お店で毛糸を買ったって言いたかったみたいだけど。まるで私が見栄張ったみたいで。困っちゃいました」

「あー、なるほどな。でも楽しそうだな、子供って。あ、それで相談っつーのはこれ」

と小鷹さんが新聞の一面を見せてきた。

「はい。え？　関東で三十年ぶりの大雪⁉」

「ピンポーン。早くも交通機関に影響が出てるって。飛行機飛ばないいんじゃねえの、これ」

「飛ばない、と、どうなるんでしょうか？」

「金沢に、もう一泊か」

小鷹さんは眉を顰《ひそ》めて言った。彼もけっしてこの事態を歓迎してはいないようだった。

工場での昼休み中、小鷹さんが会議室から会社に電話をかけた。私は買っておいたお弁当を食べながら様子を見守っていた。次第に彼はイラついたように足踏みを始めた。

「だからさあ、そもそも会田《あいだ》たちのチームのシステムだろう。なんでそんなのに駆り出されなきゃなんないんだよ。便利屋じゃねえんだから。はあ？　知らねえよっ。そんな期限、間に合うわけないの分かってんだろう！　こっちだって今日帰れるかも分かんないのに、なんで勝手な約束取り付けんだよ」

さすがに大場さんに聞かれたらまずいと思い、だけど下手になだめると逆上するかもしれないので、私はひとまず温かいコーヒーを淹れて、電話中の小鷹さんにそっと渡した。

彼は一瞬だけ我に返ったように、目だけで、ああ、という合図をすると、またすぐに電話に戻った。

「……分かったよ。とりあえず戻り次第、出社するから。話通しておいて」

小鷹さんは疲れ切ったように電話を切ると、パイプ椅子にがすんと腰を下ろした。

「あーっ、もう最悪だよ。あいつら、新興宗教かよ」

「なにがあったんですか？」

彼はコーヒーを啜りながら言った。

「会社でメインのサーバが落ちたって」

「え？　大変じゃないですか」

「週末返上で復旧作業するっつってんだけど、人手が足りないから僕も呼び出しですよ。この忙しいときに、会田たちのユーザーが解約したいっつってきて、その対応によそのチームのやつまで駆り出されてるんだと。会田のチームって、よそのヘルプには入んないくせに、自分たちのシステムは神様みたいに特別扱いしてんの、なんなんだよ。てかあいつらがあんなややこしいのつくったせいで、いちいちまわりが苦労してんじゃん」

「おつかれさまです……」

としか言いようがなかった。小鷹さんはコーヒーをずずっと勢いよく流し込むと
「あー、帰りたくねえ。でも、帰んないと、ほかにも犠牲者が出るからなー。まあ、それもこれも無事に飛行機飛んだらの話だけど」

と吐き出すように言って、お弁当の残りをかき込んだ。

夕方前には作業を終えて、大場さんに報告を終えた私たちは、そのままバスで小松空港へと向かった。

けれど出発ロビーでの電光掲示板を見た私たちは、その場に立ち尽くした。

「すっげー。見事に、欠航の赤字だらけ」

と小鷹さんがズボンのポケットに手を突っ込んだまま漏らした。まわりには大勢の人たちが同じように途方に暮れていた。

「塔子ちゃん、新幹線ってどう?」

「今調べてみたんですけど、かなり乱れてます。時間もかかるし、途中で止まる可能性が高いです」

「あー……それだと、金沢でもう一泊して、明日の朝の飛行機待つのがベストか」

「ホテル、予約しましょうか? 急がないと金曜日ですし」

「いや、僕がやりますよ。塔子ちゃんは家に電話しなくていいの?」

私は頷いて、ロビーの隅に走っていって、夫に電話をかけた。

一度目はつながらず、仕事中だろうかと思っていたら、折り返してきた。

「もしもし、真君。今、金沢なんだけど、東京の大雪の影響で飛行機が飛ばなくて。このままだと、もう一泊」

と喋っている最中に、夫がなんの相槌も打たないことに気付いた。

「真、君？」

暗い井戸の中に物を落としているように、呼びかけは吸い込まれていくだけで返事はなかった。鞍田さんの顔がよぎり、鳥肌が立った瞬間、電話の向こうから甘えたような声が聞こえた。村主さーん、お待たせしてごめんなさい、とはしゃいだような声が。

「ちょっとっ」

と反射的に怒鳴ると同時に、電話を切られた。すぐにかけなおしたけれど電源が落ちていた。

私はすぐに麻子さんに電話をかけた。

「もしもし。あ……塔子ちゃん？」

麻子さんまでどこか他人行儀に感じられた。いったいなにがあったのか、と思いながらも
「すみません、真君に連絡がつかなかったので」

と伝えてみると
「あの子だったら、会社の飲み会があるって言ってたけど」

と返ってきた。そんな話は聞いていない、と思いつつも、呼吸をなんとか整えて事情を説明した。麻子さんは、えー、と困ったような声をあげた。

「明日の朝から草加へ行こうと思ってたのよね」

「すみません……そちらの雪の様子は？」

「こっちもすごい雪よ。だけど電車はなんとか走ってるから。だけど、どうしよう。真一人で翠ちゃんの面倒が見られると思えないし」

あの家は子供が二人いるのか、と心底思いつつも謝っていると、いきなり夫からの電話がかかってきた。麻子さんにいったん待ってもらい、電話に出ると
「もしもし。塔子？」

とひどく陰気な夫の声がした。

「うん。大丈夫？　今、電話してても」

「ああ、大丈夫だよ」

「今、金沢なんだけど、雪で飛行機が飛ばずに帰れなくて、もう一泊することになりそうなの。明日の朝に麻子さんは草加に行くっていうから、真君が翠に朝食を食べさせて、適当にＤＶＤとか見せてあげることとって」

また相槌が途絶えたことを不気味に感じていると、夫が痺れを切らしたように
「いいから、帰って来いよ」

と言った。

「帰りたいけど、交通手段が」

「いいから鈍行でも帰って来いよ。俺だって今日は遅くなるから、明日の朝だって無理だよ」

「遅くって、聞いてないよ。さっき女の人の声がしたけど」

「前に塔子も会ったことある、営業の島谷さんだよ。てかっ……なんだよ、その言い方は！」

　いきなりキレた夫に、私は呆然と黙り込んだ。

「塔子、俺に隠し事してるよな？」

「隠し事って、なんのこと？」

と私は訊き返した。焦りはすでに奥のほうに引っ込んでいた。なんだか怒りさえ感じていた。今までなんのフォローもなしに見ていただけのくせに。しかも
「だいたいなんで島谷さんがいるの？　部署も違うのに」

「べつに、仕事の相談だよ。もう店の中に戻るから。とにかく塔子は帰って来いよ。話はそれからだよ」

　そう言い捨てられて、我慢が限界に達した。

　なにもかもが、どうでも良くなった。

「分かった。じゃあ明日の十時からベビーシッター頼んでおく。これでいいでしょう。あなたは寝室で寝てれば？」

「ちょっ、勝手なことすんなよ。うちの親だって」

「親親ってなによっ！」

と私はとうとう怒鳴った。夫は反射的に黙った。

「あなただって親でしょう！　それなのに一度だって一人で翠を見てくれたこともなく、私が保育園を探してるときだって知らん顔で、仕事辞めたときだって困ってないからいいだろうって言って、働き始めてからだってなにもしてくれないじゃない！　じゃあこっちで勝手に預けてなにが悪いの」

「な、なんだよいきなりっ。なにもしてないわけじゃないだろ。塔子が留守のときには、俺だっておふくろと飯食わせたり風呂入れたりしてんだよ」

「そんなの全部、お義母さんが手伝ってくれてるじゃないっ」

「塔子だってそうしてんだろ？」

馬鹿じゃないのか、と思った。自分の夫に。なんでこんなに分からないの。

「実の親でもないのに、そんなほいほい気楽に手伝ってもらってると思ってんの？」

「そういうけど、そもそも必要に迫られてもいないのに塔子が働きたいっていうから、うちの家族が協力してるんだろう」

「無尽蔵にお金があるみたいな言い方しないでよっ。親の援助もなしに独立したことないくせに。結局、親ありきじゃない」

その瞬間、夫が激昂《げっこう》したように割れた怒声を浴びせた。

「じゃあっ、二十四日の夜中にどこに行ってたか言ってみろよ‼」

今度は私が反射的に黙る番だった。それ、か。バレていたのか。たしかに気付かれないわけがない。

「おふくろがすげえ心配して、悩みすぎて胃薬まで飲んでたの知ってんのかよ。塔子の留守中じゃないと話せないからって言われて、それで、実の母親からそんなこと打ち明けられた俺の気持ちが分かるかっ？」

分からない。どこまでバレているのかが。鞍田さんのことまでか。それとも家を抜け出したことだけか。様子をうかがっていたら、夫は波に乗ったようにまくし立てた。

「ほら、言ってみろよ。真夜中に出かけて、明け方に帰ってきた理由を説明してみろよ。それもクリスマスイブに。塔子をいたわろうと思って一緒にプレゼントまで買いに行ったのに、俺の愛情なんて全部、意味なかったんだよな。馬鹿みたいだよ」

とまくしたてた。私は心底情けなくなった。二万円弱のストールでそんな言われ方をすることが。

自分で稼げれば生活できたのだから、夫と結婚するまで私は困っていなかった。だから夫がいくら稼いできたって、本当にその対価としての家事労働でしかなく、養ってもらっているという意識なんて心の内になかったのだ。

仕事が嫌いだったら違っていたかもしれない。だけど仕事の理不尽なら許容できた。その時間が家賃や光熱費やワンピースや食事に換わることを知っていたから。そう考えると、夫はたしかに狭量で子供だけど、私にだって傲慢《ごうまん》なところはあったのだ、と初めて気付いた。

鞍田さんのことさえ知られていなければ嘘はつける。疑いは完全には拭えなくても強引に納得させることはたぶんできるだろう。

だけどそれで今より慎重に監視されるようになって、残業ひとつ顔色をうかがってびくびくして、麻子さんにまで負い目を感じて……想像するだけで疲れてしまった。そこまですることに、もはや意味が見いだせなかった。

私が黙っていると、夫は不安になったのか

「……べつにさ、浮気したわけじゃないんだよな？　まさかそんなことしてないよな？」

と念を押すように訊いた。この人もまだ気持ち的にグレーなのだ、と悟る。即座に

「してない。そんなこと、するわけないじゃない」

と私ははっきり答えた。円満な夫婦生活のためというよりは、親権取られるわよ、という母の忠告を思い出して。

「そう、だよな。翠もまだ小さいんだし。そんなこと。ただ話はしないと分からないから。それなりに謝罪してもらえれば」

謝罪、という単語を聞いた私は、かすかに気が遠くなった。

ああ。やっぱり納得できない。この人の言うことは。

浮気してないなら、なにに対する謝罪なのだ。そういう感覚が理解できないのだ。いや、たしかに浮気はしたのだけど、それでも全然詫びる気になれない。

自分は寝転がって気持ちよくなるだけで、セックスしなきゃしないでいいというスタンスで、精神的な理解もなければフォローすらない。それならよそでべつの男性と関係を持ってどうして悪いのか。結局、私はそんなふうにずっと思っていたのだ。罪悪感はあった。だけどそれは翠を預けて外出していることに対してだけで、夫に対するものじゃなかったのだ。

私が返事をしないでいたら、夫も意地のように黙り込んだ。空港内の受付カウンターにはいつしか人が溢れていた。

「分かった。じゃあ、帰ればいいんでしょう。鈍行でもなんでも。でもどちらにしても到着は明日の朝になるから」

小鷹さんが近付いてきて、スマートフォンを握った右手を軽く挙げる。ホテルが予約できたのだろうか。

夫はうんざりしたようにため息をつくと

「分かったよ。ただし、これで最後だからな」

と念を押すように告げた。最後？　と私は啞然とした。大雪を降らせたのは私だとでも言うのか。

携帯電話を切ってコートのポケットに押し込んだ私は、小鷹さんの脇を素通りした。

「ちょ、村主さん。どこ行くんだよ」

「帰ります」

と宣言した。もうなにもかも、どうでも良かった。

「帰るって、飛行機も新幹線も無理だろ」

「夜行列車使ってでも帰ります。帰らないと、娘が」

「なに？　ちょっと待てって」

小鷹さんが右腕を摑んだ。私は振り返って仰ぎ見る。凄《すご》むような目をしていた。固く結ばれていた唇がすっと開いて
「娘が、どうしたって？」

と彼がゆっくりと尋ねた。

「夫が、すぐに帰って来いって。それに夫だけじゃあ、娘の面倒を見られるのか分からなくて心配だから。だから、帰らなきゃならないんです」

今朝の夢が思い出されて急激に不安になり、やっぱり帰らなきゃ、と思い詰めたとき、小鷹さんが子供同士の喧嘩をいさめるように私の頭に手を置いた。その不意の動作に怯《ひる》む

と同時に
「『人形の家』かよ。今は平成だろ」

と言われ、なぜか唐突に涙が出た。頬がどんどん熱く湿っていく。私は、平成だからって、と嗚咽を堪えながら、呟いた。

「男の人は、千年経っても、男じゃないですか」

小鷹さんはどかっと足元に荷物を置くと、親指で私の頬に流れる涙をすくうように拭った。

「おまえ、本当になんで結婚したんだよ」

「小鷹さんには、分かんない。だいたい小鷹さんだって女の人のこと、好き勝手に言うじゃないですか。外見も仕事の能力も優しさも家事も、ぜんぶ、やんなきゃいけなくて、がんばりすぎたら今度は怖いって言われて。いつだって比べて茶化して誉めたりけなしたり、がんばってもがんばっても、キリがなくて」

「……分かった。悪かったよ」

私は首を横に振る。この人は関係ない。分かっているのに、いつだって本当に責めたい相手には言えない。

「もう、疲れた」

そう呟いた瞬間、真剣な顔が近付いてきて、仰ぎ見たまま時間が止まった。

二回目のキスは気が遠くなるほど長く感じられた。唇の感触は、真冬なのに柔らかかった。

彼が離れながら真顔で
「おまえってほんと赤ん坊みたいな匂いするよな」

と小さく呟いた。私はかろうじて、知らないです、とだけ返した。

小鷹さんは現実に戻るように、背筋を伸ばした。私はまだ放心していた。周囲の話し声が聞こえると、急に気恥ずかしくなったけれど、行き交う人たちはそれどころじゃなく手続きに追われている。

「まー、どうしても帰るっていうなら止めないけど、どうせ大して時間変わらないと思いますよ。それに面倒っていうのは、見なきゃいけない立場になったら、見るもんでしょ。たかが一泊で大事な娘を育児放棄したりしないって」

「たしかに、そうだとは思うけど」

と平常心を装って答えた。内心では動揺していた。最初のときはたぶん酔った勢いだったけど、今はなんでキスされたのか全然分からない。

「てか、こんな状況で悪いんですけど、村主さん。凶報があって」

今度はなにかと思った。小鷹さんは続けた。

「ホテル、一応、取れたんだけどさー。週末&雪の影響で、ほとんどどこも満室で。ツインの部屋ひとつしか空いてなかったんだよね」

コートの水滴を拭って掛けたとき、背後のユニットバスのドアが開いて、小鷹さんが出てきた。背中がぶつかりそうになり
「あ、悪い」

と言われた。大丈夫です、と私は答えた。

小鷹さんはテレビのそばの椅子にどんと座り込むと、新しい煙草のパッケージを開けながら言った。

「ごめんね。喫煙の部屋しかなくて。て、吸わなきゃいいだけの話なんだけどさ」

「いいですよ。どうぞ、おかまいなく」

彼が本当に気兼ねなく煙草を吸い始めたので、私も遠慮せずにユニットバスへと向かった。狭いトイレの脇で、さっきユニクロで購入した服に着替える。ゆったりとしたワイドパンツに白いブラウスという格好で短く息をつく。超きまずい。思わず女子高生のように小声で呟いてしまった。空港の公衆の面前でキスしたばかりで、二人きり。

脱いだ服を袋にしまって戻ると、彼は煙草を吸い終えて、金沢の無料タウン誌を読んでいた。残り香がまだ空気中にとどまっている。

「テレビでニュースとかチェックしますか？」

と尋ねてみると、小鷹さんは顔も上げずに答えた。

「あー、見たいならどうぞ。僕、普段、テレビってほとんど見ないんで」

ちょっと意外だった。家に夫と翠といるときには大抵つけっぱなしだ。翠の好きな動物番組を見て、麻子さんも交えてわあわあ言い合って笑う。あんな時間はもう戻ってこないのだろうか。どんなに遠慮していても、やっぱり家にいるときには皆で楽しい時間を過ごせたし、明るく喋ったりご飯を食べたりもしていた。だけど、謝罪。その単語を思い出して急激に心が固くなる。

私がなにも感じていないと思っているのだろうか。離婚後に外国へ行ってしまった父が、私の成長をまったく気に留めず連絡ひとつよこさないことを。

夫は無邪気に、今も会ってることにできないかな、と提案した。いくら自分は家族に当たり前のように大事にされてきて、こちらの事情がよく分からないからって。それはもう分からないことが罪なのではないだろうか。

小鷹さんがちらっと窓の外を見た。その見慣れぬ横顔を目の当たりにした瞬間、淋しい、とはっきり思った。自分はたしかに一人だ、とも。

「雪降ってきたなー。チェックインの前にカレー食っておいてよかったね」

私は、そうですね、と気を遣って笑った。

適当に入ったお店の金沢カレーはかなり量があって、真っ黒のルーに刻んだ山盛りのキャベツが添えてあった。小鷹さんの前だったのでなんとなく残せずに完食したけれど、肉の脂身を食べたときのように胃がもたれてまだ若干重い。

「塔子ちゃん、コンビニで買った酒でも飲めば？」

結局、それ以外に今の緊張を払拭《ふっしょく》する方法はなくて、私は頷いた。

冷蔵庫のビールを出して控えめにプルタブを引く。ぷすっと気の抜けた音がした。濃い味のものを食べた後に、空気の乾燥した室内で飲むビールは美味しいけど、さすがにぐいとはいけない。

小鷹さんも缶ビールを開けたものの、ほとんど手をつけずに、おつまみ代わりのポップコーンばかり頬張っている。

「塔子ちゃん、悪いけどティッシュ取ってくれる？」

はい、と箱ごと渡すと、ありがと、と言う瞬間だけちらっと視線が向けられた。

「そういえば、家、大丈夫か？」

私は缶ビール片手に壁際のベッドに腰掛けて、たぶん、と答えた。それと同時に携帯電話が光ってびっくりした。だけど夫ではなく、鞍田さんだった。

『おつかれさま。そろそろ仕事が終わった頃でしょうか。雪で飛行機が欠航になってるから、まだ金沢かと思って。』

私は、おつかれさまです、と打ってから、続きを打った。

『東京も雪で大変みたいですね。こちらは飛行機も新幹線も無理そうだったので、金沢にもう一泊して、明日戻る予定です。』

さらにすぐ返事が来た。

『仕事のＦＡＸを送りたいので、ホテル名と部屋番号を教えてもらえたら嬉しいです。』

メインのサーバが落ちたことを思い出しながら、すぐに返信をした。

もしかして小鷹さん宛だったのかな、と思いつつも携帯電話を枕元に置くと、小鷹さんがビールを一口飲んだ。珍しく雑な飲み方をしないことで、変な深読みをしてしまう。缶ビールを持った指先までぴりぴりする。

「塔子ちゃんってさ、本当は前の会社に戻りたいとか思わないの？」

そんなことを訊かれたので、私はちょっと考えてから、首を横に振った。

「たしかにお給料とかボーナスは良かったけど、男の人たちの怒声とか、日常茶飯事だったから。今の会社のほうが雰囲気はずっといいし」

「あー。そうかもな。でもそれだと、結婚して辞める女子も多かったんじゃねえの」

「うん」

と私は頷いた。思い出す。社内の男の人たちのなにげない、だけど少しずつ私たちを息苦しくさせる言動を。

——孫《そん》さんって可愛いよなあ。中国人なのに君らよりもよほど大和撫子《やまとなでしこ》って感じだよね。

——事務の中西《なかにし》さん、寿退社かー。それ聞いて内心焦ってるんじゃない？

——興味ないって強がってるけど、今の彼氏と結婚したくて付き合ってるんでしょう？

まだ二十代半ばだったけど、あの頃が一番不安定だった。女友達は誰も結婚していなくて、だからこそ誰が一番先なのか、どんどん追い抜かれていくのか、考え出すと夜も眠れないほどだった。

どんなに高尚な本を読んだり複雑なシステムについて学んでも、一番身近なコンビニの棚は、愛されだのモテだの婚活だの不妊治療だのの文字で埋め尽くされていて、仕事の悩み特集は大半が白黒ページで、外見も所作も内面もすべて美しくなってモテたり結婚したりするためのカラーページの影なのだ。

愛とは見返りを求めないこと、純粋に与える愛情こそ美しい。そんな文句は、あくまで国の象徴のように生かしながら、その実、結局は「愛する」だけじゃだめで、「愛され」なきゃ意味がない、と堂々と主張している。そんな世論を嫌悪しながらも、反発しながらも、その通りだと思った。愛するだけじゃだめ。愛されたい。そして自分はほかの同性よりも魅力的だと錯覚したい。

鞍田さんの言った通りだ。

幸福がなにかなんて、ずっと分からなかった。だから世間的に価値があると言われているものばかりを集めた。

缶ビールを置く。小鷹さんの前を通り、深緑色の遮光カーテンを捲った。

曇りガラスを指で拭うと、闇の中に降る雪が見えた。時折、すっと車のヘッドライトが差して、また消える。白と、黒だけの世界。きれい、と思わず呟くと、またガラスが曇った。

小鷹さんが私の左手首を摑んで引いた。振り返る。少しだけ目元が優しくなって、二人きりで盛り上がった夜を思い出す。長い首に、丸く浮き出た喉仏。たしかにスポーツをやっていたからか、無駄なぜい肉のない上半身がライトグレーのカーディガン越しにも見て取れる。

僕さあ、とふいに切り出された。

「あんま優しくないと思うけど、いい？」

背中を切り開かれて神経をつまみ出されたように心臓が跳ねた。どう答えていいか分からずうつむくと、こっち来い、と言われた。

こっちと言われても、と内心思っているとさらに引っ張られて、小鷹さんの膝にほとんど座り込む格好になった。恥ずかしくて下を向く。自分の体重で彼の腿が圧迫されている。重くないだろうか、今お腹が鳴ったらどうしよう、と心配ばかりしていると、両手を首にまわされ、小鷹さんが見上げるようにした。

あの果実を煮詰めたような匂いが漂う。外国製のガムみたいにはっきりと甘い。いきなりキスしないで、懐こい犬のように首筋に頬を擦り付けるように寄せてくる。こういう仕草が似合う人だ、と思う。いきなり首筋を噛まれ、や、と顔をそむけると

「我慢しろ」

と言われ、口をつぐむ。歯が食い込んでいく。ゆっくりと噛まれているから、ショックを受けるような痛みではなかったけれど、次第に痺れてきた。

唇が離れると、滞っていた血液がじわっと血管の中を流れていくのを感じた。熱くてひりひりする。体の芯が火照っていく。同じようにしてみ、と言われて、私は、でも、と言いかけた。

「いいよ。痕《あと》残っても」

顔を肩に埋めるようにして近付けていく。吸血鬼になった気分だ。シミひとつない首筋に唇をつけて、ゆっくりと吸いながら前歯だけで噛むと、うん、と小さく咳払いのような声が耳元で聞こえた。髪を撫でられる。そうだ、この人のお兄さんみたいな撫で方が好きだった。

しがみ付いた背中は薄すぎも厚すぎもしなくて、ちょっと華奢《きゃしゃ》ぐらいのつくりだった。女子校出身の自分にはたぶん一番好ましい、生々しさのない少女漫画の男の子みたいな体形。それなのに、傷んでいない肌の感触を確かめるほど泣きそうになっていた。たしかに嫌じゃない。でも——。

「……おーい。塔子ちゃん」

小鷹さんが私の顔を覗き込んでいた。申し訳なくて両手で顔を覆ってしまった。

「いや、正直、僕そこまで性欲強いわけじゃないんで、嫌ならいいんだけど。家のことでも思い出した？」

私は無言で首を横に振った。

「まさか鞍田さん？」

小さく頷くと、小鷹さんがあきれたように息を吐いた。私は先回りするように彼の膝からずるっと下りた。

ごめんなさい、と呟くと、彼は頭を掻きながら煙草を手にした。

「一本吸う？」

私は軽く吸って、すぐに噎せた。昨夜の風邪のせいか、喉がいがらっぽかった。

灰皿に添えるように置くと、細長い煙が立ちのぼった。

小鷹さんは煙草を吸いながら、背もたれにがたっと寄りかかった。

「分かんねえなー。お互い、そんな真剣なのに、なんでややこしいことになってんのか」

「私は、ずっと怖かったんです。人と違うことをするとか、逸脱することが。いつか破滅して、怖い目にあうって、ずっと思ってた」

そう告白すると、彼はなぜかあっけに取られたような顔をした。

「は、なんで？」

「え？」

「破滅ったって、塔子ちゃん、一人でちゃんと生きていけるじゃん。仕事も、家事だってできるんだろう」

私はしばらく呆然としたまま、小鷹さんを見つめていた。

「ほんと、だ」

煙草はすでに灰皿の中で消えてなくなっていた。二人分の灰だけが降り積もっていた。

「なんで、怖かったんだろう。あんなに」

「塔子ちゃんの呪いだったんだよ。それが」

と小鷹さんは放置していたビールを口にしてから、炭酸抜けてるー、と分かりきっていたことを口にした。

「本当におまえってさ、マトモそうに見えて、いきなりキレて泣くし、急にエロくなるくせにやらせないし。面倒臭いよな」

「すみま、せん」

「意外と男を振り回すタイプだよね。ま、いいけど」

小鷹さんはあきらめたようにポップコーンを数粒、口に放り込んだ。それから煙草に火をつけ、テーブルに肘をついた。

「昨日の夜、塔子ちゃん、愛がどうとか言ってたけど」

「あ、はい」

と私は相槌を打った。心の中で、本当にこの人って執着しないんだなあ、と感心しながら。

「そんなにずっと安定して好かれて安心できないと愛とか呼べないもん？」

「どういう意味ですか？」

「だってさー、キリストとかって旅しながら、いきなり病気の人間とか娼婦に愛を注いで奇跡起こしたんだろ。それって会ってすぐの、ほんの一瞬じゃん。それは究極の例でもさ、好きなタイプって一目見て気に入って盛り上がったら、なんとなくその記憶で続くもんだし。セックスだって会話だって、長くいりゃあ、かならずいつか飽きるし。人生でほんの一瞬でも本気になれたら、十分じゃないの。まあ、僕、そんな経験もないですけど」

最後に混ぜっかえしたところが小鷹さんらしかった。

私は、ほんの一瞬か、と呟いた。だけどそれだけで強く生きていくことができるのだろうか。いつだって相対評価ばかり気にしてしまう自分が。

そのとき、部屋のインターホンが鳴った。

「なんだ、こんな時間に」

と小鷹さんが訝しんだ。

「あ、さっき鞍田さんが仕事のＦＡＸ送るって。ちょっと出てきますね」

そう説明してドアを開けた瞬間、私は目を見開いた。

濡れた黒いコートを羽織った鞍田さんが立っていた。

不安げに私の顔を見て微笑んで、背後に視線を移すと、さっと表情を失くした。

振り返ると、小鷹さんが啞然としたように眉を寄せていた。

「……ごめん。俺は、帰ったほうがいいか」

と鞍田さんが呟いた。違います、と答えると同時に、鞍田さんが、悪い、と小声で早口に告げて、いきなりユニットバスへと駆けていった。トイレかと思ったら、半開きのドアの向こうでいきなり排水溝が詰まったような濁った声が漏れてきた。水の中になにかが続けざまに落ちる音も。

私はドアの向こうに入り、トイレにうずくまる背中に手を添えて
「鞍田さん、大丈夫ですか」

とおそるおそる尋ねた。彼は初めて私の手を払おうとした。酸の強い臭いが鼻を刺す。

吐いたものが軽く袖口についた。

「ごめ……」

「大丈夫です。今、水持ってきます」

ティッシュで袖口を拭き、ユニットバスを出て冷蔵庫へ向かう。小鷹さんは壁際に突っ立っていた。なにも言わなくても完全に顔が引いていた。ドン引きと言ってもいいくらいだった。

「小鷹さん、すみません。ちょっと、水もらいますね」

と私はその顔を見ないようにして、冷えた水を取り出した。

鞍田さんが手を洗い終えて出てくると、私は水を渡した。顔色が青白かった。

彼は浅く飲み込んでから、ありがとう、とすぐに戻した。それから小鷹さんのほうを向いた。

「急にすまなかった。みっともないところを見せて」

小鷹さんは、いやそれはいいんですけど、とまだ若干引いた顔で答えると
「てゅーか、鞍田さん、どうやってここまで来たんですか?」

と訊いた。

「ああ。車で」

「東京から? めちゃくちゃかかったんじゃないすか。てか雪で封鎖されてたはず」

「まあ、多少は。一部通行止めにはなってたけど、それでも十時間くらいか」

「まじか」

と小鷹さんが小さく呟いた。それから、さっき読んでいたタウン誌をがさっと掴むと、私たちの間を通って、クローゼットを開けてダウンジャケットを羽織った。

「あー、僕、地元のキャバクラ行って癒されてくるんで。それまでになんか二人で話つけておいてください」

こちらが引き留める間もなく、小鷹さんは気を遣ったというよりは逃げるように部屋から出て行った。

幾分か顔色を取り戻した鞍田さんに、私は
「温かい緑茶、飲みますか?」

と尋ねた。彼は、ありがとう、と答えて濡れたコートを脱ぐと、丁寧に折りたたんで椅子の背もたれに掛けた。テーブルの上には小鷹さんの食べ散らかしたポップコーンの袋が残っている。

私は慎重に熱い湯呑を渡した。彼は一口飲んで、息を吐いた。

「週末で雪のせいか全然部屋が空いてなかったんです。それでひとまず、ツインの部屋に」

「そうだったのか。ごめん、急に」

「いえ、こちらこそ。でも、どうして？」

「今日はやることも少なかったし、そっちの様子も気になってたから。金沢もいい町なのにしばらく来てなかったこともあって」

ことり、と湯呑を置く音がかすかに響いた。

「入れ違いになったら、どうするつもりだったんですか？」

「美味い飯でも食って帰るかな、と思ったけど。君は食事は？」

「さっきカレー食べました。昨日は『麻野』っていう和食のお店に」

「ああ、そこ、有名なところだよ。どうだった？」

私は苦笑して、小鷹さんが好きに注文したから、と答えた。鞍田さんはテーブルの上のポップコーンを見て小さく笑うと
「たしかに彼は食べ方が雑そうだな」

という感想を告げた。

「鞍田さん、そういえば宿とかは大丈夫？」

「ああ。それは男一人だったらどうにでも」

どうにでも、と言われても、鞍田さんがよそへ行って、小鷹さんがまたこの部屋に戻ってくるというわけにもいかない。

鞍田さんは軽く視線をさまよわせてから、気付いたように

「そういえば、君は出張が延びて大丈夫だった？」

と訊いた。

「正直、大丈夫かは、ちょっと。本当は夜行で帰ろうとしたんですけど、小鷹さんに止められて」

そうか、と鞍田さんは漏らして考え込むと、ゆっくりと顔をこちらにむけて
「送ろうか？」

と尋ねた。すぐには意味が分からなかった。

しばらくして、ようやく飲み込んだ私は目を見開いた。

「車で、今からですか？」

「ああ。君さえよかったら。凍結してるだろうから速度は落ちるけど、一晩あればなんとか。君は寝ていてくれれば」

私は絶句した。さっき会った時点でふらふらだったのに、さらに今からこの人に運転させるなんて無茶だと思った。雪で通行止めや渋滞が多発してるだろうし、最悪、途中で動けなくなる可能性だってある。

だけど、とも思う。ここで小鷹さんと二人に戻ることはできないし、かといってばらばらの宿を今から探すのもおそらく難しい。まさか私が出て行って、鞍田さんと小鷹さんを二人きりにするわけにもいかない。

私は顔を強張らせながらも尋ねた。

「本当に、大丈夫ですか？」

鞍田さんはすぐに、大丈夫だよ、と言い切った。

「一人だったら居眠りが心配だけど、君がとなりに乗ってるなら」

私は小さく息を吐いた。なんて強引なんだろう。いつだって選択肢を与えているように見せて、こんなふうに追い詰めるのだ、この人は。

「小一時間くらい仮眠を取ってもいいかな。そうしたら動けると思うから」

むしろお願いだから休んでください、と自分が使うはずだったベッドを空けた。

鞍田さんは横になると、こちらを見上げた。私の手を取り、手のひらをじっと見つめる。

「君、意外と生命線がはっきりしてるな」

と言われたので、私は笑って、風邪も一晩で治しましたから、と答えた。鞍田さんの手のひらは、薄く細かく皺が刻まれている。

「鞍田さんは繊細そうな手相ですね」

「ああ。見る？」

手のひらを向けられる。思わず結婚線を見てしまう。くっきりしたものが一本だけあった。この人は再婚しないかもしれない、と内心思いながら生命線に目を向けて、ちょっとどきっとした。真ん中あたりで唐突に途切れて、少し離れたところから細く枝分かれしていた。

「体、気を付けてます？」

となにげなく尋ねると、鞍田さんは思いの外、表情を陰らせた。

「人並みには。まあ、いつ死んでも、困る人間はいないから、いいよ」

「そんなこと急に」

と私は途方に暮れて呟いた。鞍田さんは慰めるように笑いながら
「急じゃないよ。そんなに俺は長生きしたがってるように見えてたかな」

と返した。彼のシャツの襟を見ながら、よかったら着替えますか、と訊いた。

「部屋着、たぶんフリーサイズだから。その格好だと熟睡できないでしょう」

クローゼットから薄緑色の部屋着のガウンを取って、鞍田さんに差し出した。上半身を起こすだけで息苦しそうだった。手伝います、と見かねて正面にまわる。

ジップアップの黒いセーターを脱がしてシャツのボタンを外す。男の人の体の前では、自分の指先が頼りなく見えた。白いTシャツ一枚になったとき、鞍田さんがふいに
「ちょっと、背中に違和感があるな。なにか付いてるかもしれない」

と漏らしたので、私は、見てみましょうか、と背後にまわってTシャツを捲った。

刹那《せつな》、息を殺す。広くない背中に切られたような赤い発疹が無数に残っていた。もともと肌が強そうではなかったけれど、今まで気付かなかったことにショックを受けた。再会

してからずっと、自分のことに忙しくて、この人からは与えられる一方だったことにも。背骨の近くに小さな木の葉が張り付いていた。さっと指で取って
「これ、付いてました」

と告げると、鞍田さんは指で摘んで苦笑した。

「こんなものが。サービスエリアで車を降りたときに雪と一緒に飛んできたのかな」

彼はゴミ箱に放ると、あんまり背中が綺麗じゃなくてみっともないな、と言った。私は、彼の腕にガウンを通しながら言った。

「昔、母が言ってました。まわりを気遣って我慢したり、色んなことを言わないで溜め込んで苦しい人は、背中に出るんだって」

「そうか。あまり、自覚はないけど」

私は、鞍田さんの脱いだ衣服を集めてたたみながら、ゆっくり寝てください、と告げた。彼は頷いて枕に頭を預けると、目をつむった。寝息すら遠慮しているかのような、音のない眠りに落ちた。

一時間半ほど眠ってから、鞍田さんは一つ一つの関節を確かめるようにぎこちなく起きた。

私は読んでいた本から顔を上げて

「大丈夫？」

とまた尋ねた。

「だいぶすっきりした。支度して、行こうか。小鷹君はまだ外かな」

「はい、メールはしておきました」

これから二人で車で帰ることを説明したメールに対する返信は、簡単なものだった。

『お気を付けてー。無事に帰れたら月曜日に会社で。』

その文面からは、呆れているのか怒っているのか、べつにどうでもいいのか、なにひとつ読み取れなかった。さすがに申し訳ない気持ちになりつつも、二人でコートを着込んで、忘れ物がないか確認してから、部屋の明かりを消した。

エレベーターで下りながら、鞍田さんが
「すぐ向かいのコンビニで色々調達しておこう」

と言った。私は頷いた。

外は雪がちらついていて、横断歩道を渡るだけで滑りそうになって一苦労だった。

暖かいコンビニの店内で、食料や飲み物をカゴに入れていると、妙にわくわくしてきた。冒険にでるみたい。よく考えたら危ないし無事に帰れる保証もないのに、なんだか夜が無限に延びていく気がした。

レジでお会計をしているときに、小鷹さんからメールが届いた。

『鞍田さんにキャバクラは接待費で落とせるように頼んどいて。』

いっぺんに力が抜けた私は、鞍田さんにそのメールを見せた。

彼は財布からお札を抜き出しながら、馬鹿言うな、と苦笑いした。

「経費削減って言ってるのに、そんなものまわせるわけないだろう」

「です、よね」

「俺の財布から出しておくよ」

彼はそう付け加えて、お金を払おうとした。私は制して
「私が出します。サービスエリアの食事代やお茶代も、お礼に払わせてくださいね」

と念を押した。彼は笑うと、分かったよ、と財布をしまった。

いよいよ駐車場に向かい、荷物を後部座席に積んでから車に乗り込んだ。

風がないだけマシだったけど、車内も驚くほど冷え切っていて、動かないで座っていると小刻みにふるえが来た。すぐに暖かくなるから、と鞍田さんが告げてエンジンをかける。

走る、というよりは半ばずるりと滑るようにして、車は駐車場を出た。

高速の入口に着いた途端、車内が暗くなった。

あたりは霧のような闇が立ち込めていた。木々の根元に降り積もった雪の影がぼんやりと見えた。

高速道路はおおむね除雪されていた。背の高い反射ミラーが、真っ暗な道路をかろうじて教えてくれる。

「新雪が積もってくれるから、滑ることはないけど、さすがに道が分かりづらいな」

と鞍田さんは苦笑した。たしかに白いラインがどこだか目を凝らさないと分からない。そのわりに車はスピードが出ていて、十分に慣れて安定した運転ではあるけれど、となりに乗っていて緊張した。

「街がすごく明るく見えますね」

と告げると、こっちが高台で向こうは平地だからよけいに明るく見えるんだろう、と言われた。ふうん、と私は頷く。

細かな雪が降り続け、ワイパーが払うたびに細い水滴が伸びる。

「ん、詰まってるな。なんだ、横転事故か？」

鞍田さんがスマートフォンを見ながら、訝しげに漏らした。私は、どうしたんですか、とそこだけ光る画面を見た。

彼はすぐにがさっとポケットに押し入れて、前を向きながら言った。

「使うつもりだった高速で事故だ」

「え、じゃあ、帰り道は」

「仕方ない。途中で降りて国道を使おう。そっちは通行止めになってないみたいだから」

私はだんだん不安になってきた。疲れが出てきて、少しまぶたが重くなりかけたけど、さすがに眠るわけにはいかずに闇を見つめた。

暗闇の中、ごう……とうなるような音が響く。巨大な除雪車がすれ違っていった。眩しい光が視界を奪って、またすぐに暗くなる。

「小鷹さん、今頃まだキャバクラかもしれないですね」

と他意なく呟くと

「君は、小鷹君のことがちょっと好きだったんじゃないかな」

と鞍田さんが訊いた。なにげないふうを装っているけれど、気を遣っているのが感じ取れた。あれほど体を重ねても、互いの本音に触れることはためらう。鞍田さんはそういう人だ。繊細で、そして、誰よりも臆病なのだ。

「好きとは、ちょっと違うと思う」

と私も慎重に応えた。

「小鷹さんは、女性との関係で負けない人だから。惹かれる部分はあるけど、好きにはならない」

「負けない？」

「あの人は、こっちの弱いところも本音も、平気で突いてくるから。それに、けっして執着したり追ったりしないって言ってました。あのやり方は最強だと思う」

「最強、か」

と鞍田さんは無表情のまま呟いた。私は畳みかけるように、でも、と続けた。

「本当に人を好きになることができない、とも思う」

「正直、わざわざ執着しないって自己申告するのは、むしろ根は激しい人間の防衛本能じゃないかって気もするけど」

「そう、かな」

「俺が付き合ったわけじゃないから、正確なことは言えないけど。小鷹君はそんなにドライなタイプには見えないよ。そんなこといったら俺も、そこまで人に深く入れ込んだ経験があるわけじゃないし」

と鞍田さんが漏らした。

「あなたは、踏み込めない人だから」

「え?」

抱き合えば分かる。目の前で一度でも涙を流して見せれば、どんな男の人なのか。どうやって愛したり愛されてきたのか。

「小鷹さんが、一瞬でもいいんだって。好きとか愛してるとか、ずっと思い続けるのが本物じゃなくて、一瞬でも本気になればそれでもう十分じゃないかって」

「そうか」

鞍田さんは否定も肯定もせずに呟いた。

深いトンネルへと車が吸い込まれるように入っていった。

オレンジ色の光の中、轟音《ごうおん》が鳴り響く。巨大な動物の腹の中のようだと思った。どこまでもまっすぐに続くので、進んでいるのか落ちているのか分からなくなってくる。抜けては、またすぐに吸い込まれる。

「今、海の横を通ってるんですね」

と私はカーナビを見て言った。鞍田さんは少し疲れてきたように、うん、と頷いた。

「なにかかけるかな」

と彼がオーディオを弄った。

電子ピアノの、品はいいけれど肩の凝らない演奏が流れ出した。年齢を重ねた初恋の相手にバーで再会したような、大人同士のカジュアルで切ない場面を連想させた。

「いい曲ですね」

と告げると、鞍田さんは、うん、と深く頷いて
「このCDは、本当に好きな一枚なんだ」

と言った。

トンネルを抜けると、あたりはいっそう暗くなっていた。

高いコンクリート塀の向こうには漆黒《しっこく》の海が広がっているのだろう。雪を無限に吸い込

んで荒い波をたてる日本海を想像しかけて、雪がやんでいることに気付いた。

「トンネルも何キロか続けば、天気も変わるな」

と鞍田さんがちょっと力を抜いたように言った。窓の上側にかすかに光るものが見えて

「一瞬だけ窓を開けてもいいですか？」

と尋ねると、びっくりしたように、どうぞ、と言われた。

極寒の風が吹き込んできて、息が止まりそうになりながらも、夜空を仰いでわあと声をあげた。

ぎっしりと星が敷き詰められた夜空が広がっていた。

一つ一つが鋭く尖った光を放ち、気が遠くなるほど、美しく輝いていた。

すぐに耳が痛くなって窓を閉めると、二度ほど身ぶるいした。

「ごめんなさい、寒かったですよね」

と申し訳なくなって謝ると、鞍田さんはこちらを見て微笑んで

「いいよ、君が嬉しそうだったから」

と答えた。

高速を降りていくと、ぐるんと景色がめぐった。たなびく煙を夜空に大量に吐き出す煙突が、視界に滑り込んでくる。

こぢんまりとしてはいるけれど、迫力のある工場地帯がいきなり目の前に現れた。

強い照明をこぼし、鉄筋の巨大な建物が立ち並ぶ。艶やかに闇に光る鉄骨は、グロテスクな化け物がぼろぼろになって骨を剝き出しにしたかのようだった。

「すごい。今にも取って食われそうですね。不気味で綺麗で、わくわくする」

と私は歓喜した。知らなかった夜。知らなかった景色。

「君が子供みたいに感動してるほうが、面白いな」

と鞍田さんは笑った。

新潟県から山を越えて長野へと向かう国道はいっそう暗かった。また雪がちらつき始める。除雪はされているものの、追いついていない。道が軟らかかったり硬かったり滑ったりする感触が助手席にも響いた。鞍田さんの運転もやや慎重になった。

すぐにまた、トンネルに吸い込まれた。

奇妙なトンネルだった。さきほどの国道ほど明かりもなく、天井も前方のトラックがぎりぎり通れるくらいの高さしかないのだ。

上左右を真四角に囲まれて、薄暗い中、風の流れる音だけが響く。どこか深く淋しい地下道を走っているような錯覚を抱いた。

「このトンネル、変ですね」

横顔すらおぼろげな鞍田さんに話しかけると、彼はすぐに
「これは、スノーシェッドだよ」

と教えてくれた。

「すぐ右側が山の斜面で、左側が川だから。雪崩《なだれ》にならないように造ってあるんだ」

「鞍田さんって、細かいことでも本当にすぐ答えてくれて、物知りですね」

と私は感心して言った。彼は、これくらい、と笑った。

「でもちょっと怖いかも。落盤事故があったら、閉じ込められそうで」

鞍田さんなら、ありえないから大丈夫だよ、と笑ってくれると思っていた。けれど
「だけど本当に可能性だけで言えば、百パーセントそういうことがないとは言い切れないからな。この世に絶対なんてことはないわけだから」

などと淡々と言われたので、私は少し戸惑った。

「そういう状況になって人は初めて、普段、自分の体や命がいかに思い通りになるって信じ込んでたかを知るんだろうな」

彼はそこまで話すと、急に安心させるように
「まあ、この中はたぶん大丈夫だよ。川側の壁を見てごらん。コンクリートがところどころ空いてるだろう。そっちは雪が落ちていくほうだから、全面、覆わなくてもいいんだ」

と説明した。私は視線を向けた。たしかにどこまでもコンクリートの壁かと思ったら、所々空いて、向こう側の景色が覗いていた。闇が深すぎて判別はつかなかった。

「それにしても長いな。ずいぶん気合い入れて造ったな」

自分が悩んだり喧嘩したり恋をしたりしている間に、こんな途方もないものを淡々と造り続けていた人生もあることを想像したら、不思議な気分になった。人が行ける場所で、誰かの手が関わっていない場所なんてないのだ。

「一人で生きているみたいだって、小鷹さんに言われたんです。でもそれは一人で生きられると思ってる、傲慢でもあるのかもしれない。その上、足りないものばかり欲しがって」

喋りながら、突然、痛感した。

鞍田さんが私を愛していないということにこだわるのは、私自身が愛とはなにか分からないからだと。

ようやくトンネルから解放されると、夜空と静かな景色が戻ってきた。まばらな民家と田園風景。

そのとき車内に踏み込むような伴奏が響き、その直後、いっそう繊細さを増したピアノの演奏が溢れた。

「この曲、一曲目と、同じメロディ」

とはっと気付いて訊いた。

「そうだよ、アレンジでだいぶ印象は違うけど」

一曲目の余裕は影を潜め、はっきりと、明確な恋の終わりを告げられているようだった。

細く柔らかく、心臓を締め付ける。感傷に甘く酔うよりも、もう少し生々しい傷に触れる音。それでいて春の雨みたいに、どこか同情を寄せるように優しくもある。

「恋の終わりの曲みたい」

と呟くと、鞍田さんは訂正するように言った。

「タイトルは直訳で、スパルタカスの愛のテーマ、だよ」

真逆のイメージを抱いたことを知ると同時に、ちょっとコンビニに寄る、と鞍田さんがセブンイレブンの明かりを見つけて言った。

車から降りると、吐く息が白くなった。駐車場の隅にもたっぷりと雪が積もっている。風はないので耐えられないほどではなかった。

仰いだ夜空には、さきほどよりも多くはないものの、東京よりはずっとたくさんの星がひしめき合っていた。

鞍田さんが戻ってくるまで、寒さにふるえながらも、夜空を仰いでいた。

彼が缶コーヒーを片手に戻ってきて、私は振り返った。

「見てみて、冬の大三角形ですよ」

と指さすと、彼は笑って、ああ本当だ、と言った。

そして、しばらく無言で缶コーヒーを飲んだ。

「そういえば、君が足りないと思ってるものは、結局なんだった？」

と彼が暗い足元を見ながら、ふいに訊いた。

私は軽く考えてから、言った。

「前に鞍田さんに、自分の本当の幸せについて問われてから、ずっと考えてたんです。それで、そんなこと考えたこともないことに気付いた」

「そうか」

「きっと私、ずっと忙しかったんです」

と私は呟いた。

「子供時代は、母やまわりの大人に気を遣って、いい子にしなきゃって我慢して。家を出て自立してからは、安定した経済力とか理想の家庭とか、生まれ持ってこなかったものを追い求めるのに必死で。それが自分にとって本当に欲しいか、どれくらい必要なのか、落ち着いて考える暇もなかった。馬鹿ですね」

鞍田さんは、馬鹿だとは思わないよ、と首をすくめて寒そうに身ぶるいしながらも、静かな声で言った。

「それくらい孤独だったんだ。君は」

「あなたも」

と私は言った。

「今日、私、小鷹さんの前で泣いてしまって」

「え……そう、か」

「そのときの慰め方がちゃんとしてたから、この人は異性としてだけじゃなく、人として必要とされてきたんだ、と思ったんです。ひどかったり欠けてるところもあるけど、自己肯定できている人の強さだと思う」

私は、鞍田さんの手を取った。彼はとっさに戸惑ったように見た。

「鞍田さんは、器用なわりにセックス以外では、ただ抱きしめたり頭を撫でたり、できない」

「あ……うん。そうかもしれないな。ごめん」

「そういうふうに、人とつながったことが、ないから。異性だけじゃなく、誰とも」

今度こそ鞍田さんは黙った。私も黙ったまま、摑んでしまった手を見つめた。

私だって踏み込むのが怖かったのだ。

見向きもされなかった心の部分に光を当てることは、負えなければ残酷だ。この人が全身で寄りかかってきたら、支えられる気がしなかった。怖くて突き放して逃げてしまう気がしていた。

だけど十時間かけてふらふらになりながら、まだ平気なふりをしてハンドルを握る横顔を見て思った。私はこの人から逃げられない。だから
「今の家を出ようと思って」

鞍田さんは驚いたように、私を見た。

「あなたのことは好きだけど、それで、どうしてほしいっていうわけじゃなくて。頭の固い自分があなたとここまでした時点で、もう夫とはだめだったんです」

彼は嬉しそうな顔は、しなかった。私は目を伏せた。そこまでじゃない、と言われるのを待って。だけど彼は手のひらで強く顔を擦ると
「ずっと好きだった」

とはっきり言った。

「君のことが、ずっと好きだった。会わなくなってからも、忘れたことはないよ。苦しいときはよく思い出した。君とだったらもっと手放しに楽しんだり見られる景色があったと思った。本当に、君のことだけは純粋に、本気で、好きだった」

鞍田さんは一呼吸置いてから、なにかを覚悟したように口を開いた。

「君に言わなきゃいけないことがある」

「長くなる話？　それなら、いったん車に」

彼の体を気遣って提案すると、鞍田さんは短く頷いて、車へと戻った。

乗ってからも、暖まるまでしばらくうなだれたようにハンドルに額を押し付けていた。

「大丈夫？」

と心配になって尋ねたら、彼は笑って、大丈夫だよ、と答えた。心からの笑顔ではなく、

無理が反射になってしまっている笑い方だと思った。

「どうして離婚にこんな時間がかかったか、自分の会社を離れたか、君にはちゃんと説明してなかったから」

「え、それは、自由になりたかったからじゃ」

「四年前に、急に体調が悪くなって、検査したら悪性リンパ腫だったんだ。抗がん剤治療のために入院してからは、毎日、数時間おきに悟ったり楽観したりパニック起こしたりして。自分の体が自分の思い通りにならなくなる、明日どうなっているのか分からない。それがどれだけ恐ろしいことなのか、俺は知らなかったんだ。気の遠くなる時間だった。面倒見てくれる人が必要で、別居してた元妻に頼み込んで情けで世話してもらって。菅にも、ずいぶんみっともない手紙を書き送ったし。ベッドの中で、何度、君がいてくれたらと思ってたか分からない」

「私?」

と訊き返した。

「彼女には本当に感謝しなきゃならないのに、それでも、うんざりしたように淡々と汚れ物をまとめて去っていく後ろ姿を毎日のように見送っていたら、本当に涙が出てきたよ。向こうだって好きでもない男の世話をし続けて若さを失っていくなんて、ずいぶん苦痛な作業だったと思う。本当に身勝手な話だけど、もし彼女がもう少しでも俺を愛していたらここまで自分をなおざりにして病気にならなかったんじゃないかと恨む夜もあった。彼女のブログを覗いたら、今まで好き勝手してた末に病気になった夫を支える日々が綴られていて、まわりから天使のように誉め讃えられていて、一緒に暮らしてるときには飯はほとんどデリバリーか冷凍だった日々が蘇ってきて、でも、自業自得だと思った。妻にはずっと会社で経理を担当してもらっていて、数字に強いし面倒なところもない、その代わり俺にそこまで執着もない、徹底してクールな女性だってことは最初から知ってた。親との関係が悪い自分にとっては、そのドライさが適温だと結婚するときには思ったんだ」

話を聞きながら、ああこれが鞍田さんの呪いだったのか、と思った。孤独はなによりも人を蝕《むしば》んで、どんどん誤った方向へと運んでいく。

とはいえ昔二人で恋に溺れていた時間を思い出したら、けっして奥さんが悪いとも思えなかった。私がいたことは、一時的にはこの人を救ったのかもしれない。だけど長い目で見れば、より彼を孤独にしただけだったのかもしれない。

どんなに傷ついても未来も希望もある。それが若さなのだ。会社も家庭もある男性が、これからどんどん変わっていくであろう女子大生にすべてを預けることなんてできるはずがない。

そのことが分かるようになっただけでも年を取ってよかった。

「この数ヵ月間、君と過ごせてよかった。でも一人になったときは、正直、きつくて、君はまだあの頃若かったのに、こんな状態に耐えていたんだな。本当に、大変な思いをさせて、ごめん」

私は、うん、とだけ小さく頷いた。

「だから、君は離婚なんて考えずに、家に帰ったほうがいいよ」

「え？」

私はびっくりして、彼を見返した。

「娘さんも小さいし、君のところはまだやり直しがきくよ。今日はちゃんと送っていくから」

今さらなにを言い出すのか。それならどうして金沢までやって来たのか。怒りと混乱が湧き上がってきて、心臓がどんどん強く鳴った。

深い混乱と絶望が胸に広がりかけて、止まった。

冷たい水に足を浸しているような感覚に襲われながら、いっそ溺れて窒息するくらいのショックを受けることができればいいのに、それ以上は水嵩《みずかさ》が増すこともなく、私は気が付けばもう半分あきらめかけていた。

十年前に別れたときの光景がまざまざと浮かんできた。

四ツ谷の川沿いのカフェで、ほとんど飲めずに、小さなカップに残したカプチーノ。私は美容院に行った帰りで、白いコットンレースのワンピースを着て、素足に赤とヌードベージュのバイカラーのサンダルを履いていた。当時一番気に入っていた格好だった。

——まわりの状況を考えると、どうしても君を選ぶことができなかった。

異論はなかった。今日だめだと言われるなら、本当にだめなんだな、と悟っただけだった。

同じことを今も鞍田さんに思った。

「分かった。ありがとう、金沢まで来てくれて」

と私がようやく告げると、彼はなぜかわずかに落ち込んだような顔をしながらも、俺が勝手にしたことだから、とだけ答えた。

鞍田さんはハンドルを握ると、気まずさをかき消すように口を開いた。

「君は若いから、色々思い悩むかもしれないけど、ほら、信長が好んだ言葉だよ。人間《じんかん》五十年、下天《げてん》の内をくらぶれば夢《ゆめ》まぼろしのごとくなりって」

「げてん？」

と訊き返すと、鞍田さんは続けた。

「知らないか。六道輪廻《ろくどうりんね》と言って、地獄、餓鬼、畜生、修羅、人間、天人って、輪廻にも下から上まであって、一番上が天人の世界なんだ。その世界の中では最下層の下天ですら一昼夜が人間の五十年にもあたるから、ましてや人間の一生なんて」

「そう、だったんだ。意味はなんとなく知ってたんだけど。私、流転《るてん》だと思ってた」

「流転？」

「うん。めまぐるしく移り変わっていくうちに、気付いたら五十年過ぎて夢幻みたいだって意味かと」

「ああ、なるほどなあ。流転か。だいぶ印象が変わるな。下天だと、完全に達観しているようにも聞こえるけど、流転だと今まさに生きている情感があって。若い君には、案外、そっちのほうがしっくりくるかもな」

「そうかな？」

「うん。流転のうちを比ぶれば、夢幻のごとくなり。悪くないよ。体も壊して、余力のない俺にはちょっと強すぎるけど」

「余力がないなんて、言わないでください。十分元気なくせに」

と私は困って反論した。鞍田さんは苦笑しただけだった。

私は助手席に深く座り直して、ああ、本当に終わるのだ、と思った。

家に着いたら、いつもの日常が待っている。真っ先に浮かんだのは、お餅みたいにふっくらした翠の頰っぺただった。三日間も留守にしたからきっと淋しがっている。麻子さんはまだ胃薬を飲んでいるのだろうか。謝罪と詰め寄る夫、かすかに目の前が暗くなる。だけど私自身の問題だ、と厳しく思い直す。もう誰に甘えるのも期待するのもおしまい。

長野の山道をきりなく走っていると、互いに疲労が見え隠れしてきた。

まぶたが鉛のように重たくて、力を抜くだけで、ずどん、と落ちて意識ごと切られる。数分おきに、無理やり、はっと起きては朦朧とするのをくり返していると、鞍田さんも小刻みにため息をつき、忙しなく肩や足を動かしたり首を回す動作が目立ってきた。そろそろ限界だろう、と感じた私はたまりかねて
「鞍田さん」

と呼びかけた。

「どこか泊まるか、休んでいきませんか？」

彼は、でも、と言いかけたけど、その唇はかすかに青みがかっていて、顔色も悪かった。

「明日の朝早く出発すれば、十分間に合うから」

そうか、と彼はしばらく考え込んでいたが
「いや、やっぱり帰る」

と宣言した。

「休んで」

と私は言い張った。そして携帯電話を取り出してカーナビを頼りに近くの宿を検索した。

「ラブホテルなら、一軒見つけました」

鞍田さんは確かめるように私の顔を見てから、ちなみに名前は、と訊いた。

「……プレイステーション？」

「は？」

「少し離れたところに、姉妹店のプレイステーションⅡもあるみたい」

彼は軽く噴いた。そしてあきれたように、どうしようもないな、と今夜初めて笑い声をあげた。私も苦笑して携帯電話をしまった。

国道を少しそれた雑草伸び放題の空地に、ぽつんとラブホテルは建っていた。暗闇の中、浮かび上がる光は派手なわりに壁や塗装はところどころ剝がれかけている。その名に似合わず、王様のいなくなった古城に似た雰囲気を漂わせていた。

車を入れて空室の外階段を上がり、狭い玄関で靴を脱いでいると、鞍田さんが
「エアシューターだ。初めて見たな」

と物珍しそうに呟いた。

「鞍田さん、こういうホテルにはよく通ってたほうなの？」

と室内に入りながら尋ねると、彼は、どういう質問だよ、と苦笑した。

「大学のときには一人暮らしだったからなあ。そこまでは。金もないし」

広々とした室内は清掃は行き届いているものの、色褪《いろあ》せた金と白のストライプの壁紙や、やけにゴージャスな油絵が掛かっているところに年代を感じた。ベッドの横にある巨大な

鏡も、いかにも古いホテルという造りだった。

一緒に並んで眠るだけだから関係ない、と思いつつも、ベッドの正面に位置するバスルームがガラス越しに透けているのには、さすがにどきっとした。

お湯が溜まると、ティーバッグの薄いお茶を飲んでいた鞍田さんに
「先に入ってください。もしよかったら、そのまま休んで」

と私は伝えた。

「悪いな。じゃあ、そうしようかな」

彼は腰をさすりながら立ち上がった。

数十秒後、ガラスに裸の背が映り込んだので、私はベッドから離れて、ソファーへと向かった。鞄を開けて携帯電話を見ると、小鷹さんからメールが届いていた。

『さっき会社のやつに電話で聞いたんだけど、たなちゃんが電撃結婚！　来週お祝い飲みするそうです。前もって知ってたほうが予定空けやすいと思って。念のため。』

私もびっくりして、おめでたいですね、ちなみに結婚相手はどんな方ですか、とメールを送り返した。

鞍田さんが湯船につかってお湯が溢れる音がしたので、まだ時間がかかるだろう、とソファーにゆったり腰掛けて返事を待った。

鞍田さんがお風呂から出たら報告しよう、と思っていると、少し間があってから、返事

が届いた。

私はメールを開いた。

百年くらいの時間が、自分の脇を通り過ぎていったような錯覚を覚えた。

関節がすべて凍り付いて思考まで冷たく停止していくようだった。

呆然としていたら、鞍田さんが薄っぺらい白いガウン姿でやって来て
「まだお湯が温かいから、今のうちに君も」

と言いかけて、私の異変に気付いたのか
「どうした？　なにか」

と訊いた。言葉尻を濁しつつも、私の家のことを心配しているのは歴然の口調だった。

私は、なんでもない、と首を横に振った。そしてすぐに立ち上がって、浴室へと向かった。

脱衣所の鏡の前で服を乱暴に脱ぎながら、泣けばいいのか怒ればいいのかも分からず、籠に強く放った。神様、と思った。神様。神様。

髪をポニーテールのように束ねてタオルで体を隠して浴室に入る。鏡は湯気で曇って、思ったよりも露骨には見えない。浴槽の陰でお湯をかけ、その温かさに緩みかけた神経は、またすぐに張りつめた。

お湯へと腰を沈めていく。芯まで冷えていたので胸の先まで鳥肌が立つ。脈打つ音がい

っそう大きくなった気がした。動揺してふるえる太腿は、白いお湯が波打っていっそう頼りなく揺れて見えた。目をつむる。神様。

ふらつきながらお湯から上がり、プラスチックのイスに腰掛けてボディソープで体を洗い始めたとき、ドアの外で物音がした。

身構えるよりも先に、ドアが開いた。

鞍田さんがガウンを脱ぎながら、中に踏み込んできた。

腕と泡でとっさに体を隠す。背後にまわった彼がすぐにでも抱き合えるくらいの状態なのが見て取れた。両肩を摑まれ、前を向くように促されて
「鞍田さんっ」

と私は叫んだ。彼は答えなかった。

振り返ったら泣きそうになったので堪えたら、自然と睨みつける目になった。

「私に、なにか隠してることないですか？」

彼は表情のない顔で、ないよ、と答えた。私はもう一度強く言った。

「私に隠しごとしてますね」

彼は今度こそはっきりと意志のこもった、頑固な表情をつくった。そして
「ないよ」

と言い切った。それですべて分かった。

洗うのを手伝うよ、と鞍田さんはボディソープを多めに手に出した。そんなことじゃなく、と言いかけて、洗うというよりは塗り付けるように鎖骨の外側から内側を撫でられて言葉に詰まった。

目の前の鏡を見ないように身を固くしていると、指が閉じていた腋に入り込んだ。びくっとする。石鹼で抵抗のなくなった腋の奥は、ぬるくて固まりきらないゼリーのように頼りない。腋から押し出された胸の余りを撫でまわされて、次第に自分の吐く息すら細かく泡立っていく。顎を持ち上げ息を呑んで耐えていた。左手で顎の下を撫でつけながら、右の手のひらでは隙だらけのお腹を円を描くようにさすられると、無抵抗の猫になった気がした。

いきなり指が臍《へそ》で止まったので
「やだ、そこは気持ち悪い」

と言った瞬間に掘り返すように穴を弄られ、膀胱に刺すような刺激が走った。まっすぐに伝って指が下りていく。背後から、両足の膝を摑まれて引っ張られる。

開いた足の間に、照明のせいで普段より浅黒く見える男の手が被さる。泡だらけの指が二枚の襞を左右に押し開く。

「よく見えるな」

首を振る。だけど誘惑に抗えず、薄目を開けてしまった。空腹のあまり唾液の漏れた唇のように赤く濡れていた。

「君は、ここが弱いんだよな」

小さな中心に人差し指の腹が当たり、両踵のアキレス腱が張る。スポンジの表面にデコレーションクリームでも塗るかのように技巧的に撫でまわされて、きゃっと叫んだ。ほとんど窒息するように反応していた。快感が鐘を叩くようにめちゃくちゃに響いて頭痛さえする。

「中に、欲しい」

と思わず頼むと、彼は指を止めた。やめないで、と訴えると
「ワガママだな」

と笑いながら、右手で、私の投げ出されていた右手を掴んだ。自分で入れなさい、と指示され、疲労と欲情で朦朧としていた私は、抵抗を示す儀式も忘れて入口に人差し指を添えると、火花が散るような快感の後に、大量の泡とぬめりでびっくりするほどたやすく吸い込まれた。

柔らかく気味の悪い生き物たちが指に張り付いてくるような感触。ゆっくりと入れたり出したりしたら今度は鞍田さんが興奮を覚えたように息を飲み込んで黙った。彼の指でずっと弄られ続け、見られながら自分の指で達した。

ぐったりと浴槽の縁にもたれた私に、鞍田さんは何度かお湯をかけて洗い流すと

「先に出て待ってる」

　とだけ告げて、浴室を出ていった。私は薄目を開けて、ようやくぼんやりと悟った。あの人は最後に私を抱くために金沢まで来たんだ。馬鹿じゃないか。本当に、馬鹿だ。

　表情をなくしたまま、髪をほどき、白いガウン姿でベッドのそばに立つと、横たわっていた彼がこちらを見上げた。

「おいで」

「あなたとはもうしない。お願いだから休んで」

　鞍田さんが上半身を起こしたかと思うと、腰にしがみつかれた。私は驚いて言葉をなくした。

「君と寝たい」

「いいから、眠ってください」

　とふるえる声で訴えた。

「君と寝たい」

　顔を埋めて一つ覚えみたいにくり返す彼のつむじを、冷え冷えとした気持ちで見下ろした。こういう場面においてはずっと彼のほうがうわてで、こんなふうに駄々をこねるように懇願されたことはなかった。ああ、やっぱりこの人は最後のつもりなのだと悟った。

「……分かった。でも、横になってください」

ベッドに押し返して、横目でちらっと時計を見た。二時間、は無理だけど一時間以内なら、休憩時間もちゃんと取れるはず。

視線を落とす。真っ暗な雪道を走らせていたときの厳しい横顔を思い出す。苛立ちと絶望を覚えながらも、体の芯が握られたように切なく熱くなる。この状況でもまだこの人に欲情するのか。馬鹿は私だ、と気付いた。

仰向けになった彼の傍らに、私は腰を下ろした。

軽くキスすると、鞍田さんがすぐに食いつこうとしたので、私は顔を引いた。唇で、ゆっくり彼の唇の輪郭をなぞる。境目が分からないくらいに薄い。

性急に開いた彼の口に自分の舌を差し入れると、平たくぬるっとした魚のような感触が絡もうとした。唇が薄いせいか、よけいに舌が厚く感じられる。深くねっとりとしてくると、室内に唾液を交換し合う音だけが響いた。背骨がじわっと痺れるけれど、彼がちゃんと興奮しているか心配で頭の半分はまだ冷えている。

ガウンをじょじょに開きながら、首筋から鎖骨へ、骨の浮いた胸へと唇を滑らせるようなキスをする。鞍田さんは目を閉じたままだ。不安と羞恥心が満ち引きをくり返す。

肌と同化していた薄茶色い胸の先に、唇を湿らせてから口づけるとかすかに息が乱れた。周辺を遠慮がちに舐めていると、肩がはっきりと強張って、腕の内側に筋が淡く浮き出た。中途半端に盛り上がった筋肉はかえって生々しく映った。

温かな息を吐くと固くなっていく先端を口に含み、小さくて潰しそうな先を転がしたり押したりしながら、力の入った太腿にそっと手を置いて、さする。自分でも高ぶってしまうのを抑えながら、ボクサーブリーフのゴム部分に指をかけ、引き下ろすのと同じ速度で腰骨から足の付け根まで口でする行為を模すように舌を這わせる。脱がすときに引っかかるほどに膨らんだ部分が弾かれたように露になった。

それなのに私が顔を上げると、鞍田さんがいつの間にかこちらを見ていたので、まだ余裕があるのか、と胃が持ち上がったような焦りと怯えを覚えた。臀部《でんぶ》へとおそるおそる唇を寄せると、彼が驚いたように動きを止めた。

呼吸のように伸縮する肛門から細く張りつめたピアノ線に似た筋を舌で伝い、細かく縒《よ》れた皮膚に覆われた、とらえどころのない球体の感触をとらえる。かすかにしょっぱいのは汗だろうか。人工的なボディソープの花の香り。滑りがよくなった穴のまわりを指で撫でると小刻みに動いた。舌を濡らして根本に這わせ三歩進んで二歩下がるのをくり返しながらも太く一本通った筋を刺激した瞬間、突然、鞍田さんが溺れたように荒い息を吐き出した。

ゆっくりと握って顔を近付ける。幼い頃、近所の公園の木の皮を剝がしたら透明な樹液が溢れて光っていたことを思い出す。喉に当たるくらいに深く飲み込むと、軽い吐き気と引き換えに堪りかねたように喘ぐ声がした。蒸したばかりの小籠包《ショウロンポウ》に嚙みついた瞬間の、柔らかな皮が割れて圧倒的な熱と肉汁が染み出してきたような嬉しさが胸の中に溢れた。私はたしかに、この人のことが好きだった。すごく。すごく好きだった。

乱暴な存在感を受け止めるように唇で包み込むと、鞍田さんが上半身を起こした。ガウンがずるりと肘まで滑り落ちる。

はだけて不自由な体勢のまま、ガウンの前を開かれ、手を突っ込まれて胸を揉まれた。指先でしつこく両胸を愛撫されて敏感になっていくと、だんだん集中できなくなって苦しくて、いっぱいになった口からこもった声がこぼれた。

「ストップ」

と彼に肩を摑まれて、私は顔を上げた。

「私、このままでも」

と提案するのを遮るように、鞍田さんは背後に手を伸ばしながら、いや入れたい、と言い切った。

ふたたび離れられなくなる予感を覚えていたら、避妊具を手渡されたので、慎重に被せて口で包むようにして下ろしていく。ぴっちりと薄いゴムの人工的な味がまとわりつく。ガウンの中に手を入れて下着だけ外し、彼の上に乗る。

またがって、肩にしがみ付きながらゆっくり沈むと、想像していたよりも容易な状態ではなくて、その窮屈さに思わず腰を浮かせてしまった。

「大丈夫か」

「う、ん。少しずつなら」

と答えてはみたものの、私自身がそんな余裕はなくて、前後させて無理やり押し込む。痛みは一瞬ではじけ飛んで、一直線に刺すような刺激が頭の芯まで貫いた。

体中が痺れたように、しばし放心した。密着した太腿の体温はひとしく温かかった。脳がまた、どろりと、わずかに溶ける。

「君は、会ってない間に」

私は薄目を開けて、え、と訊いた。

彼は私の片側の髪をそっと持ち上げ
「ちょっと目を離すとこれだからな」

と目は優しく細めたままで呟いた。焦ってかっと耳まで熱くなる。小鷹さんのつけた噛み痕が首筋に残っていることに気付き
「違います」

と前かがみになって抱きつきながら訴えると、中で響いて、下唇を噛んだ。鞍田さんも軽くうめいた。それから、分かってる、と答えた。

「ホテルの部屋で会ったときに、あいつの顔見たら満足したよ。露骨にやり損ねたって顔してたもんな」

どこかあきらめたような言い方に聞こえるのは、私の言っていることを信じてないからだろう。

「全然やらせないって文句言われました」

「そうか」

背中を抱き寄せられ、わずかに突き上げられて小さく悲鳴をあげた。瞬時に締まると、鞍田さんも皺が寄るほどぎゅっと目をつむった。

互いの快感が落ち着いてから
「ほかの女の人とするときも、こんなふうになる？」

と思わず尋ねたら、鞍田さんは奇妙なものを見るように
「まあ、まったくの別人にはなれないかな。どうして？」

と不思議そうに訊き返した。

「自分がこんなに気持ちいいなら、ほかの女の人とは、もっと感じてるのかと思って」

「ああ、たしかに快感を得やすい女性はいるけど。相性とはまたべつだし」

「相性？」

「君の反応も好みだけど、入ったときの感じがほかのときとは違うよ。窮屈すぎて痛いわけでもなく、かといって物足りなくもないし……正直、かなりいいほうだと思う」

私は、そっか、と実感するように呟いた。たしかに違和感も痛みもなく、動くたびに無

数の快感に引っかかって刺激を受けて朦朧とするほどの感覚は、やっぱり特別なものだったのだ。だけどそんなものを知ってしまったら、どうやって忘れればいいのだろうか。

「塔子。自分で動いて」

「……明かり消してくれたら」

鞍田さんは枕もとのスイッチを押した。いっぺんに部屋の中が海の底に沈む。互いの肌が発光しているように青白く映っていた。

しばらく小さく腰を前後させた。

気持ちよくなってしまうと、動きを止めて息継ぎした。いつ終わるともしれない時間に、だんだん心細くなってきて、波紋のように絶え間なくなってきた快感を体の内に押し込めるように右手で左腕をぎゅっと摑んで鞍田さんを見た。その瞬間、内臓まで見透かされた気がして鳥肌が立った。

微動だにせずにこちらを見つめる視線には、光がなかった。くっきりと明るい目の男にはない陰影が、細めた目の隙間に潜んでいた。はっきりとした顔立ちに比べて、変化が微細な分、感情のない表情の底しれなさが際立っていた。

怖い。

この人、知らない。

反射的に怯えて腰を引いたら、ずるりと抜けかけて叫んでしまった。上半身の痙攣を止めようとしたら身動きができない。

いきなり抱き上げられて世界がくるりと反転した。頭が枕にぽすっと落ちる。

彼がゆっくりと前のめりになる。肘をついて、こちらを見下ろしながら突かれた瞬間、頭の栓が飛んだ。

鞍田さん、と名前を呼びながらしがみつく。彼は答えない。ただ乱暴に突いてくる。食い散らかされるようなキスを、唾液に濡れた口を半開きにして受け入れながら、この人の舌は案外太いのだと気付く。背骨を引き抜かれたように抵抗できない。目の前の男のことが分からないと思うだけで、もうこれ以上、溶けようがないほど溶けてしまう。

ガウンを脱がされると、自分が一回り以上小さくなったような気がした。剝き出しになったお腹が闇に白く光っている。

こんなに激しい波にさらわれながらも、私はもう欲望が少しずつ死にかけているのを感じた。

このままくり返したなら、時間をかけて完全に私たちは境界を失い、同化したことで最後の快楽すら失われ、最後には更地になってしまうのだ、と唐突に悟った。

青く太い血管の浮いた腕。ざらつく胸。張った腰骨。短く尖った髪。体形のわりに、そこだけ大きく目立つ喉仏。

なにひとつ特別じゃない、とびきり魅力的でもない、大多数の男に備わった細部で、それに欲情するのは、私がただ、この人を好きだからだ。触れただけで泣きそうになる奇跡を味わった。

でもそれも、終わる。

快楽は、いつか、かならず。

特別なことじゃなくなった瞬間に、もう戻れない。

快感が深くなり、鞍田さんが達しそうなことに気付く。

その苦しげな表情に向かって、私は掠れた声で、訴えた。

「顔に、出して」

彼が驚いたようにこちらを見た。

それからすぐに腰を離して、右手でつかんだ赤黒い先端を、私のまぶたにぎりぎりまで寄せた。珍しくぎこちなく、その手つきにはためらいが滲んでいた。初めてするのだと悟った。そのことに強烈な愛情を覚えて目を閉じた。

次の瞬間、どっとぬるい熱が頰を覆い、思わず息を止めた。

胃のあたりからうねるような動揺が突き上がってきて、私のほうから頼んだくせに、想像していたよりも衝撃の強い行為だと今さら気付いたときには、鞍田さんが苦しそうに息を吐く音だけが響いていた。強い匂いが鼻につく。鼻孔を塞ぐような青臭さは、夏前に急激にずるりと背を伸ばす少年のような植物を連想させた。顔をそらし、とっさにまぶたの中に流れ込まないようにした。

放心して言葉をなくしながら、彼が放ったものが左頬を伝って流れていくのを感じていた。生まれたての柔らかな虫の腹が這いずっているようだった。


顔を洗い、部屋を真っ暗にして、ベッドに入った。

感情の混乱を無視した眠気にどっと襲われたとき、となりに横たわった鞍田さんが、初めて私を抱き寄せた。試みるように。ためらいながら。

「……さっき、君はどうして、あんなことを頼んだのかと思って」

高い体温に意識を奪われてしまいそうになりながらも、言葉を絞り出した。

「自分でも、分かんない。たぶん、誰にもしたことのないことを、してほしかったんだと思う」

鞍田さんはまた、そうか、とだけ言った。急に気持ちが焦ってつらくなった。

「私、どうすればいいの。あなたにしてあげられることはないの？」

「してもらうことは、ないかもな」

と鞍田さんは言った。

「君からはもう十分にもらったよ」

私は、嘘つき、と呟いた。

そして二人とも半ば暴漢に襲われたような眠りにほぼ同時に落ちた。

まだ薄暗いうちに、私たちは支度を済ませてホテルを出発した。

山のふもとへと下りていくときに、遠くから白々と夜が明けてくるのが見えた。明け方の空に浮かび上がった北アルプスは、そこだけ違う画家が描いたような厳しさと迫力をもっていた。雪に覆われて、凍えるような寒さが伝わってくる。尖った山脈の巨大なシルエットを、朝焼けと朝日が照らしている。

靄《もや》の立ち込める山里はかすかに夜の気配が残っていて青白い。光と闇が馴染む直前の夜明けを助手席から見ていた。美しければ美しいほど、遠く感じられた。太陽が昇って生まれた青空さえも、重たく心にのしかかってくる。こんなに素晴らしい景色に心が動かされないことがあるのか、と感情の死にかけた頭で思った。鞍田さんは黙ったまま運転している。

五時間近く中央自動車道を走り続け、出口付近が混雑した高速を下りると、密集したチェーン店や横断歩道を行き交う人たちの多さに、ああ東京に戻ってきた、と実感した。歩道には大量の雪が残っていたが、晴れたおかげで想像よりもスムーズだった。

家から少し離れた環状八号線の交差点で止めてもらった。

「本当に、ありがとうございました」

と私は座ったまま頭を下げた。鞍田さんは引きずるのを恐れるように、こちらこそありがとう、と早口に告げた。

私は車を降りて、中を覗き込んだ。鞍田さんはなにも言わずに笑ってすぐにエンジンをかけた。

帰ってきたのにまだ靴が雪に沈むのを感じながら、遠ざかっていく車を永遠のように見送った。

車が見えなくなると、私は手を下ろして、ポケットから携帯電話を取り出した。そして、もう一度、死んだような気持ちで小鷹さんのメールを開いた。

何度読み返しても文面は変わらなかった。

『今会社のやつに、ななちゃんの結婚のことメールで聞いて知ったんだけど。鞍田さん、癌が再発して来週から入院するって本当か？』

ボストンバッグを持って、私は家のドアの前に立ち尽くした。

耳を澄ませてみる。翠の声は聞こえない。中の状況が分からないと入っていけなくて、庭へ回ってみた。雪が積もっていて、踏み込むとすぐにタイツまで濡れた。

薄いカーテン越しに、翠が絵本を読んでいるのが見えた。その背後でページを捲っているのは麻子さんだった。やっぱり彼女を頼ったのか、と落胆しつつも安堵する。

そのとき、背の高い影が見えた。私は窓からぱっと離れて、勇気を出してインターホンを押した。

忙しない足音がして、ドアが開く。

出てきたのは、ブラウスに分厚いニットガウンを羽織った麻子さんだった。息を呑んだのもつかの間
「あー、よかったっ。塔子ちゃん、帰ってきてくれて。私、もう草加に行かなきゃいけないから」

あわてて、本当にありがとうございます、と頭を下げる。麻子さんは顔をそむけ、すぐに出かける支度をして、私がコートを脱ぐ間もなく
「じゃあ、真。あとはよろしくね。翠ちゃん、肌がちょっと乾燥してるから保湿クリーム塗ってあげなさいよ。お昼ご飯のサンドウィッチは冷蔵庫の中だから」

と私ではなく、家の中の夫に告げた。そしてブーツのジッパーをざっと上げて外へと出て行った。

翠がやって来て、ママだー、と飛びついてきた。

「ママ、美味しいもの買ってきた？」

「あ、うん。あんずの入ったお餅があるけど」

「わーい。お餅食べる」

小躍りする翠の頭を撫でると、夫がなにごともなかったように
「お帰り。飛行機飛んだの？」

と訊いた。その途端、猛烈に腹が立って、かえってなにも言えなくなった。

お土産を出し、ボストンバッグのファスナーを閉める。髪がぱらっと落ちて、小鷹さんのつけた痕のことを思い出したが、隠す気になれなかった。どうせ気付くわけがないのだ。

お土産の箱をテーブルに置くと、夫が憮然としたように
「仕事で遅くなった上に、なに怒ってんだよ」

と言った。どっと疲れが噴き出して
「……仕事じゃない。雪のせい」

と小声で反論した。

「は？」

「あなたは、昨晩どうしてたの？」

「俺は終電前に帰って来たよ。なんか島谷さん、営業先のおばさんたちに苛《いじ》められてるみたいで。わざと連絡受けてないふりされたりとか。女って怖いよな。それで、同じ部署のやつらに話すのは気まずいからって、俺に相談されて」

「ああ。あの子ならそういうこともあるかもね」

と思わず言うと、夫は咎めるように、あの子ならって、と呟いた。

「だってあの子、年上の女性に受けが悪そうじゃない。自分の見た目に自信があって、男に媚《こ》びてるように見えて、年上の女に関心ないもの」

「なんか塔子、今日ひどいな……せっかく塔子の留守中におふくろと相談して、俺も色々反省したのに」

　夫があきれたように言ったので、私は耳を疑った。

「相談って、なにを」

「だから塔子の浮気疑惑の件だよ。結局あとからメールで、夜中に一人で近所に飲みに行ってたって書いてたけどさ。そんな時間に娘を置いて一人で飲みに行くなんて、完全に育児ストレスじゃん」

　誰もいない家に娘を置いていったわけではないが、それに関しては非があるので
「ごめんなさい」

　と私は謝った。

「俺はてっきり塔子とおふくろが楽しくやってると思ってたから。やっぱり一つ屋根の下で女の人が一緒っていうのはいろいろ気を遣うんだな。台所とか、おふくろが譲ったり遠慮したりしてんの、俺、知らなかったからさあ。トイレだって風呂だって、掃除すんのもされるのも抵抗あったみたいだし」

　麻子さんは遠慮していたのか、と私は今さらのようにぼんやりと考えた。

私の育児にも料理にも一切口を出したことがないのは、仲が良いからじゃなく、距離を置いていたのだとようやく気付いた。

「それで、おふくろが言うには、やっぱり塔子にもママ友が必要なんじゃないかって。矢沢さんとか、ゆきさんとかじゃあ、子育ての悩みとかって共有できないじゃん。それにママ友って、お迎えに行けないときとかに助け合ったりもするんだろ。そういう仲間が塔子にも」

なぜ私は、夫と義母に友達作りの心配までされなきゃいけないのか。くらくらした。彼らの良識に。

「でも私、昔からそんなに女友達が多いほうじゃないし、仕事があるのに、無理して仲良くなるほどの時間の余裕は」

「べつに気が合う人だっているかもしれないじゃん。土曜か日曜に翠を習い事に通わせてみたらどうかって。それなら自然と仲良くなれるよ。塔子もたまには自分のやりたいことだけじゃなく、他人の意見を聞き入れて」

「自分のやりたいことだけって誰が？」

「え、あ、だって塔子、結局いつも自分の意見通すじゃん」

「自分の意見って、不可抗力のときが大半じゃないっ。雪が降ったのだって私のせいじゃないのに」

翠が私の足を摑んで、ママ大きい声ださないで、と割り込んだ。

「べつに雪のことは言ってないだろ」

「ていうか私たち夫婦のことは、まず私たちで最初に話すのが筋だよね？　あなた、いったい誰と結婚したの？」

夫の表情が突如、不快そうに強張る。だけど負けずに反論した。

「私は、あなたの家に家具として搬入されたわけじゃないんだよ」

「なに言ってんだよ。家具みたいに思ってるなんて、俺、一言も言ってないだろう。そういうの被害妄想だよ」

「被害妄想はあなたのほうでしょう？　いつだって機嫌が悪くなると、私の失言みたいに怒るけど、私の話をちゃんと理解して受け入れてくれたことないじゃない。その上、どうして先に麻子さんの意見を」

すると、夫はふいに、あー、と思いついたように声を出した。

「分かった。塔子はさ、おふくろに嫉妬してんだよ。だけどそれが言えないから、そういう小難しいこと言って怒るんだよ」

「嫉妬っ⁉」

その単語を聞いた瞬間、両腕に鳥肌が立った。

「……それって、真君が麻子さんとべったりしすぎてるってことだよね」

「は⁉　なんでだよ」

「嫉妬って、あなたが私よりも麻子さんを好きだと思うから生まれる感情でしょう」

「母親を大事にする気持ちと、塔子を好きだっていう気持ちは別物に決まってんじゃん。それに俺がいつおふくろにべったりしたんだよ？　みっともないこと言うなよ」

そのみっともないことを無自覚に妻の私にさらしてるくせに。

なにもかもが色褪せてくる。マザコン。家庭内モラトリアム。いくらでも愛のない言葉が浮かんでくる。

「別物だって言うなら、いつ私をきちんと女性扱いしてくれた？」

「べつに、いつも扱ってるじゃん。妻としても、翠の母親としても。それに記念日だって」

「この家の一員としてじゃなく、一人の女性として向き合ったり理解しようとしてくれたこと、ないじゃない……それに、セックスだって」

「また、そういう話かよ」

夫があきれたように言った。また、なんて。あんなに気を遣って言わずに我慢し続けたのに。

「女の人がそういうこと言うの嫌なんだよ。みっともないし、正直、萎えるよ」

もう傷つくことにすら疲れてしまっていた。

病気が再発したことを頑として告げなかった鞍田さんを思い出す。あの人に私の人生を今からすべてあげることはできない。それはすでに半分は翠のものだ。

それでも——。

「私、この家を出る」

そう宣言したら、急激に胸のつかえが取れたみたいに軽くなった。

「この家を出る?」

夫が復唱した。自分にもう一度問い直す。やっぱりちっとも淋しくなかった。なんて自由で清々しい選択肢なんだろう、とさえ感じた。

「出るったって、翠はどうするんだよ。まさか連れて出るのか」

「もちろん」

夫は本気にしていない口調で、無理無理、と即座に返した。

「仕事しながら子供抱えて、うちの親や俺の協力もなしにやっていけるわけないじゃん。馬鹿なこと言ってないで、塔子、ちょっと疲れてんだよ」

そうだ、私は疲れてる。金沢から十時間近くかけて帰ってきて、それなのに気を抜くことすらできずに。

だったら翠と二人きりのほうが全然いいじゃないか。

「ううん。無理じゃない。少なくとも、このままよりはずっといい」

呼び止める夫を無視して、私は翠の手を引いて寝室へと上がった。翠は驚いたように、どこ行くのー、と訊いた。

「ちょっとお出かけしようね」

そう告げてドアを開けると、背後から夫が追ってきた。クローゼットから服を出し、小旅行用の水色のキャリーバッグに詰めていく。翠は遊んでいると思ったのか、みどちゃんもお手伝いするねっ、とぽいぽい取り出した服を丸めて押し込んだ。

「おい、塔子。いいかげんにしろよ」

夫が苛立ったように、私の右手を押さえた。その手をさっと振り払い、ふたたび荷物を詰め始めると、夫が今度は荒々しく右手を摑んだ。

「こんな痴話喧嘩に、翠を巻き込むなよ」

私は呆然として、振り返った。

「……痴話喧嘩？」

「そうだよ。仕事で疲れたからイライラして俺に当たってるんだろう」

「疲れさせたのは誰？」

「は？　俺のせいじゃないじゃん」

「鈍行でもいいから帰ってこいって言ったのは、あなたでしょう」

「ちょ、まさか本当に帰って来るとは思わないじゃん。べつに無理なら、無理って」

どいて、と私は夫を押しのけて、キャリーバッグをがたんと閉じた。足りないものだらけだけど仕方ない。究極、財布と携帯と着替えくらいあればなんとかなる。

翠のコートを取ろうとしたとき、夫が目の前に立ちはだかった。そして、怒ったように言い放った。

「おまえ、出て行くなら翠は置いていけよ！」

翠がさすがに不穏な気配を察したように黙った。そして私の服の袖をぎゅっと握って陰に隠れた。

「置いていったって面倒見られないでしょう」

私は言い捨てて、いったん翠をベッドの上に座らせた。キャリーバッグを立ち上げると、夫が痺れを切らせたかのように、おい、と叫んだ。

「ちゃんと話そうよ。いきなりキレてわけ分かんないよ」

「もう何度も、言ったじゃない」

と私は遠い目をして告げた。

「子供が生まれてからも仕事は続ける、自分の親に協力してもらうための同居、あなた、そう言ったじゃない」

「だから結果的には、そうなってるじゃん。なのになにが気に入らないんだよ」

「結果的に、でしょう。あなたは、なにひとつしてない」

ああ、違う。喉の奥からまた封じ込めていたエゴや自尊心が湧き上がってくる。

小鷹さんはなんて正しいのだろう、と思った。私のことを好きじゃないだけあって、本当にすべて見透かしている。

結局、私は今でも悔しいのだ。前の仕事のキャリアを捨ててしまったことが。

今の会社の雰囲気はとても好きだ。だけど毎月のお給料やボーナスや福利厚生の点ではくらべものにならない。前の会社だったら翠一人抱えても余裕だっただろう。なにより今また一から新人として学び直して年下の女性社員にも気を遣うのがどういうことか、この人には分からないのだろうか。

そんな三十歳すぎの中途半端なプライドが湧き上がるとき、なにもかも許せなくなるのだ。目の前にいる、一番近いはずなのに一番なにも分かっていない夫のことが。

「じゃあ、どうしろっていうんだよ」

と夫が呟いた。

「俺にできることは、ぜんぶやってきたよ。仕事だって家庭だって。その上で、なにが足りないって言うんだよ」

頭の芯が冷えて、黒い感情がゆっくりと広がった。考えるよりも先に、口に出していた。

「……経験と学習が」

鈍い音が響いて、気が付くと私は床に倒れていた。あおむけのまま、薄暗い天井をぼんやりと見つめていた。翠の泣き声が響く。左肩が痺れていて、強く突き飛ばされたのだと気付いた。後頭部は音をたててぶつけたわりに痛くなかった。

視界の隅に夫が映る。自分でもそんなことするつもりがなかった、という顔で呆然としている。自分が夫を傷つけたことを悟った。突き飛ばされたことよりも、一番嫌な言い方を選んだ自分の悪意で、本当に限界だったのだと悟った。

軽く頭を押さえてから起き上がって、わあわあ泣いている翠を抱きかかえる。左手でキャリーバッグを摑んだ。

「二、三日、出ていく。連絡する」

とだけ言うと、今度は夫は止めなかった。床を見つめたまま、分かったよ、とだけ吐き出すように言った。こちらを見なかった。私は黙ったまま寝室を出た。


膝に翠を乗せたまま、窓辺の席でうとうとしていた。

鎌倉、という駅名が聞こえたので、私はあわてて翠を揺り起こした。膝から翠を下ろした途端、漬物石をどかしたみたいにじわっと太腿が熱くなって血がめぐるのが分かった。

ひさしぶりに来た鎌倉の駅前は、雪のせいか思ったよりも人通りが少なかった。ロータリーから見上げた空は青く、商店街には懐かしい雰囲気の店が立ち並んでいた。

翠に、二人で初めての旅行だね、と告げると、戸惑いながらも嬉しそうに、ママと電車でお弁当食べたね、とにこっと笑った。たくさん泣いた後だからか、ほとんど平らげた釜めし弁当のお米が口に一粒だけ付いている。そっと拭った。

私は駅前の交番で地図を確認しながら、先ほどのやりとりを思い出した。

家を飛び出して、実家へ向かうために電車を待っていたホームで、鞍田さんから、無事に帰ったというメールが届いたこと。

翠を連れて家を飛び出したことを伝えたら、すぐに電話がかかってきたこと。

ちょっとゆっくり考えたいのだ、と告げたら、それなら鎌倉の家が空いてるから使っていい、と言ってくれたことなどを。

翠を連れていることもあり、逡巡した。

鞍田さんはすぐに笑って、鍵は植木鉢の下にあるし、俺は放っておくから掃除でもしておいてください、と先回りして言った。

鎌倉駅から歩いて、トンネルをくぐり、坂道を少し下ったところに何軒か洒落た新しい戸建てが並んでいた。三軒目のところに、鞍田の表札が貼られた郵便受けが立っていた。

縦長の駐車場から長いポーチが続き、木製のドアに、淡いグレーの外壁、大きな窓には白いブラインドが降りていた。無駄のない、清潔感ある家だと思った。

ドアの脇には大きなパキラの植木鉢が置かれていて、かたっと斜めにすると、土にまみれた鍵が下敷きになっていた。

「ママ、このおうちは、誰のおうち？」

翠が興味津々《しんしん》で訊いてくる。誰のおうちでもないの、ホテルだよ、と嘘をついてドアを開ける。

グレーと白に統一された現代的な玄関に、大きな写真が飾られていた。真っ白な陶器から黒い海のような液体がこぼれ出ている写真だった。靴はなく、隅にはうっすら埃がたまっているものの、想像よりもずっと清潔だった。ちょっと暗いせいか、外と同じくらいに玄関も寒かった。

リビングの扉を開けると、吹き抜けの天井にカウンターキッチンと三人掛けの深緑色のソファだけがどでんと残されていた。翠は圧倒されたように立ち尽くした。

「翠、すごいね。天井が高い」

仰ぎ見ると、子供の頃に憧れた、くるくると回る羽根つきの天井だった。

「ママ。飛行機止まってるみたい！」

と翠が今は動いていない羽根を指さして言った。

もしかして電気も水道も止まっているのだろうか、と心配していたら、ちゃんと暖房がついた。温風が噴き出すと、ようやくほっとした。

カウンターキッチンの戸棚には、ヤカンやカップもあった。それにフライパンとパスタ鍋や、電子レンジも。

駅前のコンビニで買った牛乳をレンジで温めて、ソファーに座る翠にあげた。私もとなりに腰掛けて飲む。薄い膜が舌に張り付いて、胃がじんわりと熱を持ち、心底ほっとした。靴下の中のつま先はまだ冷えている。

翠のスカートの下の毛糸のスパッツを捲って触ったら、むちむちした足首はちゃんと温かくてほっとした。

日が暮れると、近くのスーパーに買い出しに行った。鎌倉野菜が新鮮で安かったので、いくつか買って鶏肉とトマト缶と煮込むことにした。

カウンターキッチンでお湯を沸かしていると、大きな窓の向こうには、深い海のような夕闇が広がっていた。翠はかさかさと葉が揺れるのを不思議そうに見つめていた。

それからキッチンへ飛んできて、ごはんなに、とまとわりついた。スパゲッティだから、ちょっと待っててね、とゆっくり答える。調理器具は足りないし、テレビもないから、翠を放っておけないけど、誰も気にせず自分のペースでできるだけで幸せだった。

煮込んだ鶏肉や野菜をパスタと絡め、お皿に盛る。温かい麦茶と一緒に、キッチンのカウンターの上にお皿を並べた。翠は高い椅子からずり落ちそうになりながらも、器用にスパゲッティを食べた。

「翠、美味しいね。このお野菜」

「みどちゃん、葉っぱ食べない。キャベツが嫌だから」

「キャベツじゃないよ、これ。鎌倉野菜だよ。お洒落なやつだって」

「おしゃれなの？」

翠は半信半疑で野菜を口に運ぶと、うーん、と難しそうに眉間に皺を寄せた。私は笑った。

廊下の先の寝室には、シングルベッドが一つだけ残っていた。

枕を翠と分け合い、羽毛布団に潜り込んで、くっつく。翠はぺたぺたと私の顔を触りながら、疲れたのか、すぐに眠り込んだ。

暗闇の中、温かな体を抱きながら、ぼんやりと天井を見ていた。窓の外は静かで、車のエンジン音も海辺の波音もしなかった。風だけが鳴っていた。

ベッドから抜け出して寒さにふるえながら、がらんとした居間へと戻ってきた。

ダウンジャケットを膝に掛け、ソファーに座って、鞍田さんに電話をかけた。

「もしもし。あの、夜遅くにごめんなさい」

「大丈夫だよ。どうですか、そっちの様子は」

と電話に出た鞍田さんは息をつくように尋ねた。

「ありがとう。おかげさまで、落ち着いています。ずいぶん家具や調理器具が残ってるけど」

「ああ、いらないものは置いていってもらったんだよ。あっちも捨てる手間が省けたって喜んでたし。たまに休日に友達が来て使ってたりもするから」

　私は納得して頷いた。

「娘さんは、大丈夫かな？」

「はい、ひさしぶりに二人でゆっくりできて、よかったです」

「そうか。なら」

「鞍田さん」

　と私は思わず呼びかけた。広い居間の真ん中から、一人きりで。

「ん？」

　優しい声で訊き返さないで。気持ちが止まらなくなる。

「……あなたが、来ると思ってた」

　絞り出すように言うと、彼はすっと厳しい声になって
「うん。でも、俺は行けないよ」

　と諭すように言った。すべて事情を分かっていても言ってしまう。私は子供だ。なんて身勝手なのだろう。涙が止まらなくなる。

「会いたいです」

「俺だって会いたいよ」

　彼はまっすぐに告げた。

「だけど君も、できないことは」

「分かってる。だけど私にできることは本当になにもない？　毎日は無理でも、週末だけなら病院にだって」

「ありがたいけど、遠慮しておくよ」

と彼はまたきっぱり言い切った。

「でも、前の入院中はずっといてくれたらいいって思ってたって」

「思ったよ。今だって思ってるよ。でも俺はもう知ってるんだ。入院して、日が経つにつれて自分がどうなるか。だんだん弱っていって、ちょっとしたことでワガママになったり鬱になったり。そうやって君に求めるものが増えていって、もっとずっといてくれって要求して。絶望して苛立ったり腹を立てたり。そんなものを見せるのは嫌なんだよ」

私は黙った。答えられなかった。

「今だって一緒にいたいよ。どうせ入院したって助かる保証もないんだったら、いっそ寿命を縮めても君のそばにいて幸せに暮らしたい。だけど、それで俺がとっとと先に逝って、残された君はまだ小さな子を抱えてどうする？　夢は覚めるし、いつか現実とは向き合わなきゃいけないんだ。いや、違うな。えらそうなこと言ったけど」

「はい」

「期待、させないでくれ」

彼は絞り出すように言った。私は強く目をつむって、言った。ごめんなさい。

「謝らなくていいから。あ、そうだ。一つだけ君に頼みたいことがあったな」

「なにっ？」

「もし退院したら、君の娘に会ってみたいんだよ」

「翠に？」

と私はびっくりして訊き返した。

「うん。ずっと見てみたかったんだ。君の子供なんて、そりゃあ会いたいよ」

その言い方で、この人はずっと気を遣って遠慮していたんだな、と今さら実感した。

「分かった。連れて会いに行く。美味しいケーキ用意しておいてくださいね」

と答えたら、彼は笑ってから、落ち着いた声で言った。

「俺もいい大人なんだから、自分のことは自分でするよ。だから君はよけいな心配に時間を使ったりせずに、君自身の人生を納得いくように戦ってください」

「鞍田さん」

「うん」

「ありがとう」

彼は小さく笑うと、ふと思い出したように
「この前、金沢から帰るときに君が工場を見てはしゃいでただろう」

と言った。

「あ、ええ。大人げなかった？」

「いや。あのとき、ああ、こういうことかってちょっと思った」

「こういうこと？」

「小鷹君の言ってた、一瞬でもいいっていう話」

あ、と私が言いかけたのを遮るように、鞍田さんは、風邪ひかないうちに寝たほうがいいよ、と続けた。

「俺もまだ色々支度が残ってるから。鎌倉の家のことは基本的に菅に任せたから、なにかあれば連絡できるように番号を送っておくよ。君は好きなだけいていいから」

「分かった……本当に、ありがとう」

こちらこそ、という返事の後、電話は切れた。

暗い寝室に戻ると、翠は羽毛布団の中で眠っていた。

抱き寄せて目を閉じる。ホテルのベッドで鞍田さんと並んだときを思い出す。あの人が長生きできますように。もっと長生きして幸せなことがたくさんありますように。考えるほど悲しくて寝られないかと思ったのに、気付いたら、翠の呼吸に導かれて眠りに落ちていた。

出張明けなので嫌みを言われたけど、月曜日は結局、会社を休んだ。そして海のそばの街で翠と三日間過ごした。

翠は嬉々《きき》として広い道を駆け出し、雪の残る砂浜で転んだりして、高い波に目を見張った。

夕日が水平線に滲んでいくところを、翠と手をつなぎながら歩く。初めて見る光景なのに泣きたくなるほどの懐かしさを覚えた。

幼い翠の後ろ姿が、あまりに頼りなくて可愛らしくて、胸に染みた。

波音を聴きながら、楽しいときもあったな、と振り返った。

翠が生まれたばかりの頃、夫は残業も放り出して毎晩のように早く帰ってきた。妊娠中、つわりがひどいときには大量のトマトやフルーツ盛り合わせをスーパーで買ってきてくれた。

臨月間近に、最後の二人きりの旅行をしようと言って伊豆の温泉旅館に泊まったら、夜中にがたがた物音がして幽霊がいるって怯えたっけ。

三人で暮らしていたらどうなっていたんだろう、とぼんやり思った。もっと早く行き詰まっていただろうか。それとも泣いたり喧嘩しながらも、もう少しはお互いのことを理解できていただろうか。

あたりが青白くなってきて、気が付けば夜が近かった。波間も闇に紛れかけていた。

寒いので、帰り道を翠と競い合って走っていたら、踏切の前で夫から電話がかかってきた。カンカンカンカン甲高い音が鳴り響く。赤い光が点滅する。翠の手を強く握りながら、片方の手で電話を耳に当てる。

「真君」

と二日ぶりに呼びかけたら、なんだか新婚のときのような気分になった。電車が走り去って、前髪がなびく。

「今から車で迎えに行こうと思って」

と言われて、私はびっくりして黙り込んだ。

「翠と電車で帰ってくるの、大変だと思ってさ。今、実家にいるの？」

私は数秒間だけ考えてから、言った。

「あのね、じつは」


細長い駐車場になんとか車を入れ込んだ夫は戸惑ったように一軒家を見上げた。翠が夫の手を取って、ホテルなんだよー、と無邪気に語りかけていた。

冷たい廊下を歩くと、三人の影が重なり合って、隙間もないくらいだった。夫の気配を背後に感じながら、リビングの扉を開く。

ぽっかりと広く空いた空間を目の当たりにして、夫はあっけに取られたようだった。私

はごまかすようにカウンターキッチンの中に入り、ゴミの処理や荷物の片付けをしながら

「ちょっと待ってて。すぐに支度するから」

と告げた。

「いや、それは、ゆっくりでいいけど」

と夫は返した。ダウンジャケットのポケットに両手を入れたまま、室内を見渡している。三人揃うと、まるでモデルルームの見学に来たようだった。こんな家に家族三人で暮らしたら。

朝からのびのびと朝食を作り、キャミソールに短パン姿でうろついたり、いくらでも大声を出して笑ったりできる生活を送れたら——。

夫が、この家さ、と声をかけたので、私は、なに、と返した。

「普段はほったらかしなの？」

「前は人が住んでたみたいだけど。だから荷物が残ってるんだって。なにもないように見えるけど、設備は新しいし、けっこう居心地よくて、のんびりできた」

「へえ。でも、そんな簡単に貸してくれるって」

「この家を貸してくれた鞍田さんね、入院するんだって」

と説明した瞬間、ごまかし続けていた実感が生々しく胸に迫ってきた。

「入院？　なんで」

「癌、だって。だから、この家の管理も友達に任せて、しばらく住む人もいないから、好きに使っていいって言ってくれて」

夫は驚いたように、そっか、と頷いた。それから、気の毒だな、と続けた。そのやりとりだけで関係を追及する気は失せたようだった。

そのことに夫の育ちの良さを感じながらも、ほっとしていない自分に気付いた。もしかしたら、と私はお湯で手を洗いながら考えた。私は今まで散々嘘をついてきたけれど、本当は夫に知られてしまいたかったのかもしれない。尋問されて追及されて、否定しても疑われて、すべてが明るみに出たら。

夫もそのとき初めて、私がよそではちゃんと価値ある女性として生きていたことに気付いてくれるのだろうか。

片付けを終えて、温かいお茶を入れると、夫はソファーに腰掛けて飲んだ。なにもない床に持て余したように長い足を伸ばして。

「パパ、あれね、天井に飛行機がいるんだよ」

と翠が指をさす。夫は、ふっと顔を上げた。それから、ああ、本当だなあ、と呟いてから、しばし呆然としたように宙を見た。

「あのさ」

「ん？」

と私は答えた。

「なんか、落ち着くな」

「そう？」

と私は訊きながら笑った。

「うん。なんか今日の塔子がのんびりした雰囲気だからかな。思ってたより、落ち着く」

夫はそれきり、しばらくなにか考え込んでいた。私は余った野菜をラップで包んで空き袋にしまった。

「あのさ、じつは塔子が出て行ってから、すごい遠くに行っちゃったらどうしようかと思って。つい、見ちゃったんだよ」

「……なにを？」

かすかに身構えながら尋ねると、通帳、と返されて、軽く息を止めた。

「そう」

夫はソファーから振り返ると
「塔子さ、ずっと実家に仕送りしてた？　俺、全然、知らなかったから、びっくりしたんだよ」

私は小さくため息をついてから、立ったまま、熱いお茶を飲んだ。

「私の結婚が決まった後に、うちの母親が職場で仲良かった女性に持ちかけられたんだって。簡単でリスクの低い投資だって。老後一人でも、娘に迷惑をかけなくていいように、今のうちに資産をつくっておくべきだって言われて。でもそれ、詐欺みたいな話だったの」

「なんで相談してくれなかったんだよ」

「なんでって」

と私は困惑して言った。

「父親が行方不明だと世間体が悪い、とまで言われたのに。その上、母親に借金があるなんて言えるわけないじゃない。返せないほどの額じゃなかったから。もう、ほとんど返済は終わってるし」

「そう、か。いや、それはいいんだけど。そっか」

「言えないのよ」

と私は夫をまっすぐに見て言った。

「家に帰れば、翠がいて、家事があって。翠が寝ても、一つ屋根の下にお義母さんやお義父さんがいて。本音で正直に話せるときなんて、まったくなかった。前の仕事だって辞めたくなかったし、同居だって、翠を見てもらえるのはありがたいけど、疲れて帰って来てからも、感謝して気を遣って、一秒だって気を緩めたりのんびりできない。一人で考え事ができるのは、トイレの中と通勤途中の電車内だけ。そんな状況で、あなたと心の底から分かり合う余裕なんて、どんどんなくなってた」

夫はカップの底を見つめながら
「……そう、か。うん、まあ、そうだよな」

と相槌を打った。それから、顔を上げた。

「塔子は三日間、鎌倉にいて、ずっとそれを考えてたの？」

私は頷いて、ソファーに並ぶ夫と翠を眺めた。まるで影送りのようだ、と思った。よく晴れた日、地面を見つめて網膜に焼き付いた影を、顔を上げて空へと移すように。こんな光景をいつか描いた。

「三人で暮らそうか」

突然、夫が切り出した。私はびっくりして、カップを置いた。

「塔子の気持ちはよく分かったよ。たしかに、いいよな。こんなふうに自分の家があって、夫婦でゆっくり会話したり、たっぷり翠と過ごしたり。べつに実家だって、そんなに離れなければ、いつだって行けるわけだし」

「真君。本当に、そう思う？」

「うん。思うよ。なによりさ、自分の家を飛び出して、こんな閑散とした空き家に奥さんと娘がいて。それなのにゆっくり過ごせた、なんて」

そう言い聞かせるように呟いて、立ち上がった。

「だから、とりあえず帰ろう。塔子。それで、おふくろとも話そう」

私はまだ信じられなかったけれど、ひさしぶりに心の芯から夫を頼る気持ちになって頷いた。


門灯以外はぼんやりと闇に包まれていた。夫がガレージに車を入れると、すぐに一階の窓に明かりがついた。

「翠ちゃん、おかえりー。なあに、また大きくなって」

麻子さんはなにごともなかったように笑顔で出迎えた。私が荷物を持ったまま、臆しながらも近付いていくと
「塔子ちゃんも、ゆっくりできたみたいでよかった」

と彼女は言った。非難するわけでも、感情的になるわけでもない、いつもの穏やかな口調で。

似ていたのだ、と突然気付いて、私は夫を見上げた。なぜ夫が自分を選んだのか。それは麻子さんと似ていたからだ。

さっぱりして気にしないようでいて、じつは言わないだけ。そして一人で抱えて悩んで、溜め込んだものを受け止めてくれる男の人にだけ打ち明ける。

この家から出られるのだろうかという疑問が湧き上がってきたけれど、とりあえず靴を

脱ぎ、寝室に荷物を片付けに行った。

帰りの車内では、夫は何度も打ち合わせるように、帰ったら塔子はちょっと上へ行っていいよ、俺がすぐに話すから、とくり返した。

暗い寝室で、鏡台の引き出しを開ける。たしかに通帳を動かした気配があった。ふいに嫌な疑念がよぎる。夫は本当に一人でこの通帳を見たのだろうか。もしかして麻子さんに言われて二人で見たのではないか。

さすがにありえないと思っても、今この瞬間、本当に夫が自分の味方だという確信が持てなくて、私は足音を忍ばせて階段をゆっくりと下りた。

居間の扉の向こうから、麻子さんの声がして、私は息を殺した。

「なによー、それっ。親を捨てるみたいに、急にそんなこと言われても」

親を捨てる、という表現の強さにぎょっとした。私でも動揺したのだから夫はもっと、と思いながら耳をそばだてる。案の定
「いやっ、べつに捨てるなんてつもりじゃないよ。ただ、おふくろもなにかと気を遣うって言ってたじゃん」

と夫の怯んだような声が聞こえた。それでも主張を変えずにいてくれたことにほっとしたのもつかの間
「そんなの、当たり前じゃない。誰だって一緒にいたら気は遣うわよ」

と麻子さんが言い切った。

「まあ、そりゃあ、そうだよな。でも台所とか部屋とかさ、たしかに不便なことには変わらないじゃん。このまま翠が大きくなったら、子供部屋だって必要だし」

水の流れる音がする。家事のついでに受け答えしているのだと気付く。

「そりゃあ、私とお父さんだってちゃんと考えてるわよ。たとえば今すぐじゃなくても、この先、この家を売ってちょっと郊外に家を建て直すとか」

「え、マジで。そんなこと考えてたの？」

夫の声色が変わる。薄暗い床に落ちた、自分の影がかすかにふるえた。この人は変わらない。そう悟ると同時に
「そうよー。それで、二世帯住宅にすればいいじゃない。そうしたら、べつべつに暮らせるわけだし」

と麻子さんが続けた。

「あー、なるほどなあ。それは、たしかにいい手だよなあ。それなら塔子も喜ぶかもな」

「そうよ。私だって、いきなり真や翠ちゃんが離れちゃったら、淋しいじゃない」

「いや、それは俺だって、本当に心配なんだよ。だから正直、俺はべつに家を出たいなんて思ってなくて。今のままでも、十分に満足だし」

私はじりじりと後退した。階段を上がり、仕事用のＡ４の肩掛けバッグに下着と化粧品

と財布と通帳をしまった。黒いコートを羽織り直して、寝室を出た。

階段を下りていると、翠の声がした。数時間前まであんなにぬくもりを感じていた体が遠ざかっていく。千切れるような想いで、靴を履いた。ドアの外へと、静かに踏み出す。もう二度とここへは帰らないことを悟りながら。

夜の中に立ち、月を見上げた。痛いほど光っていた。やっぱり帰って翠のそばにいなきゃ、そう思い直した途端、心拍数が跳ねあがり、脳が麻痺を起こしたように思考が止まった。帰る。あの家に。明日も、あさっても、またずっと同じ生活に戻る。

想像するだけで、呼吸が荒くなってきて、チカチカと細かな閃光が目の前で散った。頭の芯がガンと重たくなってきて、下を向いては呼吸を整え、息を吐く。帰りたくない。帰りたくない。

夫だけのせいじゃなかった。自立を阻んでいたのは、ずっと家にいることを望んでいたのは。

凍結した道を滑りそうになりながら、足早に駅へと向かっていた。居場所がなかったのだ。最初からずっと、あの家には。四六時中気を遣って愛想笑いして、空虚になっていくだけの自分。結局、必要とされていたのは夫と翠だけだった。

駅の階段を上がると、会社帰りの人たちでホームは混雑していた。隅まで歩いていくと、急に薄暗くなった。

遥か遠くへと延びている線路に目を凝らす。皆、家へと帰っていく。だけど自分だけがどこへも行けない。翠を捨てて鞍田さんのもとへ走ることも、夫たちのところに戻ってまた円満に暮らすことも、私にはできない。

耳元で、最後に電話したときの鞍田さんの声が聞こえた。君自身の人生を納得いくように戦ってください、という台詞が。戦う。納得がいくように。だけど、どうやって。私は——。

戦ってこなかった、わけじゃない。

私は、ずっと戦っていたのだ。母と二人きりの日々の中で。どんなに仕事をこなしても結局は独身の若い女扱いされる会社の中で。家庭の円満のために。新しい会社では、子供がいても働く女性として。そのことを、ほかの誰よりも認めずになおざりにしてきたのは、私自身だった。そして、その戦い方では、もう限界だということも。

携帯電話がふるえる。夫からの電話だった。私は無視した。長い呼び出し音が途切れると、今まで一度も自分が夫からの電話を無視したことがなかったことに気付いた。

霞んだ視界で、月を仰ぐ。遠くから電車が近付いて来る。いつもは身構えてしまうほどの轟音が、鈍った神経には不思議と危なく感じなかった。

私は少しずつ、足を前に踏み出していた。

エピローグ

今でも、あたしはあの光景について、考える。

こんなふうに夕方に目覚めて、夕闇が青すぎるときには。カーテンが、揺れている。ドアの隙間からは、母が鍋でことこと煮る音がする。それはすごく珍しいことで、インフルエンザで熱が下がっても今日まで会社に行けなかったからだった。クリームシチューの匂い。牛乳と小麦粉から作るから、ファミレスみたいにずっしり重くなくて、さらっと甘い。

ベッドから起き上がると、あたしは制服のまま眠ってしまったことを後悔した。紺色のプリーツスカートに皺が付いている。手のひらで伸ばしながら、窓辺の机に向かう。頬杖を突く。春の夕暮れの風は、かすかに冷たい。マンションの中庭の桜の木は、花と葉がモザイクのように混じっている。

母が廊下から、あたしの名前を呼ぶ。ううーん、と曖昧に返事すると、そこで初めてドアが開いて

「翠、また制服で昼寝したの？」

また、というわりには咎める響きもなく、どっちでもいいみたいだった。あたしは、ごめんなさいー、と先回りして謝る。母はそっちのほうが不服そうに、すぐそうやって謝ればいいと思って、と小言を言った。

「あ、部活のユニホーム、明日の朝までに洗濯機に入れておいてね」

あたしは頷く。母のボブの黒い髪が、さらっと耳から落ちる。色白で涼しげな顔立ち。翠ちゃんのお母さんって若いよね、可愛いよね、と友達からはよく言われる。

あたしは濃い顔だからきっと老けるのが早いんだよな、と内心げんなりする。男子から告白されたことは何度かあるけど、腕が毛深かったり、高くて目立つ鼻だったり、自分の嫌いなところはたくさんある。

そこまで考えたあたしは、すっかり暗くなった部屋を出た。

台所のテーブルの上で湯気を立てていたのは、やっぱりシチューだった。かぼちゃと林檎のサラダに、昨晩の残りの酢の物。ご飯にシチューをかけて食べると、母がちょっと眉を顰めた。

夕食が終わる頃、玄関のドアが開いて、父が乱暴に靴を脱ぎながら
「ちょっと、塔子ー。俺が帰ってくるまで、待っててよ」

とぼやいた。母は洗い物をしながら、ごめんね、お腹すいちゃって、と軽く受け流し

「それよりあなた、靴、そろえて。ね」
とやんわり笑って言った。
母が言うには、父は長いこと実家暮らしだったから、今でも身の回りのことをするのがあまり上手くないらしい。洗濯物を二人で畳みながら、最近ようやくマシになってきたかな、と漏らしていた。あたしは、そんなものかな、と思ったけど、たしかに父はちょっとだらしない。でも服もしょっちゅう買ってくれるし、あたしに甘いので
「ねえ、お父さん。部活用にどーしてもナイキのスニーカー欲しいんだけど、どうしたらいいかな」
とご飯をよそったお茶碗を差し出しながら訊いたら、案の定、父は、えーっと声をあげながらも
「部活だったら仕方ないもんなあ。じゃあ、おじいちゃんに頼んでみるか。それで、どうしても無理だったら、お父さんと買いに行くか」
と言った。しめしめ、と思ったのもつかの間
「ちょっと、半年前にアディダスで買ったばかりでしょう。本当に翠は、どうしたらいいかな、なんて相談するみたいに上手くねだるんだから」
と厳しい台詞が飛んできた。お金に関しては、同じ女同士なのに母のほうがずっと厳しい。

「あ、明日のおばあちゃんち、何時だっけ？」

母が訊いたので、あたしはちょっとだけ緊張しながら、十二時、と答えた。

「そう。うさぎ屋のどらやき買っておいたから、お土産に持っていってね」

あたしは、分かった、と答えた。ほうじ茶を飲んだら、思ったよりも熱くて喉がかすかに焼けた。

月に一度、週末は父方の祖父母の家に泊まりに行く。父も一緒に。母だけがその間、家で留守番をしている。

母はめったに祖父母と顔を合わせないし、たまに電話をするときも、すごくよそよそしい。皆で集まることはめったになくて、法事のときにも母は遠慮なく先に帰ったりする。あたしにだけこっそり、円満にはこれくらいがいいのよ、などと割り切った笑顔で耳打ちして。

眠る直前、あたしはベッドの中から暗い天井を見ながら、遠い昔の記憶をたどる。

小さい頃、お腹の底が真っ青になるくらい、淋しかったこと。生まれて最初の記憶。

狭いアパートの部屋で夕食を終えてから、夜の帰り道を、母に手をつながれて歩いたこと。おばあちゃんちには帰りたくない、と言ってたまにぐずったこと。

祖母と同じ布団に入ってからも、全然慣れなくて神経がぴんと尖って眠れず、となりにいるのが母じゃないことを呪って毎晩のように泣いたことなんかを。

三歳から四歳までの一年間近く、あたしは数日おきに、母が住むアパートと祖父母の家を往復していた。

それまでは皆で楽しく一緒にいて幸せだったのに、どうしてそんなことになったのかは、未だに誰もあたしに説明しようとしない。母の仕事が忙しすぎたり、おばあちゃんと上手くいかなくなったのだ、と親戚にちらほら吹き込まれることもあるけれど、直接の関係者たちの口はひどく堅い。

由里子おばさんだけは、たまにその話を持ち出して

「翠ちゃんもねえ、小さいときは、そりゃあ屈託ない、天真爛漫《らんまん》な明るい子だったのよ。それが、すっかり年齢のわりには賢いっていうか、ちょっとクールなくらいになっちゃって。やっぱり複雑な環境だったのが性格に影響してるのよね。だから反対だったのよ。二つも家があるなんて、子供だったら混乱するに決まってるもの」

などと言う。

そんなとき、祖母は静かに

「塔子ちゃんも、最初はいい子だと思ったけど、結局、自分の思い通りにしたかったのよね」

と呟いたりして、あたしの心臓まで凍り付く。由里子おばさんの持ってきてくれる高級なケーキを美味しくいただきつつも、ひどく苦しくなる。父はなにも言わずに苦笑するだ

けだ。

祖父母の家から帰るとき、夜空にたよりなく光る星を見ていると、たしかにあの永遠のように淋しい時間のことを思い出さずにはいられないのだ。

あたしは三歳で夜を知った。それからずっと夜と共に生きている。一人きりで秘密を抱えて。

その秘密が本当なら、あたしはたぶん、生まれてこないほうがよかったのだ。


死んでみようか、と思った。ちょっとだけ。上手くいくかなんて分からない。少しだけ試してみたかったのだ。終わるというよりは、なにかが大きく変わるような気がして。

薄暗い部屋の床に座り込んで、あたしは男友達からもらった煙草をじっと見つめた。コップに薄く張った水に、数本の煙草を浸す。みるみるうちに水が薄茶色く濁っていく。

新品のシューズを見た部活の先輩に、最近調子に乗ってるよね、と責められて更衣室から逃げ出して、顧問からは、サボるなんてだめなやつだ、明日の朝練は絶対に来い、と叱られたから死にたくなったわけじゃない。あたしはそんなに弱くてださくない。

嫌な記憶を追い出すように、あたしはコップを摑んだ。濁って、煙草の細かな茶色い葉が浮かんだ液体をぐっと飲み干しかけた。

だけどコーヒーを何倍にも煮詰めたような苦みに、思わず、うえっと吐き出した。もう一度、覚悟を決めて飲む。半分ほど一気飲みしたところで、喉が焼けるようにかっと熱くなって吐きたくなった。

トイレに駆け込んで、喉の奥に指を突っ込んだ。便座にしがみつくようにして、唾液だらけの液体を少量吐き出すと、目がチカチカして、そのまま倒れ込んでしまった。

気が付くと、自力で這って移動したのか、ベッドに横たわっていた。

真っ暗な中、じょじょに視界が慣れてきて、ぼんやり時計を見た。夜十時を過ぎていた。胸やけがして体が重たくて、死ななかった、と思った。明日のことを考えると目の前が真っ暗になって、小声で泣いていたら、いきなりドアが開いた。珍しくノックもなしに。

びくっとして視線を向けると、廊下の明かりの中に母が立っていた。

「翠、具合でも悪いの？　夕飯も食べずに寝込んで」

あたしはそっぽをむいて小声で、煙草の浸かった水飲んだ、と呟いた。

「え？　ちょっと、どういうこと」

母は驚いたように部屋に入ってきた。つま先に当たったコップに気付くと、持ち上げてまじまじと眺めた。

母は真剣な顔をして、ベッドの脇にそっとしゃがみ込むと
「翠、どうしたの？」

と訊いた。

「どうもしない」

とあたしは寝返りを打って、枕に顔を突っ伏しながら答えた。

「具合は？　体でおかしいところは、ない？」

「……べつに、大丈夫。吐いたから。もうすっきりした」

母は、そう、と短く呟くと
「今日は寝なさい。明日は学校休んでいいから。ゆっくり話そう」

と言い残して、そっとドアを閉めた。あたしはびっくりして顔を上げた。

冷たい。なんて冷たいんだろう。祖母の言葉の意味を初めて実感した。

許せなくて悲しくて内臓が絞られるほど泣いたら、そのうちに疲れてしまって、絶望的な気持ちにまみれて眠った。


翌朝は最悪の気分だった。

唇までささくれ立つほど乾いて、声を出そうとすると、たくさんの枯葉が刺さったみたいにチクチクと痛んで擦れた。

起き上がれずにベッドに潜り込んでいた。ドアの向こうで、翠はどうした、と訊く父の声がした。

だけどすぐに母が、具合悪いって言うから休み、と答えた。そのほうがいいのに、勝手なこと言うな、とも思った。

父が出勤してしまうと、母が普段着姿でドアを開けて
「翠、鎌倉行こう」

といきなり言い出した。あたしはようやく起き上がって、は？　と訊き返した。

「今日は会社休むことにしたから。ずっと翠と行きたかったの」

わけが分からないまま、仕方なくベッドから出た。母がそんなふうに言い出すのは珍しかったから。のろのろとクローゼットを開け、Ｔシャツにパーカーを羽織ってショートパンツを穿く。

「翠って、ほんとに足が長くていいわよね」

と玄関で母がぺったんこの靴を履きながら、羨ましそうに呟いた。

「背が小さいほうが可愛くない？」

などと言いながら、あたしたちは電車に揺られて鎌倉へと向かった。

鎌倉駅からすぐの鶴岡八幡宮は、参道がまっすぐに続いていた。

大きな階段を上がっていると、鳩がたくさん飛び立っていった。てっぺんからふもとを見下ろしながら、高いー、と声をあげる。見渡すかぎりの青空だ。日差しが気持ちいい。

気が緩むと、また泣きそうになって、困った。

順番が来て、母と一緒にお賽銭《さいせん》を投げて目をつむる。彼氏できますように。あたしだけ

の味方をください。そう祈った。

おみくじを引こうとしたら、たくさんのお守りの中に、見覚えのある鳩を見つけた。

「え、この鳩のやつ、昔うちになかったっけ？」

と摘み上げて訊くと、母は、ああっ、と思い出したように言った。

「私が化粧ポーチに付けてたら、翠が欲しいって言うから、通園バッグに付けてあげたのよね。そうしたら翠、どこかで落としちゃって」

「あ、ごめん。好きだったんだけどなあ。この鳩」

揺らすと、ちりん、と鳴った。母は、買ってあげようか、とは言わなかった。静かな目をして見つめてるだけだった。昨晩の母とのやりとりを思い出して心が陰る。

「海まで行ってみようか。海岸沿いにいくつかお店があるみたいだけど、イタリアンと和食、どっちがいい？」

母に促され、あたしは鳩をそっと箱に戻した。


江ノ電には西日が差し込んでいた。おびただしいほどの夕焼けが、ショートパンツから出た膝小僧まで濡らしている。

小さな電車は絶えず左右に揺れて、時折、あたしの肩が母の肩にぶつかった。足元を見る。影が淡く消えかかっている。向かいの席の白髪頭の夫婦が、シラスもだいぶ捕れる量が減ったみたいねえ、などと話している。

「鎌倉駅の近くのケーキ屋さんでお茶して帰ろうか？」

と母が誘ったので、あたしは一瞬黙り込んでから、今しかない、という気持ちになって
「あたしのお父さんってさあ……じつは、べつにいる？」

と思いきって訊いた。

母は心底面食らったように、なんでっ、と珍しく取り乱した声をあげた。それから険しい顔つきになって
「もしかしておじいちゃんとかに、そんなふうに言われた？」

と訊き返した。

今度はあたしがびっくりして、違うよ、言わないよ、と強めに否定した。

「じゃあ、どうして？　翠、顔も性格もお父さんによく似てるじゃない。疑うまでもないでしょう。遺伝子って一番正直よ」

と妙に具体的なことを言ったので、あたしは黙った。

電車の窓から、見知らぬ民家の窓や壁が見えた。大きな音を立てて通り過ぎ、すっと抜けたと思ったら、車両の窓いっぱいに水平線が広がった。

海岸沿いの国道を、自転車でびゅうと過ぎ去っていく地元の人たち。遠くのほうまで伝う電線。空はもう仄暗《ほのぐら》い。

この映像だ、と思った。あたしが夜を知ってから、ずっと抱えていたイメージの洪水が、今、胸に迫ってきた。

「覚えてる、から。なんか男の人に会いに行ったの」

母は口を開きかけて、閉じた。そして次の言葉を待っていた。仕方なくあたしは続けた。

「たぶん、その人のこと、先生って呼んだ。それで、肩車してくれて。しかも帰るときに、お母さん、泣いてたじゃん」

「覚えてたの」

と呟いた母の声がひどく強張っていたので、あたしはなんだか傷つけたような痛みを覚えた。

西日に照らされた母の顔からは、細かいシミや皺が消えて、本当に幼い女の子みたいに見えた。

急激に罪悪感を覚えて、そのことにひどくイラついて、これだけは言わないと決めていた告白が口から出た。

「それにお母さん……昔、お父さんに手紙書いたじゃん。親権いらないって」

「読んだの？　ていうか、真君、まだ取ってたの」

今度は本気でびっくりしたように目を見開いた。その顔はもう、四十歳過ぎの見慣れた母の顔だった。

「ずっと、昔だけど。小学生のときに、なんか、見つけて」

「お父さんからの手紙も読んだ?」

「え、ううん。それは知らないけど、お母さんのやつだけ……」

骨がばらばらになってしまいそうで、最後まで言い切ることができなかった。まぶたが破けそうだった。お母さんひどいよ。そう叫び出しそうになりかけたとき
「ごめんね。ずっと、悩んだでしょう」

母がそう言った瞬間、自分の目頭が急激に熱くなっていくのを感じた。

親の前で泣くなんて恥ずかしい。カッコ悪い。そう思ってすぐにうつむいて、指の腹でさっと涙を拭った。ごめんね、と母はもう一度言った。

「親権がいらないなんて思ったことない。翠がいなくなることなんて考えたこともない」

母がきっぱりとそう言ったので、言い訳かもしれない、と疑ったけれど、それだけであたしはやっぱり救われた気持ちになってしまった。

「たとえば翠が店に一つしかない高価な服が欲しくて迷ってるときに、他のお客さんが買おうとしてたら焦るでしょう。無理してでも買うかもしれないよね」

「え、うん。まあ。そう、かもしれない」

「でも、自分しか買う人がいなかったら、ゆっくり考えるよね」

「あー。て、え、あたしがその服なわけ?」

思わず声をあげると、母は平気な顔で、もちろん譬《たと》え話《ばなし》だけど、と言った。

「お父さんとお母さんで翠を取り合うことになりそうだったから。戦い方を変えよう、と思って」

「うーん……。じゃあ先生って呼んでた人は」

「その人は、翠の実のお父さんとかじゃなくて、私がすごくお世話になった人でね。病気で死ぬかもしれなかったの。でも治ったから、どうしても翠に会いたいって言われて」

「なんであたしに？」

「本当は翠を連れて、再婚してほしかったんだと思う。お父さんの実家と私が揉めてて、べつべつに暮らしてる時期だったし」

「でも、しなかったの？」

「うん。まあ、結婚するにはちょっと違うかなって思って。それでおしまい」

なんと言えばいいか分からなくて、ふうん、とだけ答えた。

母は深刻な顔になると、ふいに言った。

「あの日、帰りの電車の中で、今日のことはお父さんには秘密にしてって翠にお願いしたことを、ずっと後悔してたの。娘にそんな秘密を負わせるなんて母親として」

途端にあたしはきょとんとして

「え、お母さん、そんなこと言ったっけ？」

と訊き返した。

母はしばしあっけにとられたように口を開けた。

それから、ふっと破顔一笑、まるで泣き顔みたいにぐしゃぐしゃになった。

母はようやく呼吸を整えると、言った。

「よかった。あんたが、そこまでお母さんに性格が似てなくて。やっぱり遺伝子って半分こね」

「ちょっと、なにそれ。馬鹿にしてる」

あたしは憮然として、それからまた記憶の海へとゆっくりと潜っていった。

だけどそこはもう夜の中ではなくて、平和な午後の波打ち際と、ひどく痩せてちょっと弱々しい、穏やかな笑顔を浮かべた男の人が佇んでいるだけだった。

＊＊＊

最後に鞍田さんに会ったのは、彼の病気が再発した年の晩夏だった。

薄曇りで空気の蒸した朝に、私はゆっくりと化粧をしてワンピースを選び、身支度を整えた。

かたわらでは、昨晩から泊まりに来ていた翠が小鳥のように唇を尖らせて眠っていた。

揺り起こして朝食を食べさせ、帽子をかぶせた。

家を出る前に、夫から電話がかかってきて、今日はどうするのかと訊かれた。

「高校時代の担任の先生が定年になったから、矢沢たちと家に遊びに行ってくる」

と告げて電話を切った。いつものように指先がかすかに罪悪感で痺れた。死ぬまでに、あと何回嘘をつくのだろう。

携帯電話を青いトートバッグにしまって翠の手をとったら、暑いから、とすぐに振りほどかれた。

湘南新宿ラインは延々と駅を飛ばして走り続け、翠は途中で酔った。

口数が少なくなった背中を撫でていたら、ふいに
「ママ、病院に行くの?」

と訊かれた。

数秒経って、先生に会う、と電話で言ったからだと気付いた。保育園でうつった鼻風邪がなかなか治らず、夏の間、耳鼻科に通っていたのだ。

私は軽く黙ってから
「そう。病院の先生のところに遊びに行くからね。その後、美味しいお店でお昼ご飯にしようね」

と言った。翠は、先生のところでお菓子くれるんだね、と嬉しそうに言った。いつも帰

りに受付でシールや飴をもらえるからだろう。

翠が眠ってしまったので、青いトートバッグから夫の手紙を取り出した。昨夜、駅まで翠を迎えに行ったときに受け取ったものだった。

「　村主　塔子様

離れて暮らすようになってから、ずいぶん経ちましたね。

会社の人間も最近すっかりすさんだ僕を見て、家庭が上手くいっていないのかと噂しています。

先日、電話で話したときに、あなたが『こうやって暮らすようになってから、ずいぶん落ち着いた』と無邪気に言ったのがとてもショックでした。そんなに僕は、あなたを追いつめるようなことをしたのでしょうか。

僕はもう待ち続けることに疲れてしまいました。

たとえ両親や娘がいても、僕もまたひとりぼっちです。僕の心の中だって誰も分からないのです。

あなたにずっと隠していたことがあります。

僕は、塔子と出会うまで、誰とも付き合ったことがありませんでした。大学のときに彼女がいたという話も真っ赤な嘘です。

子供のときから、全ての決定権は父にあり、反発すれば殴られたり罵《ののし》られるだけで、そんな自分をかばってくれるのは母だけでした。

そんな僕をいつの頃からか、同世代の女子たちはマザコンだなんだとからかうようになりました。彼女たちの言葉や悪意の強烈さに、僕はたびたび愕然としたものです。

学生のときに、合コンや飲み会で近付いてくる女の子はいました。だけど二、三回会うと、楽しいわけでもなく、なにを話せばいいのかも分からなくて自然と疎遠になってしまうのです。そのことで馬鹿にされたり笑われたりするのではないかと思うと、よけいに怖かったのです。そのことは男友達にも誰にも話したことはありませんでした。

だから女性がなにを考えて、なにを求め、なにに傷つくのか、未だに分かっていないのかもしれないです。

塔子に出会ったときも、一応は連絡先を交換したものの、あまり喋らないし大人しそうだから、またいつものように進展なく終わるだろうと思っていました。

何度も会って、こんなにいつも笑顔で、僕が傷ついたり嫌な気分になることを言わない優しい女性がいたのかと驚きました。あなたが意外と恋愛慣れしていることに引け目を感じて、つい反撥してしまう僕を、それでも大事にしてくれて本当に幸せでした。

いつか塔子は僕に訊いた。あなたにとって結婚とはなに、と。

生涯でただ一人好きになった女性と一緒になったこと。

僕にとっては、それが結婚のすべてでした。

だけど、あなたはもう僕のことを愛していないのですね。それだけはこの半年間でさすがに分かりました。

僕たちは離婚するべきなのかもしれないですね。

翠のことだけは、お互いに後悔のないように時間をかけて話し合えたらと思います。

自分でも馬鹿だと思います。僕は今も塔子のことを愛しているし、他の女性を好きになることなんて考えられないのだから。

あなただけは幸せになってください。

村主　真」

私は手紙を閉じた。そろそろ限界だろう、と感じながら。あとはすべて自分で決断するだけ。

締め付けられるような気持ちを抱えたまま、翠の手を引いて眩しいホームへと降りた。

鎌倉駅から歩いて、坂道を少し下ったところに懐かしい一軒家は建っていた。奥まって夏でもひっそりと陰っていた。まだ新しい、鞍田の表札が貼られた郵便受け。

木製のドアの前で、翠の帽子をぬがせると、ぼわっと蒸籠《せいろ》のように湯気が噴き出るくらい熱を持っていた。扇子で翠を煽ぎながら、インターホンを押した。けれど誰も出なかった。

携帯電話にかけてみると、すぐに鞍田さんが出た。緊張は、彼の落ち着いた

「ひさしぶり。もう、着いたのか」

という一言で、さあっと散っていった。

「はい、ちょっと早く着いちゃって。鞍田さんは今どちらに」

「ごめん。犬が騒ぐもんだから、ちょっと散歩に出てたんだ」

犬、と私は首を傾げた。彼は、坂道を下ってすぐの海岸にいるよ、と言った。

「翠、海見る?」

と訊いてみると、翠は汗を垂らしながらも、見るーっ、ジュースも買ってね、と返事した。

それが聞こえたのか、鞍田さんが笑った。

私はすぐに行くと告げて、電話を切った。

ゆっくりと開けていく視界に、押しては返す波が映る。白い水平線が近付いてきた。ずいぶんと沖でカラフルなボードに乗ったサーファーたちが、高い波を飛び越えていた。海水浴客はさすがにいなかった。翠は眩しい海を見て、圧倒されたように目を見開いていた。

そのとき、どこかからきゃんきゃんと弾むような犬の鳴き声が聞こえてきた。

ぱっと振り向いて、びっくりして目を見張る。翠が嬉しそうに、わんわんだ、と声をあげた。

鞍田さんがリードを伸ばすと、茶色い子犬は飛んできて、翠の膝を舐めるぎりぎりのところで引っ張られて止まった。それでも激しく尻尾《しっぽ》を振った。

「わんわん、可愛いー。こんにちは」

翠は臆することなく、子犬の顔を覗き込んで挨拶した。

鞍田さんが近付いてきて

「ひさしぶり」

とどこかほっとしたように言った。溜めていた気持ちがいっぺんに込み上げる。翠がいなかったら、駆け寄って抱き付きたいくらいに。

「本当に、よかった。治療が上手くいって」

グレーのチノパンと紺色のポロシャツを着た彼は以前よりもさらに痩せて、髪はほとんど坊主に近いほど短くなっていた。目で笑うと、引き攣れたように皺が寄った。それでもリードを摑んだ手の甲に浮き出る太い血管を見たとき、自分の血が温まっていくのを感じた。

「翠、こんにちは、は」

とうながすと、子犬に夢中だった翠ははっと顔をあげて、もじもじと私を何度か振り返ってから

「せんせー、こんにちは」

とかしこまったように挨拶した。

鞍田さんは不思議そうな笑みを浮かべつつ、こんにちは、といくぶんか声のトーンを明るくして言った。それは初めて耳にする声だった。

「この犬、鞍田さんが飼ってるんですか？」

「ああ。一軒家に一人もあんまりだと思って。朝晩散歩に出てれば、健康にもいいし」

と答えてから、少しだけ間を置いて

「いつまた自分が倒れるか分からないから、それだけは心配だけど」

と真顔で言った。私は、そう、と頷いた。彼はさっと

「でも、そのときは菅が面倒見てくれることになってるから」

と付け加えた。

「菅さんとは、連絡を取ってるんですか？」

「ああ。いつも説教されるけど。ああいう家庭的な男友達はいざというときに親身になってくれるからありがたいよ。この年齢になってからありがたみに気付くな」

「それなら、よかった」

と私は静かに呟いた。

鞍田さんはしゃがみ込むと、翠と目を合わせて
「君に似てるなあ。可愛いな。会えてよかった」

と屈託なく笑った。翠はもぞもぞと照れたように、私をまた振り返った。

「似てる？」

「うん、似てるよ。輪郭とか、額の感じとか。ほら、手の指の形もそっくりだよ」

と彼は翠の手を当たり前のように取った。それから、子犬の背中にすっと手を移動して
「怖くないから、撫でてみようか？」

と訊いた。

翠は、うん、と小さく頷くと、こわごわ子犬の背中を撫でた。たしかに子犬は怒りもせず、砂の上にうずくまって気持ちよさそうに目を細めた。

「威勢がいいわりに温厚なんだよ。うん、上手だな。嬉しそうにしてるよ」

翠は誉められて、ちょっと得意そうだった。

犬を散歩させながら、三人で砂浜を歩いた。遠目から見れば、私たちはきっと幸福な家族に映っただろう。

翠は意外なほど、鞍田さんにすぐに慣れた。彼が丁寧に接するのは女性だけじゃなく子供に対してもだということを知った。

貝殻の種類や、子犬に芸をさせる方法を一つ一つ丁寧に教える横顔に、家庭教師のバイトをしていたという話を思い出す。この人は育ちや肩書のために、派手な生活や切羽詰まった衝動に囚《とら》われていたけれど、本来、本当に繊細な人なのだと実感した。

翠が沖を指さして、あれお船かなー、と訊いた。

「よし、高いところから見てみるか」

鞍田さんはそう言って腰を落とすと、躊躇いなく翠を肩に乗せてぐっと立ち上がった。

私は、悪いです、と恐縮したけれど、彼は笑って、さすがにこれくらいはできるよ、と返した。

翠がはしゃいだように、きゃーっ、と嬉しそうな声をあげた。

曇天からかすかに降る日差しが、白く霞んだ海辺に立つ鞍田さんと、肩に乗った翠を淡く縁取っている。翠の靴の踵が、鞍田さんのポロシャツの胸を陽気に蹴っていた。小さな足を掴む手は、子供と比べると格段に大きく映った。

二人を眺めていた私はふいに呆然とした。どうしてこの二人が親子じゃいけないのか分からなくなっていた。

茫漠としていたイメージが具体的な手触りを伴って立ち上がりかけたとき、鞍田さんがすっとかがんで、翠を下ろした。ありがとうございます、と私はお礼を言った。

そのとき、うつむいた翠がため息をついた。本当に、ごく一瞬。本人さえも気付いていないくらいに小さく、緊張から解放されたように。

黙り込んだ私に向かって翠は、ママーっ、と走り寄ってきた。

「君たちは、今日の予定は？」

鞍田さんは、こちらの動揺には気付くことなく訊いた。

「はい。お昼を食べたら、帰ろうかと。あんまり遅くはなれないので」

「そうか。チャイルドシートさえあれば車で送っていけるんだけど」

「そんな、大丈夫です。電車でもけっこう近いですから。鞍田さんは、最近は東京のほうには出かけたりするんですか？」

「ああ。友達に会うときなんかは。まわりはすっかり子持ちだから、俺はお土産をくれるサンタのおじさんだと思われてるよ」

そんなふうに話していたら、翠がおずおずと私の手を引っ張った。

「ん、どうしたの？　トイレ？」

翠はそっと私を見上げて言った。

「ママ、美味しいもののお店にはパパも来る？　みどちゃんはね、パパとママで行きたい」

その瞬間、揺らいでいたすべてが砂に書いた文字のように消えるのを感じた。

鞍田さんが聞こえなかったふりをして、すっと目をそらした。私は目をつむってから、すぐに開いた。

さっと首を横に振って、翠に

「パパは今日お仕事で来られないから、ママと食べよう。もう行きたい？」

と訊いた。

翠は頷くと、うん、なにか食べたいの、と遠慮がちに言った。気を遣う翠を見るのは初めてだった。

私はなにごともなかったふりをして、鞍田さんに声をかけた。

「翠がお腹を空かせてるみたいだから、そろそろお昼に行こうかと思います」

鞍田さんは不意を突かれたように、ああ、と声を出した。

「俺は、ちょっと犬を連れてるから。いったん戻ってから、追うこともできるけど」

私はつかの間、黙ってから

「もしかしたら席がないかもしれないから、空いてたらお電話しますね」

と返した。

私は鞍田さんの手にリードを戻した。手の甲が一瞬だけ触れた。だけど翠が「ママ、抱っこ！」と両手を伸ばしたので、私は、重いよー、と言いながらも抱き上げた。そのときだけ鞍田さんが和んだように笑った。それからまたすぐに孤独な影を灯した顔に戻った。

「じゃあ、ここで」

と私は翠を抱いたまま、頭を下げた。

鞍田さんは今度こそはっきりと滲むような目をして

「また」

と強く言った。

背を向けて歩き出すと、サンダルの中に砂が入って刺した。子犬の遠吠えが聞こえる。空は薄曇りで、どこまでも果てしなく同じ色が続いていた。永遠のような午後だった。終わったのだ、と突然、悟った。熱い涙が頬を流れた。

翠が驚いたように、私の頬に小さな手のひらを押し付けて

「ママっ。先生がお鼻の検査されたの？」

と訊いた。私は鼻声で、先生がじゃなくて、先生にだよ、と訂正した。

潮風に髪がなびいて視界を奪う。流転の内をくらぶれば夢まぼろしのごとくなり。あの

夜の声が蘇る。

振り向いたらきっと鞍田さんはまだ見送っていると思った。今すぐに戻ってきてほしいという目をして。

だからまっすぐ歩いた。見えなくなるまで。翠の重みで、サンダルの踵は砂に何度も埋もれた。

レストランがようやく海岸沿いに現れると、私は翠に言った。

「あそこで、美味しいもの食べられるからね」

翠は嬉しそうに、私の胸をとんと突き放して、地面に下りた。そしてさっきの子犬のようにお店へ駆けていった。

私は外のテラス席を見た。そこには、ちょうど翠と同い年くらいの女の子がいた。母親は女友達らしき相手と喋るのに夢中で、その女の子だけが真剣な顔で微動だにせずに海を見ていた。

まるでこれほど美しいものはこの世にないとでもいうように、まだなにも知らない瞳で、白い波間を未知の生き物のように見つめ続けていた。

解説

吉田伸子

直木賞候補にもなった『アンダスタンド・メイビー』を読んだ時、あ、これは第一期島本理生の完結編だ、と思った。それまでの島本さんの作品に登場した「(恐らくは異性の大人によって)理不尽に傷つけられた過去を持つ少女」への、これが島本さんが出した答えなのだ、と。だから、『アンダスタンド・メイビー』の次に、島本さんが何を描くのか、楽しみだった。

順番から言えば、『アンダスタンド・メイビー』のあとに出たのは『七緒のために』、次が『よだかの片想い』で、その次が本書だ。『七緒のために』は女子の友情を、『よだかの片想い』は文字通り片想いを描いた物語だが、どちらにも共通しているのは、「他者との関係性」というテーマだった。切なくて苦しくて、でも決して目を逸らしてはいけないこと——あなたは私ではないし、私はあなたではない、というシンプルな事実——を、物語として島本さんは描いた。どちらも島本さんにしか描けない物語(とりわけ『よだかの片想い』)で、引き込まれて読んでしまったのだが、『アンダスタンド・メイビー』の直系ではなかった。少なくとも私はそう感じた。

だから、『よだかの片想い』の翌年に刊行された本書を読んだ時、頭の中はいくつもの！マークで埋め尽くされた。これこそが、『アンダスタンド・メイビー』の直系なのだ、と。「傷つけられた過去を持つ少女」が、「傷つけることができる立場の大人の女」にシフトしていく過渡期の物語。本書には、島本さんがこれまで描いてきた物語の流れとしては、そういう位置にある。少なくとも、私はそう思った。と、ここまでは（あくまでも私の個人的な）島本さんの著作の中での本書の位置付けの話。ここから先は、本書の内容に触れていく。

主人公は村主塔子《むらぬしとうこ》、三十歳。二歳になる一人娘、翠《みどり》と、真《しん》の両親と同居中だ。いわゆる〝いい家〟に嫁いだ塔子は、「元気な娘がいて、友達のように気さくな姑《しゅうとめ》と同居していて、夫はそれなりに収入があって」という、はたから見れば幸せそのものである。けれど、「それだけで私は十分に恵まれていて幸せなのだと思いながらも、感謝する相手を思い浮かべようとしたら、一瞬だけ視界が霞《かす》んだ」

自分は幸せなのだと思いつつも、塔子の心を苛んでいるのは、翠を妊娠した直後から、夫が自分の身体を求めなくなったことだった。塔子のほうから水をむけたこともあるが、真はちゃんと話し合いに応じるどころか、そういうこと（性欲云々）を口にするのは……と言われ、塔子は思わず言ってしまう。べつに、本気で言ったわけじゃないし、本当は自分も、男の人に触られたりとか苦手なのだ、と。その塔子の言葉を鵜呑《うの》みにした真は、それ以後も「積極的に性的関係を保とうとする気配」はなく、逆に塔子のほうが浮気されることを畏れて不安になり、オーラルセックスをするようになると、そのことはすんなりうけいれた真だった。

要するに、真は与えてもらうだけ、なのだ。塔子に与えようとはしない。そのことに対するもやもやとしたものが、塔子の心の中に根を張っていて、その根は、現在進行形で深く深く伸びている。そんな時、友人の結婚パーティで、塔子はある男と再会する。十年前、二十歳の塔子がバイトをしていた先の協同経営者だったその男と、塔子は一時期付き合っていた。

この男・鞍田《くらた》との再会をきっかけに、塔子は再び鞍田と関係を持つようになる。もちろん、鞍田とは身体の関係も込み、だ。夫からは顧みられなくなった自分の身体を、けれど鞍田は丁寧に開いていく。その眩むような快感。その描写の息詰まるような濃密さ。

「内側の壁を這《は》うように舌が一周すると、まんべんなく掘り返すように舐められた。やめてください、本当に恥ずかしいから嫌、とくり返しながらも、聞き入れられないことでむしろ丸ごと受け入れられたような安堵が溢れてきて、手足の力が抜けた」

鞍田によって、生まれて初めて塔子は快感の深淵に達する。その時の描写はこうだ。

「指が何本入っているのか、どこまで入れられたのかも分からなかった。ただ途方もなく長いものが入り込んだように感じられた。躊躇《ためら》って腰を引く間もなく、頭を抱え込まれて人さし指が一番奥深いところへと到達した瞬間、脳が感電したように真っ白になった」

そして、塔子はそれまで自分に封印してきた言葉を口にしてしまう。「好きです。鞍田さん、好き」と。この時の塔子の「好きになってから抱き合うのだと思っていた。快感が先に来て、それによって体から引きずり出される言葉だなんて知らなかった。好き、とくり返すたびに寒空の下で温泉に浸《つ》かったときに似た幸福感が全身に広がった。温かくて幸せでなにも不足がない」という想いの、切ないこと。

肌が合う男と抱き合い、身のうちに潜んでいた快感を呼び起こされた時の喜びが強ければ強いほど、それまで塔子が抱えて来た寂しさが浮き上がって見えて来る。こんなにも、こんなにも、塔子は寂しかった。表面上は仲の良い姑との関係も、根本的に自分と向き合おうとしない夫との関係も、一人の女としてではなく、母として、妻としてという役割でしか自分が捉えられていないということにも、塔子はずっとずっと耐えて、耐え続けて来たのだ。たった一人で、戦って来ていたのだ。

本書を初めて読んだ時は、その官能描写の密度の濃さに圧倒された記憶があるのだが、改めて読むと、塔子にとって、鞍田からもたらされる肉体的な充足が、精神の安定の支えになったのだ、と分かる。そして、精神が安定したことで、塔子が手に入れるのは、本当の自分自身だ。

巧《うま》いなぁ、と思うのは、塔子を苦しめている＝塔子らしさを解放できないようにしている、姑の麻子《あさこ》も、夫の真も、根は悪い人間ではなく描かれていることだ。ただ、ただ善良で鈍感なだけで、彼らに悪意はない。鞍田の引きによって契約社員として働くようになった職場での同僚・小鷹《こだか》は表面上は露悪的に描かれているものの、その露悪さに隠された部分まで描かれていて、ぐん、と説得力のあるキャラになっている。そう、彼ら、いわば脇役たちの造形が、抜群に巧いのである。キャラ造形だけではない。ごく細部の表現が、はっとするほど巧いのだ。

そこには、若くしてデビュー（『シルエット』で第44回群像新人文学賞の優秀作を受賞した時、島本さんは18歳だった）して以来今日まで、島本さんがこつこつと積み上げて来た描写力がある。

例えば、出産後の体型の変化、とりわけ二の腕の質感が変化したことを、自分が幼い頃に見た母の二の腕に重ねて、塔子は思う。

「棒のような自分の腕」とは全く違うその腕、「あれは、お母さん、という名の二の腕だったのだと今になってしみじみと実感した」

鞍田と再会し、ドライブに連れ出され、会話が途切れた時は、「どんなに過去に濃密な恋愛関係を築いた相手でも、離れて時間が経ってしまえば、よく似た双子くらいには遠くなる」

自分も仕事を始めたというのに、夫が勝手に体を求めて来たので、「仕事で疲れてるから」と拒むと、「男みたいなこと言うんだな」と呟いた夫に対しては、「心臓がまた少し、水分を失って固くなった気がした」

なんて血の通った言葉なんだろう、と読むたびにはっとさせられる。

鞍田との関係に、塔子がどんな答えを出したのか、それは実際に本書を読まれたい。特筆すべきは、本書のエピローグだ。このエピローグがあるからこそ、私は本書を「傷つけられた過去を持つ少女」が、「傷つけることができる立場の大人の女」にシフトしていく過渡期の物語だと思ったのだ。だからこそ、本書が『アンダスタンド・メイビー』の直系なのだ、と。

過渡期を過ぎた後、島本さんがどんな「大人の女」の物語を紡いでいくのか、楽しみでしかたがない。

（よしだ・のぶこ　書評家）

『Ｒｅｄ』二〇一四年九月　中央公論新社刊

中公文庫

Red

2017年 9 月25日　初版発行
2020年 3 月10日　22刷発行

著　者　島《しま》本《もと》理《り》生《お》

発行者　松田陽三

発行所　中央公論新社
〒100-8152　東京都千代田区大手町 1-7-1
電話　販売 03-5299-1730　編集 03-5299-1890
URL http://www.chuko.co.jp/

DTP　柳田麻里
印　刷　三晃印刷
製　本　小泉製本

Published by CHUOKORON-SHINSHA, INC.
Printed in Japan　ISBN978-4-12-206450-8 C1193

各書目の下段の数字はISBNコードです。978－4－12が省略してあります。

中公文庫既刊より

あ-80-1
あかりの湖畔
青山七恵
湖畔に暮らす三姉妹の前に不意に現れた青年。運命の出会いが、封じられた家族の「記憶」を揺さぶって——人生の小さな分岐点を丹念に描く傑作長編小説。
206035-7

あ-83-1
闇医者おゑん秘録帖
あさのあつこ
「闇医者」おゑんが住む、竹林のしもた屋。江戸の女たちにとって、そこは最後の駆け込み寺だった——。女たちの再生の物語。〈解説〉吉田伸子
206202-3

あ-83-2
闇医者おゑん秘録帖　花冷えて
あさのあつこ
子堕ろしを請け負う「闇医者」おゑんのもとには、今日も事情を抱えた女たちがやってくる。「診察」は、やがて「事件」に発展し……。好評シリーズ第二弾。
206668-7

い-124-1
向かい風で飛べ！
乾ルカ
スキージャンプの天才美少女・理子に誘われて競技を始めたさつきは、青空を飛ぶことにどんどん魅入られていく。青春スポーツ小説。〈解説〉小路幸也
206300-6

い-115-1
静子の日常
井上荒野
おばあちゃんは、あなどれない——果敢、痛快、エレガント。75歳の行動力に孫娘も舌を巻く！　ユーモラスで心ほぐれる家族小説。〈解説〉中島京子
205650-3

い-115-2
それを愛とまちがえるから
井上荒野
愛しているなら、できるはず？　結婚十五年、セックスレス。妻と夫の思惑はどうしようもなくすれ違って……。切実でやるせない、大人のコメディ。
206239-9

お-51-1
シュガータイム
小川洋子
わたしは奇妙な日記をつけ始めた——とめどない食欲に憑かれた女子学生のスタティックな日常、青春最後の日々を流れる透明な時間をデリケートに描く。
202086-3

お-51-2
寡黙な死骸 みだらな弔い
小川洋子
鞄職人は心臓を採寸し、内科医の白衣から秘密がこぼれ落ちる…時計塔のある街で紡がれる密やかで残酷な弔いの儀式。清冽な迷宮へと誘う連作短篇集。
204178-3

お-51-3
余白の愛
小川洋子
耳を病んだわたしの前に現れた速記者Y、その特別な指に惹かれたわたしが彼に求めたものは。記憶と現実の危ういはざまを行き来する、美しく幻想的な長編。
204379-4

お-51-4
完璧な病室
小川洋子
病に冒された弟と姉との最後の日々を描く表題作、海燕新人文学賞受賞のデビュー作「揚羽蝶が壊れる時」ほか、透きとおるほどに繊細な最初期の四短篇収録。
204443-2

お-51-5
ミーナの行進
小川洋子
美しくて、かよわくて、本を愛したミーナ。あなたとの思い出は、損なわれることがない――懐かしい時代に育まれた、ふたりの少女と、家族の物語。谷崎潤一郎賞受賞作。
205158-4

お-51-6
人質の朗読会
小川洋子
慎み深い拍手で始まる朗読会。耳を澄ませるのは人質たちと見張り役の犯人、そして……。しみじみと深く胸を打つ、祈りにも似た小説世界。〈解説〉佐藤隆太
205912-2

か-61-1
愛してるなんていうわけないだろ
角田光代
時間を気にせず靴を履き、いつでも自由な夜の中に飛び出していけるよう…好きな人のもとへ、タクシーをぶっ飛ばすのだ！ エッセイデビュー作の復刊。
203611-6

か-61-2
夜をゆく飛行機
角田光代
谷島酒店の四女里々子には「ぴょん吉」と名付けた弟がいて……うとましいけれど憎めない、古ぼけてるから懐かしい家族の日々を温かに描く長篇小説。
205146-1

か-61-3
八日目の蟬《せみ》
角田光代
逃げて、逃げて、逃げのびたら、私はあなたの母になれるだろうか……。心ゆさぶるラストまで息もつがせぬ傑作長編。第二回中央公論文芸賞受賞作。〈解説〉池澤夏樹
205425-7

各書目の下段の数字はISBNコードです。978－4－12が省略してあります。

か-61-4
月と雷
角田光代
幼い頃暮らしをともにした見知らぬ女と男の子。再び現れたふたりを前に、泰子の今のしあわせが揺らいで……偶然がもたらす人生の変転を描く長編小説。
206120-0

か-61-5
世界は終わりそうにない
角田光代
恋なんて、世間で言われているほど、いいものではない。それでも……愛おしい人生の凸凹を味わうエッセイ集。三浦しをん、吉本ばなな他との爆笑対談も収録。
206512-3

か-57-1
物語が、始まる
川上弘美
砂場で拾った〈雛型〉との不思議なラブ・ストーリーを描く表題作ほか、奇妙で、ユーモラスで、どこか哀しい四つの幻想譚。芥川賞作家の処女短篇集。
203495-2

か-57-2
神様
川上弘美
四季おりおりに現れる不思議な生き物たちとのふれあいと別れを描く、うららでせつない九つの物語。ドゥ・マゴ文学賞、女流文学賞受賞。
203905-6

か-57-3
あるようなないような
川上弘美
うつろいゆく季節の匂いが呼びさます懐かしい情景、ゆるやかに紡がれるうつつと幻のあわいの世界。じんわりとおかしみ漂う味わい深い第一エッセイ集。
204105-9

か-57-4
光ってみえるもの、あれは
川上弘美
いつだって〈ふつう〉なのに、なんだか不自由……。生きることへの小さな違和感を抱えた、江戸翠、十六歳の夏。みずみずしい青春と家族の物語。
204759-4

か-57-5
夜の公園
川上弘美
わたしいま、しあわせなのかな。寄り添っているのに、届かないのはなぜ。たゆたい、変わりゆく男女の関係をそれぞれの視点で描き、恋愛の現実に深く分け入る長篇。
205137-9

か-57-6
これでよろしくて？
川上弘美
主婦の菜月は女たちの奇妙な会合に誘われて……夫婦、嫁姑、同僚。人との関わりに戸惑いを覚える貴女に好適。コミカルで奥深いガールズトーク小説。
205703-6

か-81-2
魔法飛行
川上未映子
お米のとぎ汁で大根をゆでる日がくるとはなぁ――『きみは赤ちゃん』の川上未映子が大震災をまたぐ波瀾の一年を綴る、日記的エッセイシリーズ第二弾。
206079-1

か-81-3
安心毛布
川上未映子
ふつうに人生を生きてゆくことが相も変わらぬ椿事――妊娠・出産・子育てと、日常に訪れた疾風怒濤の変化を綴る日記的エッセイ三部作、ついに完結。
206240-5

き-41-1
優しいおとな
桐野夏生
日本の福祉システムが破綻し、スラム化したかつての繁華街〈シブヤ〉で生きる少年・イオン。希望なき世界のその先には何があるのか。〈解説〉雨宮処凛
205827-9

こ-24-7
エリカ
小池真理子
急逝した親友の不倫相手と飲んだのをきっかけに、エリカは、彼との恋愛にのめりこんでいく。逢瀬を重ねていった先には何が……。現代の愛の不毛に迫る長篇。
204958-1

こ-24-8
ストロベリー・フィールズ
小池真理子
平穏な家庭を営む夏子の前に現れた青年。その危険なまでの若さに触れ、彼女は目を背けてきた渇きに気づく。一人の女性の陶酔と孤独を描く傑作長篇。〈解説〉稲葉真弓
205613-8

こ-24-9
東京アクアリウム
小池真理子
不意に現れる恋人の霊、最終の新幹線で浮かぶ父の思い出……。出会いと別れの記憶が、日常に波紋を起こす。短篇の名手による、大人のための作品集。
205743-2

は-71-1
楽園
花房観音
京都の川沿い、かつての花街で美しく変身した女。嫉妬する隣人たちの行き着く先は、楽園か、地獄か？女の価値と「残り時間」を問う問題作。〈解説〉永江朗
206342-6

は-45-1
白蓮れんれん
林真理子
天皇の従妹にして炭鉱王に再嫁した歌人柳原白蓮。彼女の運命を変えた帝大生宮崎龍介との往復書簡七百余通から甦る、大正の恋物語。〈解説〉瀬戸内寂聴
203255-2

各書目の下段の数字はＩＳＢＮコードです。978－4－12が省略してあります。

は-45-2
強運な女になる
林　真理子
大人になってモテる強い女になる。そんな人生ってカッコいいではないか。強くなることの犠牲を払ってきた女だけがオーラを持てる。応援エッセイ。
203609-3

は-45-3
花
林　真理子
芸者だった祖母と母、二人に心を閉ざしキャリアウーマンとして多忙な日々を送る知華子。大正から現代へ、哀しい運命を背負った美貌の女三代の血脈の物語。
204530-9

は-45-5
もっと塩味を！
林　真理子
美佐子は裕福だが平凡な主婦の座を捨てて、天性の味覚だけを頼りにめくるめくフランス料理の世界に身を投じるが……。ミシュランに賭けた女の人生を描く。
205530-8

ひ-30-1
かたちだけの愛
平野啓一郎
事故で片足を失った女優のため、男は〝世界一の義足〟をデザインしようとする――。「分人」という概念で「愛」をとらえ直した傑作長篇。〈解説〉鷲田清一
205841-5

ほ-16-5
アイロンと朝の詩人　回送電車Ⅲ
堀江　敏幸
一本のスラックスが、やわらかい平均台になって彼女を呼んでいた――。ぐいぐいと、そしてゆっくりと、読み手を誘う四十九篇。好評「回送電車」シリーズ第三弾。
205708-1

ほ-16-6
正弦曲線
堀江　敏幸
サイン、コサイン、タンジェント。この秘密の呪文で始動する、規則正しい波形のように――暮らしはめぐる。思いもめぐる。第61回読売文学賞受賞作。
205865-1

ほ-16-7
象が踏んでも　回送電車Ⅳ
堀江　敏幸
一日一日を「緊張感のあるぼんやり」のなかで過ごしたい――異質な他者や、曖昧な時間が行きかう時空を泳ぐ、初の長篇詩と散文集。シリーズ第四弾。
206025-8

ほ-16-8
バン・マリーへの手紙
堀江　敏幸
「バン・マリー」―湯煎―にあてた詩、音楽、動物、思い出深い人びと……愛しい日々の心の奥に、やわらかな火を通すエッセイ集。
206375-4

よ-39-1
それからはスープのことばかり考えて暮らした　吉田篤弘
路面電車が走る町に越して来た青年が出会う、愛すべき人々。いくつもの人生がとけあった「名前のないスープ」をめぐる、ささやかであたたかい物語。
205198-0

よ-39-2
水晶萬年筆　吉田篤弘
アルファベットのSと〈水読み〉に導かれ、物語を探す物書き。繁茂する道草に迷い込んだ師匠と助手――人々がすれ違う十字路で物語がはじまる。きらめく六篇の物語。
205339-7

よ-39-3
小さな男＊静かな声　吉田篤弘
百貨店に勤めながら百科事典の執筆に勤しむ〈小さな男〉。ラジオのパーソナリティの〈静香〉。ささやかな日々のいとおしさが伝わる物語。〈解説〉重松　清
205564-3

よ-39-4
針がとぶ　Goodbye Porkpie Hat　吉田篤弘
伯母が遺したLPの小さなキズ。針がとぶ一瞬の空白に、どこかで出会ったなつかしい人の記憶が降りてくる。響き合う七つのストーリー。〈解説〉小川洋子
205871-2

よ-39-5
モナ・リザの背中　吉田篤弘
美術館に出かけた曇天先生。ダ・ヴィンチの『受胎告知』の前に立つや、画面右隅の暗がりへ引き込まれ……。さぁ、絵の中をさすらう摩訶不思議な冒険へ！
206350-1

よ-43-1
静かな爆弾　吉田修一
テレビ局に勤める早川俊平はある日公園で耳の不自由な女性と出会う。音のない世界で暮らす彼女に恋をする俊平だが。静けさと恋しさとが心をゆさぶる傑作長編。
205451-6

よ-43-2
怒り（上）　吉田修一
逃亡する殺人犯・山神はどこに？　房総の港町で暮らす愛子、東京で広告の仕事をする優馬、沖縄の離島へ引越した泉の前に、それぞれ前歴不詳の男が現れる。
206213-9

よ-43-3
怒り（下）　吉田修一
田代が偽名を使っていると知った愛子、知らない女とカフェにいる直人を見た優馬、田中が残したものを発見した泉。三つの愛の運命は？　衝撃のラスト。
206214-6